Lecko mio – Amore für Fortgeschrittene
Laura Roth

Laura Roth

LECKO MIO

AMORE FÜR
FORTGESCHRITTENE

Roman

liberius

Liebe Pöttelsdorfer und liebe Zemendorfer,

ich habe mir eure schönen Gemeinden als Handlungsorte geborgt
und ein paar Dinge dazu erfunden. Etwa eine Lichterprozession
oder einen Frauenarzt, der ein Gspusi hat. Außerdem habe ich
euch gegenüber der Kirche einen Wirt mit Alkoholproblem hin-
gesetzt. Auch das Weingut Haas ist meiner Fantasie entsprungen.
Ähnlichkeiten mit lebenden oder toten Personen sind rein zufällig
und nicht beabsichtigt.
Was durchaus der Wahrheit entspricht: Der Wein ist köstlich, die Leute
sind herzlich und die Gegend ist wunderschön. Ich hoffe, ihr verzeiht
mir die eine oder andere Spitzfindigkeit und seht es als das, was es ist
– eine Verneigung vor eurer wunderbaren Region.

Mit herzlichen Grüßen,

Laura Roth

Besuche mich im Internet:
www.lauraroth.at
Instagram: @laura.roth.autorin

Impressum:
1. Auflage
© 2025 Laura Roth - Liberius Verlag
Am Rinnergrund 14/5
8101 Gratkorn
Alle Rechte vorbehalten
Cover & Buchsatz: Manuela Körbler
Lektorat: Daniela Rosenberger, Linz
Korrektorat: Mentorium
Bestellung und Vertrieb:
Nova MD GmbH, Vachendorf
Druck/ Herstellung: Booksfactory
Printed in Poland
ISBN: 9783690283687

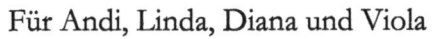

Für Andi, Linda, Diana und Viola

Dinner for one

Marina schlug den Mantelkragen hoch. Es war Ende Jänner und das Wetter grau und trist – genau so, wie sich der Jahresanfang für die meisten Menschen anfühlte. Die festliche Stimmung war verflogen und der Neujahrsblues hatte sich breitgemacht. Der Wind trieb kleine Eiskristalle durch die Luft, die sich als Schneeflocken tarnten. Weihnachten war Schnee von gestern, auch wenn in den meisten Straßen rings um den Stephansdom noch die Weihnachtslichter hingen, ausgeschaltet, aber eben immer noch da. Marina blickte auf ihre goldene Armbanduhr, es war kurz vor 17:00 Uhr – in fünfzehn Minuten war sie mit ihren Freundinnen Eva und Carmen verabredet. Der dreckig-graue Himmel verriet es, in Kürze würde es dunkel werden. Nicht, dass die Sonne sich heute schon einmal gezeigt hätte.

Marina war bereits vor einer Stunde in Wien angekommen und hatte ihren Land Rover in einem überteuerten Parkhaus der Wiener Innenstadt abgestellt. Sie hatte mit Abstand die längste Anreise, 60 Minuten Fahrzeit waren es aus dem Burgenland hierher. Das nervte Marina oft genug, aber nicht heute. Selbst ein Blizzard hätte ihrer guten Stimmung nichts anhaben können. Der Grund für dieses Glücksgefühl befand sich in ihrer Handtasche, sorgfältig eingeschlagen in Seidenpapier. Marina kam gerade aus einer Baby-Boutique am Stephansplatz. Eigentlich hatte sie nur ein wenig stöbern wollen, doch nun trug sie einen winzigen Strampler bei sich. Schlicht und cremefarben, weil es noch unmöglich war, zu sagen, ob es ein Junge oder ein Mädchen wurde. Tatsächlich war es im Moment kaum mehr als ein Zellklumpen. Rein rechnerisch war sie höchstens zwei Wochen schwanger. So früh, dass noch kein Test positiv angeschlagen hatte, aber trotzdem, allein bei dem Gedanken machte Marinas Herz einen Freudensprung.

Sie genoss ihr kleines Geheimnis. Nicht einmal ihrem Ehemann Oliver hatte sie davon erzählt. Mit einem breiten Grinsen blickte sie zum Steffl empor. Die Spitze des Südturms verblasste im grauen Nebel.

Marina streckte ein letztes Mal ihre Hand ins Innere ihrer Tasche und streichelte die Idee, die im Begriff war, Wirklichkeit zu werden. Dann riss sie sich zusammen und brachte ihre Gesichtszüge wieder unter Kontrolle. Eines war klar, wenn sie mit einer derart seligen Miene ins Cantinetta Antinori trat, dann wussten Eva und Carmen sofort, dass etwas im Busch war.

Sie umrundete den Stephansdom, bis sie bei der Jasomirgottstraße angelangt war. Dort befand sich das toskanische Lokal, das bekannt war für eine exquisite Weinauswahl, die gediegene Atmosphäre und gesalzene Preise. An einem der Tische saßen bereits Eva und Carmen und plauderten. Als sie Marina kommen sahen, schnellten sie von ihren Plätzen hoch. Eva trug ein rostfarbenes Strickkleid, das wunderbar zu ihren brünetten Haaren passte, und, wie üblich, roten Lippenstift.

»Ciao, Bellezza«, sagte Marina und zog Eva in eine Umarmung. Neben Carmen wirkten sie und Eva geradezu leger, aber das taten die meisten Menschen. Carmen steckte in einem mintgrünen Hosenanzug, dessen Farbe erstaunlich gut zu ihrem platinblonden Haar passte. Und High Heels, denn Winterschuhwerk war etwas, das in Carmens Ranking der unbeliebtesten Dinge nur knapp vor Klistier rangierte.

Marina blickte in zwei strahlende Gesichter und wusste, warum sie sich ein ums andere Mal diesen Aufwand antat. Weil er es wert war! In der Gesellschaft ihrer Freundinnen konnte sie zu hundert Prozent sie selbst sein.

»Hey, Schnucki«, sagte Carmen und hauchte ihr ein Küsschen auf die Wange. Schatzerl und Schnucki, das waren die Kosenamen, die sie schon seit ewigen Zeiten für Marina und Eva benutzte. Um genau zu sein, seitdem sie beide vor über 20 Jahren in Carmens Studenten-WG gezogen waren. So lange kannten sie einander schon.

Marina zog ihren Wintermantel aus und setzte sich. Ihre Freundinnen hatten bereits bestellt. Brunello di Montalcino, ein toskanischer Wein mit kräftiger Struktur und den Aromen von Kirschen, Tabak und Gewürzen. Der Kellner kam und Marina orderte ein Glas Wasser. Ihre Freundinnen musterten sie überrascht.

»Ich muss noch fahren«, sagte Marina, froh über diese dankbare Ausrede. Ihr Blick wanderte durch das Lokal. Eine gelungene Mischung aus modernen und toskanischen Elementen. An den Wänden hingen Porzellanplatten und Teller. Die Gäste saßen auf senfgelben Polstermöbeln. Die Wände waren pistaziengrün gestrichen und die Möbel aus edlem Walnussholz. Über ihren Köpfen funkelten Kronleuchter, dazwischen hingen Wandlampen, deren Schirme mit Stoff bespannt waren und für warmes Licht sorgten. Die Interieur-Designer hatten ganze Arbeit geleistet.

Es wurde still am Tisch, während sich die drei Freundinnen in die Speisekarten vertieften. Nachdem sie bestellt hatten – Marina nahm Cappellacci di magro burro e maggiorana, Teigtaschen mit Ricotta und Majoranbutter –, wandte sie sich ihren Freundinnen zu.

»Was gibt es Neues?«, fragte Marina in die Runde.

»Bei mir in der Arbeit ist es gerade megastressig«, sagte Eva und schnaubte. »Ihr wisst ja, nach Weihnachten lassen sich alle scheiden. Und was macht Ben? Der sitzt in der Schweiz in einem Beauty-Retreat und lässt sich Haare transplantieren.«

Marina und Carmen prusteten. Eva arbeitete in der Anwaltskanzlei Schneider & Partner, die sich auf Scheidungen spezialisiert hatte. Ben Schneider war Evas Ex-Mann, der sie nach 15 Ehejahren für eine Jüngere verlassen hatte. Weil das Leben kompliziert war und die beiden auch zwei gemeinsame Töchter hatten, arrangierten sie sich so gut es ging mit der Situation. Sowohl Eva als auch Ben waren mittlerweile in neuen Beziehungen und diese Konstellation enthielt einiges an Konfliktpotenzial.

»Das ist natürlich streng geheim«, sagte Eva und rollte die Augen. »Niemand darf von seinen Behandlungen erfahren. Dabei wissen es alle, weil seine Assistentin die Termine ausmacht.«

Nachdem sie über die Midlife-Crisis ihres Ex-Mannes gespottet hatte, schwärmte sie von ihrem neuen Freund Valentín. Seit einem Jahr waren die beiden nun ein Paar. Sie hatten als Feinde gestartet, sich aber in rasendem Tempo zu einem Liebespaar gewandelt.

»Bei mir gibt es auch News«, sagte Carmen und trank einen Schluck Wein, um die Spannung zu erhöhen. »Ich habe mich von Erwin getrennt.«

Enttäuschte »Ohhs« und »Ahhs« quittierten diese Aussage. Abgesehen von seinem Namen war Erwin ein Guter. Immobilienmakler, humorvoll und charismatisch. Die beiden hatten sich blendend verstanden und Marina hatte den Eindruck gehabt, dass Carmen mit ihm glücklich gewesen war. Dieses abrupte Ende überraschte sie.

»Er war nichts für mich«, erklärte Carmen. »Ihr wisst ja, ich will mich nicht binden. Und Erwin hat geklammert. Pärchen-Scheiß, Händchenhalten, Partnerlook ...«

Sie schüttelte sich demonstrativ, um zu verdeutlichen, wie sehr ihr diese Art von Intimität zuwider war. Der Kellner kam und brachte ihr Essen. Die Speisen waren vorzüglich und die Portionen überschaubar, weshalb sich Marina ohne schlechten Gewissen eine Panna cotta genehmigte. Und weil sie nicht trinken durfte, im Anschluss noch einen Espresso, um die Mahlzeit abzuschließen.

»Und was gibt es bei dir Neues?«

Marina zuckte die Achseln. Nachdem sie sich all die Jahre dieses zweite Kind sehnlichst gewünscht hatte, wagte sie nicht, ihr Geheimnis auszusprechen. Noch nicht. Stattdessen erzählte sie von Gabriel. »Stellt euch vor, er kann schon lesen«, sagte sie, erfüllt von Mutterstolz. »Ist das nicht unglaublich? Dabei ist er noch gar nicht in der Schule.«

»Ja, wirklich unglaublich«, antwortete Carmen. »Unglaublich langweilig.« Sie deutete dem Kellner, damit er ihr noch ein Glas Wein brachte. »Nichts für ungut, Schnucki, du weißt, ich liebe Gabriel, aber bitte verschone mich mit diesem Helikoptermutter-Geplapper. Ich krieg davon Falten.«

Ziemlich unwahrscheinlich bei all dem Botox, dachte Marina. Sie spürte das Missfallen in sich köcheln. Weil sie den Abend nicht mit einem Wutausbruch zerstören wollte, presste sie die Zähne zusammen, bis es in ihrem Kiefer knackste. Eva bemerkte es und bemühte sich um Deeskalation. »Wie geht es eigentlich Winz…. äh, sorry, ich meine natürlich Oli?«

Das war zu viel.

»Herrschaftszeiten, Eva!«, brauste Marina auf. »Hör ein für alle Mal auf, ihn Winzi zu nennen, nur weil er ein Winzer ist. Er hat einen Namen und der lautet Oliver.« Die Köpfe einiger Gäste wandten sich in ihre Richtung.

»Tut mir leid.« Eva grinste schief.

»Und überhaupt, wie soll es ihm schon gehen? Oliver liebt sein nettes, beschauliches Leben. Die Frage ist eher, wie geht es mir damit?«

Nun meldete sich Carmen zu Wort. »Also, Schnucki, klär uns auf, wie geht es dir?«

»Di merda«, antwortete Marina wie aus der Pistole geschossen. *Beschissen.* »Oliver treibt mich in den Wahnsinn. Irgendwann streichelt er mich noch zu Tode.«

Carmen und Eva betrachteten sie einige Sekunden verdutzt, dann brachen sie in schallendes Gelächter aus. Marina stimmte mit ein. Nun, da sie ihrem Ärger Luft gemacht hatte, war ihre Wut wie verpufft. Ihre Freundschaft war wie ein Lifting für die Seele, sie vertrieb ihre Sorgenfalten. Und deshalb fuhr sie alle naselang nach Wien, weil es ihr danach besser ging als zuvor.

Kapitel 1

Rot wie die Liebe

Februar, eine Woche später

Marina schlenderte durch ihre Villa im Burgenland. In ihrem Bauch spürte sie ein leichtes Ziehen. Sie ignorierte es und konzentrierte sich stattdessen auf das Tulpen-Arrangement, das sie zuvor in einer bauchigen Vase am Esszimmertisch platziert hatte. Marina zupfte ein paar störrische Blumen zurecht, als das Ziehen zurückkehrte, diesmal stärker. Sie rieb kurz über den Unterbauch, sandte ein Stoßgebet gen Himmel und setzte ihre Runde durch das Haus fort. Sie konnte nicht mit ihrer eigentlichen Arbeit beginnen, ehe sie nicht ihr Heim in ein Pinterest-Visionboard verwandelt hatte.

Marina drapierte die Falten ihrer Hermes-Decke, sodass sie aussah, wie achtlos über das Wohnzimmersofa geworfen. Ein cremefarbenes Etwas, in das beigefarbene Hs eingewebt waren. Kuschelig, flauschig und heillos überteuert. Das i-Tüpfelchen an einem Ort voll Luxus, in dem jederzeit die Vogue unangemeldet vorbeischauen konnte. Vogue Deutschland wohlgemerkt, denn in Österreich gab es nur das Woman Magazin. Wegen Letzterem hatte Marina die Decke gekauft, in der Annahme, dass man eine Reportage über ihr Leben als Winzer-Gattin machen würde. Dann war die Frau vom Hillinger – dem größten Winzerbetrieb des Burgenlands – zum Handkuss gekommen und Marina und ihre sündhaft teure Decke waren leer ausgegangen. Zwar hatte Marina danach tatsächlich ein Kamerateam im Haus gehabt, allerdings nur im Zuge von »Burgenland Heute«-Dreharbeiten, wo man sich für die Produktionsabläufe im Kellereibetrieb ihres Mannes interessierte.

Die Haas-Villa war von toskanischen Medici Anwesen inspiriert, eine Hommage an Marinas Wurzeln. Ihre Mutter stammte zwar aus Palermo, aber Oliver hatte sich gegen den Bau eines Gebäudes im Stil des sizilianischen Barocks auf dem burgenländischen Weingut gewehrt. Letztlich war es egal, denn Marina war Wienerin, aufgewachsen in einem Gemeindebau im 10. Bezirk; das Italienische war nur Koketterie. Lametta, mit dem sie sich schmückte, weil es zu ihrem rassigen Äußeren passte und ihr eine Aura der Außergewöhnlichkeit verlieh. Ihr Zuhause, eingebettet in die pannonische Tiefebene des Burgenlands, war das Manifest ihres Lebenstraums, doch in letzter Zeit entdeckte sie immer mehr Risse in dieser Idylle.

Das Ziehen ließ nach, wurde abgelöst von etwas, das sie nur zu gut kannte. Ihrer Periode. Wieder einmal hatte Marina vergeblich darauf gehofft, schwanger zu sein. Viel zu lange schon wünschten sie und Oliver sich ein zweites Kind. Pustekuchen!

Ihre Tage waren drei Wochen überfällig gewesen und kamen nun mit der Wucht eines Tsunamis angerauscht. Marina betrachtete sich in einem antiken, messingfarbenen Spiegel. Das Blut hatte ihre weiße Hose durchwirkt und ein rotes Rinnsal fraß sich gerade an der Innenseite ihres Oberschenkels herab. Weil sie nicht wollte, dass Oliver sie so sah, hastete sie die Treppe ins Obergeschoss empor.

In ihren Bademantel gehüllt, ließ Marina das Waschbecken im Badezimmer mit kaltem Wasser volllaufen. Sie legte die weiße Hose hinein und gab Fleckenentferner hinzu. Sofort färbte sich die Lauge rosa. Der Anblick der Schlieren befriedigte sie, implizierte er doch, dass sie das Richtige getan hatte. Heißes Wasser spaltete die Eiweißenzyme und schuf rostbraune Flecken. Weil Marina solche Dinge wusste, war ihre Wäsche weißer als die anderer Leute.

Obwohl sie im familieneigenen Weingut für die PR zuständig war, war sie zuallererst Hausfrau und Mutter, und als halbe Italienerin nahm sie diese Rolle sehr ernst. Ihr Haushalt und ihre Kochkünste waren etwas, auf das sie sehr stolz war. Marina war ausgesprochen gut darin, den Schein zu kultivieren.

Sie trat unter die Dusche und spürte das heiße Wasser auf ihrer Haut. Es spülte die Enttäuschung fort. Zusammen mit dem letzten Hauch von Hoffnung, den sie noch gehabt hatte, nachdem keiner der Tests positiv gewesen war. Dampf erfüllte die Kabine, während sie sich mit einem Duschgel von La Mer einschäumte. Es duftete nach Orangen und Vanille. Marinas Hände glitten über ihren Körper. Mit einundvierzig Jahren hatte sie immer noch eine ansprechende Figur. Sie war klein und kurvig, mit üppigem Busen und einem ausladenden Hintern, der ihre Taille noch schmaler erscheinen ließ – etwas, auf das sie stolz war. Sie sah immer noch fruchtbar aus, auch wenn der Acker ausgemergelt war und kein Dünger dieser Welt anschlagen wollte. Zumindest würde das Oliver so ausdrücken. Das hatte man davon, wenn man mit einem Weinbauer verheiratet war.

Frisch geduscht, ging Marina nach nebenan ins Schlafzimmer und zog sich an. Lange Hosen und einen Kaschmirpullover, beides in Schwarz. Danach setzte sie sich an ihren Schminktisch und begann, die langen Wimpern zu tuschen. Normalerweise trug Marina zu Hause kaum Make-up, aber heute spürte sie, dass es ihr guttun würde, sich ein wenig aufzubrezeln. Gerade, als sie Rouge auf ihre Wangen tupfte, schallte Olivers Stimme durchs Haus. Genervt rollte Marina mit den Augen und ignorierte ihn. Sie würde nicht wie ein Schoßhündchen angetrottet kommen, nur weil er nach ihr rief. Eigentlich sollte Oliver längst wissen, dass es klüger wäre, sie nicht zu reizen. Nicht nur ihr Aussehen war das einer feurigen Italienerin, sondern auch ihr Temperament. Eine Minute später versuchte es Oliver erneut.

»Schatzi?« Er überstrapazierte die letzte Silbe. »Kommst du bitte?«

Marina erhob sich schnaubend. Sie wusste, was ihr Mann von ihr wollte. Die nächsten Monate würde ein Praktikant am Weingut mitarbeiten. Der Vater des Jungen war Olivers Geschäftspartner und hatte ihn um diesen Gefallen gebeten. Ihr Gatte hatte keine Sekunde gezögert, aber Marina ahnte, dass der Bursche nun ihr Problem war, genauso wie die Erziehung ihres fünfjährigen Sohns. Das war auch in Ordnung, denn Marina vergötterte Gabriel, allerdings verspürte sie wenig Lust, das Kindermädchen eines Halbstarken zu sein.

Eine Etage tiefer erwartete ihr Mann, dass sie dem zukünftigen Mitarbeiter ihre Aufwartung machte. Deshalb hatte Marina auch gebacken und das ganze Haus roch nach Ricciarelli, einem italienischen Mandelgebäck.

Marina straffte die Schultern und ging die Treppe hinab, ins geräumige Vorzimmer, dem Herzstück des Hauses, von wo aus man alle Räume erreichen konnte.

Oliver blickte ihr ungeduldig entgegen. »Warum hast du dich umgezogen? Das Weiße war schöner.« Marina ächzte. Sie würde keine Kritik von jemandem akzeptieren, der in waldgrünen Arbeitshosen und einem karierten Flanellhemd dastand, unter dem sich ein Bauchansatz abzeichnete. Oliver war durch und durch Genussmensch, weshalb er lieber sein Aussehen akzeptierte, als dem Schwimmreifen den Kampf anzusagen.

Olibär, so nannte sie ihn gelegentlich, war ein kluger und gutmütiger Mann von mittlerer Größe mit hellblauen Augen, die immer freundlich dreinblickten. Man konnte ihn nur mögen, wobei Marina manchmal das Bedürfnis verspürte, ihm die Faust mitten in diese Liebenswürdigkeit zu rammen. Sie waren Eltern, Freunde und Geschäftspartner, aber als Liebhaber agierten sie nur noch aus Pflichtgefühl, weil sie sich beide ein weiteres Kind wünschten; dabei war in ihrer Beziehung kaum etwas mit so viel Enttäuschung behaftet wie ihr Sexleben.

Oft genug hatte Marina überlegt, ihrem Olibär ein wenig Viagra in den Wein zu bröseln, um die leidige Vorarbeit zu minimieren. Allein beim Gedanken daran schüttelte sich Marina wie ein nasser Hund. Sie war nicht bereit, ihren Kinderwunsch aufzugeben, obwohl sie sich Monat für Monat dafür verfluchte. Oliver zum Liebesspiel zu bewegen, war in etwa so, als würde man eine Seegurke in Form massieren wollen, ein Ding der Unmöglichkeit.

Oliver schob sie ins Wohnzimmer, wo Marina zuvor die Tulpen arrangiert hatte. »Nach dir, meine Schöne«, murmelte er und sie spürte seine warmen Finger auf ihrem Rücken. Er war die Güte in Person und Marina schämte sich für ihre Gedanken. Ihr Leben war perfekt, sie hatte keinen Grund, sich zu beklagen. Warum konnte dieses leidige Stimmchen in ihrem Inneren nicht einfach seine Klappe halten?

Marina blickte sich im Wohnzimmer um. Es war leer.

»Wo ist der Bengel?«

Ihr Mann zog die Augenbrauen hoch und entgegnete: »Luca macht sich gerade frisch.«

Plötzlich erklangen Schritte hinter ihnen und das Ehepaar Haas fuhr erstaunlich synchron herum.

»Marina, das ist Luca Kofler. Er stammt aus Südtirol und wird uns in den nächsten Monaten bei der Arbeit hier am Weingut unterstützen.«

»Wie bitte?«, flüsterte Marina.

Sie hatte einen mageren Burschen mit überkochenden Hormonen erwartet, nicht einen gut aussehenden Mann mit dunklen Haaren, sonnengebräunter Haut und strahlend blauen Augen. Marina schätzte ihn auf Anfang dreißig. Viel zu jung für sie, aber hallo, was für eine Erscheinung. Er verkörperte das Beste aus zwei Welten; er hatte das sehnige Äußere eines Bergbauernbuben, der es verstand, mit Heugabel und Sense umzugehen, gepaart mit einem Hauch von italienischem Macho. Nein, kein Hauch, korrigierte sie sich, auch keine Brise, das war ein verdammter Föhnsturm, der ihr plötzlich entgegenwehte.

»… und das ist meine Gattin Marina«, sagte Oliver und beendete die Vorstellung. »Der eigentliche Boss hier am Weingut. Das wirst du bald merken. Muss wohl am italienischen Temperament liegen.«

Luca überragte Oliver um eine Kopflänge. Er beugte sich vor und streckte Marina seine Hand hin. Sogleich fühlte sie kräftige Finger, die ihre eigenen drückten.

»Du bist Italienerin?«, fragte er und lächelte auf eine Weise, die Marinas Knie weich werden ließen.

»Sie wär es gerne«, korrigierte Oliver und legte seiner Frau den Arm um die Schultern. »Vielleicht kann Luca dir ja ein bisschen Unterricht geben?«

Er strich Marina über die Wange und murmelte: »Du hast zwar das Feuer deiner Mutter geerbt, aber die Sprache deines Vaters.« Der war ein waschechter Wiener gewesen, aber vor einigen Jahren verstorben. Marina kniff die Augen zusammen. Was fiel Oliver ein, sie hier so vorzuführen? Wobei, ganz Unrecht hatte er nicht. Bis zu ihrem zwanzigsten Lebensjahr hatte Marina das Wienerische gesprochen, dann aber festgestellt, dass es ihren Sex-Appeal immens erhöhte, wenn sie sich der Linguaggio dell'amore bediente. *Der Sprache der Liebe.* Zwar beherrschte Marina durchaus ein wenig Italienisch, allerdings längst nicht so viel, wie sie gerne gehabt hätte. Sie warf ihrem Mann einen giftigen Blick zu, den er mit einem Klaps auf den Hintern quittierte, als sie zur Küche ging, um die vorbereiteten Erfrischungen zu holen. Kekse, weil sie geglaubt hatte, einen Burschen zu bewirten.

Marina stand in der Küche und belud ihr Tablett. Dabei lugte sie immer wieder verstohlen ins Wohnzimmer, wo Oliver und Luca sich an den Esstisch gesetzt hatten und angeregt plauderten.

Luca würde die nächsten Monate bei ihnen auf dem Weingut arbeiten, ein Gedanke, der ihr plötzlich gar nicht mehr so schrecklich erschien. Sie hatte sich geirrt, denn so wie er aussah, würde er bestimmt kein Kindermädchen mehr brauchen, sie aber womöglich einen Defibrillator.

Es war Vormittag und somit zu früh für Wein. Deshalb kam Marina mit Kaffee, selbstgemachter Limonade, Keksen und Focaccia ins Wohnzimmer zurück. Sofort verstummte das Gespräch der beiden. Oliver linste auf die Backwaren und Marina spürte, dass Luca sie beobachtete, wie sie mit den Kaffeetassen hantierte. Obwohl sie sonst sehr selbstsicher war beim Verköstigen ihrer Gäste, zitterten Marina die Hände, als sie ihrem Gast den Espresso reichte.

»Grazie«, sagte er und griff nach der Untertasse. Dabei streiften sich ihre Finger für den Bruchteil einer Sekunde. Marina zuckte zusammen und der Kaffee schwappte über. Oliver bemerkte von all dem nichts, sondern forderte

Luca auf, sich zu bedienen. Auch er langte kräftig zu. Bald ergossen sich Lobeshymnen auf die Backwaren und Marina sog die Komplimente auf wie ein Schwamm. Sie war eine begnadete Köchin, denn bei ihr ging die Liebe eindeutig durch den Magen.

»Was hat dich nach Wien verschlagen?«, fragte sie nach einer Weile. »Hätte man Önologie nicht auch in Bozen studieren können?«

Luca schob sich den letzten Bissen der Focaccia in den Mund und spülte ihn zusammen mit einem Schluck Limonade hinab.

»Deine Mutter ist Italienerin, richtig?«

Als Marina nickte, grinste er schelmisch. »Nun, dann weißt du ja, dass man als Kind einer italienischen Mutter nur dann eigenständig leben kann, wenn man das Land verlässt.«

»Du Glückspilz«, raunte Oliver, während er sich ein weiteres Glas Limonade einschenkte. »Marinas Mutter hat sich hier bei uns breit gemacht, wie ein …«

Bestimmt hat er Parasit sagen wollen, dachte Marina, es sich aber in letzter Sekunde anders überlegt.

»Italienische Mütter sind wahrlich ein Segen!«

Sie plauderten noch ein wenig und Marina erfuhr, dass Luca aus einem kleinen Bergdorf bei Bozen stammte. Sein Vater wollte, dass er nach dem Abschluss seines Studiums den heimischen Weinhof übernahm, doch Luca fühlte sich noch nicht bereit, in die einengende Heimat zurückzukehren. Mit dem Mastertitel in der Tasche hatte Luca mit seinem Vater ein weiteres Praktikum ausgehandelt. Das Ende der Geschichte war, dass Anton Kofler zähneknirschend nachgegeben hatte und Oliver sich freute, eine weitere, erfahrene Hand in seinem Unternehmen zu wissen. Anders als die Privatwinzerei von Lucas Familie, war das Weingut Haas zu einer bekannten und renommierten Marke am heimischen

Weinmarkt geworden. Haasi Wein war in aller Munde. *Das war mein Verdienst*, dachte Marina, weil sie es verstanden hatte, die Werbetrommel zu rühren.

Sie musterte den breitschultrigen Mann, der an ihrem Esstisch saß und mit Oliver Höflichkeiten austauschte. Obwohl Luca gut gekleidet war – Blue Jeans und ein weißes Hemd, eine hervorragende Wahl –, wirkte er wie jemand, der anpacken konnte und harte Arbeit nicht scheute. Marina war froh, dass Oliver Hilfe bekam. Das Unternehmen wuchs und die täglichen Herausforderungen mit ihm; Oliver war ständig gestresst und konnte Unterstützung gut gebrauchen.

Das Ziehen in Marinas Unterleib war zurück. Nun, da sie definitiv wusste, dass sein Ursprung kein neues Leben war, das sich in ihr einnistete, waren die Beschwerden noch bitterer. Sie erhob sich unter einem Vorwand und ging zurück in die Küche, um nicht Olivers Anekdoten lauschen zu müssen, die er jedem dankbaren Zuhörer auftischte. Perfekt einstudierte Schwänke, die beim ersten Mal zum Schießen komisch waren. Selbst beim zweiten Mal brachten sie die Zuhörer noch zum Schmunzeln, Marina allerdings quollen seine Witze bereits zu den Ohren heraus. Es dauerte nicht lange, da hörte sie Luca nebenan schallend lachen; die beiden schienen sich ausgezeichnet zu verstehen. Das war nicht verwunderlich, jeder mochte Oliver. Sie selbst eingeschlossen, das Problem war, dass sie ihn nicht mehr so liebte, wie sie es hätte tun sollen.

»Scusa?«

Marina zuckte zusammen, als Luca seinen Kopf zur Küchentür hereinsteckte. »Oliver musste dringend weg«, sagte er. »Irgendetwas mit einem Lieferanten.«

Instinktiv blickte Marina auf die Uhr an der Wand und

nickte. Oliver hatte seinen zehn-Uhr-Termin vergessen; es kam öfter vor, dass er sich in guten Gesprächen förmlich verlor.

»Das heißt wohl, dass ich dir hier alles zeigen soll?«, murmelte sie und trocknete sich die Hände, die vom Abwaschwasser feucht waren.

Als sie vor ihm her ging, fühlte Marina eine Mischung aus Nervosität und Aufregung; das war ungewöhnlich und ärgerlich, denn normalerweise waren andere in ihrer Gegenwart nervös und nicht umgekehrt. Außerdem war es unangebracht, Luca war zwar nicht der Jungspund, den sie erwartet hatte, dennoch war er neun Jahre jünger als sie selbst. Obendrein war sie verheiratet – Herrgott noch mal! –, schalt Marina sich in Gedanken, weil ihr dieser Punkt als allerletztes eingefallen war.

»Ich nehme an, dass Oliver dir alle Dinge, die den Weinbau betreffen, selbst zeigen will«, schlussfolgerte Marina, während sie in ihren Mantel schlüpfte. »Das heißt, von mir bekommst du das zu sehen, was er garantiert vergessen wird. Das Büro, den Showroom für Weinverkostungen, den Shop und den Streichelzoo.«

Luca schnellte vor und öffnete ihr mit einem winzigen Lächeln die Haustür. »Dopo di te, Signora.« *Nach dir.*

Kapitel 2

Italiener und Burgenländer

Marinas Führung umfasste ausschließlich Bereiche, die sie selbst hervorgebracht hatte. Oliver war passionierter Weinbauer, hatte aber keinen Sinn für das Rundherum. Zwar war der Wein, der in diesen Gefilden gekeltert wurde, vorzüglich, doch ohne Marketing würde er in den Fässern versauern. Somit waren sie und Oliver ein unschlagbares Team. Seit Marina sich um Vertrieb, Marketing und PR kümmerte, waren die Zahlen stetig bergauf gegangen, und darauf war sie stolz.

Luca und Marina gingen über den geschotterten Parkplatz, der sich zwischen der Haas-Villa, mehreren Wirtschaftsgebäuden und dem neuerbauten Headquarter erstreckte. Dort würde ihr Rundgang beginnen, im Herzstück des Weinguts, wo alle Fäden zusammenliefen. Ringsum sah man Weinreben und riesige weiße Windräder.

»Im Erdgeschoss gibt es einen Shop, in dem regionale Schmankerl und natürlich der Haasi Wein verkauft werden«, sagte Marina, als die gläserne Schiebetür aufschwang und sie eintraten. Luca sah sich um und nickte anerkennend. Rustikaler Charme traf auf Minimalismus, das bedeutete viel Glas, Chrom und wurmstichige Kanthölzer.

In der 1. Etage gab es einen Saal, der für Weinverkostungen, Seminare und Hochzeitsgesellschaften genutzt wurde. Im Augenblick aber stapelten sich dort Kartons voll mit Faschingsdekoration. Marina verzog das Gesicht. »Im Pöttelsdorfer Kulturverein gab es einen Wasserschaden«, erklärte sie, »weshalb wir heuer den Kinderfasching ausrichten.«

Zwar glaubte Marina nicht, dass ein Mann wie Luca sich für Faschingsgirlanden und Clowns interessierte, doch so war nun einmal das Leben auf dem Land. Man konnte schlecht Nein sagen, wenn man vom Bürgermeister persönlich gefragt wurde, denn bekanntlich wusch eine Hand die andere. Und wenn diese Hand auch in Zukunft Haasi Wein für alle großen Veranstaltungen kaufen sollte, dann musste man eben auch mal eine Faschingsparty schmeißen. Sogar wenn das bedeutete, dass Marina einen Samstag lang das verrückte Treiben beaufsichtigen musste.

Auf einer Theke aus hellem Sandstein standen mehrere Flaschen des Haasi Jahresweins, dekorativ arrangiert.

»Möchtest du unseren neuen Saisonwein kosten?«, fragte sie. Sofort begannen Lucas Augen zu leuchten.

Marina verschwand hinter der Bar und holte zwei bauchige Weingläser und einen Korkenzieher, dann zog sie einen Blaufränkischen aus dem Kühler, der genau die richtige Temperatur besaß. 14 °C.

Luca entkorkte die Flasche und reichte sie ihr mit einem schelmischen Grinsen. Marina griff danach und schenkte ein. Sie konzentrierte sich auf das Gluckern, mit dem der Wein ins Glas floss und hoffte, dass ihre Hände nicht allzu sehr zitterten.

Luca schwenkte das Glas leicht und studierte die Kirchenfenster, die sich an den Innenwänden bildeten. Dann hob er es an und atmete tief ein. »Dunkle Beeren, ein Hauch von Schokolade, würzig im Abgang.«

Marina beobachtete die Ritualhaftigkeit seines Verhaltens. Er nahm einen winzigen Schluck, ließ den Wein durch seinen Mund gleiten, bevor er ihn hinunterschluckte. Dabei schloss er die Augen. »Die Tannine sind gut integriert. Ein Spitzenjahrgang.«

Marina lächelte zufrieden.

»Erzähl mir vom besten Wein, den du jemals getrunken hast?«

Luca legte den Kopf leicht schief und schien einen Moment zu überlegen. »Eindeutig in Chile. Auf dem Weingut Viu Manent in Santiago. Ich war dort vor einigen Jahren als Erntehelfer im Einsatz.«

Die Antwort überraschte Marina. »Warst du als Önologiestudent nicht überqualifiziert?«

»Nur zu Beginn. Am Ende des Jahres hatte ich viel wichtigere Aufgaben.«

»Du bist ein ganzes Jahr geblieben?«

Lucas Antwort bestand aus einem Achselzucken und einem wissenden Lächeln. *Zweifelsohne war eine feurige Chilenin der Grund*, dachte Marina.

»Von Chile ins Burgenland«, sagte sie. »Manch einer würde das als Rückschritt sehen.«

»Ich war auch noch an anderen Orten, etwa in Spanien oder Kalifornien. Ich bin überall zu Hause, wo es Wein gibt und schöne Frauen.« Don Juan, der im Burgenland gestrandet war, Gott – oder wer auch immer – bewies Sinn für Humor!

»Du könntest auf deinem eigenen Weingut arbeiten«, sagte Marina, ohne ihn aus den Augen zu lassen, »anstatt immer nur Praktikant im Unternehmen eines anderen zu sein.«

Lucas Mund verzog sich zu einem Lächeln, erreichte aber nicht seine Augen. Er stierte in sein Glas und schwenkte den Wein, als würde er darin Antworten finden. »Mein Vater ist … schwierig. Anton Kofler behält gerne die Kontrolle und ich lass mir nicht gern sagen, wie Dinge zu tun sind.«

Marina nickte nachdenklich. Sie spürte seine Zerrissenheit zwischen familiärer Pflicht und persönlicher Freiheit. Es faszinierte sie, dass Luca so viel von der Welt gesehen hatte.

»Auf die Unabhängigkeit«, sagte Marina und hob ihr Glas. Luca tat es ihr gleich. Marina sah den Rotwein, der seine

Lippen benetzte, und konnte nicht anders, als den Atem anzuhalten. »Ein guter Jahrgang«, murmelte sie.

Kurze Zeit später setzten sie ihren Rundgang durch das Headquarter fort. Im zweiten Stock des Gebäudes befand sich die Verwaltung. Marina zeigte ihm die Büros, dann traten sie wieder ins Freie, hinaus auf den Parkplatz.

»Ich hoffe, es gefällt dir hier bei …«, sagte Marina, als sie von lautem Geschrei unterbrochen wurde.

»Geschissene Itaker«, schallte es in ihre Richtung.

»Katzelmacher! Nudelfresser. Verräter. Warmbrunza.«

Luca zuckte zusammen. Seine Stirn lag in Falten, die Augenbrauen zusammengezogen.

»Keine Angst, sie meint nicht dich«, erklärte Marina trocken. »Sie meint mich.« Das Timing von Urlioma Resl war wie immer perfekt. Resl Haas war Olivers Oma und Gabriels Urgroßmutter. Ein nicht enden wollender Strom aus Schimpfwörtern wehte über den Parkplatz zu ihnen herüber. Marina nickte hinüber zu einem Häuschen, das ein wenig abseits stand. Das Urlioma-Haus. Es war in den Fünfzigerjahren von Resl und Horst Haas Senior erbaut worden. Horst Senior ruhte längst in geweihter Erde. Seine Frau Resl immer noch im winzigen Häusel, zusammen mit ihrer Pflegerin, Frau Bela.

»Das ist der Grund, warum du in Zemendorf ein Zimmer mieten musst und keine Wohnung hier am Weingut beziehen kannst«, sagte Marina. Sie deutete auf den Hauseingang, wo gerade eine Heimpflegerin auf der Schwelle erschien. Sie schob einen Rollstuhl, in dem ihre betagte Fracht saß, und schimpfte. Uroma Resl war ein mageres Weiblein, dem die eigene Haut drei Nummern zu groß geworden war.

»Oliver wollte es schon die längste Zeit abreißen und zu einem Airbnb umbauen, aber der Uroma gefällt es noch zu gut auf Gottes schöner Erde.«

Die Urlioma war 94 und hochgradig dement. Woran sie sich allerdings noch allzu gut erinnern konnte, war ihr Hass auf die Italiener, die sich in ihrem Gehirn unauslöschlich als Verräter eingebrannt hatten. Befeuert wurde dieser Groll durch Marinas Einheiraten am Winzerhof. Österreich hatte dereinst Südtirol verloren, dafür hatte ihr Enkel ein italienisches Weibsbild angeschleppt. Diese Verhöhnung des Schicksals hatte der Resl den Rest gegeben. Sie verbrachte ihre Tage schimpfend und von Paranoia gezeichnet, anstatt einfach den Löffel abzugeben.

Unbeeindruckt von der Schimpfsalve plapperte Frau Bela mit ihr über das Wetter. Die ungarische Pflegerin kümmerte sich mit bemerkenswerter Geduld um die betagte Resl. Vielleicht war Frau Bela aber auch deshalb so geduldig, weil sie nur nebenberuflich Pflegerin war. Hauptberuflich war die 56-Jährige Influencerin. Da sie im Moment aber nur 10 000 Follower auf Instagram hatte, war sie vorläufig darauf angewiesen, Resl durch die Gegend zu schieben. Früher war Frau Bela Fußpflegerin gewesen, weshalb man Trauerränder oder brüchige Fingernägel an der Urlioma vergeblich suchte. Insgeheim hoffte Marina, dass Frau Bela der große Durchbruch in den sozialen Netzwerken noch so lange verwehrt blieb, bis Resl friedlich ins Jenseits entschlummerte, denn keine der vorherigen Pflegerinnen hatte es länger als ein paar Monate mit der fordernden Persönlichkeit ausgehalten. Ihrer Demenz geschuldet war Resl oft ausfallend und derb, in ihren lichten Momenten war sie böse. Sie liebte es, ihre Pflegerinnen zu drangsalieren und zu piesacken, nur Frau Bela schien immun zu sein gegen ihr Gift. Weshalb es Marina egal war, dass Frau Bela sie alle naselang fragte, ob sie ein paar Headshots von ihr schießen konnte. Am besten mit Marinas Handy, weil die Bildqualität ihres iPhones besser war. Solange

Frau Bela nur glücklich war, würde Marina Bilder knipsen, bis ihr die Finger bluteten.

Frau Bela unterhielt einen Modekanal, auf dem sie Frauen in ihren Fünfzigern erklärte, wie man sich stilvoll kleidete, auch wenn man im Chaos der Hormone sich selbst und den eigenen Körper kaum wiedererkannte. Deshalb stöckelte sie auch in quietschbunten Outfits durch das Burgenland, auf der Suche nach einem neuen Selfie-Hintergrund.

Jetzt legte Frau Bela die Hände wie einen Trichter an den Mund und brüllte: »Frau Haas, könnten Sie später *knips knips* machen?« Dabei wackelte sie mit ihrem Zeigefinger. Dann erblickte sie Luca und grinste auf eine Weise, die kaum weniger peinlich war als Urlioma Resls Fluchen. »Später passt auch«, sagte sie mit starkem Dialekt. »Hat Zeit!«

Einmal mehr fragte sich Marina, in was für ein Irrenhaus sie hier eingeheiratet hatte.

Sie blickte sich suchend um. Die Kellerei fiel in Olivers Kompetenzbereich, somit blieb Marina nicht mehr viel, das sie Luca zeigen konnte.

»Dort hinten ist der Streichelzoo«, sagte sie schließlich und deutete auf einen Stall. »Der Renner unter den Kindern, aber ich verstehe natürlich, wenn dich das nicht sonderlich begeistert.«

Die Sonne fing sich in Lucas blauen Augen und ließ sie glitzern. Warum bemerkte sie solche Dinge nur?

»Sei serio? Wir haben selbst ein paar Nutztiere bei uns am Weingut«, erwiderte Luca. »Natürlich interessiert mich ein Streichelzoo.«

Marina lächelte erfreut und zog das Tor auf. Sofort erklang Blöcken und Wiehern. Im ersten Verschlag stand Diva, ein verfressenes kleines Pony, das anders als ihre Kollegen durch ihr schlechtes Benehmen auffiel. Man musste sie von den Kindern fernhalten, weil sie zubiss, wenn ihr etwas über die Leber gelaufen war. Oft genug hatte Oliver sie dem Schlachter übergeben wollen, doch Marina hatte sich für sie eingesetzt. Der Grund war so lächerlich, dass sie ihn niemals jemandem erzählen würde. Diva war unfruchtbar und in gewisser Weise konnte sich Marina mit diesem alternden Gaul identifizieren. Das war der Grund, warum dieses undankbare Wesen weiter am Leben blieb. Auch jetzt zeigte sie ihre gelben Zähne wie eine Waffe.

»Sie hat immer Hunger und schlechte Laune«, sagte Marina und wandte sich zu Luca um. In diesem Moment kam das böswillige Vieh auf sie zu und schnappte nach ihr. Aus dem Augenwinkel erhaschte Marina diese Bewegung. Sie stolperte nach vorne und rutschte auf dem schlüpfrigen Stallboden aus. Marina ruderte mit den Armen, um einen Sturz abzufangen. Sie wäre trotzdem zu Boden gefallen, doch so weit kam es nicht, weil starke Hände sie packten und auffingen.

Ehe Marina so richtig begriff, was gerade passiert war, lag sie in den Armen ihres neuen Praktikanten. Sie glaubte, sein Herz klopfen zu hören, oder war es ihr eigenes? Verdutzt blickte sie zu ihm auf, bemerkte seine Bartstoppeln, die Lachfältchen um die Augen und die hohen Wangenknochen.

»Tutto a posto?«, fragte Luca. *Alles in Ordnung?*

»Sì«, murmelte Marina und fühlte, wie sie langsam rot wurde. Luca ließ sie erst los, als sie wieder sicher auf den Beinen stand. Um ihre Verlegenheit zu überspielen, wandte sich Marina ab und strafte Diva mit einem bitterbösen Blick, der jedoch seine Wirkung auf das Pony verfehlte. Diva blähte ihre Nüstern und stupste Marina, in der Hoffnung, in ihren Taschen eine Leckerei zu entdecken.

»Treib es nicht zu bunt«, drohte Marina dem Tier. »Nur ich stehe zwischen dir und dem Schlachter.«

Luca lachte und Marina drehte sich zu ihm um. Durch die

Rillen im Tor brachen einzelne Sonnenstrahlen und tunkten sie in fluoreszierendes Licht. Golden schimmernde Partikel flirrten darin und es sah aus, als ob die Luft zwischen ihnen vibrierte. Ein unerklärliches Gefühl der Anziehung durchdrang Marina. Sie fühlte sich wie eines dieser Teilchen, das durch den Raum schwebte. Luca taxierte sie. Seine Augen klebten förmlich auf ihr.

Draußen auf dem Hof fuhr ein Auto vor. Kies knarzte unter den Reifen. Der Wagen wendete mehrmals. Vor, zurück. Vor zurück. Nur Oliver parkte so pedantisch. Dann wurde eine Autotür geöffnet und jemand stieg aus. Dieser Jemand war zweifelsohne ihr Ehemann. Augenblicklich rief sich Marina zur Vernunft.

»Oliver ist wieder da«, sagte sie, während sie das Tor aufriss, um das goldene Licht zu vertreiben. »Und ich muss meinen Sohn vom Kindergarten abholen.« Sie hoffte inständig, dass die Erwähnung ihrer Rolle als Mutter und Ehefrau jegliche Anziehungskraft zwischen ihnen ersticken würde.

Der Kindergarten war nur ein paar Autominuten entfernt. Als Marina den Motor ihres Land Rovers abstellte, hämmerte ihr Herz immer noch wie verrückt. Sie atmete tief ein und aus, um sich zu beruhigen, klappte ihre Sonnenblende herab und betrachtete ihre rosigen Wangen. Verärgert über das dümmliche Grinsen in ihrem Gesicht, pfefferte sie sie wieder hoch. Lächerlich, sie war 41 Jahre alt und kein hormongesteuerter Teenager, konnte das bitte jemand ihrem Gehirn mitteilen?

Sie stieg aus und stand vor dem Gemeindeamt von Pöttelsdorf. An der Außenwand des Gebäudes prangte das Wappen des Orts, eine Holzbütte, die man zur Weinernte benötigte, darüber reife Beeren, die hineinpurzelten. Vor dem Gemeindeamt stand der quietschgelbe Briefkasten der

Post. Rechts vom Eingang flatterte die Österreichfahne, links davon die burgenländische. Der Kindergarten befand sich dahinter. Marina bog um die Ecke, folgte einem schmalen Weg. Wenn ihr jetzt jemand begegnete, würde sie ein Pläuschchen halten müssen. *Hoffentlich treff ich nicht die Meier Elli*, dachte Marina. Die hatte ähnliche Bring- und Abholzeiten und immer etwas zu erzählen. Doch heute war das Glück auf ihrer Seite.

Sie trat durch die gläserne Eingangstür eines Backsteingebäudes. Etwa zeitgleich streckte Renate, die Kindergartenpädagogin, ihren Kopf aus dem Speisesaal, wo die Mittagskinder gerade verköstigt würden.

»Ah, Marina. Hast du kurz einen Moment?«

Etwas in ihrer Stimme ließ Marina alarmiert aufhorchen.

Renate Granate – so nannte man die junge Frau hinter vorgehaltener Hand – steuerte auf sie zu und winkte Marina weiter in das Besprechungszimmer. Ein kleiner Winkel, in den man einen runden Tisch und mehrere Kindersessel gestellt hatte. Hier konnten sie ungestört miteinander sprechen.

Renate war in ihren späten Zwanzigern. Ihr knackiger Hintern steckte in Skinny Jeans mit Acid Waschung. Sie hatte pechschwarz gefärbtes Haar und Augenbrauen im gleichen Farbton. Ihre Augen zierte ein dicker Lidstrich, die Wimpern darunter waren so dicht, dass sie an die Borsten einer Kehrschaufel erinnerten.

»Du, ich hab' gehört, dass ihr heuer den Kinderfasching ausrichtet?«, fragte Renate. Marina nickte und zwang sich zu einem Lächeln, das vertuschen sollte, wie wenig sie sich auf diese Aufgabe freute.

»Sì. Das wird sicher ganz toll«, log sie und verfiel in den gleichen Singsang, den Renate von Berufs wegen kultivierte.

»Ich glaub auch«, pflichtete die Kindergartenpädagogin ihr bei. »Die Jenny freut sich schon total!«

Die Jenny war das Kind der Renate Granate und das Resultat einer wilden On-off-Beziehung mit einem Bodybuilder aus Mattersburg. Marina wusste das, weil man so etwas am Land einfach wusste.

»Wolltest du sonst noch etwas mit mir besprechen?«, fragte sie unschuldig. Die Art, wie Renate auf ihrem Sessel hin und her rutschte, verriet nämlich, dass ihr noch etwas auf der gepiercten Zunge lag.

»Ja, und das ist mir jetzt ein bisserl unangenehm«, sagte Renate und fischte sich einen Fussel aus ihrem Ausschnitt. Sie inspizierte ihn eingehend, um Marina nicht anzusehen. Es ging offensichtlich um Schlimmeres als Sandkastenstreitigkeiten und Gerangel.

»Gabriel hat heute in der Puppenecke seinen *Piepmatz* hervorgeholt«, sagte Renate. Dabei zeichnete sie Gänsefüßchen in die Luft. »Du weißt schon, seinen Pe …« Sie räusperte sich demonstrativ. *Witzig*, dachte Marina, dass es Renate Probleme bereitete, das Wort Penis in den Mund zu nehmen. Das passte nicht dem, was man ihr bei diversen Stammtischrunden nachsagte.

»Gabriel hat den Mädchen sein Genital gezeigt und sie aufgefordert …« Renate setzte abermals ab und suchte nach den richtigen Worten. »Nun, er wollte sehen, was sie da unten haben.« »Aha«, erwiderte Marina gedehnt und feilte an einer passenden Antwort. »Ich werde mit ihm darüber sprechen«, sagte sie betont seriös, wobei sie Gabriels Interesse an der weiblichen Anatomie nicht sonderlich echauffierte. Zu ihrem Erstaunen machte Renate eine wegwerfende Handbewegung.

»Doktorspiele sind in diesem Alter völlig normal«, versicherte ihr Renate. »Wir behalten das schon im Auge.«

Nun war Marina irritiert. »Also gibt es jetzt ein Problem oder nicht?«

Renate blickte in ihren Ausschnitt, als würde sie hoffen, dort einen weiteren Fussel zu entdecken. »Nach dem Zwischenfall in der Puppenecke haben wir Gabriel zur Bauecke geschickt, zu den anderen Jungen. Dort ging der Plausch über ihr Genital weiter. Gabriel hatte ein paar interessante Ausdrücke parat.«

Marina zog eine Augenbraue hoch. »Wie darf ich das verstehen?« Renate errötete so stark, dass es sogar ihre dicke Make-up-Schicht durchdrang. »Er nannte sein Ding einen Hammer und erläuterte ziemlich detailreich, wohin er diesen Hammer schieben würde.«

Nun klappte Marina doch der Mund auf ob des Porno-Jargons ihres Fünfjährigen. »Ich kann dir garantieren, dass er diese Sprache nicht bei uns zu Hause aufgeschnappt hat«, sagte sie pikiert.

Wenn das die Runde machte, dann würde am nächsten Samstag niemand zum Kinderfasching kommen.

Renate hob beschwichtigend die Hände. »Das weiß ich doch«, sagte sie. »Gabriel meint, er hätte das in einem Bilderbuch gesehen.«

»Das ist unmöglich«, stammelte Marina. »Er liest im Moment nur von Paw Patrol.« Da kamen zwar auch Schwänze vor, aber in einem anderen Kontext.

»Es passiert schneller als man denkt, dass die Kleinen daheim etwas finden, das nicht für sie gedacht ist«, räumte Renate ein. »Vielleicht hast du da einfach ein Auge darauf?«

So verblieben sie also. Renate erleichtert, dass sie ihre Botschaft überbracht hatte, Marina aufgewühlt, weil sie sich nicht erklären konnte, wie ihr fünfjähriger Sohn in den Genuss eines Schmuddelmagazins gekommen sein konnte.

Kapitel 3

Millionen Splitter

Einen Tag später saß Marina in einem der Büros am Weingut, wo normalerweise die beiden Sales Managerinnen Elke und Susi arbeiteten, nur flitterte erstere gerade in der Karibik und die andere hatte Pflegeurlaub beantragt, weil ihr Kind krank geworden war. Deshalb sprang Marina ein, wie immer, wenn Not am Mann war. Aus dem Zimmer nebenan erklang Getuschel und Gekicher. Dort hatten die Office Managerin, die Office Assistentin und die Buchhalterin ihre Schreibtische. Sie waren eine reine Frauentruppe, etwas, das Marina von Anfang an wichtig gewesen war.

»Was soll dieser Aufruhr?«, rief Marina.

»Schau aus dem Fenster«, kam prompt die Antwort von nebenan. Sie befanden sich im zweiten Stock eines modernen Gebäudekomplexes. Marina erhob sich und blickte nach draußen. Sie musste nicht lange suchen. Unten am Parkplatz stand Luca mit nacktem Oberkörper, daneben Oliver, der ihm lachend ein Handtuch entgegenstreckte. Offensichtlich hatte es einen kleinen Unfall mit einem der Schläuche gegeben und Luca hatte sich mit Rohwein geduscht. Es war Anfang Februar, der Boden war immer noch gefroren, weshalb dieser kleine Striptease sicher nicht sonderlich angenehm war, wenigstens nicht für Luca. Für die Gaffer im Headquarter konnte sich dieser Anblick durchaus sehen lassen. Luca sah aus wie der Coca-Cola-Mann; jeder Muskelstrang zeichnete sich ab. Marina leckte über ihre Lippen. Just in diesem Augenblick zeigte Oliver zu ihr empor. Marina plumpste zurück in ihren Bürostuhl, stieß sich ab und rollte schwungvoll ans andere Ende des Zimmers, wo sie verstohlen in einen Aktenschrank glotzte, ahnungslos, was sie darin finden wollte.

Ein paar Minuten später erklangen Schritte im Gang, dann klopfte es an der Tür und Marina krächzte: »Herein.«

Ein halb entblößter Südtiroler trat über die Schwelle und grinste ihr verlegen entgegen. »Scusa«, murmelte er und schwenkte das nasse Shirt, das streng nach Wein roch. »Kleiner Unfall bei den Wartungsarbeiten«, murmelte er mit seinem charmanten Dialekt. »Oli meint, du hast hier oben noch Shirts und Sweater vom letzten Event herumliegen?«

Oli, wiederholte Marina im Geiste. Die beiden waren also bereits zu den Spitznamen übergegangen.

»Oh, ja. Klar. Sicher«, stammelte Marina, der beim Anblick seines Bizeps die sprachliche Gewandtheit abhandengekommen war. Sie zog linkisch ein paar Laden und Schranktüren auf, in der Hoffnung, den Stapel mit Firmenkleidung zu finden. »Du trägst XL, nehme ich an?«

Im nächsten Moment biss sie sich auf die Zunge. Was für eine bescheuerte Frage und noch dazu die Bestätigung, dass sie über seine Konfektionsgröße nachgedacht hatte. Seine breiten Schultern hatten sie zu dieser Annahme gebracht, bei deren Anblick sich das Wort »mächtig« in ihre Gedanken gestohlen hatte. Luca grinste breit.

»Large«, erwiderte er, während Marinas Kopf in einem der Schränke abtauchte und nach der passenden Ausstattung suchte. Ein paar Sekunden Verschnaufpause, um ihren Gedanken zu sortieren und sich das dümmliche Grinsen aus dem Gesicht zu wischen. Nachdem sie ihre Fassung wiedererlangt hatte, reichte sie Luca ein Shirt, das er sich überzog. Es folgte ein passender Hoodie, doch das Bild seiner nackten Brust, der Bauchmuskeln und seiner gestählten Physis hatte sich unweigerlich in ihre Netzhaut eingebrannt. Es war eine Ewigkeit her, dass Marina ein solches Exemplar Mann in freier Wildbahn und zum Greifen nahe vor Augen gehabt hatte. Zwar war Oliver früher ein Ticken schlanker gewesen, doch die Hühnerbrust war schon immer sein unfreiwilliges Markenzeichen gewesen.

»Sicherheit oder Leidenschaft«, predigte ihre Mutter immer. Marina hatte diese Lebensweisheit übernommen, aber Sicherheit durch Liebe ersetzt. Sie hatte sich zwischen Leidenschaft und Liebe entschieden, doch dummerweise war auch die Liebe im Laufe der Jahre flöten gegangen.

»Hmm?« Schuldbewusst riss sich Marina aus ihren Überlegungen. Luca wiederholte seine Frage.

»Wir haben das ganze Unternehmen digitalisiert«, erklärte Marina und rollte zurück zum Schreibtisch.

Er folgte Marina, stand nun dicht hinter ihr und beugte sich über ihre Schulter. Sie spürte die Hitze, die von ihm ausging, sein Geruch stieg ihr in die Nase. Vorrangig roch er nach Wein, aber auch nach Winterkälte, einem Hauch Moschus und einem Spritzer Aftershave. Augenblicklich kehrte das Zittern ihrer Hände zurück, als sie ein Programm öffnete und ihm einen Crashkurs in Sachen Lagerbestände gab. Das gesamte Weingut war über eine firmeninterne Plattform einsehbar. Gemeinsam starrten sie auf den Bildschirm, während Marina ihm die Details erläuterte. Sie spürte seine Nähe wie ein Prickeln auf der Haut.

»Wenn man hier klickt, dann …«

Plötzlich flog die Tür auf und Marinas Mutter Francesca stürmte in das Büro. Marina und Luca schnellten auseinander.

Francesca kniff ihre Katzenaugen zusammen und taxierte Luca wie ein Insekt, dem sie am liebsten mit der Fliegenklatsche zu Leibe rücken würde. Marina rief sich ins Gedächtnis, dass sie hier die Chefin war und musterte ihre Mutter kühl.

»Luca, das ist meine Mutter Francesca. Sie fühlt sich hier ein wenig zu heimisch.« Francesca legte mit einer dramatischen Geste die Hand auf die Brust, um zu verdeutlichen, dass ihr eigen Fleisch und Blut sie tief im Herzen gekränkt hatte. Sie war Anfang sechzig und strotzte vor Temperament und Lebensfreude. Ihr Markenzeichen waren wallende Moschino Blusen mit Animalprint, die sie sich vorzugsweise im Designer Outlet Parndorf kaufte. Ihr Leben lang hatte sie sich mit schlecht bezahlten Jobs über Wasser gehalten, doch seit Marina einen wohlhabenden Mann geheiratet hatte, genoss Francesca ihre Pensionierung in vollen Zügen. Man konnte sie gelegentlich in der regionalen Klatschpresse finden, denn Francesca liebte es, sich unter die High Society zu mischen. Zwar mochte Oliver diese Aufmerksamkeitshascherei nicht besonders, allerdings fürchtete er sich viel zu sehr vor Francescas Zorn, als dass er diesem Treiben Einhalt geboten hätte.

Luca und Francesca wechselten ein paar Worte auf Italienisch. Soweit Marina ihnen folgen konnte, ging es um Lucas Elternhaus, den Wert der Familie und eine Ziege, wobei ihre Sprachkenntnisse ziemlich beschränkt waren. Luca jedenfalls schien nicht vor den Kopf gestoßen zu sein. Er verabschiedete sich und ging zurück zu Oliver, der unten auf ihn wartete.

Kaum hatte er das Büro verlassen, fuhr Francesca zu ihrer Tochter herum. »Sei pazzo?«

»Nein, Mutter, ich spinne nicht«, entgegnete Marina lakonisch. »Oliver hat Luca hergeholt. Er und sein Vater sind Geschäftspartner. Ich habe damit nichts zu tun.«

»Ist dein Mann vollkommen stupido? Ein Burgenländer wär kein Problem, aber was glaubt er denn, was passiert, wenn er einen Italiener holt? Mamma mia! Wenn dem da nicht bald alle Frauen im Umkreis von zehn Kilometern mit Haut und Haaren verfallen sind, dann fress' ich einen Besen.«

Sie schob ihre Handflächen unter ihren ausladenden Busen und drückte ihn nach oben, als wollte sie auf diese Weise ihren Worten Nachdruck verleihen. Francesca hielt Italiener für die besseren Männer. Marina rollte mit den Augen. Sie wusste genau, dass ihre Mutter nichts mehr fürchtete, als dass sie ihre Ehe versemmelte. Francesca hatte lange wie eine arme Kirchenmaus gelebt, nun wollte sie ihren Lebensabend als wohlhabende Nonna verbringen.

»Würdest du dich jetzt bitte wieder um Gabriel kümmern, damit ich meine Arbeit tun kann«, ermahnte Marina ihre Mutter, als ihr privates Handy klingelte. »Dr. Moser - Frauenarzt«, stand auf dem Display. Marina stockte der Atem. »Da muss ich rangehen.«

Sie winkte ihre Mutter aus dem Zimmer, da diese keine Anstalten machte, sich zu entfernen. Francesca folgte ihrer Aufforderung, wenngleich auch widerwillig. Sie zog eine Schnute und schimpfte leise auf Italienisch, aber draußen auf dem Gang entfernten sich ihre Schritte.

»Hallo?«

»Frau Haas, Ihre Testergebnisse sind da«, sagte die junge Arzthelferin.

»Und?«

»Es tut mir sehr leid.« Marinas Herz stockte. »Ich darf Ihnen am Telefon keine Auskunft geben.«

Ihr Herz schlug wieder.

»Ich verstehe. Wann kann ich vorbeikommen?«

Am anderen Ende der Leitung erklang Blätterrascheln. Dann Getuschel und leises Kichern. Die junge Frau unterhielt sich mit dem Doktor, hielt aber die Hand vor das Mikrofon, sodass Marina nichts verstand. Ihre Vertrautheit wunderte Marina kein bisschen, denn es wurde eifrig über den älteren Arzt und sein junges Liebchen getuschelt.

»Der Herr Doktor hat gesagt, dass er Sie im Anschluss an

seine offizielle Ordinationszeit empfängt. Wenn Sie also um 18:00 Uhr kommen könnten?«

Marina unterdrückte ein belustigtes Schnauben. Sie ahnte, wie sehr es Herbert Moser gefiel, dass seine Geliebte ihn mit Herr Doktor ansprach. Vermutlich warf er in diesem Augenblick eine blaue Pille ein.

»Danke für dieses Entgegenkommen«, murmelte Marina und legte auf. In dieser ländlichen Gegend kannte man sich, vor allem aber kannte jeder die Familie Haas und ihr Weingut. Marina warf einen Blick auf ihre Armbanduhr von Cartier. Es würde noch Stunden dauern, bis sie Gewissheit hatte. Schwanger war sie nicht, das hatte ihre spontane Regelblutung gestern hinlänglich bewiesen, doch Doktor Moser hatte allerhand Tests durchgeführt, um ihre Fruchtbarkeit zu bestimmen. Marina war felsenfest entschlossen, ein zweites Kind zu bekommen. Koste es, was es wolle! Vielleicht würde dann die Liebe zwischen ihr und Oliver auch neu aufflammen? Die Zeit rund um Gabriels Geburt war die glücklichste in ihrem bisherigen Eheleben gewesen.

Um sich abzulenken, stürzte sich Marina in die Arbeit. Genug zu tun gab es ohnehin, denn das Season Opening scharrte bereits in den Startlöchern. In knapp zwei Wochen würde im Weingut Haas die Präsentation des Jahresweins stattfinden, ein Anlass, den Marina traditionell mit einer rauschenden Party verband. Einmal mehr checkte sie die Zusagen der geladenen Gäste und stellte fest, dass es ihnen auch in diesem Jahr nicht an hochkarätigen Besuchern fehlen würde. Die Aufmerksamkeit der Medien war ihnen sicher.

Gegen Abend fuhr Marina nach Zemendorf, wo Dr. Moser seine Praxis betrieb. Am Küchentisch hatte sie Oliver, Gabriel und Francesca zurückgelassen. Die Männer des Hauses hatten sich eine zünftige Brettljause einverleibt. Francesca hatte darüber die Nase gerümpft, Rotwein getrunken und die Reste der Focaccias gegessen. Marina hatte keinen Hunger gehabt, die Nervosität schnürte ihr förmlich die Kehle zu. Sie hatte Doktor Moser beauftragt, eine Inventur durchzuführen. In Kürze würde sie Gewissheit haben, wie es um den Lagerbestand ihrer Eier und das Verfallsdatum der Eierstöcke bestellt war.

Die Praxis von Doktor Moser befand sich an der Hauptstraße. Ein gelbes Haus mit weißen Faschen, im Klammergriff des wilden Weins. Weil Winter war, rankten sich nur schmucklose braune Stränge an den Fassaden empor. Von außen wirkte das Gebäude in die Jahre gekommen, im Inneren erwartete sie stereotypes Wartezimmer. Zartgelbe Wandfarbe, schimmernde Quarzfliesen und Möbel aus Buchenholz. Außerdem die bestenfalls mittelmäßigen Gemälde eines lokalen Künstlers. Abstrakte Kunst in Orange, Rot und Tannengrün. Nachdem Marina ihren Mantel ausgezogen hatte, wurde sie von einer blonden jungen Frau begrüßt, der vermeintlichen Affäre des alternden Gynäkologen.

Das Wartezimmer war leer. Das war nicht verwunderlich, immerhin machte Dr. Moser für Marina eine Ausnahme. Er und Oliver kannten einander vom Golfspielen, sie hatten das gleiche Handicap, außerdem kannten sie beide Marinas Vagina.

Marina setzte sich und blätterte durch das Woman Magazin, allerdings gelang es ihr nicht, sich auf den Inhalt zu konzentrieren. Die letzte Patientin kam aus dem Behandlungszimmer. Die Sprechstundenhilfe half ihr in den Mantel, dann löschte sie die Lichter im Vorzimmer und ging ebenfalls. Doktor Moser erschien in der Tür und forderte Marina mit einer einladenden Handbewegung auf, in sein Behandlungszimmer einzutreten. Er deutete auf einen der Stühle.

»Danke, dass Sie so kurzfristig Zeit haben«, sagte Marina.

Doktor Moser machte eine wegwerfende Handbewegung.

»Ist doch selbstverständlich. Aber leider habe ich schlechte Nachrichten für Sie«, sagte er ohne Umschweife und versteckte sich hinter einem Stapel Zettel, die er vom Labor erhalten hatte. Doktor Moser inspizierte ein letztes Mal die Ergebnisse, als würde er hoffen, dass sie sich auf wundersame Weise geändert hatten, dann schob er sie Marina hin.

»Die Werte sind niederschmetternd. Da können wir leider nichts mehr ändern.«

Marina zwang sich dazu, den Kopf zu bewegen, um ein Nicken anzudeuten, während er ihr Zahlen erklärte und auf Tabellen verwies. Der Sturm in ihrem Inneren war abgeflaut und einer großen Leere gewichen. Noch hielt sie der Schock fest umklammert und sie fühlte gar nichts.

»Was ist mit künstlicher Befruchtung?«

Doktor Moser schüttelte den Kopf und zählte ihr alle Gründe auf, die dagegen sprachen. Marina hörte nur ein Rauschen in ihren Ohren, wirklich klar begriff sie nur eine Aussage: »Eine Schwangerschaft und ein gesundes Kind wären unter diesen Umständen praktisch ein Wunder.« Das war er also, der Todesstoß. Ihr Herz zerbarst in Abermillionen Splitter. Der Arzt beugte sich vor und tätschelte ihre Hand. »Schauen Sie, Frau Haas, wenigstens haben Sie bereits einen gesunden Jungen. Manchmal muss man einfach zufrieden sein mit dem, was man hat.«

Er meinte es gut, aber Marina konnte seine Schönfärberei keine Sekunde länger ertragen. In diesem Moment war nichts schön. Der Schmerz und die Leere in ihrem Inneren waren überwältigend.

»Danke für Ihre Zeit«, sagte sie und erhob sich. »Ich finde allein hinaus.«

Marina schaffte es aus der Arztpraxis, dann verlor sie die Beherrschung und rang mit den Tränen. Am liebsten hätte sie sich gehen lassen, ihren Schmerz in die Welt hinausgebrüllt, doch sie war nicht alleine. Im Gegenteil, der Platz vor der Kirche war voll mit Menschen. Alle hielten sie brennende Kerzen in Händen.

»Wa...?«, flüsterte Marina, dann fiel es ihr wieder ein. Heute war die Lichtmess-Prozession. Die Leute würden mit den zuvor gesegneten Kerzen durch die Straßen ziehen, um den Winter zu vertreiben. Im Moment sammelten sich die Teilnehmer vis-à-vis am Parkplatz vom Kirchenwirt, wo Marinas Wagen parkte. Ihr Land Rover und ein roter Alfa Romeo mit italienischem Kennzeichen wurden von den Kirchengehern regelrecht umspült. Ein flackerndes Lichtermeer. Da Marina nicht Moses war und die Menge nicht einfach in zwei Hälften teilen konnte, machte sie kehrt und ging in die andere Richtung davon. Dabei rannen ihr die Tränen über die Wangen und verschleierten ihre Sicht. Ohne auf den Weg zu achten, setzte sie einen Fuß vor den anderen. Zemendorf hatte sie längst verlassen. Hinter dem Ortschild endete auch die Straßenbeleuchtung und Marina ging durch die Dunkelheit, eine einsame Landstraße entlang.

In ihrer Tasche vibrierte es zum wiederholten Male. Sie ahnte, dass es Oliver war, der sich nach ihren Ergebnissen erkundigen wollte, aber sie fand nicht die Kraft, die niederschmetternden Worte in den Mund zu nehmen. Motorgeräusche näherten sich von hinten und warfen zwei Lichtpunkte voraus. Der Wagen drosselte sein Tempo, doch Marina ging stur geradeaus, den Blick zu Boden gesenkt. Sie wollte mit niemandem reden, den Weg erklären oder sonst eine Auskunft erteilen. Ein leises Surren erklang und das Seitenfenster wurde herabgelassen.

»Ciao, Marina«, rief eine bekannte Stimme. »Ich hab

dich von meinem Zimmerfenster aus gesehen. Ist alles in Ordnung?«

Rasch wischte sich Marina über das Gesicht, doch wen wollte sie schon täuschen? Sie zuckte die Achseln, nicht bereit, diesem jungen attraktiven Mann von ihrem Altweiberleiden zu berichten.

»Alles gut, nichts passiert«, krächzte sie und sofort begannen die Tränen wieder zu fließen. »Und es wird auch nichts mehr passieren.«

»Bitte steig ein«, sagte Luca. »Außer du möchtest dich der Prozession anschließen?«

Marina warf einen Blick über die Schulter. Tatsächlich schob sich ein lautloser Feuerwurm auf sie zu, vermutlich um der Marienkapelle zwischen Zemendorf und Draßburg einen Besuch abzustatten. Sie konnte umkehren und mit ihrem tränenverschmierten, verquollenen Gesicht die Gerüchteküche befeuern oder …

Marina entschied sich für das geringere Übel und setzte sich in Lucas Alfa Romeo.

Kapitel 4

Araber und Stuten

Eine Zeit lang fuhren sie stumm durch die Finsternis. Marina blickte sich in seinem Wagen um, er war pieksauber, mit Ledersitzen und einer eleganten Duftkomposition, die sich über das Gebläse ins Wageninnere verteilte. Aus dem Radiosender schallten rockige Balladen aus den frühen Nullerjahren. Creed. Kings of Leon. The White Stripes. Songs aus Marinas Jugend; vermutlich war heute Oldie Night.

Plötzlich setzte Luca den Blinker, verließ die Straße und bog in einen mäßig befestigten Feldweg ein. Er mündete bei einem Hügel, von dem aus man die pannonische Tiefebene überblicken konnte. Die Lichter des Alfa Romeos warfen zwei blassgelbe Streifen auf die Landschaft. Marina sah eine Holzbank, Weinstöcke und Felder sowie die träge blinkenden Lichter der Windräder, die ein gutes Stück entfernt vor dem nachtblauen Himmel aufragten.

Luca stellte den Motor ab. Sowie das Scheinwerferlicht erlosch, entfaltete das funkelnde Firmament seine Wirkung. »Ich hab dieses Fleckchen bei einem meiner Streifzüge entdeckt«, erklärte er. Marina spürte, dass er sie von der Seite betrachtete. »In Wien konnte ich wegen der Lichtverschmutzung kaum Sterne sehen, aber hier hab ich sie wiedergefunden.«

Marina stieg aus und setzte sich auf die Holzbank. Sie dachte an die Hiobsbotschaft, die Doktor Moser ihr verkündet hatte und schluchzte. Hinter ihr erklang die Wagentür, dann trat Luca neben sie und legte ihr eine Decke über die

Schultern. Marina nickte dankbar, erst jetzt bemerkte sie, wie kalt es war. Ihr Atem stand in weißen Wölkchen vor ihrem Mund und der Frost hatte den Gräsern einen glitzernden Überzug verpasst.

»Soll ich dich allein lassen?«

Marina schüttelte den Kopf und klopfte neben sich auf das Holz. Er setzte sich zu ihr, legte den Arm um ihre Schultern und wie selbstverständlich bettete sich ihr Kopf an seine Brust.

Unfruchtbar, wisperte eine Stimme in ihrem Kopf. Eine Schwangerschaft und ein gesundes Kind wären ein Wunder.

Mit diesen Gedanken eruptierte eine weitere Welle der Traurigkeit. Sie weinte so heftig, dass ihre Schultern bebten. Luca saß stumm da, streichelte ihr über das Haar und stellte keine Fragen. Er ließ ihre Traurigkeit unkommentiert, etwas, das nur wenige Menschen konnten. Marina war froh, dass er ihr Raum gab, diese Gefühle zu durchleben. Irgendwann versiegten die Tränen und die Erschöpfung legte sich wie ein bleischwerer Mantel auf sie. Sie fühlte sich erleichtert, aber auch beschämt. Wie hatte sie sich nur so gehen lassen können? Luca musste eine schreckliche Meinung von ihr haben. Marina hob den Kopf und sah ihn an. Gerade, als sie sich entschuldigen wollte, strich Luca ihr über die Wange. »Es tut mir im Herzen weh, dich so zerrissen zu sehen«, murmelte er. Er bettete ihren Kopf wieder an seine Schulter. Schweigend beobachteten sie den Himmel über sich.

In ihrer Handtasche vibrierte es erneut. Marina würde Oliver erklären müssen, warum sie auf keinen seiner Anrufe reagierte, doch sie war noch nicht bereit, diesen besonderen Moment enden zu lassen. Die Dunkelheit der Nacht war tröstlich, ebenso wie die Unendlichkeit der Sterne. Sie saßen eine ganze Weile stumm da und genossen die Magie des Augenblicks, doch irgendwann gewann Marinas Pflichtgefühl wieder die Oberhand.

»Ich muss nach Hause«, murmelte sie verlegen. »Oliver macht sich bestimmt Sorgen. Kannst du mich zu meinem Wagen fahren?«

Sie stiegen ein und kehrten in die Realität zurück. Marina klappte die Sonnenblende nach unten und betrachtete sich im Spiegel. Wie sie befürchtet hatte, war ihre Mascara verschmiert und ihr Gesicht verquollen und rot. Sie presste ihre eisigen Finger auf die Haut, in der Hoffnung, die schlimmsten Spuren abzumindern. Luca warf ihr einen kurzen Seitenblick zu. »Du siehst wunderschön aus«, raunte er. Marina schnaubte leise. Eine Lüge, zweifelsohne, aber eine, die sich wie Balsam auf ihre geschundene Seele legte.

Als sie wieder in Zemendorf ankamen, war der Platz vor der Kirche leer gefegt. Luca hielt am Parkplatz vor dem Kirchenwirt und stellte den Motor ab. Marina löste den Sicherheitsgurt und murmelte: »Danke für alles.« Dann stieg sie aus und ging zu ihrem Wagen, ohne sich noch einmal umzudrehen.

Während Marina durch die Nacht brauste, spürte sie immer wieder die Traurigkeit in sich aufsteigen, rang sie aber nieder. Sie hatte genug geweint, ihr Kopf schmerzte und sie fühlte sich ausgetrocknet wie eine Dörrpflaume.

Als sie in die Einfahrt ihres Hauses bog, bemerkte sie Licht im Wohnzimmer. Ein Kloß bildete sich in ihrem Hals. Natürlich hatte Oliver auf sie gewartet und sich vermutlich große Sorgen gemacht, weil Marina seit Stunden nicht erreichbar gewesen war. Sie warf einen kurzen Blick auf die Uhr. Es war nach 21 Uhr. Das war gut. Gabriel schlief bereits und würde seine Mutter nicht so aufgelöst antreffen. Auch Francesca würde bereits in ihrer eigenen Wohnung sein. Oliver hatte sie bestimmt nach Hause gefahren, weil er sich in ihrer Gegenwart nicht entspannen konnte. Verständlich, das konnte niemand.

Sowie Marina den Motor abstellte, flog die Tür auf und ihr Ehemann eilte ihr entgegen. Seine Miene verriet, dass er sich zahlreiche Vorwürfe zurechtgelegt hatte, doch als er ihr Gesicht sah, verblasste sein Ärger.

»Komm erst mal rein und wärm dich auf«, sagte er. Er nahm ihr die Tasche ab und schob sie ins Innere des Hauses. »Ich hab Tee gemacht.«

Nachdem Marina ihre Straßenkleidung abgelegt hatte und zwei dampfende Tassen am Wohnzimmertisch standen, erzählte sie, was Doktor Moser ihr gesagt hatte. Oliver hörte schweigend zu. Er war tief betroffen, hatte er sich dieses Kind doch nicht minder gewünscht als sie selbst. Schulter an Schulter saßen sie nebeneinander, trotzdem sah Marina die Leere zwischen ihnen. Sie hatte sich über die Jahre eingeschlichen. Der Wunsch nach einem zweiten Kind hatte sie bisher überdeckt, nun lag diese Gewissheit ungeschönt vor ihr und Marina konnte den Anblick kaum ertragen.

Irgendwann hielten sie beide die drückende Last nicht mehr aus. In stummem Einvernehmen kehrten sie zum Alltag zurück. Sie machten es sich auf dem Sofa gemütlich, Oliver warf eine Decke über ihre Beine. Sie tranken Tee und schauten die Zehn-Uhr-Nachrichten. So endeten alle ihre Abende. Danach schaltete Oliver den Fernseher aus und sie machten sich bettfertig. Marina stieg unter die Dusche und zog sich einen Seidenpyjama an. Kurz vor 23 Uhr saß sie im Schlafzimmer vor ihrem Vanity. Sie trug Seren und Pflegeprodukte auf und kämmte ihr volles Haar. Dabei kam Marina nicht umhin, ihr Spiegelbild im gedimmten, warmen Licht zu betrachten. Sie war immer noch schön, mit vollen Lippen und dunklen, feurigen Augen, doch sollte das wirklich alles gewesen sein? Sollte sie warten, bis das Alter sie holen kam, immer mehr von ihr auffraß, bis ein gebrechliches Weiblein übrig war, das den besten Jahren ihres Lebens nachtrauerte?

Sie stieg zu Oliver ins Bett. Er schlief bereits, sein Atem war gleichmäßig. Marina lag auf dem Rücken und starrte auf die Decke. Irgendwo surrte ein elektronisches Gerät, die Matratze quietschte leise und gelegentlich knarzte ein Holzbalken. Noch niemals zuvor hatte Marina diese Alltagsgeräusche so intensiv wahrgenommen. Sie konnte nicht schlafen, also drehte sie sich auf die Seite und beobachtete Oliver. Im Dämmerlicht wanderte ihr Blick über sein Profil, seine Lippen waren geöffnet, das bedeutete, dass er bald zu schnarchen beginnen würde, spätestens dann würde sie ohnehin nicht mehr einschlafen können. Mit einem Seufzen schwang sich Marina wieder aus dem Bett und geisterte durch das Haus. Die Last ihres Lebens hielt sie wach; etwas in ihrem Inneren rebellierte lautstark gegen die Lethargie, die sich in ihre Ehe eingeschlichen hatte.

Wie immer, wenn sie unglücklich war, suchte Marina die Nähe ihres Sohnes. Sie schlich in sein Zimmer, wo er friedlich in seinem Bettchen lag. Sein hübsches Gesicht war wie ein Sonnenstrahl, der sofort etwas Freude in das Potpourri melancholischer Gedanken streute. Gabriel war ihr kostbarster Schatz und der einzige Grund, warum sie an dieser Art von Leben festhielt, obwohl ein Teil von ihr gegen das Gefühl der Gefangenschaft protestierte.

Nachdem sie sich an ihrem Kind sattgesehen hatte, straffte Marina den Rücken und ging in die Küche, wo sie sich eine Packung Vanilleeis aus dem Eisfach fischte. Sie visierte das Wohnzimmer an, um sich auf Netflix eine Serie anzusehen, doch auf halber Strecke verwarf sie ihre Entscheidung. Um diese Zeit schlief Gabriel unruhig, ließ sich leicht aus dem

Schlaf reißen. Weil sie ihn nicht wecken wollte, entschied sich Marina für das Arbeitszimmer ihres Mannes. Es lag abgelegener, am Ende eines Ganges. Dort befand sich ein kleiner Fernseher, damit Oliver Sportsendungen sehen konnte, ohne den Rest des Hauses zu langweilen. Eine waschechte Männerhöhle mit dunklen Möbeln und einer Bibliothek mit roten, grünen und braunen Büchern, die allesamt die gleiche Goldprägung aufwiesen. Klassiker der Weltliteratur, von denen Oliver mit Garantie keinen einzigen gelesen hatte. Marina blickte sich nach der Fernbedienung um, konnte sie aber nirgendwo entdecken, also zog sie der Reihe nach die Schubladen auf. »Was in drei Teufels Namen ist das?«

Marina hielt ein quietschbuntes Magazin in Händen. Auf dem Cover zwei Männer, die sich küssten. Sie schlug die Zeitschrift auf und blätterte sie durch. Plötzlich war ihr klar, wieso Gabriel wusste, wohin der Hammer gehörte. Die Illustrationen ließen keinen Raum für Fantasien offen. Marina legte die Zeitschrift zurück und schob die Lade zu. Ihr Gehirn suchte nach logischen Erklärungen. Vermutlich ein geschmackloser Witz, sagte sie sich. Das klang nach den Kerlen vom Jagd- und Sportschützenverein. Vor ein paar Wochen war Oliver stinksauer von einer Stammtischrunde heimgekommen. Er hatte dort auf seinen Geburtstag angestoßen. Wenn das sein Geschenk gewesen war, verstand sie seine Wut. Die anderen Vereinsmitglieder hatten Oliver oft genug auf dem Kicker, weil er in ihren Augen nicht männlich genug war. Wie ärgerlich, dass Oliver das Schundblatt aufgehoben hatte und es ausgerechnet Gabriel in die Hände gefallen war.

Die Fernbedienung hatte Marina immer noch nicht gefunden, deshalb öffnete sie auch noch die letzte Schublade. Zumindest redete sie sich das ein, weil es besser war, als sich ihr Misstrauen einzugestehen.

Der Anblick des Magazins war ein Funke gewesen, nun ließ sich das Strohfeuer nicht mehr austreten. Marina griff nach ein paar Rechnungen, als ihr der Atem stockte. Sie sah ein riesiges fleischfarbenes Etwas, das auf dem Einband einer DVD prangte. Ein monströser Penis, eindeutig erregt. Marina beschlich das Gefühl, als würde sie ins Mündungsrohr einer Kanone linsen. Der dazugehörige Mann war rassig, mit einem schwarzen Bart. Davor ein zweiter Mann, kniend, mit einem anzüglichen Lächeln auf den Lippen.

»Arabische Hengste«, lautete der Titel. »Born to porn«, der Untertitel; beides in gelber Westernschrift geschrieben. Ein Schwulenporno. Weit und breit keine Spur einer Frau.

Marina rieb sich mit beiden Händen über das Gesicht. Diese Überraschung hatte sie nicht kommen sehen. Sie hörte das Blut in ihren Ohren rauschen, ihre Sicht verschwamm, und sie konnte nicht mehr klar denken. Der Tag hatte es in sich gehabt – die schlechten Nachrichten vom Frauenarzt, ihre zerstörten Hoffnungen und jetzt das. Marina wollte toben, doch gegen die lähmende Trägheit in ihrem Inneren kam sie nicht an. Ihre Energie, ihre Wut, alles war wie ausgesaugt. »Es ist nur eine DVD und ein Magazin«, sagte sie immer wieder. »Dumme Geschenke, ohne Bedeutung.«

Sie bemühte sich, den Urzustand der Schublade wieder herzustellen; dann schnappte sie sich ihr Eis und ging. Die Lust, Vanilleeis zu lecken, war ihr redlich vergangen.

Kapitel 5

Horst Haas schießt scharf

Der nächste Morgen.

Für Marina war es eine kurze Nacht gewesen und sie fühlte sich gerädert. Heute war der erste Donnerstag im Monat, ein Fixtermin im Kalender des Ehepaars Haas. Sie würden ihrem gemeinsamen Hobby nachgehen, doch vorher mussten sie noch Gabriel im Kindergarten abliefern. Oliver parkte den Wagen vor dem Gemeindeamt in Pöttelsdorf und sah Marina erwartungsvoll an. Normalerweise übernahm sie diese Aufgabe.

Marina schnallte sich ab und warf einen Blick nach hinten auf die Rückbank, wo Gabriel saß. Er hatte Kopfhörer auf und eine Toniebox auf dem Schoß. Seinem Grinsen nach zu urteilen, genoss er das Hörspiel von Feuerwehrmann Sam. Kurz überlegte sie, Oliver auf ihren Fund von gestern Nacht anzusprechen. Dann verwarf sie den Gedanken wieder. Hier und jetzt war der falsche Zeitpunkt.

»Weißt du was, heute bringst du ihn hinein«, sagte Marina. »Ich hab Renate schon gesagt, dass ich mir nicht erklären kann, warum unser Sohn pornografische Wörter kennt. Es scheint, als hätte er etwas gesehen, das definitiv nicht für seine Augen bestimmt war.« Sie lächelte unschuldig, während Oliver erbleichte. »Vielleicht kannst du ihr ja weiterhelfen?«

Marina blieb im Wagen sitzen und sah den beiden beim Aussteigen zu. Kaum war Gabriel hinter der Hausecke verschwunden, verkümmerte das Lächeln auf ihrem Gesicht.

Für Renate war die Sache erledigt und Marina wusste, das Oliver nicht den Mut finden würde, dieses Thema von sich aus anzusprechen. Deshalb war er auch nur Minuten später zurück und startete den Motor.

Knapp fünf Kilometer betrug die Fahrtstrecke. Im Inneren des Wagens herrschte eisige Stille. Marina hielt ihre Augen starr auf die Straße gerichtet. Obwohl sie sich bemühte, nicht an gestern Nacht zu denken, sah sie immer wieder die arabischen Hengste vor sich, die Oliver in seiner Schublade versteckt hielt.

Mein Mann ist nicht schwul, dachte sie und beobachtete Oliver verstohlen von der Seite. *Das ist doch absurd,* fügte sie im Geiste hinzu und hoffte, damit ihre Zweifel zu zerstreuen. *Wir sind seit zehn Jahren verheiratet. Ich würde es doch wissen, wenn er solche Neigungen hätte, oder?*

Dieses verdammte *Oder* ließ sich einfach nicht vertreiben und schwebte unbeirrbar durch ihre Gedanken. Gekommen, um zu bleiben. Das einzig Gute an diesem Verdacht war, dass er sie vor der niederschmetternden Diagnose ihrer eigenen Unfruchtbarkeit ablenkte.

Zehn Minuten später bog der Land Rover in die Einfahrt des Jagd- und Sportschützenvereins Mattersburg. Sie hatten ihr Ziel erreicht.

Oliver und Marina waren beide in Jagdmontur gekleidet, dennoch hätten sie nicht unterschiedlicher aussehen können. Marina trug eine taillierte Tweedjacke, eine olivgrüne Leggins und die dazu passenden Hunter Jagdstiefel. Der karierte Schal von Barbour fiel ihr locker über die Schultern. Ein Outfit, das mehr für den Laufsteg als für schlammige Feldwege geschaffen war, doch Marina hatte auch nicht vor, sich auf die Pirsch zu begeben. Das Einzige, das sie abknallte, waren Tontauben. Oliver wirkte neben ihr wie ein pummeliger Waidmann, dessen Pullover im Wäschetrockner eingelaufen war.

Auch er gab sich wortkarg. Der Grund für Olivers Schweigen hielt bereits mit großen Schritten auf sie zu. Es war Horst Haas, Olivers Vater, der sie am Parkplatz des Schießstands erwartete.

Horst Haas war einer, mit dem nicht gut Kirschen essen war. Er war laut, ungehobelt und politisch inkorrekt, sowie er den Mund öffnete. Das wusste im Großraum Mattersburg so ziemlich jeder, der schon einmal das Vergnügen mit ihm gehabt hatte; vor allem aber wusste das sein engster Familienkreis.

Seine vormalige Gattin Gisela – Marinas Schwiegermutter – hatte am meisten unter ihm gelitten, weil Horst sie in Gegenwart Dritter meist nur als »Blunzn« bezeichnet hatte. Das war vermutlich der Grund, warum er und die Blunzn seit einigen Jahren getrennte Wege gingen. Beide waren sie ausgezogen und hatten Marina und Oliver die Haas-Villa überlassen. Gisela hatte einen neuen Partner gefunden, war nach Tirol übergesiedelt und erblüht. Horst hatte sich einen sanierungsbedürftigen Streckhof gekauft und war verbittert. Er hatte die Kellerei mittlerweile in Olivers fähige Hände übergeben, dennoch ließ er sich über jede geplante Aktion in Kenntnis setzen und fand aus Prinzip alles schlecht, was sein Sohn tat. Dabei waren es Oliver und Marina gewesen, die den Winzerhof in ein florierendes Unternehmen verwandelt hatten.

Horst war von mittlerer Größe, hager und sehnig. Sein Gesicht war gebräunt und von der Witterung gegerbt. Dass ein echter Kerl wie er keinen Sonnenschutz trug, verstand sich von selbst, weshalb winzige Fältchen und ausgewachsene Falten sein Gesicht zerfurchten. Dazu gesellten sich noch

Pigmentflecken und ein grauer Bart. Horst hatte buschige Augenbrauen, die an zerrupfte Borsten erinnerten. Er sah aus wie ein Uhu nach dem Waldbrand, was durchaus passend war, denn Horst war tatsächlich ein eigenwilliger Kauz.

Er trug einen tannengrünen Janker, dazu Hemd und Funktionshosen im gleichen Farbton. Den dazu passenden Jägerhut hatte er tief in die Stirn gezogen.

Die Begrüßung von Vater und Sohn glich einem stummen Kräftemessen. Horsts Händedruck war kraftvoll, fordernd und vollkommen übertrieben. Oliver, der wie immer ein Ächzen unterdrückte, langte ebenfalls so fest zu, wie er konnte.

»Was ist das für ein labbriger Händedruck?«, spottete Horst. »Pack ordentlich an, Junge, du bist ja keine Schwuchtel, oder?« Marina schnappte erschrocken nach Luft. Nach zehn Sekunden den ersten Schwulenwitz zu platzieren, war sogar für Horst ein neuer Rekord. Oliver grinste, was eher einem Zähnefletschen glich.

Marina wusste, dass er sich nach der Anerkennung seines Vaters verzehrte und Horst sie ihm hartnäckig vorenthielt.

»Ciao, Horst«, sagte Marina und gab ihrem Schwiegervater ebenfalls die Hand.

»Grias di«, bellte Horst und quetschte Marinas Finger. »Wie gehts dem Zwerg? Und der Funsn?«

Marina lächelte kühl. Der Zwerg war Gabriel, die Funsn ihre Mutter Francesca. Letztere fand Horst durchaus interessant, allerdings hinderte ihn sein verstaubtes Frauenbild daran, ihr das zu zeigen.

»Es geht beiden blendend«, erwiderte Marina.

Gemeinsam steuerten sie auf die Schießstände zu. Marina und Oliver schossen auf Wurfscheiben. Horst am liebsten auf Rotwild, aber hier im Sportschützenverein war seine beste Disziplin 100 Meter Kimme Korn. Marina schulterte ihre Merkel Doppelflinte. Sie mochte ihr Gewehr, das den gleichen Namen trug wie eine ehemalige deutsche Kanzlerin. Marina nahm die Flinte und lud. Mit einem metallischen Klicken rastete der Lauf ein. Sie brachte sich in Ausgangsposition und legte an. »Hoo!«

In England rief man »Up!«, aber das verstanden die heimischen Jäger nicht, weshalb hier ein weniger elegantes »Hoo« reichen musste. Mit einem leisen Zischen flog die Tonscheibe hoch. Marina atmete tief ein und zwang alles beiseite: die Bilder von letzter Nacht, die Kälte zwischen ihr und Oliver, die spitzen Bemerkungen von Horst. Sie visierte die Tontaube an und drückte ab. Im Bruchteil einer Sekunde zerriss ein dröhnender Knall die Stille. Der Rückstoß des Gewehrs schlug Marina gegen die Schulter. Vor ihren Augen zerbarst die Tontaube in einer orangen Rauchwolke. Dieses Spiel wiederholte sich ein weiteres Mal.

Marina senkte ihr Gewehr und kippte den Lauf. Mit der Routine einer langjährigen Schützin griff sie in ihre Tasche und zog zwei weitere Patronen hervor. Diesmal dachte sie an Dr. Moser und seine Hiobsbotschaft. Sie stellte sich vor, dass es ihre Probleme waren, die sie hier massakrierte und brüllte: »Hooo!«

Schon stob die nächste Tontaube aus dem Wurfgerät. Marina zielte, feuerte und traf. Sie genoss die donnernde Explosion und den Adrenalinstoß, der jedes Mal durch ihren Körper jagte, wenn sie den Abzug drückte. Marina fühlte eine wilde Befriedigung in sich aufsteigen.

Endlich hatte sich auch Oliver neben ihr eingefunden. Sie schossen abwechselnd auf die Tontauben, so wie sie es immer taten. Normalerweise plauderten sie dabei und gratulierten sich zu den gelungenen Schüssen, doch heute schwiegen sie beharrlich. Zwar befand sich Horst am anderen Ende des Schießparcours, dennoch lasteten seine jüngsten Sticheleien über ihnen. Vermutlich schoss Oliver deshalb erstaunlich oft daneben. Marina sah, dass er frustriert sein Gewehr sinken ließ und stattdessen sie beobachtete. Ihr übertriebener Ehrgeiz ärgerte ihn, das wusste Marina.

»Ich habe einen Sniper geheiratet«, spottete er manchmal, wenn sie wie ein Hochgeschwindigkeitszug über Maß und Ziel hinausschoss. Früher hatte er diesen Wesenszug charmant gefunden, mittlerweile schien er ihn nur noch zu nerven. Ebenso wie ihr hochkochendes Temperament. Je älter Oliver wurde, desto mehr wollte er einfach nur von Gott, der Welt und seiner Frau in Frieden gelassen zu werden.

Die gebuchte Stunde näherte sich dem Ende und Horst gesellte sich wieder zu ihnen. Weil Oliver es hasste, wenn Marina sich vor ihrem Schwiegervater profilierte, war das üblicherweise der Moment, wo sie ihr Gewehr senkte und sicherte. Heute nicht.

Just als sie eine weitere Tonscheibe zerschossen hatte, tippte ihr Oliver auf die Schulter. Marina fuhr erschrocken herum und riss sich den Gehörschutz vom Kopf. Ein Blick in das Gesicht ihres Ehemannes genügte und sie wusste sofort, dass er verärgert war. Da half es auch nicht, dass Horst anbot, Marina bei der nächsten Pirsch an Olivers Stelle mitzunehmen.

Sie schulterte ihre Waffe und steuerte gemeinsam mit Ehemann und Schwiegervater auf das Vereinslokal zu. Ein dunkelbraunes Holzhaus, über dem das Geweih eines Einser-Hirschens angebracht war. Ein stummes Mahnmal; Veganer und Pazifisten waren hier nicht erwünscht.

Im Inneren hockten ein paar Gestalten zusammen und tranken Bier. Tollwut-Toni, der versoffene Hansi und Mucki-Marc. Die drei blickten kurz auf, nickten und vertieften sich wieder ins Gespräch.

Uralte, braun gefleckte Fliesen zierten den Boden. Altmodische Stühle und Tische mit aufgepresster Spanplatte bildeten das Mobiliar. An den Wänden hingen eine Dartscheibe und etliche Krickerl. Ein Anblick, der Marina ein jedes Mal innerlich seufzen ließ.

Marina ging kurz zur Toilette. Als sie wieder zurückkam, saßen Horst und Oliver bei den anderen Sportschützen am Tisch. Jeder hielt ein kleines Bier in der Hand und auch Marinas Verlängerter wartete bereits. Marina stand hinter einem Spalier, das als Garderobe diente. Sie wollte gerade um die Ecke biegen, als sie Olivers Stimme hörte. Er saß zwischen zwei älteren Jägern, die Nase tief in sein Glas gesenkt. »Marina ist unfruchtbar. Der Arzt hat gemeint, dass es mit einem zweiten Kind schlecht ausschaut«, raunte er. Marina zog scharf die Luft ein. Sie konnte nicht fassen, dass er diese intimen Details auf dem Schießplatz breittrat.

»Zuerst wolln's nie welche und dann plärren's, weil's zu spät ist«, pflichtete Hansi ihm bei und glotzte solidarisch in sein Bier, als würde er die Antwort auf diese Frage am Grund seines Stiegl Pils finden. Marina sah rot. Sie schoss um die Ecke. Ein paar Schritte, dann war sie bei Oliver. Marina griff sich sein Bierglas und kippte ihm den Inhalt in den Schritt.

»Du brauchst dringend eine Abkühlung«, schrie sie, machte kehrt und stürmte aus dem Vereinshaus. Hinter ihr erklang Gejohle und Olivers wütende Stimme. Er stürmte hinter ihr her.

»Was in aller Welt sollte denn das?«

Olivers Stimme war kaum mehr als ein Zischen.

»Spinnst du? Musst du mich vor den anderen blamieren?« Marina schnellte herum. »Ich blamiere dich?« Sie spie die Worte förmlich hervor. »Wer hat denn meine intimsten

Geheimnisse ausgeplaudert?« Ihre Stimme war laut, scharf und schneidend. »Vielleicht sollte ich da hineingehen und erzählen, dass mein eigener Mann Schwulenpornos schaut und uns im Kindergarten alle für irre halten, weil unser Sohn so ein Schmuddelheft gefunden hat?«

Marinas Worte verfehlten ihre Wirkung nicht.

Oliver fiel die Kinnlade runter und seine Gesichtszüge entglitten ihm. »Das … also ich, es ist nicht wie du denkst. Es war ein Jux Geschenk zum Vierziger und überhaupt, hast du schon mal was von Privatsphäre gehört? Ich will ja auch nicht wissen, was du und deine Freundinnen ständig in Wien treiben.«

Marina schnaubte grimmig, weil er offensichtlich versuchte, den Spieß umzudrehen. »Wenn unser fünfjähriger Sohn deine Pornohefte liest, habe ich jedes Recht dieser Welt, in deinen Sachen zu wühlen.«

Ihre Stimme war noch einen Ticken lauter geworden. Mittlerweile hörte man sie bestimmt im Vereinshaus, aber das war Marina, im Unterschied zu Oliver, egal.

»Schon gut, beruhig dich. Ich werfe sie weg, ok? Das war doch nur ein dummes Geschenk. Ich brauche das Zeug doch sowieso nicht. Bist du zufrieden?«

»No!«, brüllte Marina. »Du hast mich gedemütigt. Ich bin ganz und gar nicht zufrieden.« Sie hob die Hand. Kurz glaubten beide, dass sie ihn schlagen würde.

»Ja, ich weiß«, gestand Oliver. Er knetete seine Finger und blickte zu Boden. »Es ist nur… ich hätte es nicht erzählt, wenn du mich vorhin bei meinem Vater nicht so vorgeführt hättest.«

Falls er hoffte, dass Marina Verständnis für ihn hatte, dann wurde er enttäuscht. Er sah jämmerlich aus, mit seinem nassen Fleck im Schritt. Marina verschränkte demonstrativ die Arme vor der Brust und blickte zur Seite. So schnell würde sie ihm diese Frechheit nicht verzeihen.

»Tut mir leid, Schatzi. Ich hole unsere Sachen, wartest du bitte beim Auto?«

Marina knirschte mit den Zähnen. Es war offensichtlich, dass Oliver hoffte, jede weitere Eskalation zu vermeiden. Er war die Sorte Mensch, die jedes Problem mit Honig bestrich. Würde es funktionieren? Unwahrscheinlich. Die Gerüchteküche wollte Chili, keinen Honig, doch Olivers Glück war, dass Marina keine Lust verspürte, irgendeinen der Kerle so schnell wiederzusehen.

Kapitel 6

Jessica Rabbit

Marina hatte den Samstagvormittag damit verbracht, den Saal für den Kinderfasching vorzubereiten. Auf Drängen ihres Sohnes erschienen sie und Gabriel im Partnerkostüm. Gabriel war Super Mario und Marina ging als dessen Bruder Luigi. Oliver und Francesca hatten ebenfalls ihr Fett wegbekommen und durften Charaktere aus dem Mario-Universum mimen. Weil Marina ihrem Sohnemann niemals einen Wunsch abschlug, lief sie nun als Klempner durch die Gegend, gekleidet in ein grünes Shirt, der dazu passenden Mütze und einer unförmigen blauen Latzhose. Was an einem Fünfjährigen noch niedlich wirkte, sah an einer erwachsenen Frau peinlich aus, zumal Gabriel darauf bestanden hatte, dass sie einen dicken schwarzen Schnauzer auf ihre Oberlippe klebte, um so nahe wie möglich am Original zu bleiben.

Endlich waren die Vorbereitungen abgeschlossen und Marina lief mit der letzten Kiste vom Haus zum Festsaal, als jemand sie rief.

»Ciao, Luigi! Come stai?« Es war Luca. Weil er ohnehin nichts Besseres zu tun hatte, war er zum Kinderfasching gekommen, um seine Hilfe anzubieten. Er lächelte Marina auf eine Art an, die ihr ganz und gar nicht gefiel, nämlich belustigt. Sie reckte das Kinn und stakste hocherhobenen Hauptes auf die Eingangstür des Headquarters zu, als Luca ihr in den Weg trat. Nicht nur Marina war traditionell veranlagt; Luca war es nicht minder. Kurz entschlossen nahm er ihr die Kiste ab und trug sie nach oben. Es war diese Art von Galanterie, die Marina wieder ein wenig mit sich und ihrem Leben aussöhnte, auch wenn der Schnauzer juckte wie der Teufel und sie langsam aber sicher in dem Polyester-Ungetüm zu schwitzen begann. Oben angekommen, stellte Luca die Kiste mit Fruchtsaft zu den anderen und blickte sich beeindruckt um.

»Respekt! Du hast ganze Arbeit geleistet.«

Das fand Marina allerdings auch. Seit den frühen Morgenstunden hatte sie den Veranstaltungssaal in eine bunte Oase verwandelt. Girlanden schlangen sich die Wände entlang und Luftballons schwebten oben an der Decke. Hinter der Bar bereiteten sich freiwillige Helfer auf den drohenden Ansturm vor und der örtliche Clown kontrollierte ein letztes Mal seine Requisiten. Die rote Nase saß, die Tücher waren im Ärmel drapiert und die Zaubertricks einstudiert.

Ein niedlicher kleiner Super Mario schoss um die Ecke, schlang seine Arme um Marina und blickte sie treuherzig an. »Nonna hat gesagt, die ersten Besucher sind da.« Marina griff seine Hand und drückte sie aufmunternd. »Na dann, feiern wir jetzt Fasching.«

Luca stand ein wenig abseits, aber Marina spürte, dass er sie beobachtete. Sie wuschelte Gabriel durchs Haar und drückte ihm einen Schmatzer auf die Stirn. Dann hob sie den Kopf und ihr Blick traf den von Luca. Um ihre Verlegenheit zu verbergen, flüsterte Marina Gabriel etwas ins Ohr. Schmunzelnd beobachtete sie, wie der Knirps zu Luca rannte und ihn bei der Hand packte.

»Mama sagt, sie will nicht die Einzige sein, die sich heute zum Affen macht«, wiederholte der Kleine neunmalklug und zog Luca hinter sich her. Marina langte in eine Kiste mit Requisiten und schwenkte demonstrativ einen Haarreifen, an dem rosa Plüschohren befestigt waren. Die letzten

Reste eines Playboy-Häschen-Kostüms, das sie auf einer von Carmens legendären Partys getragen hatte. Carmen zählte zu Marinas besten Freundinnen. Sie war die Chefin einer Marketingagentur, vermögend, kinderlos und exzentrisch. Mit einem Anflug von Wehmut blickte Marina auf die Hasenohren. Sie erinnerte sich an jene ausschweifende Nacht, die damit geendet hatte, dass Oliver, gekleidet wie Hugh Hefner, sie im Bademantel von der Hauptstadt zurück ins Burgenland gebracht hatte. Was sich anfühlte, als wäre es erst gestern geschehen, lag beinahe ein Jahrzehnt zurück.

Marina schüttelte den Kopf und wandte sich wieder der Gegenwart zu. »Es macht kein gutes Bild, wenn die Helfer nicht verkleidet sind«, sagte sie und streckte ihm das Symbol ihrer lebensfrohen Tage demonstrativ entgegen.

Luca musterte das Teil mit wenig Begeisterung. »Und wenn ich mich weigere?«, fragte er und zwinkerte Gabriel verschwörerisch zu.

»Dann werde ich dich zwingen müssen«, entgegnete Marina achselzuckend. »Immerhin bin ich die Chefin.«

Luca hob beschwichtigend die Hände und stülpte sich mit einem theatralischen Seufzen den Haarreifen auf das dunkle Haupt. »Zufrieden?«

»Nein. Ganz und gar nicht.«

Marina bugsierte ihn auf einen Stuhl und zauberte einen schwarzen Kajal hervor, der sich ebenfalls in der Kiste mit Verkleidungen verborgen hatte. Ehe der verdutzte Luca sich wehren konnte, hatte ihm Marina einen schwarzen Punkt auf die Nasenspitze gemalt. Nun folgten die Schnurrhaare. Sie beugte sie sich vor, bemüht, akkurate Linien zu ziehen. Da wurde ihr bewusst, wie nahe sie ihm eigentlich war. Ihre Hände berührten sein Gesicht nur flüchtig, aber es genügte, um ein knisterndes Spannungsfeld zwischen ihnen zu erzeugen. Luca schluckte und auch Marina atmete ein wenig schneller. Etwas unerhört Intimes passierte zwischen ihnen, ohne dass es für die Augen der anderen sichtbar gewesen wäre. Vermutlich, weil Gabriel daneben stand und feixte. *Alles ganz harmlos*, beschwichtigte sich Marina im Geiste, obwohl sie ein verräterisches Ziehen zwischen ihren Beinen wahrnahm.

Was sie nicht sah, war das bernsteinfarbene Augenpaar ihrer Mutter, das sich bei diesem Anblick zu bedrohlichen Schlitzen verengte.

Um 14 Uhr, dem offiziellen Beginn des Fests, tummelten sich eine Biene, eine tapsige Minnie Maus und eine Katze im Saal und Marina befürchtete, dass die Veranstaltung ein Flop war. Dreißig Minuten später war der Saal zum Bersten voll und Marina fragte sich, ob eine Horde aufgekratzter Kinder in der Lage war, die Wände einzureißen. Die Chancen standen jedenfalls nicht schlecht, dass das Ganze zu einer Abrissparty mutierte. Der Clown formte in Rekordzeit Luftballontiere und trieb Schabernack, während der DJ einen Gassenhauer nach dem anderen servierte. Um 15 Uhr zog Marina eine erste Zwischenbilanz. Die Wände hielten, die Kinder tobten und die Eltern kosteten sich durch eine Auswahl an Haasi Weinen, weshalb der Stimmungsbarometer mittlerweile durch die Decke ging. Sie und Luca standen an einem Tisch und verteilten Krapfen an die Kinder. Gerade, als Marina beschloss, zufrieden mit sich und der Welt zu sein, kroch ihr ein schwerer, süßlicher Duft in die Nase. Aufdringlich und mit dem Potenzial, Kopfschmerzen zu verursachen. Es war Francesca, verkleidet als leicht übergewichtige, in die Jahre gekommene Prinzessin Peach, in einem pinken Polyester-Ungetüm. »Tesoro, Oliver schickt nach dir«, sagte sie und grinste salbungsvoll. »Es ist dringend. Eines der Kinder hat das Klo verstopft. Ist mir zwar ein Rätsel, wie so ein Kleiner schon so ein großes Häufchen fabrizieren kann, aber das sind sicher die vielen Krapfen. Als Kind hast du davon auch immer Dünnpfiff gekriegt.«

Marina spürte, wie ihre Wangen heiß wurden. Wer Francesca in seinem Leben hatte, brauchte keine Feinde.

»Danke, Mutter«, knurrte sie. »Ich gehe mal nachsehen.«

Luca machte Anstalten, sie zu begleiten, doch Francesca hielt ihn zurück. »Bleib hier und hilf mir mit den Krapfen, ja?« Es war ein Befehl, als Frage getarnt. Zwar missfiel es Marina ungemein, dass Francesca ihrem Praktikanten Anweisungen erteilte, andererseits war sie froh, dass ihrer noch jungen Bekanntschaft der Gestank eines verstopften Klos erspart blieb.

Während Marina ihren Pflichten als Gastgeberin nachkam, schwappte eine weitere Welle an Besuchern zur Tür herein. Offensichtlich ließ sich kein einziger Pöttelsdorfer die Faschingsfeier im Weingut Haas entgehen. Wäre Marina nur einen Augenblick länger im Saal verblieben, hätte sie gesehen, welcher Gast sich unter den Neuankömmlingen befand und ihrer Mutter ein Lächeln ins Gesicht zauberte. So aber zwang sie sich, eine Tür weiter durch den Mund zu atmen, um den Geruch im Inneren des Herrenklos zu ertragen.

Oliver stand in einer Ecke, unterhalb eines geöffneten Fensters, und beobachtete einen Mann dabei, wie er die Verstopfung fachkundig löste. Oliver verkörperte Toad perfekt. Der kleine rundliche Pilz, der ebenfalls eine Rolle im Mario-Universum innehatte, war ihm wie auf den Leib geschneidert. Er trug eine gepunktete Kopfbedeckung, die ihn aussehen ließ wie ein überlebensgroßes Schwammerl. Dazu eine blaue Weste, ein hautfarbenes Mesh-Oberteil und weiße pludrige Goa-Hosen, die sich im Schritt bauschten wie eine Windel. Als er Marina sah, stahl sich ein breites Grinsen auf sein Gesicht.

»Wenn ich gewusst hätte, dass wir eine Klempnerin im Haus haben, hätt' ich mir den Notdienst sparen können.« Er lachte schallend über seinen eigenen Witz.

Anstatt auf seinen Scherz einzugehen, fragte Marina: »Wobei brauchst du denn meine Hilfe? So wie es aussieht, ist doch alles unter Kontrolle?«

»Eh«, gab Oliver ihr recht und rückte ein Stück, damit sie in der Frischluft-Schneise unterhalb des Fensters Platz fand.

»Meine Mutter meinte, dass du mich dringend sprechen willst?« Oliver zuckte mit den Achseln und drehte den Zeigefinger neben seiner Schläfe. Es war nicht das erste Mal, dass Francesca sich einmischte und ein heilloses Durcheinander fabrizierte.

»Da haben's den Übeltäter«, rief der Installateur. Er hatte eine Spiderman-Maske aus dem Abfluss gefischt und schwenkte sie wie eine Trophäe. »Braucht die noch wer?«

Als Marina und Oliver angewidert den Kopf schüttelten, ließ er sie in einem schwarzen Müllsack verschwinden. »Na, dann hätten wir das auch erledigt.«

Marina überließ ihr Schwammerl von Ehemann und den Installateur sich selbst und kehrte in den Saal zurück. Dabei sondierte sie alle Kinder, auf der Suche nach einem demaskierten Spiderman, allerdings erfolglos. Dafür fand sie Francesca, die am Krapfen-Buffet wacker die Stellung hielt. Von Luca fehlte jede Spur.

»Und?« Francesca griff selbst nach einem Krapfen und biss hinein. Dabei tropfte ihr etwas Marillenmarmelade auf den ausladenden Busen. Sie wischte den Fleck mit ihrem Zeigefinger weg und schob ihn in den Mund. Marina beobachtete sie kopfschüttelnd. Francesca mochte leidenschaftlich gern so tun, als ob sie ein Teil der gehobenen Gesellschaft wäre, doch einen Genierer oder Manieren hatte sie nicht. Marina zuckte die Achseln.

»Passt schon.« Sie verspürte keine Lust, ihre Mutter auf den neuesten sanitären Stand der Dinge zu bringen. Stattdessen fragte sie: »Wo ist Luca?«

Es hätte beiläufig klingen sollen, dummerweise tat es das aber nicht. Francescas Zeigefinger gab die Richtung vor und Marinas Blick folgte. Luca hatte Gesellschaft gefunden. Niemand Geringeres als Renate, Gabriels Kindergartenpädagogin, die im granatigsten Kostüm gekommen war, das das Burgenland jemals gesehen hatte.

Sie war als Jessica Rabbit verkleidet, der vollbusigen Sirene aus dem Film »Roger Rabbit«. Und Renate füllte dieses Kostüm vorzüglich. Sie trug eine rote Perücke und ein glitzerndes Kleid, das bis zum Hüftknochen geschlitzt war. So wie es aussah, hatte sie ihr persönliches Häschen gefunden, denn Luca stand sichtlich verzückt neben ihr.

Renate blickte in Marinas Richtung und stieß einen Schrei aus und hielt geradewegs auf das Krapfen-Buffet zu.

»Marina?«, rief Renate einen Hauch zu schrill und blickte an ihr hinunter. »Ja, spinn ich? Ich hätt' dich schon gleich nicht erkannt. Du schaust ja zum Schießen komisch aus.«

Glänzende, lilafarbene Latexhandschuhe bekleideten ihre Arme und reichten ihr hoch bis zu den Achseln. Renate reichte Marina die Hand, die sich dank der gummiartigen Haptik wie ein Kondom anfühlte. *Wenn das Faschingstreiben vorbei ist, kann sie die Dinger für veterinäre Zwecke weiterbenutzen,* dachte Marina grimmig.

»Ciao, Renate«, rief sie im gleichen Singsang und verzog ihre Lippen zu etwas, das ein Lächeln imitieren sollte. Das gelang ihr zwar nur mäßig, das war aber auch egal, weil Renate sowieso nur Augen für Luca hatte. Der war ihr nämlich wie ein Schoßhündchen gefolgt. »Bestellst mir noch einen

Wein, bitte?«

Während Luca ihrer Bitte nachkam, beugte sich Renate vor. Einerseits, um Marina etwas ins Ohr zu flüstern, andererseits, um Luca einen noch tieferen Blick in ihren Ausschnitt zu gewähren. Der stand zwar an der Bar, glotzte aber immer noch in ihre Richtung.

»Also, so ein Praktikant würd' mir im Kindergarten auch gut gefallen«, säuselte sie und klimperte mit ihren Wimpern.

Sie quälten sich durch Smalltalk, bis Luca wieder an ihrer Seite war. Er reichte Renate ein Glas Vino, das sich in ihren Händen in Wasser verwandelte. Anders konnte sich Marina nicht erklären, mit welchem Zug sie den Inhalt hinunterkippte.

»*Oida*, jetzt tanzen's die Polonaise«, rief Renate und griff sich Lucas Hand. »Gemma tanzen?« Ohne seine Antwort abzuwarten, schleifte sie ihn quer durch den Saal, um sich dem Wurm aus Kostümierten anzuschließen.

»Jetzt weißt du wenigstens, aus welchem Holz euer Praktikant geschnitzt ist«, sagte Francesca.

Marina wandte den Kopf und blickte ihre Mutter scharf an. »Was soll das heißen?«

»Na, schau selber. Puttana zu Playboy, das passt doch wie die Faust aufs Auge, wenn du mich fragst.«

Die Polonaise war längst zu Ende, dennoch blieben die beiden auf der Tanzfläche, denn Renate entpuppte sich als Partygranate. Selbst zum Vogerltanz schwang sie lasziv die Hüften. Spätestens jetzt hatte Luca seine Aufgabe gefunden, nämlich darauf zu achten, dass Renate der wogende Busen nicht aus dem Kleid hüpfte. Eine Aufgabe, um die ihn der männliche Teil der Besucher beneidete.

Am liebsten hätte Marina die beiden Turteltauben hochkant hinausgeworfen, immerhin war das ein Kinderfasching. Und überhaupt, was bildete sich Renate ein, ihr im

Kindergarten einen Vortrag über sensible Kinderseelen und Pornografie zu halten, um dann in diesem Aufzug aufzukreuzen? Und warum zum Teufel war sie nicht selbst auf diese Idee gekommen?

Um 17 Uhr standen Marina und Oliver hinter dem leer gefressenen Krapfen-Buffet. Gemeinsam warteten sie darauf, dass der Wahnsinn ein Ende fand. Noch war davon rein gar nichts zu spüren. Die Party kochte über, Cowboys und Indianer hatten längst das Lasso rausgeholt und auf der Tanzfläche brodelte es. Es gab Kinder im Zuckerrausch und beduselte Erwachsene. Alle feierten wie die Narren, während sich das Ehepaar Haas im Geiste vereint fühlte, wie lange nicht mehr. Was sie verband, war nicht etwa der Erfolg ihrer Feier, sondern ihre schlechte Laune.

»Ma-rinaaa?«

Wenn man vom Teufel spricht, dachte Marina, als Jessica Rabbit auf sie zuhielt. Mit einer Sprache, die man bestenfalls als verwaschen bezeichnen konnte. »Kann die Jenny noch ein bisserl bei euch bleiben, bis Marc sie abholen kommt? Du weißt schon, geteiltes Sorgerecht.«

Sie zwinkerte Luca auffällig zu.

Marina brummte etwas, das niemand interessierte, da

Luca und die Granate wieder abgezogen waren, um sich beim Fliegerlied die Ehre zu geben.

»Der Bursche lässt echt nichts anbrennen«, raunte Oliver und blickte seinem Praktikanten bewundernd hinterher. Das war die Kirsche auf einem Sahnehäubchen aus Kränkungen, die Marina an diesem vermaledeiten Faschingstag hatte schlucken müssen. Sie wollte sich mit einer dramatischen Geste den Schnauzer von der Oberlippe reißen, nur um festzustellen, dass er eine Spur zu fest saß.

»Wo willst denn hin, Schatzi«, rief Oliver, als Marina aus dem Saal türmte. Er fühlte sich sichtlich unwohl bei dem Gedanken, als Schirmherr des Kinderfaschings allein die Stellung halten zu müssen.

»Ich komm gleich wieder, ich muss nur diesen Schnauzer abnehmen«, rief Marina über ihre Schulter. »Ich glaube, ich bekomme davon eine allergische Reaktion.«

Auf dem Gang traf sie Francesca, die eine Prügelei zwischen Super Mario und Eiskönigin Elsa schlichtete.

»Was ist los, Topolina?«

Schnaubend vor Wut bremste sich Marina ein.

»Hast du gesehen, wie unverschämt die Kindergartentante unseren Praktikanten anbaggert? Ich mein, geht's noch? Das hier ist ein Kinderfasching und nicht der Bachelor.«

Francesca löste die beiden Streithähne voneinander und schob sie davon. »Seid's jetzt brav und geht's spielen. Nicht mehr lang, Jenny, dann kommt dich dein Papa eh abholen.«

Marina blickte den beiden Winzlingen hinterher und erstarrte zur Salzsäule. Drinnen im Saal hatte sich Renate ihren Praktikanten gekrallt. Draußen vor dem Saal vermöbelte das Kind der Granate ihren Jungen. Der Apfel fiel nie weit vom Stamm.

Weil Francesca kaum etwas mehr liebte als eine gute Lästerei, zog sie Marina an ihre Seite. Sowie die Kinderohren aus dem Lauschradius entschwunden warnen, machte sie eine wegwerfende Handbewegung.

»Weißt doch eh, was die Leute sagen«, raunte sie. »Die Renate war sich noch für keinen z'schad. Und jetzt hat sie halt grad Lust auf was Italienisches. Aber was kümmert's dich?«

»Schau ich so aus, als ob es mich kümmert?«, blaffte Marina ihre Mutter an und stakste davon.

Hätte Marina sich noch einmal umgedreht, hätte sie gesehen, dass Francesca ihr zufrieden grinsend hinterher blickte. Sie hatte Renate gesteckt, dass ein attraktiver und vor allem lediger Italiener neuerdings am Winzerhof weilte.

Francesca hatte die beiden sogar miteinander bekannt gemacht, als Marina wegen dringender Verstopfung aufs Herren-WC gerauscht war.

Kapitel 7

Der Kuss

»Na fix haben die Zwei gepudert«, rief Marina in ihr Handy. Am anderen Ende der Leitung befand sich ihre Freundin Eva. Die beiden kannten einander schon seit ihrer Kindheit, wo sie gemeinsam in einem Wiener Gemeindebau aufgewachsen waren. Weshalb es ihre Gesprächspartnerin auch kein bisschen wunderte, dass Marina in ihrer Aufregung in etwa so derb redete wie Karl Merkatz in seiner bekanntesten Rolle.

»Eva, du hättest sehen sollen, wie die sich Luca an den Hals geschmissen hat. Ich sag's dir, richtig peinlich war das.«

Es war Montagmittag. Marina hatte gerade mit ihrer Mutter Francesca und Sohn Gabriel gegessen; nun stapfte sie durch die Weinstöcke, um sich die Beine zu vertreten. Vor allem aber, um Dampf abzulassen; das Chili schlug ihr ebenso auf den Magen wie die rattenscharfe Kindergartentante, die keine Ahnung von korrektem Benehmen hatte.

Im Februar präsentierte sich das Weingut karg und trist. Vor Marina erstreckten sich akkurat gezogene Spalierreihen über dem flachen Land. Wie Soldaten standen die Weinstöcke in Reih und Glied. Das kahle Geäst wartete darauf, dass dem Winter die Kraft ausging und die Sonnenstrahlen an Macht gewannen. Auch wenn Marina es im Augenblick nur erahnen konnte, in wenigen Monaten würden üppige Trauben die Ranken schmücken.

Was mochte die Nacht für Luca und Renate bereitgehalten haben? In Marinas Vorstellung jedenfalls eine Menge. Sogleich wurde ihr ein weniger heißer. Marina öffnete den

Kragen ihres Parkas ein Stückchen weiter.

Sie konnte sich nicht mehr erinnern, wann sie das letzte Mal Lust verspürt hatte; zumindest nicht in Gegenwart ihres Ehemanns. Scharf gekocht wurde ohnehin nur noch in der Küche. Oder aber, wenn Oliver auswärts weilte und Marina schmutzige Literatur las, um sich im Anschluss mit ihrem Vibrator zu vergnügen. Der einzige Grund, warum sie überhaupt noch körperlichen Kontakt zu Oliver suchte, war, weil Vibratoren zwar hervorragende Orgasmusspender waren, es aber leider immer noch die Männer zum Kindermachen benötigte. Somit war es Marinas Libido, die Renate den Sex mit dem Italiener verleidete. Zwar ging sie das Privatleben der beiden rein gar nichts an, doch der Eifersuchtsfunke ließ sich nicht löschen. Deshalb tat Marina das Zweitbeste, das sie tun konnte, wenn es ihr nicht gelang, über den Dingen zu stehen. Sie zerriss sich das Maul darüber.

»Vielleicht ist ja zwischen den beiden gar nichts gelaufen?«

»Eva, ich bitte dich. Renate hat heute gegrinst wie ein Honigkuchenpferd, als ich Gabriel in den Kindergarten gebracht hab. Da war es nicht schwer, eins und eins zusammenzuzählen.«

Gleich stand für Marina ein wichtiges Meeting auf dem Programm. Es ging um ein PR-Event, dessen Erlös der Brustkrebsforschung zugutekam und dem Weingut eine Menge Publicity einbrachte. Für diesen Anlass wurden neue Etiketten gedruckt und kräftig die Werbetrommel gerührt; Aufgaben, die Marina höchstpersönlich überwachte. Zuvor musste sie sich jedoch ihren Frust von der Seele reden. Aus dem Smartphone klang die abgehackte Stimme von Eva. Im Hintergrund war es laut, der Wiener Straßenlärm übertönte sie immer wieder. Marina kniff die Augen zusammen und konzentrierte sich.

»Natürlich ist mir das egal«, fuhr sie auf. »Bellezza, bitte!

Was denkst du von mir? Ich bin eine verheiratete Frau! Aber es stört mich halt, wenn sich die leitende Kindergartenpädagogin am Kinderfasching so mannstoll aufführt.« Auf der anderen Seite der Leitung erklang ein spöttisches Lachen. Marina quittierte es ihrerseits mit einem Schnauben. Dass ihre Freundinnen in ihr lasen wie in einem offenen Buch, nervte gewaltig.

»Vergiss es! Erzähl lieber von dir. Wie läuft es so auf Wolke sieben?« Sofort begann Eva von Valentín zu schwärmen.

Ihre Freundin hatte es verdient, wieder glücklich zu sein, fand Marina, nachdem ihr Ex sie für eine Zwanzigjährige verlassen hatte. Sie lauschte Evas Schilderungen, als sie ein Knacken hörte und herumfuhr. Marina erblickte Luca, der sich zwischen zwei Weinstöcken zu ihr hindurchkämpfte.

»Dachte ich mir doch, dass ich dich hier gesehen hab«, sagte er grinsend. Instinktiv warf Marina einen Blick über die Schulter, doch sie waren allein. Weit und breit war keine Menschenseele zu sehen.

»Eva, ich muss Schluss machen«, hauchte sie und ärgerte sich, weil ihre Stimme so zittrig klang. Marina beendete das Telefonat und ließ das Handy in ihrer Jackentasche verschwinden.

»Du siehst müde aus«, sagte sie unschuldig. »Wohl ein anstrengendes Wochenende gehabt?«

Luca zog eine Augenbraue hoch. »Ich kann nicht klagen«, antwortete er und präsentierte ihr dieses Lächeln, das waffenscheinpflichtig sein sollte. »Un gentiluomo tace e gode.« *Ein Gentleman schweigt und genießt.*

Dieser Schuft, er versuchte erst gar nicht zu vertuschen, dass er die Granate genagelt hatte.

Marina und Luca wanderten entlang der Weinstöcke. Dabei sprachen sie darüber, ob es Luca hier auf dem Weingut gefiel und ob es signifikante Unterschiede gab zur Kellerei seiner Eltern. Da sie sich schon ein gutes Stück vom Winzerhof entfernt hatten und ihr Meeting bald begann, hielt Marina an. Luca tat es ihr gleich.

Er beugte er sich vor und zupfte ihr ein Blatt aus dem Haar. Luca war in ihre Umlaufbahn eingedrungen, das Gesetz der Schwerkraft wurde schlagend und zog ihn unweigerlich näher.

Marinas Blick streichelte seine markanten Züge, die hohen Wangenknochen und die tief liegenden Augen, deren blaue Färbung sie faszinierte. Er hatte seine dichten Augenbrauen leicht gerunzelt, vielleicht, weil ihn die Sonne blendete, vielleicht aber auch, weil er nicht genau wusste, was er von der Frau seines Chefs halten sollte.

Es juckte Marina in den Fingerspitzen, ihre Hand auszustrecken und seine Wangen zu berühren, die ein akkurat getrimmter Dreitagebart zierte.

Hatte sie sich das eingebildet oder bewegte sich Luca langsam auf sie zu? Jener Teil in ihrem Inneren, der sich an ihr eheliches Gelübde erinnerte, mahnte sie zur Flucht, dennoch rührte sie sich keinen Millimeter von der Stelle. Luca war ihr mittlerweile gefährlich nahe und sie spürte seinen Atem auf ihrer Haut.

»Du gehst mir nicht aus dem Kopf«, raunte er. »Ich schätze Oliver sehr, aber …«

»Pssst!« Marina unterbrach ihn. Sie wollte den Namen ihres Mannes nicht hören. Marina hob sich auf die Zehenspitzen und küsste Luca flüchtig auf die Lippen. Sie wusste selbst nicht, welcher Wahnsinn sie ritt.

»Scusa. Ich … äh, es tut mir leid«, flüsterte sie, bevor Luca sie packte und den Kuss erwiderte.

Marinas Herz raste vor Aufregung. Sie konnte nicht sagen, wann sich das letzte Mal etwas so gut angefühlt hatte. Wie eine Droge; Marina ahnte, dass diese sie zerstören konnte, doch im Moment verpasste sie ihr das Hochgefühl ihres Lebens. Bis Olivers Wagen in die Einfahrt bog. Sie waren viel zu weit weg, Oliver konnte sie nicht gesehen haben, dennoch wirkte seine plötzliche Nähe auf Marina wie ein Kübel eiskalten Wassers. Was auch immer an Leidenschaft gelodert hatte, war erloschen.

»Es tut mir leid«, flüsterte Marina und schob ihn von sich. »Ich hätte das nicht tun dürfen.«

Sie machte kehrt und lief davon, noch ehe Luca ein Wort erwidern konnte. Sie floh vor Luca, vor allem aber vor ihren Bedürfnissen, die sie jahrelang unterdrückt hatte und die nun ungestüm an die Oberfläche drängten.

»Du schaust heute aber frisch aus«, sagte ihr Mann und kniff sie in die rosigen Wangen, als Marina ihm direkt in die Arme stolperte. Sie befand sich auf dem Weg in die Chefetage, so nannten die Mitarbeiter den obersten Stock des Headquarters. »Hast du nicht ein Meeting?« Er blickte auf die Uhr und Marina tat es ihm gleich.

»Ich war gerade auf dem Weg dorthin«, sagte sie und nutzte diesen Vorwand zur Flucht.

Kapitel 8

Amore für Fortgeschrittene

Marina saß in ihrem Schlafzimmer und betrachtete sich im Spiegel. Sie hatte ein Negligé angezogen, das ihren Körper umspielte und mehr enthüllte, als es verbarg. Ihre Brustwarzen zeichneten sich hellrosa unter dem durchsichtigen Gewebe ab. Neben ihr stand ein Glas Wein; es war bereits ihr drittes. Marina spürte immer noch das Prickeln, das Luca geweckt hatte und das einfach nicht verklingen wollte. Sie wollte es nutzen, um das Feuer in ihrer Ehe wieder zu entfachen. Ihre letzten intimen Momente waren lustlose Trockenübungen gewesen, mit dem Ziel, ein Baby zu machen. Nicht die Lust hatte entschieden, wann sie miteinander geschlafen hatten, sondern eine App auf Marinas Handy. Die hatte ihren Eisprung verfolgt und berechnet, wann die Wahrscheinlichkeit für eine Schwangerschaft am höchsten war.

Tja, so viel dazu, dachte Marina grimmig und schenkte sich ein viertes Glas ein. Ihre Fingerkuppe folgte der Form ihrer Lippen, denen immer noch ein Hauch von Luca anhaftete. Wenigstens in ihrer Vorstellung. Ein Kuss war noch kein Betrug, redete sich Marina ein. Nicht, wenn sie das anregende Gefühl, das er in ihr geweckt hatte, nutzte, um ihre Ehe aufzupeppen. Marina gierte nach Leidenschaft. Heute wollte sie es wissen und diesem verräterischen Ziehen zwischen ihren Schenkeln ein Ende setzen.

Oliver kam ins Schlafzimmer geschlurft. Beim Klang seiner Schritte war Marina ins Bett gehechtet und hatte sich in Pose geworfen. Sie erwartete ihn mit einem verführerischen Lächeln auf den Lippen. Die Überraschung stand Oliver ins Gesicht geschrieben, als er seine Frau aufreizend drapiert auf dem Laken vorfand. Verschiedene Emotionen kämpften auf seiner Miene um die Vorherrschaft; Müdigkeit, Enervation, aber auch Überraschung. Marina begann, ihm das Hemd aufzuknöpfen. Endlich hatte sie ein Ventil gefunden, um sich von dem inneren Druck zu befreien, der seit Tagen auf ihren Schultern lastete. Oliver war sichtlich überrumpelt von dieser unbekannten Leidenschaft. Er war ein sanfter Liebhaber, gefühlvoll und zärtlich. Ganz so wie es seinem Naturell entsprach, ließ er sich auf sie ein, wobei es ihn sichtlich unbehaglich stimmte.

»Ich will, dass du mich fickst«, stieß Marina hervor. »… Du sollst es mir so richtig besorgen.« Heute würden sie der Missionarsstellung sprichwörtlich den Rücken kehren, dachte Marina und wechselte in den Vierfüßlerstand. Sie wollte kein Vorspiel, kein stundenlanges Streicheln und Kneten, sie wollte einen Penis und das gefälligst hier und jetzt. Es war ein letzter verzweifelter Versuch, um Oliver aus der Reserve zu holen. Wenn sich der arabische Hengst so zügellos präsentieren konnte, warum dann nicht auch sie? Marina wackelte mit dem Hintern, in der Hoffnung, dass ihre prallen Pobacken endlich sein Verlangen entfachten. Zunächst schien Oliver tatsächlich Fahrt aufzunehmen; er stellte sich hinter sie und schickte seine Hände auf Erkundungstour. Seine Finger glitten über ihren Körper, der wie eine Sanduhr geformt war.

Plötzlich hielt er inne.

»Ich bin müde, Marina«, sagte er und ließ sich neben ihr auf das Bett fallen. »Außerdem bin ich überfordert und enttäuscht. Wir können kein Baby mehr bekommen und das trifft mich nicht weniger als dich.«

Schlagartig war Marina ernüchtert. Oliver hatte den Finger auf ihren wunden Punkt gelegt und das Problem zwischen ihnen benannt.

»War das denn der einzige Grund, warum du mit mir geschlafen hast?«, fuhr sie ihn an. Oliver zog den Kopf ein. Das burgenländische Temperament war dem italienischen haushoch unterlegen. Das wusste Oliver und gab kampflos auf. Wie immer, wenn sie Streit hatten, konnte er es nicht mehr in ihrer Nähe aushalten und erhob sich. Kaum war er aus dem Zimmer gegangen, pfefferte Marina ihm ein Kissen hinterher.

»Dann geh doch«, brüllte sie, ehe sie auf das andere Kissen einschlug, um die bittere Demütigung zu ertragen.

Nachdem sie dem Daunenkissen die Abreibung seines Lebens verpasst hatte, hielt es Marina nicht mehr länger im Schlafzimmer aus. Immer noch wütend, ging sie nach unten, um Oliver an ihrem Frust teilhaben zu lassen. Unter der Tür seines Arbeitszimmers quoll ein Lichtstreifen hervor.

Er würde doch nicht etwa? Augenblicklich ergriff das Misstrauen von Marina Besitz und sie schlich auf Zehenspitzen näher. Sie bückte sich und spähte durch das Schlüsselloch. Oliver saß in seinem Stuhl und masturbierte. Marina hörte ein fremdes Keuchen. Es kam aus dem Fernseher. Eine Mischung aus Verzweiflung, Wut und Kränkung durchflutete Marina. Wie konnte er ihr das antun? Warum konnte er sich selbst befriedigen, aber nicht mit ihr intim sein?

Marinas Hand lag auf der Klinke. Sie fühlte sich innerlich zerrissen. Ein Teil von ihr wollte Oliver eine Szene machen, der andere Teil wollte ihn am liebsten nie wiedersehen.

Wie ein geprügelter Hund schlich Marina zurück ins Schlafzimmer. Das Bett, in dem sie gerade noch nach Leidenschaft gesucht hatte, war zu einem kalten und einsamen Ort geworden. Marina brachte es nicht über sich, sich hinzulegen, zumal an Schlaf ohnehin nicht zu denken war. Stattdessen goss sie den letzten Rest der Weinflasche in ihr Glas und verschwand in ihrem begehbaren Kleiderschrank.

Der Blick vor ihren Augen verschwamm und sie blinzelte, um ihn wieder scharf zu stellen.

Marina zog ein knappes Kleid hervor und hielt es vor sich. Das kleine Schwarze, das sie nur in Wien trug, weil es viel zu gewagt war, für das beschauliche Pöttelsdorfer Landleben. Doch heute kam es ihr genau recht. Marina wollte ihre Weiblichkeit und Verführungskraft auf die Probe stellen und Oliver beweisen, dass andere Männer sie durchaus noch attraktiv fanden.

Sie kämpfte sich in halterlose Strümpfe und griff sich ein Paar hochhackiger Lackpumps. Ein Spritzer Parfüm und ein wenig Lippenstift und sie war fertig. Sie warf sich einen Wintermantel über und schrieb mit krakeliger Handschrift eine Nachricht auf ein Blatt Papier. Dieses klebte sie an die Schlafzimmertür.

Ich gehe noch aus.

Mehr Informationen gestand sie Oliver nicht zu; nicht, nachdem er sie so gedemütigt hatte. In ihren Seidenstrümpfen schlich Marina die Treppe hinunter. Sie wollte Oliver nicht Rede und Antwort stehen müssen, doch den Geräuschen nach zu urteilen, war der arabische Hengst ohnehin noch nicht zugeritten.

Marina stand in der Kälte und watete auf ihr Taxi. Es kam aus Mattersburg, weil Pöttelsdorf kein eigenes Taxiunternehmen besaß. Nach ein paar Minuten tauchte das leuchtende Schild in der Dunkelheit auf. Marina linste ins Innere und stellte erleichtert fest, dass der Fahrer ein Fremder war.

Sie schwang sich auf die Rückbank und nannte ihm das Ziel.

Der Wagen brauste durch die Nacht. Fünf Kilometer später stieg sie in Zemendorf wieder aus, am Parkplatz des Kirchenwirts. Keine Menschenseele war zu sehen und der Ort war wie ausgestorben.

Marina wusste, wo sie Luca fand, allerdings wusste sie nicht, wie sie mit ihm in Kontakt treten sollte. Immerhin konnte sie schlecht beim Wirt klingeln.

Hinter einem der Fenster brannte Licht und hin und wieder huschte ein Schatten an den zugezogenen Vorhängen vorüber. Marina nahm einen Kieselstein und warf ihn gegen das Fenster. Beim dritten Steinchen wurde der Vorhang beiseite gezogen. Luca schaute zu ihr herunter. In diesem Augenblick dämmerte Marina, dass es durchaus möglich war, dass er Gesellschaft hatte. Was, wenn bereits Besuch bei ihm war?

Plötzlich stellte sich Marina vor, dass Renate bereits nackt und befriedigt in seinem Bett lag. Am liebsten wäre sie weggelaufen, doch dafür war es zu spät. Es war eine dumme Idee gewesen, herzukommen. Lucas Kopf verschwand aus dem Lichtschein. Es vergingen etwa dreißig Sekunden, dann schwang die Eingangstür auf und er erschien im Türrahmen. Marina gab sich einen Ruck und hielt auf den Eingang zu. Sie öffnete den Mund, schloss ihn jedoch in Ermangelung passender Worte wieder. »Ich war zufällig in der Gegend«, klang genauso lächerlich wie ein überraschtes »Was für ein Zufall!« Dann fiel ihr doch noch eine angebrachte Frage ein.

»Bist du allein?«

Luca grinste. »Naturalmente.«

Er trat beiseite, damit Marina eintreten konnte. Sie spürte seine Hand im Rücken, während er sie zu seinem Zimmer lotste. Vielleicht, weil es sich für einen Gentleman so gehörte, vielleicht, weil Marina leicht schwankte.

Oben angekommen, half er ihr aus dem Mantel. Seine Augen tasteten sich über das kleine Schwarze, das ihre Kurven mehr als vorteilhaft in Szene setzte. Sein Blick streichelte sie und Marina kostete dieses Gefühl aus.

Luca rückte ihr den einzigen Stuhl zurecht, der sich in dem kleinen Zimmer befand, und ließ sich auf die Bettkante sinken. Eine Armlänge von ihr entfernt. Er strich über die scheußliche Bettwäsche und zuckte entschuldigend mit den Achseln.

Marina schickte ihren Blick auf Wanderung und inspizierte das azurblaue Einzelbett, dessen Holzflächen mit floralen Motiven bemalt worden war. Ein gesticktes Marienbild thronte darüber und lächelte milde zu ihnen herunter. Vom Plafond hing ein Lampenschirm, der mit besticktem Leinen bespannt war. Er war hässlich und verschluckte beinahe das Licht. Auf der anderen Zimmerseite befanden sich eine Nasszelle und eine kleine Anrichte, auf der ein Wasserkocher und eine elektrische Herdplatte standen. Ein Tisch, ein Flachbildfernseher und ein Bauernschrank komplettierten den Hausstand. Alles war sauber, aber in die Jahre gekommen, denn Herbert Kunz, der Pächter des Kirchenwirts, hatte seit Jahrzehnten nichts mehr investiert. Fast nichts, korrigierte sich Marina, denn offensichtlich hatte er den Röhrenfernseher durch ein schlankeres Modell ersetzt.

Der Gedanke an Herbert Kunz ließ Marina erschaudern. Sie wollte sich das Getratsche der Leute nicht vorstellen, wenn der Kirchenwirt sie hier entdeckte. Was hatte sie sich nur dabei gedacht?

Als hätte Luca ihren Gedanken erraten, sagte er: »Keine Sorge, ich bin der einzige Gast und der Wirt schläft schon längst seinen Rausch aus. Heute Abend war er selbst sein bester Kunde.« Er beobachtete sie schweigend und Marina fühlte das Bedürfnis, ihre Anwesenheit zu erklären. Allerdings wusste sie nicht wie.

»Hast du getrunken?«, fragte Luca.

»Nicht genug«, antwortete Marina und zauberte trotzig eine Weinflasche aus ihrer Tasche hervor. Sie streckte sie Luca entgegen. »Ein Willkommensgeschenk.«

»Ein guter Tropfen«, attestierte er. »Aber ich habe keine Weingläser.«

»Ich brauche kein Glas«, erwiderte Marina.

Sie beobachtete Luca, wie er ein Schweizer Taschenmesser aus seiner Hosentasche holte und die Weinflasche entkorkte. Marina lehnte sich zurück und schlug die Beine übereinander. Der Korken löste sich. Luca reichte ihr die Flasche und Marina führte sie sogleich an die Lippen. Sie trank einen Schluck und spürte die herbe Süße in ihrem Mund. Ein einzelner Tropfen perlte den Flaschenhals hinab und landete auf ihrem Handrücken. Sogleich griff Luca nach ihrer Hand. Marina spürte seine warme Haut und die kräftigen Finger, die ihre eigenen umschlossen, gefolgt von seinen Lippen. Er küsste den Tropfen fort. Seine stechend blauen Augen taxierten sie, stellten Fragen. Marina schlug die Lider nieder, aus Angst vor den Antworten, die ihr Blick ihm verraten könnte.

»Warum bist du hier?«

Marina stiegen die Tränen in die Augen und sie blinzelte, um sie zu vertreiben. »Weil mein Mann mich nicht mehr begehrenswert findet«, flüsterte sie. Luca zog überrascht seine Augenbrauen hoch, man sah ihm an, was er gerade dachte.

Marina zuckte die Achseln. Sie hatte eindeutig zu viel getrunken, um sich noch um den Schein zu scheren. Sie erzählte ihm von ihrem Versuch, Oliver aus der Reserve zu locken. Dabei verschwieg sie allerdings, dass es Luca gewesen war, der die Lunte in Brand gesteckt hatte.

»Sei una bella donna. Wenn du dich nur durch meine Augen sehen könntest«, flüsterte Luca. Seine Fingerspitzen glitten über ihre Oberarme, hinauf zu ihren Schultern und weiter zu ihrem Hals. Marina erschauderte unter seiner Berührung. Es war genauso, wie sie es sich erträumt hatte und noch besser.

»Schlaf mit mir«, hauchte sie und legte ihre Hand auf sein Knie. Luca trank einen Schluck. Mit feuchten Lippen, denen das Aroma des Weins anhaftete, küsste er sie. Sanft zu Beginn, während er sich langsam vortastete. Dann immer stürmischer und Marina fragte sich, ob sie jemals zuvor mit einer solchen Leidenschaft geküsst worden war. Als er sich von ihr löste, wiederholte sie ihre Aufforderung.

Luca schüttelte den Kopf. »Nein.«

»Warum nicht?« Marina schnellte hoch und stierte ihn wutentbrannt an. Sie würde es nicht ertragen können, zweimal an einem Abend zurückgewiesen zu werden.

»Bei Renate warst du bestimmt nicht so zurückhaltend.« Marina hatte sie nicht erwähnen wollen und ärgerte sich, dass ihr der Name herausgerutscht war. Wie würde Luca reagieren? Würde er wütend werden, sie aus seinem Zimmer werfen und ihr sagen, dass sie sich gefälligst um ihre eigenen Angelegenheiten kümmern sollte?

Luca erhob sich und machte einen Schritt auf Marina zu. Sie wich zurück, bis sie die bemalten Wände des Bauernschranks in ihrem Rücken spürte. Er war ihr so nahe, dass sie die Hitze fühlen konnte, die von seinem Körper ausging.

»Ich würde nichts lieber tun, als dich hier und jetzt zu ficken«, raunte er ihr ins Ohr. Seine Stimme klang heiser und sichtlich erregt. »Aber du hast getrunken und ich will, dass du nüchtern bist, wenn ich das erste Mal mit dir schlafe.« Das erste Mal. Seine Worte rannen über ihre Haut wie warmes Wachs. Er sagte es so, als wäre es eine Tatsache, dass es passieren würde. Nur das »Wo« und »Wann« waren noch nicht entschieden.

Seine Hand wanderte von der Taille zur Rundung ihres Pos, dann weiter ihren Oberschenkel hinunter. Als er unter ihr Kleid abtauchte, japste Marina nach Luft. Sie stand in Flammen, während er mit jedem Zentimeter den Flächenbrand auf ihrer Haut ausweitete. Bei den Strümpfen hielt er kurz inne, als würde ihn seine eigene Regel vor eine schwere Prüfung stellen. Seine Finger tasteten sich höher, dann schob er ihren Slip beiseite.

»Ich dachte, dass du mich nicht anfasst?«, keuchte Marina, nur um im nächsten Moment scharf die Luft einzusaugen.

»Nein, ich sagte, dass ich nicht mit dir schlafe. Aber glaubst du, du kannst in so einem Aufzug hier auftauchen, ohne dass ich dich ungestraft davonkommen lasse?«

Er massierte Marina, flüsterte ihr schmutzige Dinge zu, die er mit ihr anstellen wollte, während sie Stufe um Stufe erklomm und die Lust sie endgültig überrollte.

***

Luca beobachtete Marina. Ihr zu widerstehen, forderte seine ganze Willensstärke. Nur zu gerne hätte er mit ihr geschlafen, doch er wusste, dass es ein Fehler wäre. Sie war die Frau seines Chefs und sichtlich betrunken. Auch Renate war betrunken gewesen, doch da hatte er weniger Skrupel gehabt, vermutlich, weil er von Anfang an gewusst hatte, dass es nie mehr als ein One-Night-Stand werden würde. Francesca hatte ihm Renate wie ein Bonbon vor die Füße geworfen, und Luca hatte zugegriffen. Warum auch nicht, er war schließlich niemandem Rechenschaft schuldig. Er hatte Jessica Rabbit, die Kunstfigur gefickt, doch Renate, die unter der roten Perücke zum Vorschein gekommen war, war ihm kaum weniger künstlich erschienen. Ihre Acrylfingernägel, die angeklebten Wimpern, ihre tätowierten Augenbrauen und die offensichtlich gemachten Brüste hatten ihn am Morgen danach abgestoßen.

Luca liebte sinnliche Frauen, keine, die ihm um sechs Uhr morgens mit kalten Fingern an den Penis fassten und ihm ihren schlechten Atem ins Gesicht bliesen.

Marina war keine Frau für eine Nacht, sondern gehörte zu jener seltenen Sorte, wegen der Männer Kriege anzetteln. Ihre Sinnlichkeit konnte ihm gefährlich werden, deshalb durfte er sich gar nicht erst auf sie einlassen.

»Komm, ich fahre dich nach Hause«, murmelte Luca und sah die Enttäuschung in ihren Augen. »Niemand wird etwas davon erfahren.« Er half ihr in den Mantel, dann steckte er den Kopf zur Tür hinaus, in den dunklen Gang. Eine reine Sicherheitsmaßnahme, der Wirt schlief und die ungarischen Gastarbeiter, die sich gewöhnlich hier einmieteten, waren noch nicht im Burgenland angekommen.

Kapitel 9

Tantra Massage

Als Marina am nächsten Morgen die Augen öffnete, war sie im ersten Moment sicher, dass alles nur ein Traum gewesen war. Sie konnte doch unmöglich zu Luca gefahren sein und ... dann fiel ihr Blick auf die Strapse, die am Wohnzimmerboden lagen. Gabriel hockte daneben und benutzte einen der Seidenstrümpfe, um mit ihrer Hilfe seine Power-Ranger-Figuren von der Tischkante abzuseilen. Marina lag auf der Wohnzimmercouch, bis obenhin zugedeckt mit ihrer Hermes-Tagesdecke. Wie sie dort hingekommen war, konnte sie beim besten Willen nicht sagen. Lediglich ein paar kümmerliche Erinnerungsfetzen durchwirkten den Nebel; Luca hatte sie nach Hause gebracht, so viel wusste sie noch. Was hatte er zu ihr gesagt? Wenn du nüchtern bist und es immer noch willst, dann werde ich dich ficken. Etwas in der Art war es gewesen.

»Du schnarchst, Mama«, sagte Gabriel, der seine Spielfiguren beiseitegelegt hatte, um mit seiner Mutter zu kuscheln. Marina ignorierte die wenig charmante Feststellung und zog seinen kleinen Körper zu sich unter die Decke, um sich an ihn zu schmiegen. Er war ihr Ein und Alles.

»Mama, dein Handy hat gepiepst«, sagte er und streckte seine Hand aus, um das Smartphone zu erreichen, das vor ihnen am Couchtisch lag. Marina sah eine SMS von Carmen. Sie kniff die Augen zusammen, um die verschwommenen Zeichen zu entziffern. Gar nicht so einfach, an einem Morgen wie diesen. Was sie jedoch sofort erkennen konnte, waren die drei Großbuchstaben, die von etlichen Fragezeichen begleitet wurden. *WTF???* Eine gute Frage. Was in drei Teufels Namen hatte sie getan?

In diesem Moment schwang die Haustür auf und Schritte polterten ins Vorhaus. Etwa eine Minute später kam Oliver ins Wohnzimmer. Er brachte einen Schwall eisiger Luft mit und den Geruch von frischem Gebäck. Mit einem strahlenden Grinsen auf den Lippen präsentierte er ihr Croissants und Orangensaft. »Das heilt alle Wunden.«

Offensichtlich wusste Oliver, dass sie verkatert war. Aber was wusste er noch? Sicherlich nicht alles, sonst würde er ihr wohl kein Frühstück bringen, sondern die Scheidungspapiere.

»Komm, Gabriel«, sagte Oliver und lockte seinem Sohn mit einem duftenden Croissant. »Ich bring dich in den Kindergarten. Die Mama lassen wir derweil eine heiße Dusche nehmen.« Bei seinen Worten zuckte Marina zusammen. Seine Freundlichkeit war schlimmer als jeder Vorwurf. Sie rang sich ein Lächeln ab und beobachtete, wie ihre Männer das Haus verließen. Dann erhob sie sich, wickelte sich in ihre Decke ein und schleppte sich die Treppe hinauf ins Badezimmer. Das Erste, wonach sie suchte, war ein Schmerzmittel. Sie warf die Tablette ein, zog sich aus und stieg unter die Dusche. War das alles wirklich passiert? Sie kannte die Antwort. Marina hatte aus Wut und Enttäuschung über Olivers Zurückweisung die Grenzen ihrer Ehe überschritten. Ihre Gedanken wanderten zu Luca, seinen Küssen und Berührungen. Selbst der kühle Wasserstrahl vermochte das Feuer nicht zu löschen, das in ihr glühte. Marina griff nach dem Duschgel und seifte sich von Kopf bis Fuß ein. Sie stellte sich vor, dass es Lucas Hände waren, die über ihren Körper glitten. Marina wusste, dass sie sich schämen sollte, doch die Wahrheit war, dass sie keinerlei Reue empfand. Sie griff nach dem Duschkopf und spülte den Schaum fort. Dann ließ sie ihre Hand tiefer wandern und stöhnte.

Plötzlich schwang die Tür auf und Oliver trat ein. Dampfschwaden trübten die Sicht, trotzdem erkannte Marina an seinem Gesichtsausdruck, das Oliver genau wusste, wobei er sie gerade überrascht hatte. Sie wollte aufhören, doch Oliver schüttelte kaum merklich den Kopf. Er beobachtete sie einige Sekunden, dann kramte er den Rasierschaum aus einer Schublade und begann sich in aller Seelenruhe den Flaum von den Wangen zu säbeln. Er dachte nicht im Traum daran, sich zu ihr zu gesellen. Das war ziemlich bezeichnend für ihr Verhältnis.

Als sie beide fertig waren, setzte sich das Ehepaar Haas an den gedeckten Küchentisch und genehmigte sich ein gemeinsames Frühstück. Marina im Bademantel, Oliver in Hemd und Jeans.

Das war einer der Vorteile, wenn man die Chefin war; Marinas Arbeitszeiten waren einen Zacken flexibler. Oliver goss ihr Kaffee ein.

»Meine schöne Ehefrau«, raunte er. »Ich hatte ganz vergessen, wie sinnlich du bist. Tut mir leid, dass ich diese Seite an dir so sträflich vernachlässigt habe.«

Er rückte näher und drückte ihr einen Kuss auf die Stirn.

»Möchtest du nicht wissen, wo ich gestern war?« Nicht, dass Marina eine Ausrede parat gehabt hätte, aber sie ertrug diese seltsame Ungewissheit nicht länger.

Oliver winkte ab. »Weiß ich schon. Carmen hat mir alles erklärt«, sagte er und biss in sein Croissant.

»Hat sie das?« Marina schüttelte verwirrt den Kopf.

»Na hör mal«, echauffierte sich ihr Ehemann unterdessen. »Wenn du einfach aus dem Haus stürmst und mir nur eine knappe Nachricht auf einem Zettel hinterlässt, dann darf ich wohl deine Freundinnen anrufen. Weil Eva Kinder hat und vergeben ist, ging ich davon aus, dass du mit Carmen unterwegs warst.«

Nun verstand Marina die SMS ihrer Freundin freilich ein wenig besser. *WTF???* stand für »In was für eine Scheiße ziehst du mich da hinein?«

Carmen hatte zwar einen Führerschein, war aber seit Jahrzehnten nicht mehr Auto gefahren und besaß keinen fahrbaren Untersatz. Dennoch hatte sie offenbar Oliver glaubhaft davon überzeugt, dass sie nach Pöttelsdorf gekommen war, um einer Freundin in Nöten beizustehen. Wusste der Teufel, wie ihr das gelungen war.

»Was hat dir Carmen denn über unseren Abend erzählt?«, fragte Marina weiter und bemühte sich, beiläufig zu klingen. Oliver grinste ertappt.

»Na, du kennst doch Carmen. Die Leviten hat sie mir gelesen. Du hättest allen Grund, dir mal eine kleine Auszeit zu gönnen, und ich – ich zitiere – solle verdammt noch mal dein Recht auf Freiraum akzeptieren.«

Marina verschluckte sich an ihrem Kaffee und hustete, bis Oliver ihr auf den Rücken klopfte. Das passte zu Carmen, sie hatte den Spieß umgedreht und Oliver ein schlechtes Gewissen gemacht, ohne überhaupt zu wissen wieso.

»Ich hab' nachgedacht«, sagte er nach einer Weile. »Ich habe die Leidenschaft in unserer Beziehung wirklich vernachlässigt, weshalb ich uns bei Silvia eine Paarmassage gebucht habe. Und stell dir vor, sie hat heute noch einen Termin frei. Wenn das nicht ein Zeichen ist, dann weiß ich auch nicht?«

Marina blickte überrascht auf. Das Schmerzmittel wirkte und sie fühlte sich besser, aber auch Dusche und Orgasmus hatten das ihre dazu beigetragen. Sie hatte nichts dagegen, dass Oliver die Intimität in ihrer Beziehung verbessern wollte, allerdings fragte sie sich, ob eine Paarmassage wirklich der richtige Weg war.

Silvia leitete das Massage-Institut in Wien, das sich auf tantrische Behandlungen spezialisiert hatte. Marina und Oliver waren früher öfter dort gewesen, doch mit dem Abflauen ihrer Libido, waren auch ihre Besuche seltener geworden. Dann hatten sie ganz aufgehört. Früher war Oliver offen für Neues gewesen, das hatte Marina so an ihm geliebt. Wenn sie es recht überdachte, war Oliver immer noch offen für neue Erfahrungen, allerdings bevorzugte er jetzt arabische Hengste und keine italienischen Stuten – auch wenn er das nach wie vor vehement bestritt.

Warum wollte Oliver ausgerechnet jetzt etwas ändern, nachdem ihr der Ausrutscher mit Luca passiert war? War es nur Zufall oder steckte mehr dahinter?

»Heute?«, fragte Marina skeptisch. »Es ist Dienstag, du hast doch bestimmt viele Termine? Und was ist mit Gabriel?«

Oliver grinste. »Nichts, was ich nicht verschieben könnte. Deine Mutter schaut auf Gabriel, die Mädels im Büro wissen Bescheid und alles andere kann Luca auch ein paar Stunden allein regeln. Der Bursche ist ein echter Glücksgriff. Wie findest du unseren Praktikanten? Du hast mir noch gar nicht gesagt, was du über ihn denkst?«

Marina tunkte ihre Nase tiefer in ihren Cappuccino.

»Doch, ich glaube auch, dass er weiß, was er tut«, murmelte sie. Luca war definitiv ein Mann, der es verstand, an der richtigen Stelle Hand anzulegen.

»Dann ist es also beschlossen? Wir fahren am Nachmittag nach Wien?«

Ein paar Stunden später saßen sie im Land Rover; Oliver,

Marina und der Wunsch, die Sinnlichkeit ihrer Ehe wieder-
zubeleben.

Sie betraten das Tantra-Institut Ananda Spirit, wo Silvia und
Günther sie wie alte Bekannte begrüßten. Gemeinsam setzten sie sich in den Loungebereich und tranken grünen Tee,
während die Rahmenbedingungen aufgefrischt wurden. Wie
jedes seriöse Tantra-Institut hatte auch das Ananda Spirit ein
paar Leitsätze. Alles darf, nichts muss, war die erste Regel,
die besagte, dass jede Form von Erregung willkommen war,
aber nicht zwingend durchlebt werden musste. Regel Nummer zwei lautete, dass der Kunde der Empfangende war und
der Masseur der Gebende. Diese Regel wurde eisern einge-
halten und Silvia und Günther betonten sie immer wieder,
als wären Marina und Oliver wilde Tiere, die sich sonst auf
sie stürzen und sie mit Haut und Haaren verschlingen könnten. Als ob! Silvia war eine Frau mittleren Alters. Sie hatte
langes, blondes Haar, das von grauen Strähnen durchwirkt
war und in das sie einzelne Holzperlen eingeflochten hatte. Sie trug einen leuchtenden Kaftan, unter dem sich ein
draller Körper und eine üppige Oberweite verbargen. Silvia
verkörperte den Hippie-Lifestyle mit ihrer entspannten und
freigiebigen Art perfekt. Ihre Präsenz war beruhigend und
erinnerte Marina daran, die Freuden der Sinnlichkeit anzunehmen, aber sie war definitiv niemand, den sie auf einem
Sitz vernaschen wollte. Das Gleiche galt auch für Günther,
ihren Ehemann. Er war groß und hager. Ein grauer Ziegenbart zierte sein Kinn und sein Haarhaaransatz war bereits
ziemlich weit nach hinten gerutscht. Günthers Gesicht trug
die Spuren eines erfahrungsreichen Lebens zur Schau. Lach-
falten zierten die Augenwinkel und bildeten ein Spinnennetz
aus weißen Linien auf seiner gebräunten Haut. Seine Augen
sprühten vor Energie und Begeisterung.

Nachdem der Tee getrunken war, schickte Silvia sie in die Nassräume, mit der expliziten Anweisung, gemeinsam zu duschen. Vermutlich der Auftakt zu einem sinnlichen Vergnügen, nur dass es eher das Gegenteil davon war. Die Dusche war eng und entweder spürte Marina Olivers Bauch oder seinen Hintern, während sie sich einseifte. Diese erdrückende Nähe war ihr beim letzten Mal nicht aufgefallen, allerdings war Olivers Bauch damals auch noch nicht so ausladend gewesen. Nachdem sie sich gereinigt hatten, zogen sie beide einen Kaftan über und begaben sich nach *Bali*. So hieß der Raum, in dem ihre Paarmassage vollzogen wurde. Kurze Zeit später lagen Marina und Oliver nebeneinander auf dem Boden, der mit beheizten Matten ausgelegt worden war. Irgendwo plätscherte ein Wasserspiel und vermengte sich mit Dschungelklängen und dem tropischen Duft einer Öllampe. Das Setting war perfekt, ein milchiges Licht, das an die frühen Morgenstunden in einem Mangrovenwäldchen erinnerte. Zwischen ihnen war viel Platz. Selbst wenn Marina die Arme ausgestreckt hätte, hätte sie Oliver nicht zu fassen bekommen. Sie lagen nackt auf dem Rücken, die Augen auf die Decke gerichtet.

Die Tür schwang auf. Silvia und Günther traten ein, ebenfalls splitterfasernackt. Sie erinnerten Marina an zwei Deix-Karikaturen, der eine groß und dürr, die andere klein und dick, das runde Yin und das magere Yan. Augenblicklich drängte sich in ihr das Kinderlied auf. *Spannenlanger Hansel, nudeldicke Dirn.*

Silvia kniete sich neben Marina und begann mit der Massage. Unten an den Füßen. Ihre Hände waren unglaublich gefühlvoll, spielten mit Druck und Intensität. In den vergangenen Jahren hatte sich ihre Technik sogar noch verbessert, dennoch empfand Marina nichts, das über ein Wohlbehagen hinausging. Anders bei Oliver. Kaum hatte Günther begonnen, ihn von den Fußsohlen aufwärts zu streicheln, pumpte sich Blut in Olivers Penis und spendierte ihm eine ordentliche Latte. Diesen Härtezustand erreichte Marina normalerweise erst nach langwierigem Gerubbel, wenn überhaupt. Günther berührte nur seine Knie und Oberschenkel und die Fahne war gehisst.

Wie gedachte Oliver ihre Beziehung zu beleben, während er sich gleichzeitig von einem Mann massieren ließ? Konnte überhaupt eine sinnliche Verbindung entstehen, wenn sie jeder für sich allein durchlebte? Marina beobachtete, wie Günther die Hoden ihres Mannes knetete und ihm ein Keuchen entlockte. Oliver hatte die Augen geschlossen, er hatte sie ausgesperrt, während sein Körper gierig nahm, was Günther ihm anbot. Gestern hatte er sie förmlich von der Bettkante gestoßen, doch ein alternder Hippie durfte sein bestes Stück kneten. Vollkommen abgelenkt von diesem Schauspiel, bemerkte Marina nur am Rande, dass Silvia ihre Brustwarzen bearbeitete. »Liebes, komm«, flüsterte Silvia. »Wir gehen nach nebenan. Nach Goa.« Sie erhob sich und öffnete eine unscheinbare Verbindungstür. »Eine Paarmassage muss nicht zwingend gemeinsam genossen werden.« Marina folgte ihr. Nicht, ohne Oliver einen giftigen Blick zuzuwerfen.

Silvia sollte recht behalten. In *Goa* gelang es Marina besser, sich auf das Hier und Jetzt zu konzentrieren, doch wann immer sie ein sanftes Ziehen in ihrer Vagina spürte, bereitete Olivers Aufstöhnen ihrer eigenen Lust ein Ende. Das sinnliche Vergnügen wurde Marina lästig. Am liebsten hätte sie die Massage abgebrochen, doch dann hätte sie zugeben müssen, dass Oliver etwas konnte, das ihr selbst verwehrt blieb, nämlich sich fallenzulassen.

»Wir sind fertig«, sagte Silvia und Marina richtete sich erleichtert auf. Kurz hatte sie überlegt gehabt, Erregung oder gar einen Höhepunkt vorzutäuschen, sich dann aber dagegen entschieden. Olivers Ego brauchte diese Schmeicheleien, eine Dienstleisterin nicht.

Kurze Zeit später saßen sich Marina und Silvia in der Lounge gegenüber und tranken Tee. Silvia betrachtete sie vieldeutig, stellte aber keine Fragen. Die Stimmung war unterkühlt und das Ticken der Uhr hallte in der Stille wider. Der gebuchte Termin war vor fünfzehn Minuten zu Ende gewesen, doch von Oliver und Günther fehlte jede Spur. Gelegentlich drang leises Gelächter nach draußen. Irgendwann wurde es Silvia zu bunt. Sie huschte in ihrer giftgrünen Tunika zur Tür hinüber und klopfte.

»Spatzl? Zeit wär's.«

»Sind schon da.« Wie ein Tropensturm wirbelte Günther aus dem Zimmer, gefolgt von einem sichtlich erquickten Oliver. Seine Wangen glühten; er wirkte tiefenentspannt und verjüngt.

Er trat zu Marina, legte ihr die Hand um die Schultern und drückte ihr einen Kuss auf die Schläfe. »Wie wär's? Gehen wir noch was essen? Ich hab richtig Hunger.«

»Sicher«, zischte Marina. »Unten am Eck gibt's einen Würstelstand. Ich weiß ja jetzt, was du magst.«

Kapitel 10

Wenn das Herzchakra blockiert

Die Heimfahrt von Wien ins Burgenland hatte es in sich und zwischen dem Ehepaar Haas waren die Fetzen geflogen. Marina hatte erneut den Schwulenporno angesprochen. Oliver war sauer geworden und hatte gebrüllt: »Es ist immer das Gleiche, ich mache etwas für uns, aber du zerschlägst meine Bemühungen.«

Kurz vor Pöttelsdorf hatte Marina zähneknirschend eingelenkt. Nicht, weil Oliver im Recht war, sondern weil sie ein schlechtes Gewissen hatte. Immerhin waren sie beide auf ihre Kosten gekommen. Auf absurde Weise waren sie quitt. Die Paarmassage war am Dienstag gewesen. Heute war Freitag, und keiner von ihnen hatte den Streit mehr erwähnt. Auf diese Weise behandelten Marina und Oliver ihre Probleme: Sie schwiegen sie tot.

Marina lenkte das Auto durch die engen Straßen von Mattersburg, den Hauptplatz im Visier. Ihre Mutter Francesca hatte dort eine kleine Wohnung, gleich über einem Café, neben dem BIPA, einem Penny Markt und einem Fleischhauer. Alles, was sie zum Leben brauchte, befand sich in greifbarer Nähe.

Die Musik im Radio stoppte und am Bordcomputer poppte ein Name auf. Francesca. Marina seufzte leise und drückte auf den grünen Knopf. »Ciao, Mamma«, sagte sie, während sie den Blinker setzte und den Rückwärtsgang einlegte. »Ich bin eh schon da.«

»Si adatta bene«, antwortete Francesca. »Lauf bitte zum

Fleischer und hol mir ein Leberkässemmerl mit Gurkerl.«

Marina schmunzelte. In der Brust ihrer Mutter schlugen zwei Herzen. »Sag dem Edi einfach, dass ich dich geschickt hab, er weiß dann schon Bescheid«, erklärte ihre Mutter und legte auf. Eduard Birnbaum war der Fleischer in Mattersburg und Francesca und er offensichtlich bei ihren Vornamen angelangt.

Marina stieg aus dem Wagen und hielt auf den kleinen Fleischereibetrieb zu, über dem ein antiquiertes Schild hing, auf dem »Wurst und Fleisch Birnbaum« stand.

Sie zog die Ladentür auf und ein Glöckchen klingelte. Sofort blickte der Mann hinter der Wurstbudel auf und lächelte freundlich. »Grüß Gott, die Dame«, begrüßte er Marina. »Was darf's sein?«

Eduard Birnbaum war ein Bär von einem Mann, mit breitem Nacken, massiven Armen und einem Bauch, der sich imposant unter der weißen Schürze wölbte. Er war der Inhaber des Betriebs, den einst sein Großvater eröffnet hatte. Horst hatte erwähnt, dass die Birnbaum alle blad waren. Ein Haufen G'füllter, die zu allem Überfluss auch noch g'stopft waren. Zwar zählte auch die Familie Haas nicht zu den Armen, dennoch war Horst davon überzeugt, dass die Wurststopfer eindeutig die G'stopftesten in ganz Mattersburg waren, weil sie schon seit Generationen das Fleisch zu Wucherpreisen verkauften.

»Buongiorno«, sagte Marina. »Bitte ein Schinkensemmerl.«

»Der Burgunder wär in Aktion.«

Eduard Birnbaum präsentierte ihr ein wuchtiges Stück aus der Theke. Marina nickte. »... Und ein Leberkässemmerl für meine Mutter Francesca«, fügte sie hinzu.

Der Fleischhacker hielt inne und betrachtete sie neugierig. »Ah, da schau her. Sind Sie die Tochter von der Frani?«

Er musterte Marina, als könne er die familiäre Linie in ihren Zügen erkennen. Obwohl Marina zuerst das Schinkensemmerl bestellt hatte, öffnete Birnbaum den Backofen, in dem der Leberkäse warmgehalten wurde. Er zog jenen mit den geschmolzenen Käseeinschlüssen hervor und schnitt ein extradickes Stück ab. Noch ehe Marina etwas einwenden konnte, packte er Gurkerl dazu und pappte den Deckel der Semmel obendrauf. »So mag es die Frani am liebsten«, sagte er und grinste derart unschuldig, dass Marina augenblicklich misstrauisch wurde. Konnte es sein, dass der Birnbaum Eduard sich der fleischlichen Gelüste ihrer Mutter annahm? So abwegig war der Gedanke nicht, immerhin war er ja ein Mann vom Fach.

Als er ihr die verpackten Semmeln reichte, bemerkte Marina die zwei Stummel an seiner linken Hand – der kleine Finger und der Ringfinger fehlten zur Hälfte. Der Fleischer fing ihren Blick auf. »Das ist im ersten Lehrjahr passiert. Danach war nie wieder was, aber ich hab' gleich Lehrgeld bezahlt.«

Der Fleischhacker betrachtete seine Wurstfinger mit Interesse, so als wär' ihm eben erst wieder eingefallen, dass zwei Glieder fehlten.

»Nur den Spitznamen krieg i schon seit vierzig Jahren nicht mehr los: Stummelfinger Edi.«

Marina verabschiedete sich und zog unter leisem Gebimmel die Tür hinter sich zu. Sie musste nicht weit gehen. Vorbei am Kaffeehaus, dann klingelte sie an der nächsten Tür. Im ersten Stock wohnte Francesca.

Die öffnete ihr schwungvoll die Tür und blähte die Nasenlöcher.

»Du trägst das gute Parfüm«, raunte sie anstelle einer Begrüßung. Sie schnupperte an Marina wie ein Fährtenhund.

»Ich freu mich auch, dich zu sehen«, erwiderte Marina und

ohrfeigte sich innerlich dafür, dass sie nicht nachgedacht hatte. Seit Lucas Ankündigung war sie stets bemüht, möglichst präsentabel auszusehen, für den unwahrscheinlichen Fall, dass er sein Versprechen in die Tat umsetzen wollte. Wenigstens hatte Francesca keinen Röntgenblick, sonst hätte sie die roten Spitzen-Dessous gesehen, die Marina darunter trug.

»Darf ich reinkommen?«

Francesca trat beiseite und winkte ihre Tochter ins Innere. Sie hatte sich eindeutig in Schale geworfen. Die Haare waren leicht gewellt und ihr Gesicht geschminkt.

»Freilich«, brummte Francesca und sog den Parfümduft ein. Zwar roch Tom Fords White Patchouli himmlisch, doch in ihren Augen stank dieser Aufzug zum Himmel. Wie ärgerlich! Francesca schwor sich, den neuen Praktikanten gut im Auge zu behalten. Dabei hatte sie gehofft, dass Luca noch am rothaarigen Knochen nagte, den sie ihm zugeworfen hatte.

Mutter und Tochter saßen einander am Küchentisch gegenüber und verdrückten ihre Stärkung, ehe die eigentliche Reise anstand. Marina durfte Francesca nach Ungarn kutschieren, wo sie sich Botox spritzen ließ und einer Microneedling-Behandlung unterzog. Generalsanierung nannte sie das. Weil Francesca keinen Führerschein besaß, kam Marina zum Handkuss, doch zum Glück war Sopron nur 30 Autominuten entfernt.

»Warum hast du dich diesmal für die andere Schönheitsklinik entschieden? Ich dachte, das Beauty Zentrum ist dir zu teuer?«

»Sì! Das sind Halsabschneider, aber beim letzten Mal hat mir die eine Kosmetikerin so grob die Nägel gefeilt, dass sich danach das ganze Nagelbett entzündet hat.«

Francesca und Marina schüttelten sich simultan. Marina

erinnerte sich nur zu gut an diesen Anblick. Francescas Geiz hatte sie beinahe den Fingernagel gekostet. Schon vor Jahren hatte sie die Beautytempel an der österreichischen Staatsgrenze entdeckt, wo man von plastischer Chirurgie bis zu Pediküre, Zahnprothesen und einem neuen Haarschnitt alles in einem Aufwasch erledigen konnte. Zurück kam sie glattgebügelt, mit blondiertem Haar und Gelnägeln.

Kurze Zeit später saßen sie im Auto Richtung Ungarn. Marina konzentrierte sich auf die Straße, Francesca konzentrierte sich auf ihre Tochter. »Bellezza, warum kommst du nicht mit in die Klinik? Ein bisserl Botox würde dir gar nicht schaden.«

Marinas Miene gefror zu Eis. »Ich habe keine Zeit für so einen Unsinn. Außerdem hab' ich noch einen Termin.«

»Sag mir nicht, dass du wieder diese Esoterik-Susi triffst?« Francesca schnitt eine Grimasse. »Stupido! Findest du dir keine andere Möglichkeit, um dein Geld loszuwerden?«

Marina knirschte mit den Zähnen. »Sie heißt nicht Esoterik-Susi, sondern Kristall Christa und hilft mir bei meiner spirituellen Weiterentwicklung.«

Francesca schnaubte missbilligend und blickte demonstrativ aus dem Fenster. Marina starrte geradeaus und umklammerte ihr Lenkrad, bis ihre Knöchel weiß hervortraten. Sie hasste es, wenn jemand ihre Sinnsuche als esoterisches Wischiwaschi abtat. Marina war nicht abergläubisch oder religiös, aber ihr gefiel der Gedanke, dass das Schicksal vorbestimmt war, weil es in Schuldfragen so entlastend wirkte. Christa half Marina dabei, die schwierigen Momente in ihrem Leben aus einem anderen Blickwinkel zu sehen. Sie sprach von einer Fügung des Schicksals oder aber vom Universum, das ihr höchstpersönlich eine Botschaft sandte. Christa sagte immer: »Du musst aufpassen, was du anziehst.«

Damit meinte sie kein Textil, sondern die Dinge auf einer feinstofflichen Ebene. Tatsächlich war bei Marina etwas gehörig schiefgelaufen, denn sie hatte sich Leidenschaft gewünscht und dabei aus Versehen einen rattenscharfen Italiener in ihr Leben gezogen. Lecko mio!

Es war nur ein Katzensprung nach Sopron, sodass Marina ihre Mutter bald abladen konnte. Sie half ihr beim Einchecken und mit dem Gepäck, danach tranken sie in der Hotellobby noch einen Kaffee. Sie liebte Francesca, allerdings lieber aus der Ferne.

Marina stieg abermals in ihren Wagen und tippte Krummbach als Ziel in ihren Bordcomputer. Sie freute sich auf ihren Termin. Christa war eine Art Universalmedium, das ihr in vielerlei Hinsicht weiterhelfen konnte. Tarotkarten legen, Visionen empfangen oder einfach nur die Chakren öffnen; Christa hatte fast immer das passende Werkzeug zur Hand. Sie lebte wohl auch nicht ganz zufällig in der Nähe eines Steinkreises. Der Kreis war zwar winzig und hatte rein gar nichts mit den gewaltigen Megalithkonstruktionen anderenorts zu tun, denn die pannonischen Kelten waren seinerzeit eher minimalistisch unterwegs gewesen. Wobei manche Experten – zumindest die, die nicht an der Belebung der Region interessiert waren – behaupteten, dass man gar nicht genau sagen könnte, wie alt die Steine überhaupt waren. Fix war nur, dass sie von Menschenhand dort platziert worden waren. Weil aber »keltischer Steinkreis« besser klang als »Steinkreis aus den Siebzigern«, hatte man sich darauf geeinigt, ihn den Kelten in die Schuhe zu schieben. Irrlichter und Feenwesen fand man dort trotzdem nicht, dafür leere Bierdosen und Zigarettenstummel. Denn abgesehen von Kristall Christa, die dort hinging, um sich mit Mutter Erde zu verbinden, war es ein beliebter Treffpunkt für die Jugendlichen aus der Gegend.

Marina dachte an ihre letzte Sitzung mit Christa. Ihr Herz-chakra war blockiert gewesen, ein Problem, bei dem kein Stent dieser Welt helfen konnte. Dafür hatten die Tarotkar-ten auf eine fundamentale Veränderung hingewiesen. Nur auf welche, darauf hatte selbst ihr Medium keine Antwort gewusst.

Marinas Handy klingelte und holte sie aus ihrer Gedan-kenspirale. Am Bordcomputer erschien Olivers Name. Sie drückte auf die Freisprechtaste und sagte: »Ciao, Oli!«

»Hallo, Schatzi. Sag mal, wann kommst du nach Hause?«

Seine Stimme hatte einen gehetzten Klang. »Gabriel hab' ich zum Kindergeburtstag gebracht, aber jetzt muss ich gleich weg zu einem wichtigen Kundentermin. Aber am Nachmittag kommt ein Lieferant.« Marina verzog das Ge-sicht. Sie hasste es, wie unorganisiert Oliver mit seinen Ter-minen umging, weshalb es alle paar Tage zu irgendwelchen Überschneidungen kam. Marina versuchte erst gar nicht, ihre Frustration zu verbergen. »Ich bin gerade auf dem Weg zu Christa für ein Coaching.«

»Bei der Esoterik-Susi? Kannst du nicht absagen?«

Seine Geringschätzung war der Tropfen, der das Fass zum Überlaufen brachte. »Mir hilft es aber, klarer zu sehen. Au-ßerdem ist es immer noch meine Entscheidung, wofür ich mein Geld und meine Zeit …«

»Ja, ja. Schon gut«, lenkte Oliver ein. »Ich werde Luca darum bitten, den Lieferanten zu betreuen. Bis später.«

Er hatte aufgelegt.

Das war eine unerwartete Wendung. Luca war alleine am Winzerhof, denn es war Freitagnachmittag und die gesamte Belegschaft bereits im Wochenende. Marina spürte, wie sie das Gaspedal eine Spur fester drückte. Etwa zeitgleich sagte ihr Navi: »In fünfzig Meter rechts abbiegen, das Ziel befin-det sich auf der rechten Seite.«

An einer lauschigen Lichtung gelegen, lebte Kristall Christa und Marina brauste in vollem Karacho daran vorüber. Sie überkam nämlich eine Vorahnung, dass sie ihre Chakren heute noch auf eine andere Weise öffnen würde.

Eine halbe Stunde später stand Marina am Parkplatz vor der Haas Villa und setzte ihre Unterschrift auf den Lieferschein des Zustellers. Nun war sie doch noch rechtzeitig nach Hause gekommen.

»Ciao, capo«, sagte eine gut gelaunte Stimme hinter ihr. Marina fuhr herum und sah Luca, der quer über den Hof schlenderte. Groß, gut aussehend und mit einem wissenden Grinsen auf den Lippen. »Ich muss runter in den Weinkeller.«

Er wedelte mit einem Tablet, denn alle relevanten Daten wurden längst digital erfasst. Marina glaubte, eine stumme Einladung in seinem Blick zu erkennen. Warum sonst teilte er ihr mit, dass ihn die Qualitätskontrolle in den dunkelsten Winkel des Weinguts verschlug?

Marina nickte und floh in die entgegengesetzte Richtung, zu den Ställen. In Sicherheit, zu einem störrischen Biest, dass ihr den Versuch, ihrem Ehegelöbnis treu zu bleiben, vermutlich mit einem saftigen Biss danken würde. Marina trat zu Diva und kraulte sie zwischen den Ohren. Sie wurde aus sich selbst nicht schlau. Wie der Teufel war sie nach Hause gerast, nur um sich nun hier zu verstecken.

»Was soll ich nur tun?«

Seit der Diagnose ihrer Unfruchtbarkeit fühlte Marina mehr denn je eine tiefe Verbundenheit mit dem störrischen Pony.

»Wir sind zwei alte nutzlose Gäule«, murmelte sie.

Diva puffte sie in die Seite und schüttelte schnaubend den Kopf. Sie mochte das Parfüm von Tom Ford nicht oder war einfach nur anderer Meinung.

»Weißt du was? Du hast recht. Ich suche mir eine bessere Gesellschaft.«

Mit klopfendem Herzen stieg Marina die Treppe zum Weinkeller hinab. Kühle Luft streichelte ihre Haut und ließ sie erschaudern. Unten erwartete sie ein Gewölbe aus Backsteinwänden, erfüllt von erdigem Geruch. In den riesigen Holzfässern reifte der Wein. Vereinzelte Lampen tauchten die Szenerie in ein bernsteinfarbenes Licht. Überall gab es Regale, in denen Weinflaschen eingelagert waren. Eigentlich war der Weinkeller längst in der Gegenwart angekommen und das rustikale Flair nur Koketterie. Vor ein paar Jahren hatten Marina und Oliver dieses unterirdische Lager modernisieren lassen, weil aber Weinliebhaber Traditionen schätzten, hatte ein Team aus Architekten die geschichtsträchtige Patina noch verstärkt. So gab es hier unten auch eine Weinbar aus wurmstichigen Holzbalken zum Verkosten.

Es war verrückt, sich auf diese Affäre einzulassen. Sie konnte immer noch umkehren, aber Marina wusste, dass sie das nicht tun würde. Sie hatte die Tür geöffnet, nun würde sie auch hindurchschreiten. Ihr Herz klopfte wie verrückt und ihre Hände zitterten vor Aufregung. Sie waren schweißnass und Marina wischte sie verstohlen am Stoff ihrer Hose ab.

Luca stand mit dem Rücken zu ihr und betrachtete die riesigen Eichenfässer.

»Hallo.«

Er drehte sich zu Marina um, legte das Tablet weg und kam auf sie zu. Ein forsches Lächeln umspielte seine Lippen. Die Luft war geladen wie vor einem Wärmegewitter.

Luca hielt vor ihr. Er war ihr so nahe, dass sie seine Wärme spüren konnte. Luca war ein gutes Stück größer als sie und Marina musste den Kopf in den Nacken legen, um ihm in die Augen zu sehen. Er legte seine Hände auf ihre Hüften. Sofort spürte Marina, wie sich ihr Puls beschleunigte. Gänsehaut überzog ihre Unterarme. Luca beugte sich vor – Marina stockte der Atem – dann trafen seine Lippen die ihren. Ein erster flüchtiger Kuss.

»Das ist ein Fehler«, hauchte Marina, als sie sich voneinander lösten. »Ich bin verheiratet.«

»Dann sag mir, dass ich aufhören soll.«

Sie schwieg und Luca verstand ihre stumme Zustimmung.

Er drängte sie in einen weniger gut einsehbaren Teil des Weinkellers, ein Backsteingewölbe, wo verstaubte Weinflaschen lagerten.

Seine Hände strichen über ihre Schultern und Marinas Widerstand brach endgültig. Sie zerrte Luca das Shirt vom Leib, so gierig war sie auf den Körper, der zum Vorschein kam. Marina spürte seine glatte Haut unter ihren Fingerkuppen und die Muskelstränge, die sich darunter abzeichneten. Mit einer geschickten Bewegung öffnete Luca ihren Hosenknopf, schob die Hand in den Slip und fühlte, dass sie bereit für ihn war. Er war es nicht weniger, sein harter Schwanz drückte gegen sie. Es gab kein Zurück mehr, Luca zerrte an seiner Hose, hob Marina hoch und glitt in sie. Sie stöhnte auf. Wie hatte sie so lange darauf verzichten können? Die letzten zehn Jahre hatte sie Liebe gemacht, jetzt wurde sie gefickt. Hart, im Stehen, gegen die Wand gepresst und sie genoss jede Sekunde. In ihrem Rücken spürte sie den rauen Stein; die Kälte bildete einen harten Kontrast zu Lucas heißer Haut. Er bewegte sich schneller, ihre Augen waren ineinander verkeilt. Luca beobachtete sie, trieb sie voran. Er peitschte sie an die Spitze und schloss sich ihr an.

Sex mit Luca war wie hochprozentiger Schnaps. Wie sollte sie je wieder in ihren Alltag zurückkehren, der sich im

Vergleich dazu anfühlte wie lauwarmer Kamillentee?

Kraftlos sanken sie zu Boden, saßen stumm nebeneinander, die Finger ineinander verschlungen.

»Das ist ziemlich scheiße gelaufen«, murmelte Marina, während sie mit geschlossenen Augen an Lucas Schulter lehnte.

»Ich fand es eigentlich ziemlich gut«, antworte Luca spöttisch. Es war die Untertreibung des Jahrhunderts und eine verdammte Katastrophe.

»Glaub mir, ich möchte dich nicht in Schwierigkeiten bringen. Ich bin nicht der Typ für Drama.«

Marina nickte und wusste, dass das eine Lüge war. Luca war genau der Typ, mit seinen blauen Augen und dem verführerischen Blick. Er wusste, wie man Herzen brach.

Kapitel 11

Waschanlage

März

Knapp zwei Wochen waren vergangen und am Samstag würde die Präsentation des Jahresweins über die Bühne gehen. Es war ein hervorragendes Weinjahr gewesen und der Jahrgang versprach, einer ihrer besten zu werden. Das war gut. Weniger gut war, dass heute Freitag war und Marina keine Ahnung hatte, wie sie all die offenen Aufgaben rechtzeitig erledigen sollte.

In weniger als 24 Stunden würden Weinliebhaber, Händler, Experten und die heimische Prominenz bei ihnen auftauchen. Marina wusste nicht mehr, wo ihr der Kopf stand, dabei half es nicht, dass ein gewisser Italiener ständig durch ihre Gedanken geisterte.

Lucas Lächeln und der wissende Blick, mit dem er sie ansah, wenn sie einander zufällig in die Arme liefen, versetzten Marina in einen fiebrigen Zustand, dem sie sich nicht entziehen konnte. Die Erinnerung an ihr heimliches Beisammensein prasselte auf sie ein wie warmer Sommerregen. Sie spürte eine Mischung aus Verlangen und Schuldgefühlen, die Marina innerlich zerrissen. Sie war fremdgegangen, doch alles, woran sie denken konnte, war, es so rasch wie möglich zu wiederholen.

Marina stand auf dem Parkplatz vor der Haas Villa und überwachte die Vorbereitungen. Mehrere Lieferwagen parkten in der Zufahrt und wurden von Mitarbeitern der Catering Firma entladen. Sie hielt ein Klemmbrett in der Hand, darauf waren die wichtigsten Tasks stichpunktartig auflistet.

»Marina? Die Floristin möchte dich sprechen«, sagte Elke, eine der Sales-Mitarbeiterinnen. Sie war unbemerkt aus dem Headquarter gekommen und streckte Marina nun ein Handy entgegen.

»Haas«, brummte Marina und klemmte das Telefon zwischen Ohr und Schulter. Während sie zuhörte, kritzelte sie Anmerkungen auf ihre Checkliste.

»Was soll das heißen, dass Sie den Blumenschmuck nicht liefern können?« Instinktiv zog Elke den Kopf ein.

Am anderen Ende der Leitung verhaspelte sich die Floristin bei ihren Erklärungsversuchen.

»Ich verstehe«, antwortete Marina mit Grabesstimme. »Ich werde mir etwas überlegen.« Sie legte auf und gab Elke das Handy zurück.

Marina blickte sich um und entdeckte Oliver. Er ging mit einem Mann vom Aufbauteam über den Vorplatz. Sie trat ihnen in den Weg.

»Die Frau vom Blumenladen hat angerufen. In ihrem Lieferwagen leuchtet die Motorkontrolllampe auf. Wir müssen die Dekoration also selbst abholen. Was hab' ich dir gesagt? Das sind nicht die Richtigen für so einen großen Auftrag ...«

Oliver legte seine Stirn in Falten. »Schatzi, ich habe keine Zeit, mich um deine Blumen zu kümmern«, brummte er. »Die Weinbar muss angeschlossen werden und wie du siehst, kommen gerade die Leute von der Gastro mit ihren Gerätschaften.«

In diesem Augenblick trat Luca aus dem Headquarter. Er hatte beim Aufbau tatkräftig mitangepackt und sich als überaus weitsichtiger Helfer erwiesen. Sogleich hellte sich

Olivers Miene auf.

»Luca! Wie immer zur rechten Zeit am rechten Ort«, rief er. »Bitte, hilf Marina, die *Dekoration* abzuholen.«

Ein Hauch von Spott schwang in seiner Stimme mit und auch Lucas Augenbraue zuckte verdächtig. Die Häme, die Marina in ihren Gesichtern abzulesen glaubte, befeuerte ihren Zorn. Das Letzte, das sie brauchen konnte, waren Männer, die ihre eigenen Aufgaben als wichtiger erachteten.

»Danke, ich schaffe das allein«, knurrte sie und streckte die Hand aus. »Gib mir deinen Autoschlüssel. Ich nehme den T7.«

Den VW hatte sich Oliver erst kürzlich gekauft; eine Familienkutsche, in der Annahme, dass sie bald ein zweites Kind bekommen würden. Die Aussicht, ihn als Lieferwagen zu missbrauchen, gefiel Oliver nicht sonderlich. Er zog den Schlüssel aus seiner Hosentasche und gab ihn Luca.

»Du fährst«, bestimmte er. »Marina hat ein Talent für Parkschäden.«

Marina schnappte nach Luft. Unerhört, dass Oliver es wagte, diese alte Kamelle wieder auszugraben. Sie kniff die Augen zusammen und bedachte ihn mit einem eisigen Blick.

»Chauvinismus steht dir nicht«, knurrte sie und warf mit einer dramatischen Geste die Haare über die Schulter.

Als sie auf den T7 zusteuerte, glaubte sie verhaltenes Lachen hinter sich zu hören. Weil Marina sich nicht die Blöße geben wollte, nachzusehen, wer von den beiden ihre Reaktion komisch fand, blieb dieses Rätsel ungelöst. Dann erklang das Piepen der Zentralverriegelung und Luca raste an ihr vorbei, um ihr mit einem schelmischen Grinsen die Beifahrertür zu öffnen.

Marina schnaubte grimmig, als Luca sich auf den Fahrersitz schwang. Olivers Herabwürdigung ärgerte sie, mittlerweile überwog allerdings ihre Freude, ob dieser unerwarteten Wendung.

Luca lenkte den Wagen aus dem Weingut. Die Stimmung im Inneren war aufgeladen. Marina hörte in sich hinein und spürte eine Synergie aus Verlangen, Neugier und Unsicherheit. So begannen üblicherweise ihre wildesten Fantasien, doch die hatten mit dem echten Leben generell recht wenig gemein. Am helllichten Tag Sex im Auto ihres Ehemannes zu haben, das erschien Marina mehr als unerhört. Ihr Kopf wusste das, weigerte sich aber, diese Information an tiefergelegene Regionen weiterzuleiten.

Ihr Blick wanderte zu Lucas sehniger Hand, die auf dem Schaltknüppel lag. Sie tastete sich höher zu seinem römischen Profil mit der langen geraden Nase und den tief liegenden Augen, die sich auf die Straße konzentrierten. Plötzlich wandte er den Kopf und blickte sie fragend an.

Die Straße folgte den Weinfeldern. Nicht mehr lange, dann würden sie den Mattersburger Einkaufspark erreichen. Luca drosselte die Geschwindigkeit, setzte den Blinker und bog in eine Abzweigung. Überrascht blickte Marina auf.

Das war nicht der Weg zur Floristin und das Navi protestierte bereits. Sie bewegten sich auf ein Waldstück zu. Marina starrte aus dem Fenster. Der Himmel war grau, wolkenverhangen und es sah nach Regen aus. Laut Wetterbericht würde heute eine Schlechtwetterfront über das Burgenland ziehen. Wie um die Richtigkeit dieser Prognose zu bestätigen, prasselten erste Tropfen auf die Scheibe. Marina verzog das Gesicht. Regen würde die Aufbauarbeiten am Winzerhof noch ungemütlicher machen. Dann vergaß sie das Wetter und riss die Augen auf und wandte sich Luca zu. Er hatte auf dem holprigen Waldweg angehalten. Neben ihnen türmten sich Baumstämme zu einem riesigen Holzstoß auf. Ein verschmitztes Grinsen erschien auf Lucas Gesicht, als er auf die Rückbank deutete.

»Was hier?«

»Sì! Die Scheiben sind verdunkelt.« Luca schnallte sich ab und beugte sich zu ihr. Einen Augenblick später küsste er sie. Seine Hand wanderte ihren Hals hinunter. »Sei così bello«, raunte er, während er an ihrem Ohrläppchen knabberte. Marina hatte Angst, von Forstarbeitern oder Spaziergängern überrascht zu werden, noch mehr Angst bereitete ihr allerdings die Vorstellung, dass sich ihnen so schnell keine Gelegenheit mehr bieten würde.

Kurz verflog die Romantik, als sie über die Mittelkonsole kletterten, um zur Rückbank zu gelangen. Sie fielen sich kichernd in die Arme. Ein langer Kuss, dann war das Knistern zurück. Ihre letzten Zweifel lösten sich in Luft auf, als sie tief in Lucas Augen blickte. In diesem Moment gab Marina ihrer Lust nach. War dieser Moment das Risiko wert, entdeckt zu werden? Wohl nicht, doch die Vernunft war Marina abhandengekommen. Sie öffnete die Knöpfe von Lucas Jeans, schälte sich aus ihrer Kleidung und ließ sich mit einem Seufzen auf ihn sinken.

»Na, Sie haben es aber wild getrieben«, sagte die Floristin Rosi. Die Stimme der Mitfünfzigerin klang vorwurfsvoll.

»Bitte was? Wie kommen Sie darauf?« Marina blieb vor Schreck das Herz stehen. Woher sollte Rosi wissen, was sie und Luca kurz zuvor im Wald getan hatten? Marina widerstand dem Bedürfnis nachzusehen, ob sie ihre Bluse falsch zugeknöpft hatte.

»Na da, schauen's die Reifen an«, sagte Rosi und deutete auf den Unterbau des VWs, der tatsächlich vollkommen verdreckt war. Der Wagen stand direkt vor dem Schaufenster des Blumenladens.

Der Regen war zum denkbar ungünstigsten Moment gekommen, in Form eines Wolkenbruchs, der den Waldboden aufgeweicht hatte. »Ach so.« Marina seufzte erleichtert. Sie wagte es nicht, Luca anzusehen, der eben in den Laden trat. Er und Rosis Ehemann luden kistenweise die Arrangements in den T7, der nicht nur äußerlich zum Opfer schmutziger Dinge geworden war.

Minuten später machten sich Marina und Luca wieder auf den Weg. Nicht zurück zum Weingut, sondern zur nächstbesten Waschstraße.

Sie kurvten durch Mattersburg und Marina erzählte Luca von Rosis Kommentar, der ungewollt ins Schwarze getroffen hatte.

»Das hat sie gesagt?« Luca lachte auf.

»Ja«, antwortete Marina und presste die Handflächen auf ihre glühenden Wangen.

Luca schüttelte in gespielter Entrüstung den Kopf. »Ich wusste sofort, dass die grüne Kittelschürze nur Tarnung ist. Diese Rosi hat es faustdick hinter den Ohren.«

Marina lehnte sich am Beifahrersitz zurück, schloss die Augen und schnupperte. Die Blumengestecke im Kofferraum dufteten himmlisch und übertünchten die Pheromone, die sie selbst zweifellos ausdünsteten. In Lucas Gesellschaft war alles einfach. Sie verstanden sich blendend und genau das machte es so gefährlich. Es war schlimm genug, dass sie eine Affäre begonnen hatte, aber sich zu verlieben, war inakzeptabel. Ein Techtelmechtel konnte sie beenden, dann ging ein jeder seines Weges. Luca würde nach Bozen und sie in die Arme ihres Mannes zurückkehren. War jedoch Liebe im Spiel, wurde alles kompliziert. Deshalb durfte sie sich nicht verlieben!

Dieser Vorsatz war in der Theorie freilich einfacher zu fassen, als in der Praxis umzusetzen, zumal sich Marina dabei ertappte, wie sie herzhaft über seine Witze lachte und wie, verdammt noch mal, kam ihre Hand auf seine Schulter?

Luca setzte den Blinker und der Wagen bog in die Einfahrt einer Tankstelle. An einem Automaten wählte er das Deluxe Programm, dann glitt der VW in das Innere der Waschstraße. Wasser prasselte auf sie herunter, dann klatschte rosa Schaum auf die Windschutzscheibe und verschleierte die Sicht. Das Autoradio rauschte und eine geheimnisvolle Atmosphäre umfing sie. Es erinnerte Marina an die Tage ihrer Kindheit, als ihr Vater noch die Autowaschanlage in Wien Favoriten betrieben hatte. Heute führte sie ihr Bruder Pietro.

Sie schloss die Augen und genoss die Stimmung, als sie Lucas Hand spürte, die zwischen ihre Beine glitt. Gleichzeitig fuhren die großen Walzen über das Dach und pressten ihre Bürsten gegen den Wagen. »Dessert«, raunte Luca.

Marina hatte noch nie eine Nachspeise zurückgehen lassen. Sie sank tiefer in den Sitz, öffnete ihre Beine ein Stück und stöhnte.

Es war verrückt, aber viel zu gut, um es nicht zu genießen. Außerdem brachte Verzicht nichts mehr, dachte Marina pragmatisch, der Schaden war bereits angerichtet. Luca hatte die Lunte in Brand gesetzt. Alles, woran Marina im Moment denken konnte, war, es knallen zu lassen, ehe sie das Ende der Waschstraße erreichten. Luca war der Dirigent und schickte sie auf direktem Weg in himmlische Sphären, oder in ihren Untergang. Marina zitterte und zerbarst. Wie Lava strömte die Lust durch ihre Adern, ehe sie in den äußersten Kapillaren langsam erstarrte. Wie hatte sie all die Jahre ohne Leidenschaft leben können, wo sie nun glaubte, keinen Tag mehr ohne auskommen zu können?

»Du bist so verführerisch«, murmelte Luca. Er hatte sie keine Sekunde aus den Augen gelassen. »Hast du überhaupt den Hauch einer Vorstellung davon, wie sinnlich du bist?«

Zurück am Winzerhof stieg Marina mit gemischten Gefühlen aus dem Wagen. Sowie sie ihren Fuß auf den Kies gesetzt hatte, schallte ein lang gezogenes »Ma-maaa« über den Parkplatz und Gabriel stob auf sie zu. »Wo warst du so lange?«

Marina kniete sich hin und schloss ihn in die Arme. Sie vergrub ihre Nase in seinem weichen Haar und sog seinen Engelsgeruch in sich auf, als könnte sie ihn auf diese Weise konservieren. Interessanterweise roch ihr Engel jedes Mal anders, heute war es eine Synergie aus Kaugummi, Gras, Erdbeerzahnpasta und Francescas Duftwasser. Die Trägerin dieses Parfums kam angetrabt, aufpoliert und glänzend wie ein frischer Cent. Die Beautykur nach Ungarn hatte sich gelohnt.

Francesca musterte sie und Luca misstrauisch. Zwar sagte sie kein Wort, doch das brauchte sie auch nicht – Gabriels Anblick genügte, um Marinas Schuldgefühle zu befeuern. Das Wohlergehen ihres Sohnes stand weit über ihrem eigenen, dennoch trat sie es gerade mit Füßen, weil sie seinen Vater mit einem anderen Mann betrog.

»Komm mit, mio caro«, sagte Marina. »Hilf mir mit den Blumen.« Gemeinsam gingen sie und Gabriel zum Kofferraum und entluden die Arrangements.

Kapitel 12

Ein gelungenes Fest

Es war Samstag, kurz vor 17 Uhr, und der große Abend war gekommen. Marina blickte von ihrem Schlafzimmerfenster hinüber zum Headquarter, das bereits hell erleuchtet war. Bald würden sich die Presse, die Prominenz, Weinliebhaber und Händler die Ehre geben, und Marina freute sich darauf, ihre Gäste zu empfangen. Unter ihnen wären auch ihre Freundinnen Carmen und Eva, die extra aus Wien anreisten.

Marinas Fingerspitzen glitten über das funkelnde Meisterwerk aus Pailletten, das auf ihrem Bett lag und darauf wartete, getragen zu werden. Auf dem Nachttisch stand ein Glas Schaumwein. Die Bläschen im Inneren prickelten verheißungsvoll, als Marina nach der Sektflöte griff. Sie hatte sich bereits geschminkt und ihre Haare auf Lockenwickler gedreht. Gerade, als Marina in ihr Abendkleid schlüpfte, kam Oliver zur Tür herein. Er trug seinen Anzug und sah wie aus dem Ei gepellt aus.

Erwartungsvoll drehte sich Marina zu ihm um und warf sich in Pose.

Weil von Oliver nichts kam, hakte sie nach. »Und? Wie sehe ich aus?«

»Sehr hübsch, wie immer.« Wirklich hingesehen hatte er allerdings nicht. Oliver ging weiter ins Badezimmer, trug einen Spritzer Eau de Toilette auf und zog die Manschettenknöpfe an, die Marina ihm herausgelegt hatte. »Wenn du fertig bist, komm bitte runter. Die ersten Gäste werden bald eintreffen, und wir sollten sie gemeinsam begrüßen.«

Oliver legte großen Wert auf die Meinung anderer und seine Wirkung nach außen. Einen Augenblick später war er verschwunden. Marina griff nach ihrem Glas und leerte es in einem Zug. Sie löste die Lockenwickler und zupfte die Wellen zurecht. Im Spiegel blickte ihr eine aufgetakelte Frau entgegen. Marina hatte eine Maske aufgesetzt, damit niemand sehen konnte, wie unzufrieden und zerrissen sie sich fühlte. Ihr schlechtes Gewissen presste sie förmlich zusammen; vermutlich passte das Kleid deshalb so gut. Kurz vor Lucas Ankunft hatte sie noch eine Änderungsschneiderei beauftragen wollen.

Marina zog ihre High Heels an und ging nach unten. Dabei durchquerte sie das traumhafte Haus, das sie und Oliver gemeinsam geschaffen hatten. All das würde Marina verlieren, wenn sie ihre Gefühle nicht unter Kontrolle hatte.

Sie schloss die Eingangstür hinter sich und schüttelte ihre Gedanken ab. Heute war nicht der Tag, um zu hadern; heute wollte sie die Lorbeeren ihrer Arbeit ernten. Marina drehte eine letzte Runde durch das Headquarter. Alles war perfekt. Im Erdgeschoss war eine Bar aufgebaut worden. Stehtische standen bereit, an denen die Gäste einen Aperitif trinken und sich begrüßen konnten. Es gab eine Blumenwand aus Rosen und Gerberas, auf der das Haasi-Logo thronte, um sich mit den posierenden Gästen auf die Pressefotos zu schummeln. Wer hinein wollte, musste über einen roten Teppich schreiten. Das war freilich vollkommen übertrieben, dennoch wusste Marina, dass das Gros ihrer Gäste diesen VIP-Status zu schätzen wusste und es mit regen Bestellungen danken würde. Davor hatten ein Fernsehteam, bestehend aus Kameramann und Reporterin, und ein Fotograf ihr Lager aufgeschlagen.

Geschickt platziert standen attraktive junge Menschen bereit, um den Gästen Erfrischungen und Aperitifs zu

kredenzen. Sie waren einheitlich in Schwarz und Weiß gekleidet. Erfahrungsgemäß würden sie zu späterer Stunde so
manche Anzüglichkeit über sich ergehen lassen müssen. Im
Vorjahr hatte eine Hofratsgattin einem jungen Kellner an
den knackigen Hintern gefasst. Dummerweise hatte es ein
Schnappschuss dieser Entgleisung auf die Titelseite einer
namhaften Gazette geschafft. Ein handfester Skandal! Weil
aber die Dame eine Flasche des hauseigenen Schaumweins
in Händen gehalten hatte, hatte sich der Zorn im Hause
Haas in Grenzen gehalten.

Danach folgte feinstes österreichisches Kabarett.

Der Vorwurf der sexuellen Belästigung war im Raum gestanden. Der Anwalt des Hofrats hatte daraufhin verkündet,
dass seine Frau nur unglücklich gestolpert sei und nach dem
Erstbesten gegriffen habe, dass sich ihr als Stütze darbot.
Unglücklicherweise war es ein Knackarsch gewesen, der auf-
grund der medialen Aufmerksamkeit einen Modelvertrag
eingesackt hatte.

Der Herr Hofrat hatte eine großzügige Spende getätigt,
das Blatt hatte eine Richtigstellung abgedruckt, und alle waren glücklich. So glücklich, dass sich die Beteiligten heute
wieder einfinden würden, um gemeinsam zu feiern. Nur der
ehemalige Kellner fehlte, der lebte mittlerweile in Mailand in
einer Model-WG.

Oliver und Gabriel standen am Ende des roten Teppichs
und warteten. Marina trat zu ihnen und lächelte, denn die
beiden boten einen schneidigen Anblick. Sie strich Gabriel durch das Haar und zupfte Oliver die Krawatte zurecht,
dann fiel der Startschuss. Autos fuhren vor und das Weingut
füllte sich mit den ersten Gästen.

Der Fotograf huschte umher und knipste Bilder von den
prominenten Anwesenden. Dazwischen lauerte Francesca,

116

bemüht, sich irgendwie auf die Fotos zu schummeln. Sie gierte nach medialer Aufmerksamkeit, ganz im Gegensatz zu Horst Haas. Seit er das Weingut an Oliver übergeben hatte, ließ er sich bei öffentlichen Events nicht mehr blicken.

Inmitten des Trubels erblickte Marina Eva und Carmen. Sie begrüßte die beiden freudig. Eva war mit Valentín gekommen und strahlte vor Glück. Sie trug ein auberginefarbenes Kleid, das ihre Vorzüge gekonnt in Szene setzte.

»Ciao, Bellezza«, raunte Marina und umarmte sie. Dann wandte sie sich Carmen zu und streckte ihr die Arme entgegen. In ihrem weißen Glitzerkleid erinnerte sie Marina ein wenig an die Eiskönigin. An ihrer Seite stand ein attraktiver, grau melierter Mann mit Ziegenbart. Carmen stellte Jan vor, ließ aber offen, wo sie einander kennengelernt hatten. »Du musst ihn dir nicht merken«, raunte sie Marina zu, als sie sich mit zwei Küsschen begrüßten. »Wir sind nicht zusammen.«

Am liebsten hätte Marina sich bei Eva und Carmen untergehakt und die nächsten Stunden in ihrer Gesellschaft genossen. Dieses Vergnügen musste allerdings warten, bis sie ihrer Rolle als Gastgeberin gerecht geworden war.

Marina hatte alles im Blick. Sie grüßte, hofierte und posierte bereitwillig für die Medien, so wie es von der Frau des Weingutbesitzers erwartet wurde.

»Aber hallo, wer ist das?« Es war Carmen, die ihr unauffällig ins Ohr flüsterte. Noch bevor Marina den Kopf hob, ahnte sie, dass die Rede von Luca war. Sie sollte recht behalten. Er steuerte geradewegs auf sie zu und sah in seinem Anzug einfach umwerfend aus. Luca wurde von einem älteren, nicht minder adretten Paar flankiert.

»Mama?« Gabriel zerrte an ihrer Hand. »Wer sind die?«

Berechtigte Frage. Marina kam zu keiner Antwort mehr, denn Oliver breitete seine Arme aus und rief: »Giulia,

Anton! Wie schön, euch zu sehen. Darf ich euch meine Frau und meinen Sohn Gabriel vorstellen?« Oliver wandte sich zu ihr um und fügte hinzu: »Marina, das sind Lucas Eltern.«

Man schüttelte sich die Hände und begrüßte einander. Marina lächelte, dabei hatte sie das Gefühl, in eine saure Zitrone zu beißen. »Wie schön, dass ihr da seid«, sagte sie und warf Oliver einen kurzen Seitenblick zu. »Und so überraschend. Ich habe eure Namen auf der Gästeliste nicht gesehen. Da hat wohl eine meiner Mitarbeiterinnen geschlampt?« Selbstverständlich hatte sich Marina höchstpersönlich um diese Angelegenheit gekümmert, aber das musste ja niemand wissen.

»Nein, ganz und gar nicht«, antwortete Giulia. »Wir wollten Luca überraschen. Oliver wusste Bescheid, aber ich habe ihn gebeten, das Geheimnis zu bewahren. Ich hoffe, das ist in Ordnung?«

»Aber natürlich«, log Marina, und ihre Mundwinkel zogen sich noch einen Zacken weiter nach oben. Im Geiste überlegte sie bereits, wo zur Hölle sie zwei zusätzliche Gäste unterbringen sollte. Und wann sie sich am besten davonstehlen konnte, um den Leuten vom Catering die Änderung mitzuteilen. Allerdings war sie nicht die einzige Person, die über diese Spontanaktion verärgert war.

»Die Überraschung ist euch gelungen«, sagte Luca mit zusammengekniffenen Zähnen.

Dann wandte sich das Gespräch Gabriel zu, der in seinem Anzug einfach entzückend aussah. Giulia und Anton waren ganz vernarrt und wurden nicht müde, lobende Worte für ihn zu finden. »Ich hoffe sehr, eines Tages die Nonna eines so prächtigen Bambino zu sein«, sagte Giulia und tätschelte Gabriel zum wiederholten Male die Wange. Dabei warf sie Luca so manchen bedeutungsschweren Blick zu, der an ihm abprallte.

Marina hüstelte verlegen. Den Eltern ihrer Affäre vorgestellt zu werden, war in etwa das Schlimmste, was sie sich vorstellen konnte.

Also tat sie das, was sie am besten konnte: den Schein wahren. Sie lächelte und stürzte sich auf die nächsten Gäste, um sie willkommen zu heißen. In einem unbeobachteten Moment stahl sie sich davon, um in einer Hauruck-Aktion den Sitzplan umzukrempeln.

Um 18 Uhr sprach Oliver ein paar Begrüßungsworte, dann wechselte die Gesellschaft eine Etage höher, wo das Essen serviert werden würde. Marina beobachtete ihre Gäste, die sich begeistert umblickten. »Ahhs« und »Ohhs« erklangen, während Platzanweiser die Leute zu ihren Plätzen führten. Die runden Tische waren wunderschön gedeckt und der Blumenschmuck entpuppte sich als vielgelobter Blickfang. Lucas Eltern saßen nun bei ihnen, dafür waren ein Baulöwe und seine Frau anderswo platziert worden.

Nachdem Ruhe eingekehrt war, wurde der erste Gang serviert: Eine Ziegenkäse-Terrine mit Honig und Walnüssen auf Feldsalat. Oliver erklärte die Weinbegleitung. Es war ein aromatischer Grüner Veltliner mit würziger Note und kräftiger Struktur, der hervorragend mit der Vorspeise harmonierte. Der Auftakt eines mehrgängigen Menüs.

Sie hatten einen Spitzenkoch engagiert, der ihre Gaumen mit exquisiten Kreationen verwöhnen würde.

Marina trank einen Schluck Wein und beobachtete Gabriel, der wenig begeistert auf seinem Teller stocherte. Weil sie geahnt hatte, dass die gehobene Küche nichts für einen Fünfjährigen war, hatte sie ihn zuvor mit Käsebroten versorgt.

»Alles in Ordnung?«, raunte Eva ihr über Gabriels Kopf hinweg zu. »Du wirkst ein bisschen angespannt.«

Das war die Untertreibung des Jahrhunderts, dennoch

schüttelte Marina den Kopf. »Das legt sich, sobald das Essen vorbei ist.«

»Du hast keinen Grund, nervös zu sein. Alles ist perfekt«, antwortete Eva wohlwollend. Marina nickte und blickte die Reihe ihrer Tischnachbarn entlang. Sie war flankiert von Oliver und Gabriel. Daneben saßen Carmen und Eva mit ihren Begleitern. Auf der anderen Seite Luca, dessen Eltern und Francesca.

Marina fand sich vis-à-vis von Luca wieder, sodass es sich gar nicht vermeiden ließ, ihn anzusehen. Die Sitzordnung barg aber weit mehr Sprengstoff, als sie auf den ersten Blick erahnen konnte. Anton war ein dominanter Mann, und Marina verstand mittlerweile, warum Luca das Weite gesucht hatte. Dem Patriarchen gelang es geschickt, Oliver zu hofieren und gleichzeitig winzige Sticheleien in Richtung seines Sohnes zu platzieren. Dass sie ihre Wirkung nicht verfehlten, bewies Lucas angespannter Kiefer, den er so fest aufeinanderpresste, als könne er seine familiären Probleme auf diese Weise zermalmen. Daneben unterhielt sich Giulia mit Francesca auf Italienisch. Allerdings musste man der Sprache nicht mächtig sein, um zu erkennen, dass die beiden einander nicht sonderlich leiden konnten. Giulia war eine aparte Frau, ruhig und besonnen, mit einem Gesicht, das die Spuren des Lebens mit Stolz zur Schau trug. Francesca war ihr Gegenpol. Zwischen ihnen schwang eine latente Geringschätzung wie ein Pendel hin und her, während sie sich gegenseitig Kostproben ihrer Antipathie in homöopathischen Dosen verabreichten.

Eva und Valentín flirteten unverhohlen. Eva aß mit einer Hand, die andere war unter dem Tisch auf Wanderschaft. Es sah so aus, als ob sie etwas verloren hatte. Wann immer sie es fand, zuckte Valentín zusammen und grinste ertappt.

Carmen bekleckerte sich ebenfalls nicht mit Ruhm. Sie

begaffte Luca auf eine Weise, die man nur als schamlos beschreiben konnte. Dabei hatte sie in Jan einen ausgenommen attraktiven Begleiter, dem es erstaunlich egal war, wie sie sich in seiner Gegenwart benahm.

Mit einem diskreten Wink deutete Marina dem Kellner, ihre Weingläser aufzufüllen. Nüchtern war dieser Wahnsinn schwer zu ertragen.

Es folgten der Hauptgang – Rinderfilet mit Kräuterkruste, Fenchelgemüse und Kartoffelchen –, dazu ein kräftiger Blaufränkisch. Den Abschluss bildete ein Erdbeer-Rhabarber-Crumble mit Vanilleeis und ein Rosé Frizzante.

Als die Gäste gesättigt und zufrieden waren, hielt Oliver eine flammende Rede, in der er die zuvor verkosteten Weine und die Firmenphilosophie des Weinguts Haas vorstellte. An seiner Seite standen Marina und Gabriel. Die Ansprache endete mit tosendem Applaus, und ihre Verkaufszahlen waren gesichert. Dann ging das Event in den ausgelassenen Teil über. Die Gäste erhoben sich, die Musik wurde lauter und die Stimmung lockerer.

Mittlerweile war es 21 Uhr und höchste Zeit, Gabriel ins Bett zu bringen. Marina schnappte den Knirps, der es im Kreis der Erwachsenen sichtlich genoss und lautstark protestierte. Wie immer blieb diese unliebsame Aufgabe an ihr hängen, denn Oliver war zu seiner Lieblingsbeschäftigung übergegangen. Mit roten Wangen und glühender Zunge unterhielt er seine Gäste. Wenn er ein paar Gläser intus hatte, verwandelte er sich in einen Partykracher.

Mit dem trotzigen Kind auf dem Arm steuerte Marina auf das Häuschen der Urlioma zu – glücklicherweise nur ein kurzer Fußweg. Eigentlich hatte Marina eine Babysitterin engagieren wollen, doch Frau Bela hatte darauf bestanden, dass sie sich das Geld sparen könnte und es stattdessen lieber ihr gaben. Die Pflegerin, die selbst zwei erwachsene Töchter hatte, passte gerne auf Gabriel auf.

Als Marina über die Türschwelle trat, blickte sie ihr bereits erwartungsvoll entgegen.

»Hab' ich der Urlioma das starke Schlafmittel gegeben«, erklärte sie feierlich. »Schläft wie Baby. Also hab' ich Zeit, auf dein Baby aufzupassen, und du brauchst nicht Babysitter zahlen.«

Marina lächelte dankbar, froh über diese Einigung. Gabriel mochte Frau Bela, deren Akzent die Bilderbücher, die sie ihm vorlas, so witzig klingen ließ.

Marina legte ihr die Hand auf die Schulter. »Vielen Dank, Frau Bela. Wenn was ist, rufen Sie mich an. Ich habe das Handy immer bei mir.« Frau Bela machte eine wegwerfende Handbewegung.

»Machst du Spaß. Ich passe auf.«

Marina trat ins Freie. Hinter ihr das Urlioma-Haus, vor ihr der Parkplatz, voll mit Autos. Die meisten von ihnen waren protzige SUVs. Dazwischen parkte der Kastenwagen des Fernsehsenders, wo der Kameramann gerade seine Habseligkeiten verstaute. Der Fotograf war gleich nach dem Dinner aufgebrochen; diese Feier hatten sie ohne Skandal über die Bühne gebracht. Was immer heute noch geschah, es passierte unter Ausschluss der Medien.

»Jetzt ist die Schickeria unter sich«, hätte Francesca gesagt und sich selbstverständlich zum Mitglied dieser illustren Gemeinschaft erklärt. Ihre Mutter hatte längst verdrängt, wie es im Gemeindebau gewesen war. Marina nicht. Sie wusste noch genau, wie es sich anfühlte, in beengten Verhältnissen zu wohnen, zwischen Nachbarn, die auf ihrem Balkon Lamm grillten, und Nachbarn, die sich darüber grün und blau ärgern konnten. Nie würde sie den latenten Rassismus vergessen, der ihrer Mutter entgegengeschlagen war, die es wegen ihres Akzents nie ganz in die Riege der »Echten« geschafft hatte. Seltsam, dass ihr ausgerechnet in diesem Augenblick solche Gedanken kamen.

Marina straffte die Schultern und hielt auf das Headquarter zu, als sie ein Rascheln hörte. Giulia löste sich aus dem Schatten eines Baumes. War sie ihr gefolgt? Marina beschlich ein unangenehmes Gefühl, während sie, mit einem Lächeln auf den Lippen, zu ihr trat.

Sie begannen mit Small Talk. Giulia lobte Marinas Kleid, die gelungene Party und überhaupt alles, was Olivers Sippschaft hier auf die Beine gestellt hatte. Marina biss sich auf die Lippen. Es war richtig, dass Olivers Eltern und Großeltern mit dem Keltern begonnen hatten, doch Größe und Bekanntheit verdankten sie Marinas Gespür für Public Relations.

»Sie sind ebenfalls Italienerin«, stellte Giulia fest und erklärte damit offensichtlich den Small Talk für beendet.

»Zur Hälfte«, antwortete Marina, die ahnte, dass gleich auf ihre Solidarität als Landsmännin gepocht werden würde. Ohne auf diesen Einwand einzugehen, fuhr Giulia fort: »Dann kennen Sie ja den Wert der Familie, nicht wahr?«

Marina entfuhr ein winziges Schnauben; aus dieser Richtung wehte also der Wind. Giulia erzählte von Lucas Differenzen mit Anton und dem hässlichen Streit, den die beiden gehabt hatten. Sie, Giulia, hätte das Ende von Lucas Studium abgewartet, aber nun sei es an der Zeit, dass er zurückkehre. Er solle heiraten und sesshaft werden. »Immerhin werden wir auch nicht jünger. Sie sind selbst Mutter. Sie verstehen das doch?«, sagte Giulia zum Abschluss und tastete nach Marinas Hand. »Ich wünsche mir, dass Luca zurück nach Hause kommt.«

Marina fühlte einen Stich in ihrer Brust, denn sie konnte

Giulias Sorgen verstehen. Aber war das das Richtige für Luca? Vermutlich. Zweifelsohne wäre es das Beste für sie selbst, auch wenn ihr Herz in diesem Moment entschieden »No!« brüllte. Weil sich Marina aber diese Art von Gefühlen verbat, sagte sie: »Ich werde mit meinem Mann reden. Versprechen kann ich nichts, denn Oliver hält sehr viel auf Luca. Außerdem ist Ihr Sohn ein erwachsener Mann, der seine eigenen Entscheidungen trifft, aber ich werde mein Bestes versuchen. Wenn Sie mich nun entschuldigen?«

Marina schob es auf ihre Rolle als Gastgeberin, dass sie dringend zu den Feierlichkeiten zurückkehren müsse. In Wahrheit wollte sie einfach nur diesem Gespräch entrinnen.

Giulia

Giulia blickte Marina Haas hinterher. Olivers Frau hatte sich kooperativ gezeigt, dennoch war Giulia misstrauischer als jemals zuvor. Ein ungutes Gefühl nistete sich ein, eine Art sechster Sinn, auf den sie sich ausnahmslos verlassen konnte. Dieses Weingut, mitten im pannonischen Flachland, konnte ihrem Plan – Luca zum Heimkommen zu bewegen – gefährlicher werden, als sie gedacht hatte, doch noch hatte sie Zeit, die richtigen Weichen zu stellen.

Ein paar Minuten später kehrte sie zu der Feier zurück und hielt Ausschau nach der schlecht blondierten Frau, die lauter lachte als alle anderen und auf eine aufdringliche Weise vulgär wirkte. Francesca. Giulia mochte sie nicht, dennoch würde sie sich mit ihr unterhalten müssen.

Anton und Oliver standen an einem der Stehtische, zwei Flaschen Wein zwischen ihnen. Sie lachten schallend und schlugen sich abwechselnd auf die Schultern. Giulia seufzte. Von ihrem Mann war keine Unterstützung zu erwarten.

Von Luca fehlte jede Spur, doch das verwunderte Giulia nicht. Er verabscheute seinen Vater, wenn dieser getrunken hatte. Dann gerieten die beiden jedes Mal in Streit.

Giulia positionierte sich in Sichtweite von Francesca an die Bar und winkte sie zu sich. Francescas zog die Augenbrauen hoch. Sie prüfte den Sitz ihres Abendkleids und nestelte übertrieben an ihrem Ausschnitt, ehe sie zu ihr herüber rauschte. Sie hätten nicht unterschiedlicher aussehen können, fand Giulia, die ein schlichtes schwarzes Kleid trug, das wie ein Wasserfall an ihr herabfloss. Francesca hingegen steckte in einem changierenden Kleid, das bis zu den Knien eng war und sich dann zu einem Trichter verbreiterte. Sie sah darin aus wie eine übergewichtige Meerjungfrau.

Giulia orderte zwei Gläser Wein, dann nickte sie zu einem der mittlerweile leeren Tische. »Hast du einen Moment? Wir sollten uns unterhalten.« Sie sprach Italienisch, dennoch senkte sie ihre Stimme, um keine unnötige Aufmerksamkeit zu erregen.

Sie setzten sich. Rotweinflecken überzogen das weiße Tischtuch. Giulia riss sich von dem Anblick los und blickte Francesca in die Augen. »Ich mache mir Sorgen um meinen Sohn«, sagte sie und beobachtete die Reaktion ihres Gegenübers.

»Weshalb?«, erwiderte Francesca unwirsch.

»Ich fürchte, dass es hier zu viele Verlockungen für ihn gibt.«

Francesca prustete humorlos. »Die gibt es erst, seitdem dein Sohn hier aufgetaucht ist.«

Giulia verstand die Anspielung. Francesca nannte Luca einen Gigolo. Sie versuchte sich an einem Lächeln, in Wirklichkeit zeigte sie ihr die Zähne.

»Schade, dass mein Sohn auf dich diese Wirkung ausübt«, antwortete sie. »Ich wiederum finde, deine Tochter wirkt ein wenig … uhm, verzeih mir diesen Ausdruck … verzweifelt. Frauen in ihrem Alter neigen manchmal zu einer Art Torschlusspanik.«

Francescas Finger krallten sich in das Tischtuch.

»Ich kann dir versichern, dass Marina und Oliver glücklich verheiratet sind. Aber wenn du dir solche Sorgen machst, dann solltest du Luca vielleicht nach Südtirol zurückholen, wo du ein Auge auf ihn haben kannst.«

»Ganz genau das wollte ich vorschlagen«, erwiderte Giulia und senkte ihre Stimme. »Ich denke, es wäre in unser beider Interesse, wenn die Bekanntschaft der beiden möglichst oberflächlich bleiben würde.«

»Natürlich.« Francesca schaute versonnen in ihren Rotwein. »Aber dieser Ratschlag kommt zu spät, meine Liebe, ich habe längst Maßnahmen ergriffen.«

Überrascht von dieser Weitsicht, hob Giulia ihr Weinglas. Sie prosteten einander zu und ließen ihre Blicke durch die Reihen der Anwesenden wandern. Die Stimmung war ausgelassen, die Musik war laut und zwischen den Stehtischen wurde getanzt.

Kapitel 13

Luca will nur spielen

Marina stand im Treppenhaus des Headquarters. Die Außenwand war verglast. Unter ihr befand sich der Parkplatz und dahinter die Haas Villa. Sie verharrte eine Etage über dem Festsaal, aus dem Musik, Gelächter und Stimmengewirr drangen. Einzelne Lichtpunkte der Discokugel verirrten sich wie Irrlichter in den Gang. In den Büroräumen darüber war es dunkel, nur das grüne Exit-Schild sorgte für eine notdürftige Beleuchtung. Marina brauchte einen Moment für sich, ehe sie zu ihrer Gesellschaft zurückkehren konnte. Das Gespräch mit Giulia geisterte immer noch durch ihre Gedanken. Plötzlich erklangen Schritte hinter ihr. Marina fuhr herum und erschrak.

»Ich hab' auf dich gewartet«, zischte eine vertraute Stimme.

»Bist du verrückt?« Marina packte den Saum ihres bodenlangen Kleides und hastete die letzten Stufen empor, sodass sie und Luca einander am Treppenabsatz gegenüberstanden. »Unsere beiden Familien sind dort unten. Das ist Wahnsinn!«

Im Gegensatz zu Marina schien Luca das kein bisschen zu kümmern. »Du siehst umwerfend aus«, flüsterte er und zog sie an sich. Sofort reagierte Marinas Körper mit einem erwartungsvollen Prickeln.

»Das muss aufhören«, hauchte Marina und schob ihn von sich. »Wenn es auffliegt, verliere ich alles.«

Als Reaktion auf ihre Worte küsste Luca sie ungestüm. »Wir sind vorsichtig und ich kann schnell sein, wenn du willst.«

Nein, das wollte sie nicht. Am liebsten hätte sie sich stundenlang mit ihm am Boden gewälzt, doch die Vernunft gebot ihr, es gar nicht erst so weit kommen zu lassen. »Genug! Lass mich in Ruhe. Geh nach Bozen zurück und ...«

»... heirate. Hab' ich Recht? Was hat meine Mutter denn noch gesagt? Ich hab' gesehen, dass sie dir gefolgt ist. Was soll ich ihrer Meinung nach tun, nach Hause kommen und meinen Platz in der Familie einnehmen?« Luca blickte grimmig drein. »Aber was, wenn ich das nicht will?«

Er zögerte. »Ich will ...«

»Was willst du? Ich bin verheiratet, verdammt noch mal. Ehe und Kinder bekommst du nicht von mir.« *Vor allem keine Kinder*, dachte Marina bitter und biss sich auf die Lippen.

»Ich will keine Ehefrau und schon gar keine Kinder.«

»Aber ...«

»Marina, all diese Dinge wünscht sich meine Mutter. Nicht ich!«

Luca war die Lust zu reden sichtlich vergangen. Er sank auf die Knie, ehe Marina ein weiteres Mal widersprechen konnte. Seine Hände lagen auf ihren Knöcheln und glitten langsam höher. Auf Höhe der Knie geriet Marinas Überzeugung ins Wanken. Als er ihren Schoß erreichte, waren auch die letzten Zweifel verschwunden. Sie klammerte sich am Geländer fest. Ihre Silhouetten spiegelten sich im Glas der großflächigen Fensterfront. Trotzdem würde sie von draußen niemand sehen können, denn die Scheiben waren verspiegelt und es brannte kein Licht, außer das Gespenst dort unten verfügte über außergewöhnliche Fähigkeiten. Marina kniff die Augen zusammen, doch nein, sie hatte sich nicht geirrt. Unten am Parkplatz ging ein magerer Geist in Wollsocken und wallendem Nachthemd spazieren.

»Scheiße!«

Luca schoss hoch und blickte sich nach ihrem Entdecker

um. Marina hielt sich nicht mit langen Erklärungen auf. »Die Urlioma ist ausgebüxt«, rief sie, bereits am Weg nach unten. Mit ein paar ungelenken Hopsern zog sie sich die High Heels von den Füßen.

Es war nicht der erste Ausbruchsversuch der Urlioma, allerdings war sie bisher immer tagsüber getürmt, dies war ihr erstes Mal zur Geisterstunde.

Luca holte Marina ein, rannte an ihr vorbei, ehe er gänzlich aus ihrem Blickfeld verschwand. Als sie unten ankam, schallte ihr bereits die heisere Stimme der Urlioma entgegen, die lautstark schimpfte. Der Katzelmacher, wie sie Luca nannte, hielt sie jedoch unbeeindruckt am Oberarm fest, während sie ihn mit allerhand kreativen Wortschöpfungen bedachte. Resl war noch nie auf den Mund gefallen gewesen, ein Talent, das sie an ihren Sohn Horst weitervererbt hatte.

Marina griff sich Resls anderen Arm und gemeinsam brachten sie sie zurück zu Frau Bela. Resl wehrte sich vehement, doch mager und dement, wie sie war, kam sie nicht gegen zwei kräftige Erwachsene an.

»Beruhig dich, Urli«, sagte Marina immer wieder. »Alles ist gut. Wir bringen dich heim.« Sie benutzte den gleichen Singsang, mit dem sie auf Gabriel einredete, wenn er trotzig war. Resl gab den Widerstand auf, musterte Marina aus blitzenden Augen und murmelte: »G'schissene!«

Die Tür zum Urlioma Haus stand offen. Der Anblick versetzte Marina in Panik und sie eilte ins Innere. Sie fand Gabriel friedlich schlafend auf dem Sofa vor. Frau Bela saß daneben. Sie war eingeschlafen, das Bilderbuch immer noch auf der Brust, und schnarchte leise. Eine Nachtlampe leuchtete am Couchtisch und tauchte das Zimmer in schummriges Licht. Sie hatte die Form einer kitschigen Plastikblume in einem Blumentopf.

Als Marina sich nach vorne beugte, um ihren Sohn zuzudecken, sprang sie an und entpuppte sich als Bewegungsmelder. Blecherne Musik erklang und die Blume tanzte in ihrem Topf. Offensichtlich hatte Frau Bela sie dort platziert, um geweckt zu werden, falls Gabriel nachts hochschreckte. Eine löbliche Idee, fand Marina. Leider hätte es eine zweite Blume gebraucht, um auch das Lager der Urlioma zu bewachen. Fluchend nestelte sie an dem Teil, allerdings fand sie den Schalter nicht. Befeuert von dem Krawall begann Resl wieder zu toben. Just als Marina endlich die Batterien gefunden und entfernt hatte, schreckte Frau Bela hoch und stieß einen kurzen Schrei aus. »Keine Sorge, wir sind es nur«, flüsterte Marina unnötigerweise. »Die Urlioma ist ausgebüxt und wir haben sie wieder zurückgebracht.«

Frau Bela bekam Augen groß wie Untertassen, als sie Luca und daneben Resl im Nachthemd erblickte. Sofort schoss die Pflegerin hoch und griff nach Resl. Sie sprach ungarisch mit der Urlioma, die sich anstandslos in ihr Zimmer bringen ließ.

Marina und Luca warteten im Wohnzimmer, bis Frau Bela Resl versorgt hatte. Gabriel bekam als Einziger nichts von diesem Tohuwabohu mit.

Kurze Zeit später war die Pflegerin zurück. Nachdem sich Frau Bela etliche Male für ihre Unachtsamkeit entschuldigt hatte und Marina sich davon überzeugt hatte, dass sie diesmal die Haustür hinter sich abgeschlossen hatte, verließen sie und Luca wieder das Haus.

Es war eine kalte Nacht, über ihnen blitzten die Sterne. Luca hatte sein Jackett ausgezogen und es Marina um die Schultern gelegt. Schweigend gingen sie nebeneinander her, zurück zum Headquarter. Hin und wieder lächelten sie sich zu. Kurz vor dem Eingang hielt Luca an.

»Kommst du nicht mehr mit rein?«, fragte Marina.

Luca schüttelte den Kopf. »Ich habe genug für heute.«

Wovon genau ließ er offen, doch Marina nahm an, dass es sich auf die Gesellschaft seiner Eltern bezog. Vielleicht meinte er aber auch all das Drama zwischen ihnen, wer konnte das schon so genau wissen.

Sie nickte und zog sich das Jackett von den Schultern.

»Danke.« Luca beugte sich vor, griff nach ihrer Hand und küsste sie. Er nickte knapp und machte kehrt. Marina blickte ihm nach, wie er langsam in der Dunkelheit verschwand.

Als sie sich umdrehte, prallte sie auf Eva und Carmen, die zu ihr getreten waren. »Ich hab' euch gar nicht kommen hören«, hauchte Marina und hoffte inständig, dass sie noch nicht allzu lange hier waren. »Was macht ihr hier unten?«

»Wir haben nach dir gesucht«, sagte Eva. »Wir glauben nämlich, dass bei dir etwas im Busch ist.«

»Was? Wie kommt ihr darauf?«

Offensichtlich machte Marina ein derart entsetztes Gesicht, dass ihre Freundinnen auflachten.

»Das, Schnucki, sieht sogar ein Blinder. Was ist los? Hast du mit Oliver gestritten?«, orakelte Carmen.

»Wo sind eure Männer?«, antwortete Marina mit einer Gegenfrage. »Sollen wir nicht wieder nach oben gehen?«

Eva machte eine wegwerfende Handbewegung. »Mit denen ist heute sowieso nichts mehr anzufangen. Stockbesoffen. Das gilt übrigens auch für den Rest.«

Carmen setzte ihr Haifischlächeln auf und blickte Marina fest ins Gesicht. »Du hast meine Frage nicht beantwortet.«

»Nein, wir haben keinen Streit«, brummte sie. »Was Oliver und ich haben, ist eine handfeste Krise.«

Marina horchte in sich hinein und kam zu einem Schluss: Sie wollte keine Geheimnisse mehr vor ihren Freundinnen haben. Zumindest, was Oliver und sie betraf.

»Kommt mit, ich zeig es euch.«

Gemeinsam steuerten auf die Villa zu. Marina lotste sie in Olivers Arbeitszimmer, langte nach der Fernbedienung, die dieses Mal ganz oben in der Lade lag und drückte Play. Die DVD sprang an und kurze Zeit später sahen sie den arabischen Hengst in Aktion.

»Okay«, murmelte Carmen. »Damit hab' ich jetzt nicht gerechnet.«

Eine Zeit lang beobachteten sie das Schauspiel vor ihren Augen, dann schaltete Marina den Fernseher wieder aus. Stattdessen deutete sie ins Innere der Lade. Die einzelnen DVD-Cover sprachen für sich. Auch die leere Kleenex-Packung und die zerknüllten Taschentücher im Mülleimer.

»Hat Oliver denn keine Angst, dass er entdeckt wird? Ich meine, er hat sich ja nicht sonderlich viel Mühe gegeben, es zu verbergen, oder?«, fragte Eva.

Marina zuckte die Achseln. »Ich gehe eigentlich nie in sein Zimmer. Aber Gabriel offenbar schon ...« Marina fischte das Pornoheft hervor und wedelte damit. »Das hat er in die Finger bekommen und im Kindergarten für Aufsehen gesorgt.«

»Es könnte doch nur eine Fantasie sein«, versuchte Carmen zu beschwichtigen. »Ich meine, wir alle haben Fantasien und nicht jede ist dazu bestimmt, an die Öffentlichkeit zu gelangen.«

»Es ist ja nicht nur das«, antwortete Marina und winkte ihre Freundinnen mit sich, zurück ins Wohnzimmer.

Sie setzten sich auf das gemütliche Sofa und Marina zündete eine Kerze an. Im flackernden Schein erzählte sie ihnen von der Paarmassage und Olivers eindeutiger Reaktion auf seinen Masseur.

»Wir schlafen schon lange nur noch aus Pflichtgefühl

miteinander. Und seitdem der Arzt gesagt hat, dass es für ein zweites Kind zu spät ist, gar nicht mehr.« Marina hatte geglaubt, dass sie es aussprechen könne, ohne zu weinen, doch sowie die Worte ihren Mund verließen, begannen auch die Tränen zu fließen.

Kapitel 14

Eine ganz und gar dumme Idee

April

Entspannt saß Marina unter der Trockenhaube. Vor ihr standen eine leere Kaffeetasse und ein halbvolles Glas Sekt. Sie blätterte in einem Klatschmagazin, als sie ein Foto von ihrem eigenen Event erspähte. *Promi-Winzer-Paar stellt neuen Saison Wein vor*, las sie unter dem Bild, auf dem sie und Oliver vor der opulenten Blumenwand zu sehen waren. Sie sahen gut aus, wie sie Arm in Arm dastanden, jeder eine Flasche Wein in der Hand. Die Veranstaltung war zwar schon vor gut einem Monat gewesen, doch die Zeitschriften im Friseursalon waren auch nicht tagesaktuell. Marina vermutete ohnehin, dass das Magazin aus einem ganz anderen Grund hier auflag. Ihr Friseur schmückte sich gerne mit fremden Federn.

Neben ihr erklang ein *Swoosh*, dann rollte Jacques auf seinem Hocker in ihr Blickfeld, schob die Trockenhaube fort und linste auf das Foto. »Das Kleid war eine gute Wahl, Chérie«, sagte er mit nasaler Stimme. »Es gibt mir Sophia Loren, Old Hollywood Glamour und ein winziges bisserl Burgenland.«

Jacques war in etwa so viel Franzose, wie Marina Italienerin. Als unbedarfter Stylist hatte er noch Jakob geheißen, dann war er ausgezogen, um die Metropolen dieser Welt zu erobern. Dabei hatte er eine Metamorphose durchlebt und sich in Jacques verwandelt. Mehrere Burn-outs, Depressionen und einen Entzug später war er in seine Heimatstadt Wien zurückgekehrt, wo er nun einen hochkarätigen Friseursalon führte. Auf seine alten Tage wollte er es ruhiger angehen, wobei sein Temperament immer noch ähnlich gefürchtet war wie das von Naomi Campbell.

Jacques hatte vor zehn Jahren Marinas Hochzeitsfrisur gemacht. Seither folgte sie ihm treu durch ganz Wien, da Jacques sich in regelmäßigen Abständen neu erfinden wollte. Im Moment war die quirlige Mariahilfer Straße der Ort, der seine Kreativität beflügelte.

»Heans, sind Sie das?« Neben Marina wedelte eine ältere Dame mit einem Klatschblatt und blickte sie erwartungsvoll an. Sie zeigte auf ein Foto von Marina, wo sie neben einer blonden zierlichen Moderatorin posierte. Ehe Marina antworten konnte, brüstete sich Jacques, dass er der Friseur der Stars und Sternchen war. Deshalb lag die Zeitschrift immer noch in seinem Salon auf.

Marina prustete. Ihre Mutter Francesca würde ihm diese Worte abkaufen, aber sie wusste es besser. Sie und Oliver hatten für all diese Aufmerksamkeit hart arbeiten müssen. Das, und weil sie in die richtigen Hintern gekrochen waren. Der Gedanke brachte sie zum Schmunzeln.

»Worüber lachst du?«

»Ach, nichts.« Sie winkte ab und griff nach ihrem Sektglas. »Ich bin einfach nur froh über eine kleine Auszeit, die meine Freundinnen und ich geplant haben. Die letzten Wochen waren richtig anstrengend.«

Marina ließ den März vor ihrem geistigen Auge Revue passieren. Seit sie Carmen und Eva ihre Unfruchtbarkeit gestanden hatte, ging es ihr besser. Es half, die Bitterkeit in Worte zu fassen und die Enttäuschung zu teilen. Seither konzentrierte sich Marina auf jene Aspekte ihres Lebens, die ihr Freude bereiteten: Das waren Gabriel, ihre Freundinnen, ihre Karriere und Luca; wobei letzterer ihr sündiges

Geheimnis war. Was Oliver betraf, war alles wie immer. Sie lebten nebeneinander her und die Tage plätscherten dahin.

»Wo geht's denn hin«, fragte Jacques und riss Marina aus ihren Gedanken.

»Ich verbringe die nächsten sieben Tage in einem Wellnesshotel und lasse mich von Kopf bis Fuß verwöhnen.«

Jacques seufzte theatralisch.

»Ich hätte etwas Wellness auch bitter nötig«, sagte er, zückte seine Schere und widmete sich Marinas Haarspitzen. »Ich hab' einen neuen Nachbarn«, murmelte er, hoch konzentriert, als müsse er neben dem Small Talk auch noch eine Bombe entschärfen. »Scharfes Gerät! Der Nachbar. Er hat nur einen Makel. Er ist noch nicht schwul.«

»Noch nicht?« Marina wusste, wie sehr es Jacques mit Stolz erfüllte, wenn es ihm gelang, einen Hetero umzupolen. Er behauptete, dass das seine eigentliche Spezialität sei. Erst an zweiter Stelle kam das Haareschneiden. Da er ein hervorragender Friseur war, musste er demnach ein herausragender »Umpoler« sein.

Während Marina über die Bedeutung seiner Worte nachdachte, durchzuckte es sie siedend heiß. Was, wenn Oliver ebenfalls schwul war und sie ihn dazu bringen könnte, seine Homosexualität anzunehmen? Könnten sie ihre Ehe dann vielleicht anders arrangieren? Sie waren ein eingespieltes Team, gute Eltern, Geschäftspartner, aber kein Liebespaar.

In Marinas Kopf begannen sich plötzlich Ideen und Möglichkeiten zu formen. Sie blickte hinaus, zu dem Trubel auf der Mariahilfer Straße, sah Menschen, die dem nassgrauen Wetter trotzten, sich tief in ihre Mäntel verkrochen und ihrer Wege gingen. Eine graue Masse. »Glaubst du, dir gelingt das mit jedem Mann?«

Jacques ließ alarmiert die Schere sinken und setzte seinen Welpenblick auf. »Ich habe nicht gemeint, dass … «

»Jaja, schon klar«, unterbrach ihn Marina. »Nicht jeder Mann ist schwul, ich weiß. Aber was wäre mit einem, der vielleicht ohnehin mit dem Gedanken liebäugelt, mal etwas Neues auszuprobieren?«

»Frischfleisch«, raunte Jacques und leckte sich über die Lippen. »Der Mann ist praktisch schon konvertiert. Aber wieso? Kennst du so jemanden?«

Schnell schüttelte Marina den Kopf, um jeden Verdacht im Keim zu ersticken. Jacques war nicht der rechte Mann für diese Maßnahmen. Er besaß keinerlei Diskretion und war wohl auch nicht Olivers Typ, wenigstens nicht, wenn man nach den Hauptdarstellern seiner Schmuddel-Filmchen ging.

Himmel, dachte sie gerade tatsächlich darüber nach, ihren Mann umzupolen? Und warum tauchte nirgendwo ihre Vernunft auf, die sie in die Schranken wies und ihr Begründungen lieferte, warum das eine ganz und gar schlechte Idee war?

Als Marina eine halbe Stunde später den Friseursalon verließ – der graue Ansatz frisch gefärbt – hatte sich die Vernunft immer noch nicht blicken lassen. Dafür erspähte sie Carmen und Eva. Beide standen sie zusammengepfercht unter einem winzigen Schirm, um sich vor Wind und Regen zu schützen. Während Marina ihren Schirm aus der Tasche kramte, platschte ein riesiger Tropfen vom Dachvorsprung, direkt in ihren Kragen. Sie schüttelte sich und verzog das Gesicht. Wozu saß man stundenlang beim Friseur, wenn einem das Wetter danach eine Grausbirne verpasste?

Es war noch nicht lange her, da hatte Carmen gewettet, dass es Eva nicht gelingen würde, ihre Komfortzone zu verlassen. Zu festgefahren schienen die alten Muster, die Eva in beinahe zwanzig Ehejahren kultiviert hatte. Doch Eva hatte das Leben bei den Hörnern gepackt und sie alle überrascht, weshalb sie kurz vor ihrem vierzigsten Geburtstag mit einem rattenscharfen Argentinier belohnt worden war.

Weil Wettschulden Ehrenschulden waren und Carmen eine spendable Verliererin war, hatte sie für das Dreiergespann einen Wellnessurlaub gebucht. Weder Marina noch Eva wussten, wohin ihre Auszeit sie führen würde. Carmen hatte die Planung übernommen und hüllte sich in Schweigen. »Ich verspreche euch, so was habt ihr noch nie zuvor gemacht«, hatte sie vollmundig angekündigt. Das versprach ein extravagantes Vergnügen.

Als sie in Marinas Land Rover saßen, tippte Marina mit ihren Fingernägeln auf den Bordcomputer, um ihre Ungeduld zu verdeutlichen. »Verrätst du uns nun bitte, wo dieses geheimnisvolle Retreat sein soll, damit ich es ins Navi eingeben kann?«

»Im Waldviertel«, raunte Carmen am Beifahrersitz. »Retreat ist vermutlich nicht das passende Wort.« Sie stierte in ihre Handtasche, als würde sich dort etwas wahnsinnig Interessantes verstecken. Alarmiert wandte Marina ihr den Kopf zu. »Was wäre denn ein passendes Wort?«

»Zelle«, antwortete Carmen postwendend. »Das trifft es ziemlich genau.«

»Im Sinne von Knast, Häfn, Sing Sing?«, meldete sich Eva von der Rückbank. Carmen schüttelte nachsichtig den Kopf.

»Natürlich nicht. Ich spreche von einer Zelle in einem ehemaligen Kloster, das heute auf Fastenkuren spezialisiert ist.« Sie erläuterte die Eckpfeiler des Fastens und es klang, als hätte sie die Infobroschüre auswendig gelernt.

Marina fasste sich mit einer dramatischen Geste an die Brust. »Ich bin Italienerin. Ich werde das nicht überleben!«

»Unfug! Du bist im Gemeindebau groß geworden. Du

bist hart im Nehmen.« Carmen grinste wölfisch und auch Eva lachte verhalten. Marina ächzte, manchmal konnten ihre Freundinnen richtig gemein sein. »Das heißt«, sagte sie und wandte sich an Carmen, »du bezahlst eine Stange Geld dafür, um uns alle sieben Tage lang auszuhungern?«

Carmen hielt ihrem Blick stand. »Wenn du das sagst, klingt es so negativ.«

Mit einem Seufzen fügte sich Marina in ihr Schicksal und bog aus der Parklücke. Sie kurvten durch enge Seitenstraßen, bis sie am Mariahilfer Gürtel angelangt waren.

Ein Kloster. Eine ganze Woche. Kein Essen! Mit ihrer Buchung hatte Carmen weder bei Marina noch bei Eva Begeisterungsstürme ausgelöst. Allerdings wäre sie nicht die Chefin einer PR-Agentur, würde sie nicht versuchen, ihnen dieses Desaster doch noch schmackhaft zu machen.

»Ich sag nur Autophagie. Au-to-pha-gie.« Bei jedem Wortbaustein tippte sie mit ihrer Lippenstifthülse in Marinas Richtung, als würde sie einen Zauberstab schwingen. »Wisst ihr, was das bedeutet? Wir hungern unsere Zellen aus, bis sie ihren eigenen Zellabfall fressen.«

Das klang erstaunlich ekelhaft. Wortlos setzte Marina den Blinker und bog in den Drive-in einer bekannten Burgerkette. Carmen zog ihre Augenbrauen zusammen und warf ihr einen empörten Blick zu. »Weißt du, dass der Konsum von Transfetten dich umbringen wird?«

»Nicht, wenn mich deine Fastenkur vorher erledigt«, konterte Marina, »und wenn ich schon nichts zu beißen kriege, dann sollen wenigstens meine Zellen etwas zu fressen haben.«

Kapitel 15

Heilfasten

Das Kloster Pernegg lag eingebettet in der Abgeschiedenheit des Waldviertels. Die massiven Mauern des ehemaligen Frauenklosters hatten etliche Jahrhunderte an Geschichte hautnah erlebt. Ein Ort der Besinnung, der nun jenen offenstand, die nach Erleichterung für Geist und Körper trachteten. Die Gemäuer zehrten von der Spiritualität einstiger Tage, sie begegnete dem Hotelgast in den langen Korridoren, dem mittelalterlichen Kreuzgang, der die Zisterne umrundete, und den gotischen Gewölbedecken. Das Kloster war modernisiert und den Bedürfnissen weltlicher Gäste angepasst worden. Die Zimmer waren geschmackvoll und minimalistisch eingerichtet. Wer hier herkam, bezahlte eine Menge Geld, um im stilvollen Ambiente ausgehungert zu werden.

Das Ergebnis unserer verfressenen Gesellschaft, dachte Marina zynisch, als sie ihren Koffer auspackte und aus dem Fenster blickte, hinaus auf die nebelige Landschaft und den dichten Wald, der das Kloster umgab. Es war kalt und der Kräutergarten lag unter einer Schneeschicht verborgen.

Am frühen Nachmittag wurden die Teilnehmer einander vorgestellt und von den Fastenbegleiterinnen offiziell begrüßt. Es gab mehrere kleine Achtsamkeitsübungen, die Marina hasste. Dann wurden die Eckpfeiler des Programms und die Hausregeln präsentiert.

Die nächsten Stunden gab man ihnen Zeit, um in Ruhe

anzukommen und sich mental auf die nächsten Tage vorzubereiten. Marina tat das auf ihre Weise, in dem sie einen Großteil ihres eisernen Vorrats an Müsliriegel aß, den sie ins Kloster geschummelt hatte.

Nun traf sich die Gruppe zum letzten Abendmahl, bevor es morgen endgültig ernst wurde. Marina schaute auf ihr Handy, sie hatte kaum Empfang, doch das war vermutlich gewollt. Detox für Geist und Seele gelang nicht, wenn alle naselang irgendwo ein Smartphone piepste.

Sie stand vor dem Spiegel und musterte sich. Sie hatte das bequemste Kleid mitgebracht, das sich in ihrem Besitz befand, ein cremefarbenes Strickkleid, das sich anfühlte wie eine flauschige Umarmung. Dazu trug sie beige Raulederstiefel, keinen Schmuck, keine Schminke und die Haare waren zu einem lockeren Dutt geschwungen. Hinter ihr klopfte es an der Tür. Flugs ließ Marina die verräterischen Verpackungen in ihrem Koffer verschwinden und strich sich letzte Krümel von der Kleidung. »Es ist offen.«

Carmen und Eva erschienen im Türrahmen, beide waren ähnlich gekleidet wie sie.

»Na, dann packen wir es an«, raunte Marina, die sich insgeheim schon wieder auf Pasta und Weißgebäck freute, obwohl ihre Fastenkur noch gar nicht begonnen hatte.

Arm in Arm schlenderten sie zum Speisesaal des Klosters, wo ihre Fastenkollegen bereits warteten, ein weiteres Frauentrio in Leggings und knitterfreiem Polyester, zwei ältere Paare und ein Mutter-Tochter-Gespann.

Der Saal war wunderschön. Weißer Stuck schmückte die Gewölbedecke und schuf ein opulentes Setting. Eine lange Tafel stand in der Mitte, an der die Gäste Platz nahmen. In diesem Rahmen könnte man auch ein Galadinner veranstalten. Am Kopf der Tafel saßen Ines und Rosemarie, ihre Fastencoaches. Ihnen waren die Rollen des guten und des bösen Cops förmlich auf den Leib geschneidert.

Ines verkörperte den bösen Part, kühl wie Eisen und ausgestattet mit dem Charisma einer Handschelle. Ines hasste es offensichtlich, dass Heilfasten in Mode war. Rosemarie war ihr Gegenpart, sie war der rosa Plüschüberzug, der den Handschellen die Strenge nehmen sollte.

Als die spartanische Vorspeise aufgetischt wurde, verging Marina das Lachen. Sie bekamen je einen Apfel aus dem Klostergarten und ein Zimtherzchen. Eigentlich war es nur Zimtpulver, das man durch eine Schablone gestreut hatte, damit der Teller nicht so deprimierend wirkte. Während sich die Teilnehmer über ihre Vorspeise hermachten, präsentierten *Zuckerwatte* und *Chili* den Ablauf des nächsten Tages.

»Morgen starten wir mit einem Spaziergang im Klostergarten, um den Stoffwechsel zu aktivieren«, erklärte Ines. »Danach folgt ein Vortrag zum Thema Fasten, eine Yogaeinheit und eine geführte Meditation.« Es war der nächste Programmpunkt, der Marina bitter aufstieß, nämlich die Zubereitung und der Genuss einer basischen Gemüsebrühe zum Entgiften. Klang das nicht wundervoll?

Nicht in Marinas Ohren.

Der Hauptgang wurde serviert und Marina hörte nur noch mit einem halben Ohr zu. Sie bekamen eine klare Suppe mit Kräutern und ein paar gekochten Karottenstücken. Marina seufzte. Sogar das Löffeln verbrannte mehr Kalorien als die Mahlzeit, die sie in ihren Rachen schaufelte. Sie aß flüssiges Nichts, mit der Gewissheit, dass dieses Nichts in den nächsten Tagen noch magerer werden würde.

Als halbe Italienerin war Marina davon überzeugt, einen Kohlehydrat-Entzug nicht überleben zu können. Mit dem Tod vor Augen warf sie Carmen einen derart angesäuerten

Blick zu, dass diese sich verschluckte und beinahe über ihrem eigenen Teller erstickte.

Als nächsten Programmpunkt für den Abend hatte ihnen *Zuckerwatte* einen Saunabesuch ans Herz gelegt, um die Toxine auszuschwitzen. Ein Angebot, das Marina, Eva und Carmen nur allzu gerne annahmen, um sich vom permanenten Hungergefühl abzulenken.

Zwei Stunden später standen sie mit dampfenden Körpern in der klirrenden Kälte des Klostergartens und wappneten sich für ihren zweiten Saunadurchgang. Marina hatte das Handtuch fest um den Leib gewickelt und die Lippen aufeinandergepresst. Nicht vor Kälte, sondern weil sie einen dramatischen Entschluss gefasst hatte. Mit dem drohenden Hungertod vor Augen hatte sie beschlossen, mit sich und der Welt reinen Tisch zu machen. Sie musste ihren Freundinnen die Affäre mit Luca beichten, für den Fall, dass sie tatsächlich den Löffel abgab. Und weil die Last auf ihren Schultern zusehends schwerer wurde.

»Kommst du«, fragte Carmen.

Marina nickte und folgte ihr und Eva zurück in die Sauna. Ein Duft von Zedernholz hing in der Luft und die heißen Steine knisterten. Schweigend hockten sie nebeneinander. Zu Beginn war noch das *Polyestertrio* mit von der Partie gewesen, doch die Temperatur der finnischen Sauna hatte die Frauen bald in die Flucht geschlagen. Nun waren nur noch Marina, Eva und Carmen übrig.

Marina war hochnervös, weil sie nicht so recht wusste, wie sie das Gespräch beginnen sollte. Jedenfalls musste es bald passieren, ehe sie der Mut verließ.

»Ich habe eine Affäre mit Luca.«

Die Information kam wie aus der Pistole geschossen, keine Einleitung, keine Schnörkel, nur blanke Fakten.

Zumindest war ihr jetzt die Aufmerksamkeit sicher und zwei Augenpaare musterten sie schockiert. Weil beide schwiegen, begann Marina zu erzählen. Sie schilderte, wie es zu ihrem ersten Fehltritt gekommen war und warum ihm so viele weitere gefolgt waren. »Und? Was sagt ihr?«

Carmen zuckte die Achseln. »Wenn Oliver dich nicht befriedigt, dann ist es doch logisch, dass du dich anderweitig umsiehst.«

Ihre gelassene Reaktion beruhigte Marina, allerdings hatte sie von Carmen nichts anderes erwartet. Eva war die moralische Achillesferse des Dreiergespanns und sie hatte bisher geschwiegen. Nun schnellte sie von der Holzbank hoch.

»Ist das dein Ernst? Oliver ist ein guter Mann, du hast kein Recht, ihn so zu hintergehen.«

Marina nickte beschämt.

»Und du?« Sie zeigte auf Carmen. »Wie kannst du sie in diesem Unfug auch noch bestärken?«

»Eva, es ist einfach passiert«, verteidigte sich Marina. »Ich hab' das nicht geplant.«

»Ja, wer plant denn so was auch?«, schimpfte Eva weiter. »Aber du hast dich auch nicht dagegen gewehrt. Du hättest Luca wegschicken können, stattdessen hast du ihn immer wieder in dein Bett geholt. Dabei ist er nur halb so alt wie du selbst.«

Marina zog die Augenbrauen hoch. Luca war neun Jahre jünger. Schlimm genug, aber nicht ganz dasselbe.

»Reden wir jetzt immer noch von mir«, fragte sie Eva.

Marina wusste, dass sie Evas wunden Punkt erwischt hatte. Ihre Freundin war vor gar nicht allzu langer Zeit von ihrem Ehemann verlassen worden. Besonders bitter wog dabei die Tatsache, dass die Neue gerade einmal Anfang 20 gewesen war.

Eva baute sich vor Marina auf und stierte ihr wütend ins

Gesicht. Die glühenden Steine spiegelten sich in ihren braunen Augen und verwandelte sie in einen grollenden Dämon.

»Schäm dich! Das hätte ich nie von dir erwartet, Marina.« Ihre Stimme zitterte vor Enttäuschung. »Ich bin hier fertig.«

Eva stürmte aus der Sauna und pfefferte die Tür hinter sich zu.

»Oh Gott, das war schrecklich!«, raunte Marina. Sie presste ihre Handflächen auf die brennenden Augen. Unter anderen Umständen hätte sie geweint, aber jedwede Flüssigkeit war bereits ausgeschwitzt.

»Lass sie«, attestierte Carmen pragmatisch. »Sie beruhigt sich schon wieder. Ihre Reaktion hat viel mehr mit ihr als mit dir zu tun. Wirst sehen, morgen schaut die Welt schon wieder ganz anders aus.«

Am nächsten Tag sah die Welt tatsächlich anders aus, nämlich noch schlimmer. Zeitig am Morgen spazierte die Gruppe durch den Klostergarten, Eva an der Spitze des Trosses, Marina am Schluss. Offensichtlich wollte Carmen nicht parteiisch erscheinen. Sie hielt sich im Mittelfeld auf und verwandelte das *Polyestertrio* in ein Quartett. Sie hatte sich sogar an deren Dresscode angepasst und trug einen blitzblauen Adidas-Zweiteiler, der allein durch seine Optik den Frieden und die Stille ihrer Prozession gefährdete.

Eigentlich hatte sich Marina mit Eva aussprechen wollen, dummerweise war sie hungrig, grantig und nicht mehr sie selbst. Eva ging es vermutlich ähnlich, weshalb sie Marina Blicke zuwarf, die schärfer waren als so manche Klinge. So war das eben, wenn zwei ehemalige Gemeindebaukinder miteinander im Streit lagen, dann konnten sich Achtsamkeitsübungen, Pranayama und Klangschalentherapie brausen gehen.

Am dritten Tag der Fastenwoche berichteten erste Kursteilnehmer von einer erstaunlichen Leichtigkeit, die sich in ihnen breitmachte. Carmen war eine von ihnen. In den Gruppengesprächen, die der Selbstreflexion dienten, schwärmte sie von einem inneren Frieden, der sie plötzlich erfüllte. Marina hatte diese Gefühle nicht, dafür fühlte sie das immense Bedürfnis, Carmens Frohlocken mit der Faust zu zerschlagen. Eva ging es sichtlich auch nicht besser. Weil sie aber immer noch kein Wort miteinander gesprochen hatten, mussten sie Carmens Erleuchtung kommentarlos hinnehmen.

Tag vier war der Tag der Stille, an dem sie möglichst wenig sprechen sollten. Das passte gut, da Marina ohnehin mit ihren eigenen Gedanken beschäftigt war. Während sie in ihrer üblichen Formation durch den Wald spazierten, überlegte Marina, wie Trüffelschweine den Waldboden absuchen könnten, ob die Wildkräuter unter der Schneedecke sättigend wären und ob sie in der Lage wäre, ein Kaninchen zu erlegen und heimlich zu braten. Außerdem dachte sie an all die Gerichte, die sie essen würde sowie diese Hölle hier vorbei war.

Als die glitzernde Morgensonne zwischen den Baumkronen hindurchbrach, begann Marina zu halluzinieren. Die bunten Hauben der anderen Fastenden verwandelten sich in wandelnde Pralinen. Marina hatte endgültig ihre Grenze erreicht. Sie war keine Überlebenskünstlerin, sondern ein Wattebausch, der Gefahr lief, vom nächsten Windhauch davongetragen zu werden.

Marina schloss zu Eva auf und packte sie am Arm, als diese das Weite suchen wollte.

»Hiergeblieben«, zischte Marina und hielt sie mit der Kraft der Verzweiflung an ihrer Seite. »Das ist nicht der richtige Zeitpunkt, sich von mir zu entfernen, denn in der Not fresse ich meine Feinde zuerst.« Eva zog die Augenbraue hoch. Eine Handbreit tiefer zuckte ihr Mundwinkel verdächtig. »Ich sterbe vor Hunger. Hast du einen Plan, wie wir an etwas Essbares gelangen können?«

»Nein, mein Gehirn hat seine Fähigkeit zu denken längst eingebüßt.« Carmen tauchte zwischen ihnen auf. Gutgelaunt legte sie ihnen die Arme auf die Schultern. »Schön, dass ihr euch wieder vertragt«. Sie hatte dem *Polyestertrio* den Rücken gekehrt, um sich wieder ihrem eigenen Rudel anzuschließen. »Haltet euch heute Abend bereit«, sagte sie geheimnisvoll. »Ich habe einen Plan.«

Kapitel 16

Schlagerparty

Carmen mochte zwar aussehen wie eine Großstadttussi, aber sie hatte den eisernen Charakter einer Kämpferin. Sie navigierte zielsicher durch das Kloster und winkte ihre Freundinnen hinter sich her. Es war an der Zeit, der Wahrheit ins Auge blicken. Marina und Eva waren Schwächlinge, verweichlichte kleine Menschlein, die in einer Notsituation wohl als Erstes vor die Hunde gehen würden. Das hatten diese vier Fastentage eindrucksvoll gezeigt, doch Carmen war aus einem anderen Holz geschnitzt. Wenn die Zeiten rauer würden, würde sie zweifellos ihre High Heels ausziehen, den Absatz als Waffe benutzen und damit ein wildes Tier erlegen. Deshalb machte es auch Sinn, dass sie zu ihrer Anführerin geworden war.

Nun drehte sich Carmen zu ihnen um, legte ihren Zeigefinger auf die Lippen und hauchte: »Psssst!«

Sie waren zwar aus freien Stücken hier und durften das Kloster jederzeit verlassen, doch wer wusste schon, was Betreuerin *Chili* einfiel, sollten sie ihr unglücklicherweise in die Arme stolpern? Vielleicht würde sie die Abtrünnigen sogar, wie früher üblich, zur Strafe in ihren Zellen einmauern? Zuzutrauen war es ihr jedenfalls.

Die drei hasteten durch den Kräutergarten hinüber zum Mitarbeiterparkplatz. Es war bereits dunkel und das Glimmen einer Zigarettenspitze flammte hin und wieder im Zwielicht auf. Zielstrebig hielt Carmen auf die orange Glut zu.

»Hallo, Bernhard«, zischte sie. Ein Mann lehnte an seinem roten Opel und zog hastig an seiner Zigarette. Er trug eine schwarz-weiß karierte Hose und ein geknöpftes weißes Oberteil. Die Berufskleidung eines Kochs.

»Servus, Carmen«, antwortete er, warf die Kippe zu Boden und trat sie aus. Er griff in ein Stoffsackerl, zog ein eingewickeltes Paket hervor – dem Geruch nach zu urteilen, eine Leberkässemmel. Er streckte sie Carmen entgegen. Trotz der Dunkelheit sah Marina, wie Carmens Wangen feuerrot aufflammten.

»Nein, nein! Danke!«, rief sie und hob abwehrend die Hände, doch Marina hatte den Braten längst gerochen. Carmen war keine asketische Fastenheilige, sondern einfach nur ein durchtriebenes Luder.

»Du hast den Koch bestochen?«, zischte sie und verteufelte sich innerlich, weil sie selbst nicht daran gedacht hatte. »Obwohl du uns das hier eingebrockt hast? Und dann hattest du noch nicht einmal den Anstand, uns mitzunehmen?«

Carmen warf ihren Freundinnen einen schuldbewussten Blick zu. »Ich wollte nicht, dass ihr mich für schwach haltet«, brummte sie. »Außerdem wart ihr mit eurer lächerlichen Fehde beschäftigt.«

Ehe ein weiterer Disput losbrechen konnte, packte Bernhard geistesgegenwärtig die Semmel aus und streckte sie ihnen entgegen. »Auf die Freundschaft, würde ich sagen.«

Eva griff als Erste danach, schlug ihre Zähne hinein und seufzte genüsslich. Danach gab sie die Semmel an Marina weiter, die es ihr gleichtat. So wanderte das Stück österreichischen Kulturguts von Hand zu Hand und wurde mit jedem Bissen kleiner. Vor zwanzig Jahren hatten sie so ihren Joint geteilt.

Minuten später war der Snack vernichtet und Marina traurig. Ihr Magen protestierte, da er mit Essen gelockt worden war und nun wieder auf dem Trockenen saß.

»Keine Sorge, Ladys«, sagte Bernhard und gab sich betont weltmännisch. »Ich bin am Weg zur Schlagerparty im Gallien-Bräu und Carmen meinte, ihr wollt mitkommen. Dort gibt es für jede ein Riesenschnitzel, wenn ihr wollt.« Sie wollten. Marina vollführte als Erste einen Hechtsprung auf die Rückbank. Sie würde diesem Fremden überallhin folgen, wenn am Ende der Reise ein Schnitzel auf sie wartete.

Das Dröhnen des getunten Motors durchschnitt die nächtliche Stille des Waldviertels. Bernhards Auto brauste durch menschenleeres Gebiet. Sie fuhren eine schmale Straße entlang, die zu beiden Seiten von dichtem Wald gesäumt war. *Die ideale Kulisse für einen Horrorfilm*, dachte Marina und warf dem Koch einen misstrauischen Blick zu. Er sah nicht aus wie ein Frauenmörder, wobei, wer wusste schon, wie solche Typen aussahen? Trotzdem, so eher nicht. Bernhard war klein, dunkelhaarig und von schmächtiger Statur. Er trug ein Flinserl an der Augenbraue und klobige Sneakers. Seine sehnigen Oberarme zierten geschmacklose Ornamenttattoos, eindeutig ein Relikt der frühen 2000er-Jahre. Sein hüpfender Kehlkopf verriet seine Nervosität. Wenn er sie nicht in eine geheime Opiumhöhle brachte – von denen es im Waldviertel vermutlich keine gab – dann würden sie mit diesem Fähnchen schon fertig werden. Allerdings fuhren sie nun schon etliche Kilometer durch verlassenes Gebiet und Marina war immer noch ein wenig mulmig zumute.

Bernhard bemerkte Unruhe. »Keine Sorge, ihr seid nicht die Ersten, die sich abends aus dem Kloster schleichen und sich zum nächsten Schnitzel fahren lassen«, sagte er lachend. »Nix für ungut, aber ich versteh nicht, warum man einen Haufen Geld bezahlt, um sich aushungern zu lassen. Das ist in etwa so sinnvoll, wie einen Koch anzustellen, der nur

Suppenwasser und Tee kocht.« Er lachte über seinen eigenen Witz und erzählte ihnen, dass der heimliche Bringservice mittlerweile zu einem lukrativen Nebenjob geworden war.

Zwanzig Minuten später drosselte Bernhard die Geschwindigkeit, setzte den Blinker und bog in eine schmale Querstraße ein. Sie waren am Ziel. Das Gallien-Bräu befand sich vor ihnen. Etliche Autos parkten bereits davor. Bernhard drehte das Radio aus, stattdessen schallte die atemlose Helene Fischer über das Areal. Das war der Vorteil, wenn man mitten im Nirgendwo war. Um genervte Anrainer musste man sich hier keine Sorgen machen.

Eine Handvoll junger Männer hielten auf den roten Opel zu und staunten nicht schlecht, als Eva, Carmen und Marina ausstiegen. »Servus, Berni«, sagte einer von ihnen. »Hast den Damen was gezahlt, damit sie mit dir mitfahren?« Hämisches Gelächter begleitete seinen Witz und zwang Bernhard zu einem Konter. »Nix da. Die sind schon freiwillig mitkommen, gell?«

»Jaja«, murmelte Marina. »Können wir jetzt bitte hineingehen? Ich sterbe gleich vor Hunger.«

»Alles klar«, erwiderte der unbekannte Kerl. »Ihr seid nicht die ersten Weiber, die zum Fastenbrechen herkommen.«

Wortlos setzten sich Marina, Carmen und Eva in Bewegung. Bernhard und seine Kumpel folgten ihnen. Anscheinend wollte sich niemand den Genuss dieser aufsehenerregenden Gesellschaft entgehen lassen.

Marinas Gehirn war wie in Watte gepackt und sie nahm nur noch stichwortartig von ihrem Umfeld Notiz. *Holz*, dachte sie. Überall war Holz, die Wände, die Bänke, die Tische, die Stühle. Alles war aus dem gleichen honigbraunen, glänzenden Holz gefertigt worden. Rustikal.

Erst, als sie an einem der Tische saßen, jede ein riesiges

Schnitzel und ein Radler vor sich, schärften sich Marinas Sinne wieder. Bernhard scherzte, dass das Wiener Schnitzel hier als Fastenbrecher bekannt war, weil damit die Klosterflüchtlinge die Askese brachen.

Nachdem sie ihren Heißhunger gestillt hatte, riskierte Marina einen Blick auf die rauschende Party. Auf der Tanzfläche herrschte ein lebhaftes Durcheinander. Senioren, Junggebliebene und junge Hüpfer schwangen das Tanzbein. Die meisten waren Frauen, während sich die Männer an ihr Bier klammerten. Jung und Alt frohlockten zu Griechischer Wein, während sie von tollwütigen Glühwürmchen umschwirrt wurden. Wenigstens sah es so aus, da jemand die Lichtmaschine auf die höchste Stufe gedreht hatte. An der Bar standen Bernhard und seine Kumpel und sondierten die Damenwelt. In einer Ecke dahinter begrapschten sich zwei knutschende Teenager.

»Ich bestelle uns noch drei Radler«, sagte Marina und erhob sich. »Nüchtern kann ich das hier nicht ertragen.«

Sie gesellte sich zu Bernhard und beobachtete die Kellnerin, die im Rekordtempo Bier zapfte. Einfach nur nervig diese Musik!

Während Marina wartete, spürte sie, wie der Schlager sich in ihren Gehörgang schraubte und sie auf eine Weise infizierte, die ihr ganz und gar nicht gefiel. Es begann bei ihrer Schuhspitze, die wippte. Dann waberten Schlager durch ihr Blut und brachten sie zum Schunkeln. Sie öffnete den Mund und sang mit plötzlicher Inbrunst: »Verlieben, verloren. Vergessen, verzeihen.«
Beschämt blickte sie um sich, ob jemand diese Entgleisung bemerkt hatte, als einer von Bernhards Freunden sie packte und auf die Tanzfläche zog. »Nein, ich tanze nicht«, rief Marina und strafte sich selbst Lügen, denn sie tat es schon

längst. Der Bursche tanzte einen passablen Discofox und wirbelte mit ihr über das Parkett. Plötzlich war es Marina ganz und gar egal, was andere von ihr halten würden. Sie hatte neue Freunde gefunden und die hießen Vicky, Peter, Nick und Udo.

Später, viel später, als Marina sich verschwitzt und außer Atem neben Eva auf die Holzbank sinken ließ, grinste ihr diese hämisch entgegen. »Du hast den Radler vergessen.«

»Vielleicht sind doch nicht alle Lieder schlecht.«

Eva schmunzelte und zuckte vieldeutig mit den Achseln. »Wenn du das sagst …«

»Wo ist Carmen?«

Eva deutete in eine Ecke. Die knutschenden Teenager hatten Verstärkung bekommen und das gesamte Gallien-Bräu wurde Zeuge von Bernhards Aufreißerqualitäten. Marina klappte der Mund auf.

»Zwei Schnäpse auf nüchternen Magen waren wohl nicht ihre beste Idee«, erklärte Eva lakonisch.

Marina, immer noch vollgepumpt mit Endorphinen, klammerte sich an den Arm ihrer Freundin und murmelte: »Ach Eva, könnte es doch immer so einfach sein.«

»Tja, Affären verkomplizieren das Leben eben.«

Marina warf ihr einen scharfen Blick zu, doch sie entdeckte keinerlei Groll in Evas Gesicht.

»Ich weiß«, gab sie zu und deutete der Kellnerin, dass sie ihnen zwei Radler bringen sollte.

Einen Augenblick lang saßen beide stumm da und beobachteten das ungleiche Paar in der Ecke.

»Ist der Sex genauso gut wie Luca aussieht?«, fragte Eva nach einer Weile.

»Besser«, antwortete Marina. »So etwas wie mit ihm habe ich noch nie zuvor erlebt.«

Eva dachte einige Momente nach. »Daraus schließe ich, dass du nicht vorhast, die Affäre in nächster Zeit zu beenden, oder?«

Marina schüttelte energisch den Kopf. Sie beugte sich vor, um Eva ihren Plan ins Ohr zu flüstern. Während sie sprach, wanderten Evas Augenbrauen immer höher. »Du weißt aber schon, dass das ziemlich verrückt ist, oder?«

Marina nickte.

»Wenn du das wirklich durchziehen willst, kenne ich jemanden, der dir helfen kann.«

Kapitel 17

Liebesgrotte

Heute wäre Tag sechs im Fastenkloster angebrochen, nur das Carmen, Eva und sie schon längst abgereist waren. Nach Wiener Schnitzel und Radler hatte keine von ihnen mehr zur Askese zurückfinden können. Marina befand sich mittlerweile in Wien, wobei

Oliver glaubte, dass sie im Waldviertel war, um die letzten zwei Fastentage zu absolvieren.

Marina hatte eingesehen, dass sie ihre Affäre nicht beenden konnte. Aus Angst davor erwischt zu werden, wollte sie ihre Zusammenkünfte planen, anstatt Zufall und Willkür den Ort diktieren zu lassen.

Mit der Aussicht auf ein Schäferstündchen parkte sie ihren Wagen vor einem Wohnblock im 5. Wiener Gemeindebezirk. Die fahlgelbe Fassade schmückten zwei stilisierte Arbeiter mit Schaufel und Hacke. Das Wohnhaus war in der Nachkriegszeit errichtet worden.

Hier war ihr Vater Ewald aufgewachsen, in einer kleinen Wohnung im ersten Stock, mit Blick auf den begrünten Innenhof. Seine Mutter Hedwig war eine Soldatenwitwe gewesen. Sie hatte nie wieder geheiratet, sondern sich ganz der Erziehung ihres einzigen Buben gewidmet. Alles war gut, bis Ewald sein Herz an die goldblonde Francesca verloren hatte. Bis zu ihrem Tod hatte Hedwig die italienische Frau gehasst. Sie drohte auf der Stelle tot umzufallen, wenn Francesca auch nur einen Fuß über ihre Schwelle setzen würde.

Wort gehalten hatte sie freilich nicht. Francesca war gelegentlich vorbeigekommen, in der Hoffnung, dass der alte Drachen ernst machte. Daraufhin war die Feindschaft eskaliert und Francesca hatte Ewald versprechen müssen, seine betagte Mutter in Frieden zu lassen. So hatten die beiden eine Weile koexistiert, ehe Hedwig ins Gras gebissen und Ewald die Wohnung geerbt hatte. Daraufhin hatten er und Francesca dem 10. Bezirk den Rücken gekehrt und waren in die 40-Quadratmeter-Wohnung übergesiedelt, wobei Hedwig wohl vor Wut in ihrem Grab am Zentralfriedhof rotiert hatte.

Vor zwölf Jahren war Marinas Vater einem Krebsleiden erlegen. Ein paar Jahre hatte Francesca alleine hier gelebt, dann war sie zu Marina ins Burgenland gezogen. Die Wohnung hatten sie trotzdem behalten, weil der Mietzins niedrig war und Marina gelegentlich hier übernachtete, wenn sie mit Eva und Carmen verabredet war.

Marina trat ins Treppenhaus und sah Neonröhren, Terrazzofliesen, messingfarbene Briefkästen und Kinderwagen. Obwohl der Sticker am Briefkasten Nummer sieben darauf hinwies, von Postwurfsendungen abzusehen, quoll er vor Werbematerial über. *Es ist immer das Gleiche*, dachte Marina, während sie die Flyer in ihre Handtasche stopfte. Sie ging hinauf in den ersten Stock und schloss die Tür auf. Die Wohnung aus den Siebzigern war ein Juwel der Geschmacklosigkeit. Hedwig hatte sie eingerichtet und Francesca hatte ihr ihren Stempel aufgedrückt.

Das Ergebnis war scheußlich.

Im schlauchförmigen Vorraum wurde man von Marilyn Monroe empfangen. Ein Kunstdruck, den Francesca vor ein paar Jahren bei Lidl erstanden hatte. Seitdem hing sie da und begrüßte Besucher mit verführerischem Augenaufschlag und pinker Kaugummiblase zwischen den Lippen. Ihr gegenüber stand ein wuchtiges Einbaumöbel, das Schrank, Garderobe und Sitzbank in sich vereinte. Dort lagerten die profanen Dinge des Alltagslebens, ein roter Plastikschuhlöffel, eine Abtropfschale, Hauspantoffeln und ein Türstopper in Form einer fetten Katze.

Die Königin der Geschmacklosigkeit rekelte sich am Fußboden. Ein wulstartiges Stofftier, das man vor den Türschlitz legen konnte, um die Zugluft zu minimieren.

Mit einem Seufzen schnappte sich Marina dieses Ungetüm und wuchtete es in den Schrank. Sie zog Schuhe und Mantel aus, stellte ihre Tasche ab und streifte die Ärmel hoch, denn nun galt es, die schlimmsten Spuren zu beseitigen, ehe Luca eintraf.

Marina hatte ihn heimlich angerufen, nun würde er nach Wien kommen und sie in der Wohnung der Hedwig-Oma treffen. Ein Wochenende in seiner Gesellschaft, ohne die Angst, jede Sekunde entdeckt zu werden. Bei dieser Vorstellung klopfte Marinas Herz ein wenig schneller.

Sie trat ins Wohnzimmer und seufzte. Hier trafen Hedwigs Möbel auf Francescas Kitsch. Auf den erbsengrünen Polstermöbeln lagen rosafarbene Samtkissen und Kuscheldecken aus Polyester. Davor stand ein wuchtiger Couchtisch, dessen Tischplatte mit Fliesenkacheln beklebt war. Um die altmodische Optik aufzulockern, hatte Francesca einen glitzernden Läufer darüber ausgebreitet. Darauf standen kristallene Kerzenhalter mit rosafarbenen Stabkerzen, die seit einem Jahrzehnt darauf warteten, angezündet zu werden.

Marina war der Zustand der Wohnung egal gewesen, nun sah sie das ästhetische Grauen, das ihr aus jedem Winkel entgegenstarrte. Sofort bereute sie, dass sie nicht mehr Zeit eingeplant hatte, allerdings konnten nur ein Müllcontainer und ein kompetenter Innenarchitekt diesen Schlamassel nachhaltig bekämpfen.

Zum gefühlt hundertsten Mal warf Marina einen Blick in den Spiegel und kontrollierte ihr Aussehen. Sie trug das Strickkleid, das den Schein der Gemütlichkeit wahrte und gleichzeitig ihre Figur umschmeichelte. Die Suche nach dem richtigen Outfit hatte sie in eine mittlere Krise gestürzt, denn sie hatte mit dem Vorlieb nehmen müssen, was ihr Koffer hergab. Wie verwerflich es sich doch anfühlte, sich für ein *Gspusi* zurechtzumachen. Marina wurde das Gefühl nicht los, dass sie auf der Leiter, die in ihre moralischen Abgründe hinabführte, eine weitere Sprosse genommen hatte. Ihre bisherigen Begegnungen waren aus dem Zufall geboren worden. Dieses Tête-à-Tête war von langer Hand geplant.

Es klingelte an der Tür und Marina strich sich mit zittrigen Händen die Falten aus dem Kleid. Es gab kein Zurück mehr. Sie öffnete die Wohnungstür und da stand er. Groß, gut aussehend und ähnlich verlegen wie sie selbst. In der Hand hielt er eine Flasche Wein – vom Weingut Hillinger – und einen mickrigen Blumenstrauß, der verdächtig nach Tankstelle aussah. Er reichte Marina beides mit einem schiefen Grinsen.

»Die sind von der OMV-Tankstelle«, gestand er. »Hier gab es nirgendwo einen Blumenladen.« Zum Wein sagte er nichts, doch es war klar unschicklich, Olivers Wein mitzubringen, wenn man auszog, um dessen Frau zu vögeln.

Marina machte einen Schritt auf Luca zu, um ihn zu begrüßen. Sie wollte ihm einen Kuss auf den Mund geben, doch Luca schien auf Wangenküsse aus zu sein. In letzter Sekunde erkannte Marina seine Intention und änderte ihre; ebenso wie Luca, weshalb sie nicht zueinander fanden. Das Ergebnis war ein lächerlicher Händedruck.

Marina spürte, wie ihr die Röte in die Wangen fuhr und wollte sich ohrfeigen, ob dieser seltsamen Begrüßung. Sie beobachtete Luca, der sich in dem engen Vorzimmer die Sneaker auszog und sie auf die Tropftasse stellte. Er stand in weißen Tennissocken im Vorzimmer der Hedwig-Oma. Alles fühlte sich verkehrt an, sodass Marina ihn am liebsten wieder vor die Tür gesetzt hätte.

»Bitte, komm herein«, sagte sie stattdessen und lotste ihn ins Wohnzimmer. Im Vorbeigehen zeigte Marina ihm Küche, Bad und WC, nur das Schlafzimmer ließ sie aus. Nach der seltsamen Begrüßung hatte Marina endgültig der Mut verlassen.

Sie deutete auf das Sofa und verschwand in der Küche, um Weingläser und einen Flaschenöffner zu besorgen. Es war an der Zeit, den *Hillinger* zu köpfen. Luca öffnete die Flasche und schenkte ihnen jeweils einen großzügigen Schluck ein. Sie prosteten einander zu und ein paar Sekunden lang waren sie mit dem Anheben ihres Alkoholpegels beschäftigt, denn eines war klar, nüchtern kamen sie hier nicht weiter.

Luca sah sich um, öffnete den Mund und schloss er ihn wieder. Marina verstand, es gab nichts Höfliches, dass man über diese Wohnung sagen konnte, ohne sich sofort als Lügner zu enttarnen. Sie saß ihm gegenüber, erzählte von ihrem Aufenthalt im Fastenkloster. Sein Blick hing an ihren Lippen, wanderte tiefer zu ihrem Ausschnitt, verharrte einige Sekunden dort und flatterte zu ihren Augen zurück. Lucas Hand war zu einer Faust geballt und hämmerte unentwegt auf seinen Oberschenkel ein. Als er es bemerkte, öffnete er die Faust wieder und griff stattdessen nach dem Weinglas. Marina tat es ihm gleich. Warum nur benahmen sie sich wie zwei unbeholfene Idioten? Die ganze Zeit hatte sich Marina ausgemalt, wie er sie leidenschaftlich in die Arme nehmen und küssen würde. Ihre tatsächliche Begrüßung hatte der Verlegenheit die Tür geöffnet. Nun saß sie zwischen ihnen und machte sie befangen. Mamma Mia!

Ihre Gläser waren leer. Gleichzeitig streckten sie die Hand aus und griffen nach der Flasche, sodass sich ihre Finger berührten. Wie von einem elektrischen Schlag getroffen, zuckten beide zurück.

»Ich glaube, das hier ist ein Fehler«, sagte Marina und stand auf. »Vielleicht ist es besser, wenn du gehst?«

Warum nur lief dieses Treffen so verdammt falsch ab? Oder war es genau so richtig? Vielleicht war dies ihre letzte Chance, den Kopf aus der Schlinge zu ziehen. Doch alles, was Marina empfand, war das Gefühl von Niederlage. Luca nickte, erhob sich ebenfalls.

Marina begleitete ihn in das Vorzimmer und sah zu, wie er sich die Schuhe wieder anzog.

»Ciao, Bella!« Lucas Stimme klang traurig. »Es war wunderschön mit dir.«

Es war ein Lebewohl. Sie würden einander weiterhin sehen, doch fortan mit anderen Augen. Luca trat in den Gang und zog die Tür hinter sich zu. Marina blickte ihm durch den Türspion hinterher und sah ihn langsam verschwinden. Das war also das Ende ihrer Affäre. Sie würde zurückkehren zu ihrem alten Leben, zu Sicherheit und Zufriedenheit. Dieser Seitensprung würde keine Konsequenzen haben und Oliver würde nie davon erfahren. Bei diesen Gedanken wurde Marina übel. Es war der Weg der Sicherheit, und das Allerletzte, was sie wollte.

Sie riss die Tür auf und stürmte in den Gang.

»Bitte, geh nicht!«, brüllte sie.

Momente später war Luca bei ihr. Sein Mund suchte den ihren, gierig und hungrig. Sie taumelten zurück in die

Wohnung, ohne sich voneinander zu lösen. Luca hob Marina hoch und presste sie gegen die Wand. Neben ihnen krachte Marilyn zu Boden.

Marina vergrub ihre Hand in seinen Haaren. Die andere krallte sich an seinem Nacken fest, während ihre Lippen sich an seinem Hals empor arbeiteten. Sie würde mit der Asche leben müssen, denn in diesem Moment begriff sie, dass sie nicht bereit war, das Feuer zu löschen. Erfüllt von dieser Gewissheit flüsterte sie in sein Ohr, verriet ihm ihre Wünsche und Begierden.

Sie hatten den Geist der Hedwig-Oma erfolgreich in die Flucht geschlagen. Die Wohnung war zu ihrer Liebesgrotte geworden. Eine scheußliche zwar, doch weder Luca noch Marina hatten noch Augen für das Rundherum. Nähe und Zärtlichkeit, Gespräche und Wein begleiteten ihre nächsten Stunden. Sie bestellten Essen und überteuerten Wein, liebten sich und aßen die Reste aus halb vollen Pizzakartons und chinesischem Take-away. Die Vorhänge blieben zugezogen, die rosafarbenen Stabkerzen waren längst heruntergebrannt und durch neue ersetzt worden. Die Wohnung war zu ihrem Mikrokosmos geworden, in dem sie sich vor der Außenwelt verstecken konnten.

Kapitel 18

Hippies und Hipsters

Mai

Ende Mai erwachte die Wiener Donauinsel zum Leben. Das weitläufige Erholungsgebiet lockte zum Sporteln oder für ein Bad in der Donau. Passionierte Sonnenanbeter lagen bereits in ihren Liegestühlen und brutzelten vor sich hin, ähnlich wie die Koteletts auf den Rosten der Hobbygriller.

Die Donauinsel hatte für jeden etwas zu bieten; vom Nudisten bis zum Nachtschwärmer kam jeder auf seine Kosten. Am heutigen Tag waren es die Kinder der Achtziger- und Neunzigerjahre.

Forever Young war der Name des Festivals, das den Klängen einer bunten Ära nachspürte. Ein Hauch von Nostalgie hing in der Luft, als Maggie Reilly von der Freiluftbühne zu Marina, Eva und Carmen herüberschallte. Letztere hatte VIP-Karten besorgt, da sie, wie immer, die richtigen Leute kannte. Nun lümmelten die drei in bequemen Liegestühlen und genossen den Blick auf die Bühne. Dazu tranken sie Prosecco und beobachteten das Kamerateam der High-Society-Sendung, das durch die Menge huschte und nach prominenten Hochkarätern Ausschau hielt.

Der Abend war lau und eine Ahnung von Sommer hing in der Luft. Die meisten Besucher waren in ihrer Festivalkluft unterwegs. Zwar war das hier nicht Coachella, aber bunte Bänder, glitzernde Tattoos und wallende Kleider unterstrichen den Bohemienflair, der auf dem Festivalgelände vorherrschte. Doch es war vor allem die Musik, die das Lebensgefühl einer anderen Zeit heraufbeschwor. In den Achtzigern waren sie Kinder gewesen, in den Neunzigern Teenager. Heute waren sie Sinnsuchende, die allesamt eine Frage beantworten wollten: Sollte das schon alles gewesen sein?

Marina schlang sich die dünne Decke, die sie zusammen mit ihrem Liegestuhl ergattert hatte, um die Schultern und blickte zu ihren Freundinnen. Sie war froh, dass sie sich einen Ruck gegeben hatte und gekommen war, denn eigentlich hatte sie für das Wochenende andere Pläne gehabt. Marina hatte sich mit Luca in ihre Liebesgrotte im Gemeindebau zurückziehen wollen, doch ein profaner Schimmelbefall hatte diese Pläne durchkreuzt. Die Beseitigung der giftigen Sporen machte die Wohnung für die nächsten zwei Wochen unbewohnbar.

Obwohl Marina und Luca beide in Wien waren, würde kein Treffen stattfinden. Luca war mit seinen ehemaligen Studienkollegen unterwegs und sie mit Eva und Carmen. Marina bemühte sich, nicht allzu enttäuscht zu sein, denn die Stimmung hier war großartig. Trotzdem wanderten ihre Gedanken immer wieder zu Luca.

»Wir sind auf der Donauinsel«, tippte sie in ihr Smartphone und teilte beiläufig ihre Position. »Ich wünsche dir noch einen schönen Abend.«

Sowie sie die Nachricht abgeschickt hatte, löschte Marina den Chatverlauf. Nicht, dass Oliver sich für die SMS auf ihrem Handy interessierte, dennoch wollte sie auf Nummer sicher gehen. Der Teufel schlief bekanntlich nie.

Zwischen Oliver und ihr waren frostige Zeiten angebrochen. Nun, da sich die Hoffnung auf ein zweites Kind in Rauch aufgelöst hatte, sah Marina den Graben zwischen ihnen immer deutlicher. Und damit war sie nicht allein.

»Fahr doch zu deinen Freundinnen nach Wien, Schatzi«, sagte Oliver jedes zweite Wochenende. »Ich weiß doch, wie sehr du ihre Gesellschaft vermisst.« Marina wusste ganz genau, dass er sie aus dem Haus haben wollte, weil er genauso unter dem Schweigen litt.

Sie dachte an Gabriel, ihr Sonnenschein. Auch er spürte die Schwierigkeiten, mit denen sie zu kämpfen hatten. Jeden Morgen brachte er ihr ein Gänseblümchen oder eine selbstgemalte Zeichnung, um Marina ein Lächeln ins Gesicht zu zaubern. Er wollte sie glücklich sehen. War es egoistisch von ihr, ihr aller Leben nicht so weiterzuführen wie bisher?

Carmen riss Marina aus ihren Gedanken. »Schön, dass du heute doch noch Zeit für uns gefunden hast.« Sarkasmus troff aus ihren Worten. Sie langte nach der Proseccoflasche und goss Marina den letzten Rest ins Glas. »Aber ich verstehe das. Sich von seinem Lover knallen zu lassen, hat Vorrang.«

Entsetzt fuhr Marina herum, um nachzusehen, ob auch niemand ihren Vorwurf gehört hatte.

»Pssst! Spinnst du?«, zischte sie. »Das muss ja nicht gleich ganz Wien erfahren, oder?«

Carmen stand grinsend auf und zupfte ihre superkurzen Jeansshorts zurecht. Dazu trug sie ein gehäkeltes Bikinioberteil, einen Mantel aus *Granny Squares* – Gänseblümchen auf dunkelblauem Wollgrund – und Cowboystiefel. »Glaubst du wirklich, dass sich hier irgendwer für deine Affäre interessiert? Die haben doch alle ihre eigenen Leichen im Keller.«

Während Carmen auf die Bar zuhielt, um eine weitere Flasche Prosecco zu besorgen, genossen Marina und Eva das Konzert. Über ihnen funkelten die Sterne und auf der anderen Donauseite glitzerte das nächtliche Wien. Dann erklang *It's raining men* von den Weather Girls. Plötzlich waren alle auf den Beinen und grölten mit.

Um Mitternacht waren nur noch Marina und Carmen übrig, denn Eva hielt es nie sonderlich lange ohne ihren Valentín aus. Der Auftritt von David Hasselhoff, einem der Höhepunkte an diesem Abend, war gerade zu Ende gegangen. *The Hoff* befand sich bereits im Backstagebereich und Carmen zog es vehement dorthin. Vielleicht, weil sie in ihrer Jugend mehr als nur einen Tourbus von innen gesehen hatte.

»Möchtest du wirklich nicht mitkommen?«, fragte sie Marina zum wiederholten Mal. »Wie oft bekommt man schon die Gelegenheit *The Hoff* höchstpersönlich kennenzulernen?«

»Danke, aber ich passe«, raunte Marina.

Sie kämpfte sich aus ihrem Liegestuhl hoch und zog ihre Freundin in eine innige Umarmung. Danach beobachtete sie das platinblonde Cowgirl, das in Richtung des Backstagebereichs davon eilte. Marina zweifelte keine Sekunde, dass es ihr gelingen würde, zu *The Hoff* vorgelassen zu werden. Anders als die blutjungen Groupies, war Carmen mit allen Wassern gewaschen.

Marina verließ das VIP-Areal und flanierte über das restliche Festivalgelände. In der Nähe des Heineken Bierzelts gab es eine Jukebox, die die Besucher mit Evergreens beschallte.

Hold me now, don't cry, summte sie den Refrain mit und spürte, dass sie Gefahr lief, sich in der Melancholie des Songs zu verlieren. Die wilden Tage lagen für immer hinter ihr, was würde die Zukunft bringen? Wenn sie bei Oliver blieb, dann würde sie an seiner Seite alt werden. Augenblicklich machte sie kehrt, als galt es, hier und jetzt einen anderen Kurs einzuschlagen.

»Läufst du vor mir davon?«

Marinas Herz klopfte ein wenig schneller, als sie sich umdrehte und Luca erblickte. Er hatte sich aus einer Gruppe junger Männer gelöst und steuerte auf sie zu. Er trug eine Leinenhose, ein locker geknöpftes Hemd und Wildlederschuhe.

»Ciao, Bello«, raunte Marina bei seinem Anblick. Wann würde diese Anziehung, die er auf sie ausübte, nur endlich nachlassen? »Was machst du hier?«

»Ich hab' meine Kumpel dazu überredet, herzukommen«, gestand er. »Ich wollte in deiner Nähe sein.«

Luca machte einen weiteren Schritt auf sie zu.

»Was ist mit deinen Freunden? Werden sie dich nicht vermissen?«

»Ich glaube nicht, dass sie mein Fehlen bemerken.«

Er nickte zu ein paar Männern hinüber, die von einer aufgedrehten Frauengruppe in Beschlag genommen wurden, die einen Junggesellinnenabschied feierten.

Mittlerweile trennte sie nur noch eine Armlänge von Luca.

»Ich bin genau dort, wo ich sein möchte«, raunte er und auch das letzte bisschen Distanz schwand.

Luca griff nach Marinas Hand und zog sie mit sich, auf der Suche nach einem ruhigeren Ort, wo sie ungestört waren.

Heaven is a place on earth schallte Belinda Carlisle aus der Jukebox und sie hatte Recht. Heute Nacht fiel der Himmel herab und befand sich auf der Donauinsel.

Ihr himmelsgleiches Fleckchen entdeckten sie einen kurzen Spaziergang vom Festivalgelände entfernt am Donauufer. Ein Streifen Wiese, begrenzt von dem Gewässer vor ihnen und einem schmalen Waldstück in ihrem Rücken.

Dort saßen sie, Schulter an Schulter, und genossen die Gesellschaft des anderen. Zu ihren Füßen floss der Strom wie ein schwarzes, glitzerndes Band dahin. In ihm spiegelten sich die Lichter der Großstadt wider. Die Musik drang nur noch gedämpft zu ihnen, vermischte sich mit leisem

Gelächter und dem Zirpen der Grillen.

Hinter ihnen tauchte plötzlich eine Gruppe auf. Marina drehte sich um und sah, dass sie Decken ausbreiteten und sich darauf niederließen. Sie würden wohl so schnell nicht wieder gehen. Sie sahen aus wie Hippies, nur, dass sie viel zu jung waren, um die Kinder der Sechziger zu sein. Sie befanden sich allesamt in ihren Zwanzigern, schätzte Marina, als sie die Leute beobachtete. Das machte sie zu Hipstern.

Sie zauberten Snacks und Getränke aus ihren Rucksäcken und entzündeten mehrere Kerzen. Ein mitternächtliches Picknick.

Ein Kerl mit Rauschebart und Hornbrille hatte sogar eine Gitarre im Gepäck und begann darauf zu spielen. Als er mit tiefer, melodischer Stimme zu singen begann, war das pittoreske Setting perfekt.

Marina und Luca erhoben sich, um sich einen anderen Platz zu suchen, als eine junge Frau sie ansprach.

»Setzt euch zu uns«, sagte sie. »Wegen uns müsst ihr nicht gehen.«

»Danke, das ist lieb«, sagte Marina und war im Begriff dankend abzulehnen, als sie eine Hand sanft, aber bestimmt mit sich zog. Die Haut war mit filigranen Tätowierungen verziert, die an indische Hennamotive erinnerten.

»Jetzt seids halt nicht so«, flötete die Stimme, die zu der Hand gehörte. »Trinkts ein Bier mit uns, danach könnt ihr immer noch gehen.«

Marina und Luca tauschten einen skeptischen Blick. Da die junge Frau ihnen aber zwei Flaschen in die Hände drückte, war die Überlegung, das Angebot auszuschlagen, eher theoretischer Natur.

Es handelte sich um ein Craftbier mit Preiselbeergeschmack. Und auch der Rest des Picknicks war gewöhnungsbedürftig.

Marina überflog die angebotenen Speisen mit einer Mischung aus Argwohn und Amüsement. Acai-Kekse, Bio-Cola, kalt gebrühter Kaffee und Kimchi waren nur ein paar Dinge, die die Hipster schätzten und über die ihre Generation den Kopf schüttelte. So wie es aussah, waren der neueste Spleen ausgefallene Schokoladen und Trüffeltee.

Schokolade mit Pilzgeschmack, dachte Marina, während sie sich ein Stück davon in den Mund steckte. Es schmeckte bitter und herb, was einen interessanten Kontrast zu der Süße darstellte.

Die junge Frau mit den Hennatattoos grinste ihr entgegen. »Die hab' ich selbst gemacht. Die sind voller Magie.«

»Koste mal«, sagte Marina zu Luca und schob ihm ebenfalls ein Stück in den Mund. »Das schmeckt gar nicht so übel.«

Auch die anderen griffen beherzt zu, sodass die selbst gemachte Schokolade bald vertilgt war.

Obwohl Marina zuvor gar nicht bei den Hipstern sitzen wollte, fand sie es plötzlich erstaunlich gemütlich. Sie ließ ihre Handflächen über das Gras gleiten. Ihre sensorische Wahrnehmung reagierte überreizt und vermengte sich mit zarten Wellen der Euphorie. Alles um sie herum war plötzlich so aufregend und sogar die einfachsten Dinge faszinierten sie, dabei war sie bei Gott kein besonders begeisterungsfähiger Mensch.

Marina horchte in sich hinein. Da war ein Kribbeln. Winzige Stromstöße, die in ihren Adern pulsierten und sie an das Prickeln von Sekt erinnerten.

Die Frau mit den Hennatattoos tanzte und drehte sich wie wild im Kreis. Die Gesichter der Hipster verschwammen zu grinsenden Masken. Marina lachte über Dinge, die nicht gesagt wurden, und verstand Worte in einer Sprache, die sie nie gelernt hatte.

Sie fühlte sich leicht, losgelöst von der Schwere ihrer Gedanken und dem Gewicht der Welt.

Als sie sich Luca zuwandte, erschien sein Gesicht zugleich vertraut und fremd, wie ein Kunstwerk, das sie bisher immer nur von vorne betrachtet hatte. Jetzt glaubte sie, die Gefühlstiefe und Abgründe dahinter zu erkennen. Marina stemmte sich auf die Beine.

»Luca?« Er war neben ihr, ein Bollwerk, wobei, täuschte sie sich oder geriet auch der Fels in der Brandung ein wenig ins Wanken?

Es musste so sein, denn nach wenigen Schritten kullerten sie ins Dickicht und blieben liegen. Verborgen im Unterholz, fühlte sich Marina vor fremden Blicken geschützt, wobei es ihr im Augenblick auch schlichtweg egal war, wer ihr Treiben beobachten könnte. Psychedelischer Sex war eine ganz eigene Nummer, dachte sie, oder glaubte zumindest, dass sie es dachte.

Minuten oder Stunden später – sie konnte es nicht genau sagen – drehte sich Marina zu Luca um und kicherte. »Ich kann deine Spermien fühlen, wie sie in mir herumwandern.«

Sie erhielt keine Antwort, der Urheber dieses Gewusels schlief tief und fest. Das gab Marina die Gelegenheit, ein wenig tiefer in sich hineinzuhören. Zuerst dachte sie, dass sie vielleicht unfreiwillig Bekanntschaft mit Ameisen gemacht hatte, doch es waren eindeutig Spermien. Und Marina konnte sie wispern hören. Demokratisch beratschlagen sie, wer der Stärkste in ihrer Runde war, um den Vorstoß zu wagen. Weil sich die Samenmännchen so eloquent und wertschätzend unterhielten, lauschte Marina stumm und verschwieg, dass es auf diesem Acker nichts mehr zu befruchten gab. Nichts lag ihr ferner, als die Aufbruchstimmung im Keim zu ersticken.

Sie lag noch eine Weile da und lauschte, ehe sie vom Schlaf übermannt wurde.

So poetisch das Einschlafen war, so abrupt wurde sie aus dem Schlaf gerissen. »Mama, Papa!«, plärrte ein Kind. »Da liegen zwei Leute. Und der Mann hat die Hosen runtergezogen.«

Peinlich berührt schnellten Marina und Luca hoch und suchten das Weite.

Bei der U-Bahnstation Donauinsel verabschiedeten sie einander wie flüchtige Bekannte. Gestern Abend hatten sie diese Selbstbeherrschung nicht gehabt. Nicht auszudenken, wenn ein bekanntes Gesicht sie und Luca Hand in Hand hatte verschwinden sehen.

Kapitel 19

Einmal das Deluxe-Programm

Nachdem Marina in die U-Bahn gestiegen war, blickte sie an sich hinab. Sie trug verdreckte Festivalkleidung und ihr Haar war mit Gras und Blättern gespickt. So konnte sie unmöglich ins Burgenland zurückkehren, entschied Marina und beschloss, Carmen eine spontane Stippvisite abzustatten. Ihr Wagen parkte ohnehin vor deren Wohnhaus, es lag also auf dem Weg. Um die Fahrtzeit zu verkürzen, zog Marina ihr Smartphone aus der Tasche und öffnete Google. Sie tippte *Magic Mushrooms* in die Maske ein und betrachtete die Suchergebnisse. Halluzinogene Pilze stand da. Ihre Wirkung ähnelte einem LSD-Trip, wenngleich die Wirkungsdauer geringer war. *Fantastisch*, dachte sie zynisch. Marina war sich nämlich zu hundert Prozent sicher, dass es keine Pilzschokolade gewesen war, die sie und Luca gestern gekostet hatten.

Nachdem sie halb Wien durchquert hatte, stand Marina vor dem schmucken Wohnhaus ihrer Freundin und drückte den Finger auf die Klingel. Es dauerte eine Weile, bis ein unverständliches Grunzen aus der Gegensprechanlage erklang.

»Ciao, Carmen«, rief Marina. »Ich bin es. Darf ich kurz reinkommen?« Marina verstand die Antwort nicht, interpretierte aber den Klang des Summertons als Akt stummer Zustimmung. Als sie im sechsten Stockwerk aus dem Lift stieg, lehnte eine sichtlich verschlafene Carmen im Türrahmen. Sie trug ein Hemd, das mehrere Nummern zu groß war und nichts darunter. Die Knöpfe waren äußerst nachlässig geschlossen.

Gebräunte Männerhände umschlangen sich von hinten und tasteten sich über ihren Körper. »Hola, Chica«, raunte jemand, dann sah Marina einen Kerl, der aussah wie Johnny Depp in Fluch der Karibik, sogar der Kajal um seine Augen war ähnlich verschmiert.

Weder Carmen noch der Unbekannte schienen die Situation befremdlich zu finden, also tat es Marina ihnen gleich. »Ciao«, erwiderte sie und schüttelte die Hand, die sich kurz von Carmens Brust löste. Glücklicherweise gehörte sie nicht *The Hoff*, sondern einem Mitglied seiner Crew, einem tätowierten Muskelprotz in Boxershorts.

»Ich störe euch nicht lange. Ich würde nur gerne duschen und mir Wechselkleidung von dir leihen, so kann ich nämlich nicht nach Hause fahren.« Mit einer schwungvollen Handbewegung erfasste Marina ihren Aufzug, dem man ansah, dass sie sich vor nicht allzu langer Zeit im Gebüsch gewälzt hatte. »Du bist hier immer willkommen«, erwiderte Carmen und zog sie ins Innere. Minuten später stand Marina unter der Dusche.

Nachdem sie sich von Carmen ein weißes T-Shirt und eine Leinenhose geborgt hatte, trank sie noch einen schnellen Espresso, dann überließ sie ihre Freundin wieder dem glutäugigen Piraten. So wie es aussah, stand noch ein letzter Soundcheck an, ehe Carmen den Tontechniker ziehen lassen würde.

Sie umarmten einander, dann trabte Marina die Treppen vom Obergeschoss Richtung Ausgang. Unten angekommen schwang sie sich hinter das Steuer, startete den Motor und reihte sich in den Verkehr ein.

Sie fuhr nicht auf direktem Weg nach Hause, stattdessen

kurvte sie durch Wien, ein spontanes Ziel vor Augen. Ihr Weg führte sie nach Favoriten, dem 10. Wiener Gemeindebezirk. Marina hielt auf eine Waschstraße zu, die schon von Weitem mit leuchtenden Reklamen und Neonfarben auf sich aufmerksam machte.

Die Anlage bildete einen herben Kontrast zu den unscheinbaren Gebäuden in der Umgebung. »Deluxe-Programm« und »Goldpaket« prangten in reißerischer Aufmachung auf den Lichtboxen.

Marina parkte den Land Rover und stieg aus. Es roch nach Reinigungsmittel und Autopolitur. Ein dicklicher Mann kam ihr entgegen. Sein gestreiftes Hemd spannte sich auffällig über seinem Bauch und brachte die Knöpfe in Bedrängnis. Ihr Bruder Pietro verwandelte sich von Jahr zu Jahr ein bisschen mehr in einen fettleibigen Robert De Niro.

»Ciao, Marina!«, rief er und zog sie in eine Umarmung. Nachdem er ihre Wangen geküsst hatte, öffnete er die Fahrertür, beugte sich ins Innere des Wagens und zog den Schlüssel ab. Er warf ihn seinem Mitarbeiter zu, der sich neugierig näherte. »Zlatko, einmal das Deluxe-Programm für meine Schwester.«

Marina wollte abwinken, doch Pietro ließ keine Einwände gelten. Sie spürte seine schwielige Hand auf ihrer Schulter. Pietro schob sie auf den dunkelblauen Container zu, in dem er sein Büro hatte. Im Inneren schob er ihr einen uralten Bürostuhl hin, auf dem schon ihr Vater gesessen hatte. Eines der Rollenbeine war abgebrochen und mit silberner Paketband wieder an Ort und Stelle geklebt worden.

»Setz dich, Schwesterherz«, sagte er. »Ich mach uns einen Kaffee und wir können ein bisschen quatschen.« Im Gegensatz zu Marina, betonte Pietro seine italienischen Wurzeln überhaupt nicht. Er nestelte an einer Kaffeemaschine und löffelte Pulver in das Filterpapier.

Marina atmete tief ein, ließ die Atmosphäre und die vertraute Stimme ihres Bruders auf sich wirken. Dieser Ort war wie ein Stück Kindheit, der sich konserviert hatte.

»Wie geht es Tina und den Kindern?«, fragte sie.

Pietros dichte Augenbrauen zogen sich zusammen. »Michi hätte beinahe einen Schulverweis kassiert wegen einer Prügelei am Schulhof. Und Daniel hat sich im Suff selbst einen Nasenring gestochen. Jetzt hat er einen eitrigen Abszess und wenn er Pech hat, ein drittes Nasenloch.« Er sah Marina an und sie spürte seine Frustration, wegen der zwei pubertierenden Söhne. »Ich sag's dir, ich hätte nicht übel Lust, die beiden vor die Tür zu setzen.«

»Solange du sie nicht an meiner Schwelle ablegst«, erwiderte Marina lächelnd. Es war noch nicht lange her, da waren ihre zwei Neffen ähnlich süße Stöpsel gewesen wie Gabriel. Die Vorstellung, dass ihr Goldjunge in wenigen Jahren ähnlich eskalieren würde, erfüllte sie mit Grauen.

Mit einem dankbaren Nicken nahm sie ihren Kaffee in einer Homer-Simpson-Tasse entgegen. Geschmack war in ihrer Familie ein recht dehnbarer Begriff.

»Aber bei dir und Tina ist alles in Ordnung?«

Sofort erhellte sich Pietros Miene wieder. Er langte auf den Schreibtisch und fischte einen Bilderrahmen hervor. Darauf zu sehen waren Pietro und Tina, er in edlem Zwirn, sie in einem schlichten weißen Kleid.

»Wir haben unsere Ehegelübde erneuert«, sagte er feierlich. »Letzten Monat am Gardasee. Zwanzig Jahre verheiratet, kannst du das glauben? War eine spontane Idee, nur Tina und ich«, fügte er hinzu, als er Marinas empörtes Gesicht sah.

Sie betrachtete das Bild und spürte eine jähe Beklommenheit in sich aufsteigen. Würden sie und Oliver ein weiteres Jahrzehnt überstehen? Und wollte sie das überhaupt?

Sie saßen schweigend nebeneinander, blickten nach draußen, wo Zlatko ihren Wagen in eine rosa Schaumschicht hüllte.

»Wie geht es Eva?«, fragte Pietro beiläufig. »Ich hab' auf Facebook gesehen, dass sie einen neuen Freund hat?«

Marina konnte sich ein Grinsen nicht verkneifen. Bevor Eva ihren Ex-Mann Ben kennengelernt hatte, waren sie und Pietro kurz ein Paar gewesen. Eine Liebelei in der Waschstraße. Eva und Marina waren Teenager, seiften die Autos der Kunden ein und besserten sich auf diese Weise ihr Taschengeld auf. So hatte Marinas Vater das Sommerloch gestopft, wenn alle Mitarbeiter Urlaub hatten und als Teil der Blechkarawane nach Lignano pilgerten.

Es erschien Marina fast wie ein anderes Leben. Damals war Pietro noch gertenschlank.

»Valentín ist toll«, sagte Marina. »Einer von den Guten.«

Pietro nickte. Er hatte nie einen Hehl daraus gemacht, dass er den Schnöselanwalt, mit dem Eva verheiratet war, zum Kotzen fand.

»Weißt du noch«, begann Marina, »wie wir als Kinder nach der Schule hierhergekommen sind und Papa geholfen haben?«

Pietro schnaubte. »Ja, du durftest die Scheiben putzen und das Trinkgeld einsacken und ich musste schuften.«

Ohne auf seinen Einwand einzugehen, sagte Marina: »Glaubst du, Papa wäre stolz auf uns? Auf die Menschen, die wir geworden sind?« Pietro warf ihr einen scheelen Seitenblick zu. »Was hast du ausgefressen?«

»Etwas wirklich Dummes …«, begann sie zögernd. Ihre Augen wanderten durch den Container. »Ich habe eine Affäre mit unserem Praktikanten begonnen.«

Pietro stieß einen tadelnden Pfiff aus. Er kostete seinen Kaffee, verzog das Gesicht und griff nach der Zuckerdose.

»Tina sagt, Zucker ist weißes Gift. Doch bei solchen Offenbarungen brauche ich wenigstens zwei Löffel.«

»Es ist eine rein körperliche Anziehung, nicht mehr«, erklärte Marina und schenkte sich Kaffee nach, obwohl er grauenhaft schmeckte. Ihr Bruder schnitt eine Grimasse. »Spar dir die Details bitte!«

Marina überhörte seine Bitte und erzählte ihm, wie es zu dieser Affäre gekommen war. Nun, da sie den Mut gefunden hatte, ihn einzuweihen, konnte sie keine Rücksicht auf seine Befindlichkeiten als Bruder nehmen. Nachdem sie ihr Geständnis abgeschlossen hatte, lachte Pietro trocken. »Tut mir leid, Schwesterherz, aber so wie ich das sehe, brennst du bereits lichterloh.«

»Unfug«, widersprach Marina trotzig. »Hier sind keine Gefühle im Spiel.«

Pietro inspizierte seine Fingernägel. Sie waren in Form gefeilt und sauber. »Dann ist es ja gut«, antwortete er schlicht. »Tu bloß nichts, um deine Ehe zu gefährden.«

Marina seufzte und beobachtete die Gelse, die auf der Neonröhre über ihr landete und knisternd verbrannte.

»Ich weiß, so einen Ehemann wie Oliver finde ich nie wieder. Das ist es doch, was du sagen willst, oder?«

Pietro prustete. »Unsinn. Weicheier wie Oliver gibt es wie Sand am Meer. Aber wenn du die Ehe mit diesem Softeis versemmelst, dann richtet unsere Mutter ihr Augenmerk wieder auf mich und Tina. Gott bewahre, dass sie nach Wien zurückzieht. Ich hab' im Moment auch so schon genug Schwierigkeiten.« Ein ironisches Lächeln spielte um seine Lippen. »Das Letzte, was ich brauche, ist noch eine Frau, die mir sagt, was ich zu tun habe.«

Marina schmunzelte und griff nach Pietros Hand. Ihre Finger schlangen sich ineinander. Seine waren haarig und dick, die von Marina schmal mit rosa lackierten Fingernägeln.

»Also rätst du mir, das Ganze zu beenden?«

Pietro zuckte die Achseln. Der Blick, mit dem er sie bedachte, war ernst und weich zugleich.

»Was weiß ich schon? Hör' auf dein Herz und belüg dich nicht selbst. Wenn du dich auf den Italiener einlässt, dann musst du mit den Konsequenzen leben können.«

Marina nickte. »Danke, Pietro.« Sie drückte ihm ein Küsschen auf die Wange. »Grüß mir Tina ganz herzlich und die Buben.«

Sie wollte nach draußen gehen und ihren funkelnden Wagen abholen, als Pietro sie zurückhielt. Er langte nach seiner Brieftasche, zog einen Zehner hervor. Dann fasste er in ein Glas voll Karamellbonbons und stopfte beides in Marinas Handtasche. »Für mein Patenkind«, raunte er, ehe Marina es verhindern konnte. »Gabriel soll sich ein Eis kaufen oder meinetwegen ein paar Süßigkeiten.«

Kapitel 20

Der Umpoler

Juni

Marina hatte den Plan, den sie und Eva im Gallien-Bräu ausgeheckt hatten, nicht vergessen. Heute würde sich zeigen, ob auch nur eine geringe Chance bestand, ihn in die Tat umzusetzen. Sie wartete vor dem Gloria Theater im 21. Bezirk, wo sie sich gemeinsam mit Eva und Carmen den Auftritt einer Travestie-Gruppe ansehen wollte. Letztere war von Marina eingeweiht worden.

Das Gloria Theater war ein unscheinbares Haus in der Prager Straße. Es stand zwischen einem leerstehenden Lokal, dessen Scheiben mit Spanplatten verkleidet waren, und einer Textilreinigung. Die Fassaden waren dreckig grau und wirkten heruntergekommen. Nur die beleuchteten Buchstaben an der Hauswand verrieten, dass sich im Inneren etwas Aufsehenerregendes verbergen könnte.

Tony, die Chefin der Travestie-Gruppe, besaß ein Tanzstudio und unterrichtete dort Frauen in Poledance und Burlesque. Das Tanzstudio verstand sich auf Sexy Dance mit Augenzwinkern, sodass auch Weihnachtsfeiern und Teambuilding-Events dort stattfanden. Besonders verstockte Bürodamen endeten zu späterer Stunde nur allzu gerne auf dem Riding Bull. Auch Marina hatte mit Eva vor über einem Jahr einen Kurs besucht. Damals hatte sie noch geglaubt, dass ein wenig Schärfe ihre Beziehung aufpeppen würde. So konnte man sich täuschen.

»Servus, Schnucki«, erklang eine Stimme und Marina schnellte herum. »Huhu! Wir kommen schon.«

Carmen und Eva näherten sich Arm in Arm. Carmen trug ein figurbetontes schwarzes Etuikleid und hochhackige Schuhe. Ihre kinnlangen Haare schimmerten in verschiedenen Weißblond-Nuancen und verrieten, dass ihr Friseur sein Handwerk meisterlich verstand.

Mit ihren 42 Jahren wirkte sie immer noch frisch, aber auch gut gepolstert und ein klein wenig künstlich. Sie tanzte mittlerweile auf des Skalpells Schneide, es fehlte nicht mehr viel und ihr Gesicht würde ins Maskenhafte kippen. Das Dilemma mit dem Schönheitswahn entsprach dem schmalen Grat zwischen *gut gemacht* und der Fratze von Jocelyn Wildenstein.

Eva hatte einen anderen Jungbrunnen entdeckt. Seit über einem Jahr begannen alle ihre Sätze mit »Valentín und ich«, doch Marina sah es ihr nach, denn wenn sich jemand eine neue Liebe verdient hatte, dann Eva.

Sie breitete die Arme aus und ging ihren Freundinnen entgegen. Gemeinsam betraten sie das Theater und holten ihre Karten an der Abendkassa. Das großzügige Foyer präsentierte sich in einem pudrigen, cremegelben Farbton. Den Boden zierten marmorierte Fliesen und den Plafond weiße PVC-Kacheln, in die kleine Spots eingelassen waren. Die Wände schmückten unzählige Plakate ehemaliger Shows.

Im Eingangsbereich befanden sich ein Bartresen, Bistrotische und eine antiquierte Sofalandschaft, die sich um einen Kamin gruppierte. Eine Büste von Kaiser Franz Josef durfte natürlich nicht fehlen, sie gehörte beinahe zur Grundausstattung eines Wiener Künstler-Etablissements.

In Grüppchen warteten Menschen auf den Einlass in den Saal. Man plauderte bei Bier, Wein und Aperol und vertrieb sich die Zeit bis zur Show.

Marina, Carmen und Eva setzten sich um einen Bistrotisch und nippten an ihrem Aperol Spritz. Den hatte Marina auch dringend nötig, um ihre angespannten Nerven zu beruhigen.

Sie überlegte, wie sie Tony ihr Anliegen vortragen sollte, ohne wie eine Verrückte zu wirken. Eva griff nach ihrer Hand und drückte sie aufmunternd. »Keine Sorge, Tony ist super! Es wird schon klappen.«

»Ich glaub' auch«, raunte Carmen und ließ ihr Puderdöschen zuschnappen, nachdem sie ihren Lippenstift kontrolliert hatte. »Dein Vorhaben ist so irre, es könnte tatsächlich funktionieren.«

Marina lag ein schnippischer Kommentar auf der Zunge, den sie jedoch hinunterschluckte. Carmen hatte Recht, es war eine absurde Idee! Es wäre einfacher, Oliver um die Scheidung zu bitten, allerdings sträubte sich alles in ihr, dieses mühevoll kuratierte Leben zurückzulassen. Sie hatte dem Weingut zu neuem Glanz verholfen, sich nun sang- und klanglos aus ihrem Lebensprojekt zu verabschieden, war ganz und gar nicht in ihrem Interesse. Außerdem liebte sie Oliver immer noch, wenngleich auch auf eine zusehends platonische Weise. »Es ist die beste Lösung für uns beide«, sagte Marina, um sich selbst Mut zuzusprechen. »Ich könnte meine Affäre mit Luca weiterführen und Oliver könnte sich anderweitig ausleben. Alles würde so weitergehen wie bisher und Gabriel würde nie etwas davon erfahren.« Marina musste es nur oft genug wiederholen, vielleicht gelang es ihr dann auch, dieses unsägliche Stimmchen in ihrem Hinterkopf zu überzeugen?

Eva und Carmen kamen zu keiner Antwort mehr, weil ein Glöckchen erklang und den Beginn der Show verkündete.

Der Saal erinnerte an ein altmodisches Kino mit roten Samtsesseln. Dort, wo man die Leinwand vermuten würde, befand sich ein schwerer Vorhang. Die Wände waren in einem azurblauen Farbton gestrichen und mit weißem Stuck verziert. Pinkfarbenes Licht erfüllte den Raum und verwandelte sich dort, wo es auf das Blau traf, in ein sanftes Violett.

Aufgeregtes Raunen füllte die Luft. Es dauerte einige Zeit, bis auch die letzten Unschlüssigen ihre Plätze gefunden hatten und die Zuspätkommenden mit vorwurfsvollen Blicken abgemahnt worden waren.

Der schwere Vorhang glitt zur Seite und enthüllte eine schlichte Bretterbühne und dahinter eine silberne Lametta-Wand. Es erklang ein schrilles Lachen, das auch den letzten Plaudertaschen klarmachte, dass es an der Zeit war, die Klappe zu halten. Dann stürmten drei Travestie-Künstlerinnen die Bühne. Tony war groß und muskulös, die zwei anderen eher klein und pummelig. Ihre Outfits funkelten wie Discokugeln. Tony trug einen schillernden Einteiler in Regenbogenfarben. Mit ihren High Heels und der Turmfrisur war sie weit über zwei Meter groß. Sie wurden mit frenetischem Applaus begrüßt.

»Ob ihr es glaubt oder nicht, es hat viele Vorteile, so groß zu sein«, sagte Tony, als sich der Jubel gelegt hatte. »Wenn ich einen Raum betrete, muss ich mich nie vorstellen, denn meine Beine waren bereits fünf Minuten vor mir da.« Gelächter quittierte ihren Witz. »Ich bin übrigens so groß geworden, weil der liebe Gott nicht wusste, wohin mit so viel Persönlichkeit.« Tony beäugte ihre Kolleginnen mit gespielter Sorge. »Was das für euch zwei Mäuschen bedeutet, ist natürlich eine andere Geschichte.« Dieser verbale Tiefschlag zündete ein Feuerwerk an Humor. Die Pointen knallten ihnen nur so um die Ohren, lediglich unterbrochen von launigen Schlagersongs, die die Künstlerinnen zwischenzeitlich ins Mikro schmetterten. Bei *Hurra, wir leben noch*, grölte Marina lauthals mit.

Nach einem energiegeladenen, selbstironischen Finale, Standing Ovation, minutenlangem Applaus und einer Zugabe, strömten die Menschen aus dem Saal. Beim Hinausgehen summte Marina immer noch die Melodien und schwang die Hüften, sie war eindeutig mit Schlager infiziert.

Marina, Eva und Carmen setzten sich an einen der Tische im Foyer und sahen zu, wie sich die Reihen lichteten. Eva blickte von ihrem Handy auf. »Sobald Tony sich wieder in Toni verwandelt hat, stößt er zu uns«, sagte sie. Das würde bestimmt eine ganze Weile dauern, also hieß es abwarten.

Marina hielt es nicht auf ihrem Sitz aus. Sie ging zur Toilette, drehte den Wasserhahn auf und ließ eiskaltes Wasser über die Handgelenke laufen.

»Und? Hat es Ihnen gefallen?«, fragte eine ältere Frau, über das Gebläse des Handföhns hinweg. Sie erinnerte Marina an ein Stück Butter, in ihren zartgelben Oma-Hosen und dem farblich dazu passenden Twin-Set. Marina nickte stumm. Sie hatte keine Lust auf Small Talk.

Um den neugierigen Blicken der Frau zu entgehen, drehte sie den Hahn zu, trocknete sich die Hände und kramte in ihrer Tasche nach einem Lippenstift. Rouge Dior Actrice.

»Schöne Farbe«, sagte die Unbekannte, während Marina den Stift aus der Hülse drehte. »Würde meinem Sohn auch gut stehen.« Überrascht blickte Marina sie an.

»Mein Sohn ist einer von den drei Künstlerinnen«, sagte die Frau stolz. Sie wechselte ins Wienerische. »I verpass keine einzige Revue.«

»Das glaub ich gerne!« Marina wandte sich wieder dem Spiegel zu und zuckte zusammen. Eigentlich hatte sie ihre Lippen nachziehen wollen, doch in diesem ungünstigen Licht, das eher an die sanitären Einrichtungen eines

Frauenknasts erinnerte, verging ihr die Lust. Rouge Dior Actrice verschwand unverrichteter Dinge wieder in der Tasche. Gemeinsam verließen sie die Toilette, denn die Frau trabte neben ihr her und redete weiter über die Show.

Zurück am Tisch ihrer Freundinnen, bemerkte Marina einen großen, gut gebauten Mann. Es war Toni, nun ohne das extravagante »y«, das er nur für seine Bühnen-Persona benutzte. Er war noch ganz rot im Gesicht, weil es Schwerstarbeit war, die dicke Schicht Make-up abzutragen.

Bei ihrem Anblick schnellte er von seinem Stuhl hoch.

»Mama, wie oft soll ich dir das noch sagen?«, pflaumte er Marinas zartgelben Schatten an. »Du sollst nicht immer am Häusl die Gäste anreden. Hast du gar keinen Genierer?«

Die Mutter von Toni stieß Marina leicht mit dem Ellenbogen an. »Geh sagen's bitte meinem Herrn Sohnemann, dass ich Sie gar nicht gestört hab'.«

Marina tat wie geheißen, während Carmen und Eva grinsten und Toni genervt mit den Augen rollte.

»Ich warte drüben bei Charlie«, sagte seine Mutter und hielt auf einen abgehalfterten Kellner zu, der gerade Gläser polierte. »Aber beeil dich, ich muss morgen früh raus, wegen des Seniorenstammtischs.«

»Tut mir leid«, sagte Toni peinlich berührt, als sie außer Hörweite war. »Mir haben's den Schein gezupft. Jetzt bringt mich die Mama nach jeder Show heim.«

Er schaute vorwurfsvoll auf den Aperol, als wäre es die Schuld des orangen Getränks, dass er ein Bummerl im Führerschein kassiert hatte und auf den Heimbringservice seiner betagten Mutter angewiesen war. Marina machte eine wegwerfende Handbewegung. Sie war, was unmögliche Mütter anging, schmerzbefreit; immerhin hatte sie ein ebensolches

Exemplar zu Hause.

»Also erklär mir noch einmal, was du von mir willst«, brummte Toni, der mit zusammengekniffenen Augen beobachtete, wie seine Mutter dem Kellner den Lappen aus der Hand nahm und ihm einen Vortrag über richtiges Gläserpolieren erteilte. »Und bitte schnell, bevor Charlie sie noch hochkant rauswirft.«

Der Augenblick der Wahrheit. Etliche Male hatte sich Marina ihre Worte im Kopf zurechtgelegt, mit dem Resultat, dass sie nun allesamt wie weggeblasen waren. In ihrem Kopf herrschte gähnende Leere, während sie ihren Mund öffnete und murmelte: »Ich möchte, dass du mir hilfst, meinen Mann umzupolen.«

Toni blinzelte zunächst wie eine Eule und ließ ihre Worte sacken. Einige Augenblicke später begann er schallend zu lachen.

»Also, das hab' ich jetzt nicht erwartet.«

Kapitel 21

Im Kaiserbründl

Marina und Oliver gingen die Weihburggasse entlang. Zwischen ihnen herrschte eisiges Schweigen. Sie waren in Wien, um sich mit Eva und Valentín zu treffen. Zunächst war Oliver Feuer und Flamme gewesen, das Wochenende mit Freunden zu verbringen, doch dann hatte er erfahren, um was für eine Art Veranstaltung es sich handelte. Toni hatte sie ins Kaiserbründl eingeladen, nun hing der Haussegen schief.

Das Kaiserbründl war ein exklusiver Herrenclub – eine Schwulensauna, mit prachtvollen Räumlichkeiten. Schon LuziWuzi, der jüngste Bruder von Kaiser Franz Joseph I. trieb es hier einst wild.

Eigentlich war dieses Etablissement ausschließlich für Männer reserviert. Nur zu besonderen Anlässen gestattete das Kaiserbründl Frauen den Zutritt. Heute war so ein Tag.

Tony mit y und seine Kolleginnen waren beruflich zugegen, um als Unterhalterinnen und optischer Aufputz ihren Beitrag zu einer gelungenen Party zu leisten.

»Das ist der perfekte Rahmen«, hatte Toni mit i gesagt, als er Anfang der Woche mit Marina telefoniert hatte.

»Ich bin mir nicht sicher, ob das klappt«, hatte Marina eingewandt. »Oliver wird eine Schwulensauna nur abschrecken.« Doch Toni hatte auf der Genialität seiner Idee beharrt. »Lass den Umpoler nur machen«, hatte er gesagt und aufgelegt. Und so hatte Marina ihren Gatten nach Wien gelockt. Unter Vorspiegelung falscher Tatsachen, wohlgemerkt.

Seit er die Wahrheit kannte, trabte er, schnaubend wie ein Rhinozeros, neben ihr her.

»Da vorn sind Eva und Valentín«, rief Marina, in der Hoffnung, dass die Gegenwart eines weiteren Hetero-Mannes Olivers Laune heben würde.

Die beiden warteten vor einem wunderschönen sechsstöckigen Gebäude mit einer alten Fassade mit Stuckverzierungen, filigranen Schnörkeln und schmiedeeisernen Balkonen.

Valentín war groß und äußerst attraktiv. Allesamt Vorzüge, die auf Oliver weniger zutrafen. Marina seufzte leise und wandte sich zu Eva. »Ciao, Bellezza«, murmelte sie und schloss ihre Freundin in die Arme.

Just in diesem Moment öffnete sich die Tür und ein halb nackter Mann trat nach draußen. Er trug ein gewöhnungs-bedürftiges Lederoutfit. Außerdem hatte er eine Leine an der Hand, an dessen anderem Ende sich kein Hund, sondern ein anderer Mann befand. Er trug ein Lederhalsband. Beide zündeten sich eine Zigarette an und scherzten ausgelassen miteinander.

Marina war heilfroh, dass sie sich bereits in der Gesellschaft ihrer Freunde befanden, denn spätestens jetzt hätte Oliver wohl Reißaus genommen. Zwar war ihr Gatte ein wenig bleich um die Nasenspitze, weil jedoch Valentín locker reagierte, tat Oliver es auch.

»Ich hätte nicht gedacht, dass er wirklich kommt«, flüsterte Eva. »Abwarten. Noch ist er nicht drinnen«, antwortete Marina kryptisch.

Plötzlich bog eine weiße Stretchlimousine in die schmale Weihburggasse. Der Fahrer stieg aus und öffnete die Tür der Limo. Sogleich quollen die Lichtfunken einer Discoku-gel nach draußen, gefolgt von mehreren, leicht bekleideten

Häschen. Leichtfüßig hoppelten die Frauen auf den Eingang des Kaiserbründls zu und verschwanden im Bau.

Hund und Herrchen oder Sklave und Herr – Marina war sich diesbezüglich noch nicht so ganz sicher – hatten ihre Rauchpause beendet und schlossen sich dem Freiwild an. Der Fahrer der Limousine drückte dem gaffenden Oliver eine Visitenkarte in die Hand, stieg ein und brauste davon.

»B.H. Hostess Service. Für anspruchsvolle Kunden« stand darauf zu lesen. Die Geste des Fahrers verwunderte Marina kein bisschen. Wenn Oliver sich zurechtmachte, sah er tatsächlich aus wie eine Mischung aus Landadel und konservativem Kapitalist.

»Für die nächste Weinpräsentation«, scherzte Oliver und schob die Karte in die Brusttasche seines Jacketts.

»Das verspricht jedenfalls ein interessanter Abend zu werden«, resümierte Valentín die letzten fünf Minuten und öffnete die Eingangstür, um Eva und Marina vorangehen zu lassen.

Als persönliche Gäste von Tony – die in Kennerkreisen eine kleine Berühmtheit darstellte – war es kein Problem, zur Party vorgelassen zu werden. Wobei sich die Türsteher vermutlich wunderten, was diese Mittvierziger hier zu suchen hatten. Sie gehörten weder zum Gros aus Wirtschaft, Politik und Macht noch zum schillernden Tand aus Statisten, die die lebende Kulisse bildeten.

Laut Tony feierte ein reicher Unternehmer heute seinen Geburtstag. Auf der Gästeliste befanden sich einige hochrangige Namen und der Einlass wurde streng überwacht. Jeder Partygast unterschrieb eine Geheimhaltungserklärung und gab das Handy ab. Das vermittelte eine eindeutige Botschaft: Was im Kaiserbründl geschieht, bleibt auch im Kaiserbründl.

Nachdem Überbekleidung und Identität am Eingang verblieben waren, bekamen sie eine schwarze Maske ausgehändigt und durften eintreten.

Im Eingangsbereich der Location waren die Wände dunkelgrün gestrichen. Säulenbögen und orientalisches Flair schufen ein schwülstiges Setting wie aus Tausendundeiner Nacht. Kellnerinnen und Kellner navigierten in bunten Zirkuskostümen durch die Menschenmenge und offerierten grellbunte Shots, die sie auf ihren Bauchläden balancierten. In dunklen Nischen saßen die Besucher und plauderten, alle unter einer schwarzen Maske verborgen.

Laute Clubmusik schallte durch den Raum. Es roch nach Chlor und teurem Parfüm. Eine subtile Erotik lag in der Luft, die die Sinne anregte und betörte. Marina spürte förmlich, dass dies ein Ort war, an dem keine Grenzen existierten. Hier konnte man sich gehen lassen und seine Sehnsüchte ausleben; wohl wissend, dass nichts davon nach draußen dringen würde.

Marina trat zu einem Spiegel mit goldenem Schnörkelrahmen und prüfte den Sitz ihrer Maske. Sie fühlte sich verrucht und sexy in ihrem roten Minikleid, das mit Pailletten bestickt war.

Wenn doch nur Luca hier wäre, dachte sie und sog die schwülstige Dekadenz des Kaiserbründls in sich auf. Ihre Hände wanderten über die raue Haptik ihres Kleides, sie spürte das Knistern unter ihren Handflächen. Plötzlich tauchte Oliver hinter ihrer rechten Schulter auf und betrachtete sie ausdruckslos. »Kommst du, Schatzi?«

Valentín hatte ihnen vier Rainbow Shots besorgt, hochprozentige Regenbögen im Glas. Kaum hatten sie ausgetrunken, kam ein muskulöser Kellner angerauscht, schnappte sich die leeren Schnapsgläser und reichte ihnen stattdessen pinke Jelly Shots.

Marinas Augen wanderten zum DJ, der den Tanzenden einheizte. Zwischen Säulen, Marmor und Stuck flirrten die Laserlichter und brachen sich in den Spiegeln der Discokugeln.

Gestärkt starteten sie ihre Erkundungstour durch das Kaiserbründl. Im Nassbereich des Herrenclubs – einem Pool, der an ein türkisches Hammam erinnerte – standen mehrere Männer rings um das Becken. Sie beobachteten zwei Meerjungfrauen, die mit eleganten Bewegungen ihre Bahnen zogen. Ihre schillernden Flossen zerschnitten die Wasseroberfläche förmlich. Eine dritte hockte kokett am Beckenrand und ließ sich von einem Partygast mit kandierten Früchten füttern. Marina warf Oliver einen verstohlenen Blick zu. Alle Anwesenden waren verzaubert von diesem opulenten Spektakel, nur Oliver blickte eingeschüchtert aus der Wäsche.

Dann entdeckten sie Tony.

Sie trug ein Ungetüm von Perücke im Stil des Rokoko, das Haar nicht puderweiß, sondern neongrün. Dazu einen glitzernden Badeanzug, der mit Strasssteinen bestickt war, und Netzstrumpfhosen. Tonys auffälligstes Accessoire waren spitze Brüste, die an Madonnas legendären Tüten-BH erinnerten.

Sie gesellte sich zu ihnen und begrüßte sie reihum mit Küsschen. Kein ungefährliches Unterfangen, da man Gefahr lief, sich an ihrer Oberweite ein Auge auszustechen.

Tony taxierte Oliver abschätzend und streckte ihm die Hand entgegen. »Servus!« Toni mit i kam zum Vorschein.

Er war ein Menschenkenner, der verstand, dass hier seine Männlichkeit gefragt war, um Olivers Befangenheit zu brechen.

Toni lotste sie durch das volle Etablissement, machte sie mit anderen Gästen bekannt und animierte sie zum Trinken. Dabei behielt er Oliver genau im Auge und studierte seine Reaktionen. Marina wiederum beobachtete Toni und glaubte zu erkennen, dass er Gefallen an seiner Aufgabe gefunden hatte.

Die Stimmung wurde von Stunde zu Stunde frivoler. Businesstypen begrapschten mittlerweile ungeniert die halb nackten Häschen vom Escort oder die griechischen Götter in ihren Togas. Auch wenn die Maskierung die Anonymität schützte, war sich Marina ziemlich sicher, dass gerade ein christlich-konservativer Politiker mit zwei Männern im Dark Room verschwunden war. Dort, wo sie auch Eva und Valentín vor geraumer Zeit das letzte Mal gesehen hatte.
Das Kaiserbründl war zum Bersten voll, weil jeder der Anwesenden seine schmutzigsten Fantasien mitgebracht hatte. Sogar Oliver war mittlerweile aufgetaut. Sein Blick hing fasziniert an zwei Männern, die wild miteinander knutschten. Es schien, als könne er seine Augen nicht mehr von dieser Darbietung abwenden. Er lehnte an der Bar und unterhielt sich mit drei bärtigen, südländischen Muskelprotzen, die ihrerseits Gefallen an ihm gefunden hatten. Marina beobachtete flüchtige Berührungen, die Oliver zusammenzucken ließen, und Oberschenkel, die sich gegen den seinen pressten. Der Anblick hinterließ sie zwiegespalten.
Toni nutzte den Moment, um Marina das Fazit seiner Beobachtungen mitzuteilen. »Komm mit, lass uns reden.«
Er griff nach ihrem Arm und zog sie hinter sich her, dabei bahnte er ihnen, wie ein Wellenbrecher, eine Schneise durch die Menge.

Kurze Zeit später standen sie im malerischen Ruhebereich

des Kaiserbründls. Ein versteckter Rückzugsort mit nackten Backsteinwänden, einem weiß-grau gekachelten Fliesenboden und einem Wandbrunnen, eingerahmt von üppigem Grün.

»Eigentlich wollte ich dir erst gar nicht helfen, sondern mir nur ein Bild von eurer Ehe machen«, sagte Toni unverblümt. »Unzufriedene Ehefrau, dachte ich, die mit der Performance ihres Mittvierzigers unzufrieden ist, aber mittlerweile bin ich mir sicher, dass Oliver schwul ist.«

Er richtete sich zu voller Größe auf, was in seinem Fall durchaus beachtlich war und raunte: »... Deshalb sehe ich es als meine Pflicht an, ihm zu helfen, dieser Wahrheit ins Auge zu blicken.«

Er winkte einem vorbeihuschenden Kellner und ergatterte zwei Gläser Sekt. Sie setzten sich auf zwei Saunaliegen und prosteten einander zu. Toni stierte einige Momente auf die Kohlesäure-Bläschen im Inneren. »Meine Mutter kennst du ja«, sagte Toni nach kurzer Stille. »Sie hat mich immer unterstützt. Mein Vater allerdings ...« Er seufzte und erzählte Marina seine eigene Geschichte. Sie handelte von einem dominanten Vater, dem Gefühl der Unzulänglichkeit und der Erleichterung, die sein Outing mit sich gebracht hatte.

Tonis Vater hatte ihn danach verstoßen und zeit seines Lebens kein Wort mehr mit ihm gewechselt. Ein bitterer Zug umspielte seine Lippen, ehe er sich mit einer dramatischen Geste die Hand auf die Brust legte und sagte: »I am, what I am.« Passend zum Remix von Gloria Gaynor, der aus den Boxen schallte.

»Also kann ich auf dich zählen?«, fragte Marina.

Toni schenkte ihr ein strahlendes Lächeln. »Freilich kannst auf mich zählen. Vor allem aber auf Johann, denn er ist der Mann der Stunde.«

Er sprang auf und stöckelte davon, noch ehe Marina

nachfragen konnte, wer dieser geheimnisvolle Johann überhaupt sein sollte.

Auf seinen Mörderhacken stürzte sich Toni ins Getümmel.

Eine gute Viertelstunde saß Marina allein auf ihrer Liege und wartete. Bis zu diesem Moment hatte sie gedacht, dass ihr Plan sich als Hirngespinst entpuppen würde; dass Toni sie für verrückt erklärte und die Sache gegessen war. Marina spürte ganz genau, dass das der letzte Moment war, um die Reißleine zu ziehen, doch sie saß einfach nur regungslos da.

Tonis neongrüner Haarschopf tauchte wieder auf, gefolgt vom schillernden Rest seiner Travestie Persona. Er kam nicht allein. Toni schleifte einen Mann hinter sich her, den er als Johann vorstellte.

Der geheimnisvolle Johann war eine Enttäuschung. Trotz der Maske, die eindeutig das Interessanteste an ihm war, wirkte der Kerl bieder und staubtrocken.

Etwas Besseres hast du nicht auf Lager, wollte Marina fragen, schluckte ihren Kommentar aber hinunter und reichte dem Unbekannten stattdessen die Hand.

Sie hatte gehofft, dass Toni, mit all seinen Bekanntschaften, ein etwas ansprechenderes Modell Mann aus dem Hut zaubern würde. Marina hatte mit einem arabischen Hengst gerechnet, nicht mit einem Wiener Würstchen.

Toni, der ihre Skepsis sah, schüttelte kaum merklich den Kopf. »Johann ist perfekt«, sagte er und legte dem Würstchen die Hände auf die Schultern. »Glaub mir, ich weiß, wovon ich rede.«

Skeptisch blickte Marina zwischen Toni und Johann hin und her. Die beiden markierten die beiden äußersten Enden einer Skala.

»Johann ist mein Steuerberater«, erklärte Toni und Marina nickte. Das ergab durchaus Sinn. Unsinnig war, warum

Toni glaubte, dass dieses Würstchen ihren Gatten auf den Geschmack bringen könnte.

Johann trug ein braunes Jackett aus Breitcord, ein weißes Hemd, Jeans und Lederschuhe. Er war klein und drahtig, die dunkelblonden Haare schütter. *Er sieht aus, wie staubig riecht*, dachte Marina, dann schämte sie sich für ihre Gedanken. Es war schließlich nicht Johanns Schuld, dass er nicht dem entsprach, was Marina sich erhofft hatte. »Stell dir vor, Johann ist verheiratet. Mit einer Frau«, fügte Toni bedeutungsschwer hinzu und grinste jovial. »Warum er trotzdem hier ist und was das für dich bedeutet, das könnt ihr ja jetzt miteinander besprechen. Ich lasse euch zwei Hübschen mal allein.«

Er reichte Johann seine Sektflöte, legte Marina die Hand auf die Schulter und flüsterte: »Vertrau mir!«

Ein Zwinkern später war er im Getümmel verschwunden. »Chin-chin«, murmelte Johann und hob sein Glas.

Marina schnaubte hörbar. Zumindest hatten sie und der Steuerberater bereits eine Gemeinsamkeit; sie mochten beide Hartwürste und genossen diese bis dato im Verborgenen.

Sie gab sich einen Ruck und erzählte Johann von ihrem Plan. Auch wenn Marina sich partout nicht vorstellen konnte, dass Johann der Richtige für Oliver war, so zwang sie sich trotzdem, Tonis Expertise zu vertrauen.

»Ich könnte mir vorstellen, es zu machen«, sagte Johann nach einer kurzen Schweigepause. »Aber vorher möchte ich deinen Gatten erst einmal kennenlernen.«

»Natürlich!« Eine Frage brannte Marina förmlich unter den Fingernägeln. »Warum verlässt du nicht deine Frau, wenn du dich zu Männern hingezogen fühlst?«

Johann lachte humorlos. »Aus dem gleichen Grund, warum du deinen Ehemann nicht um die Scheidung bittest, sondern nach einem anderen Ausweg suchst«, antwortete Johann. »Weil es bequemer ist.«

Marina nickte, auch wenn sie ihm diese Begründung nicht abkaufte.

»Komm, suchen wir Oliver«, sagte Marina und erhob sich, »damit ich euch miteinander bekannt machen kann.«

Die Nacht war bereits weit fortgeschritten und nur noch der eiserne Rest weilte im Kaiserbründl. Zwei von ihnen waren Johann und Oliver. Sie standen an der Bar und plauderten angeregt miteinander.

Beide schienen nicht zu bemerken, dass sich die Reihen lichteten und die Barkeeper bereits mit Müllsäcken ihre Runden drehten. Sie redeten über berufliches, denn Oliver war für jeden Tipp dankbar. Marina saß gelangweilt daneben, denn Eva und Valentín waren schon vor einiger Zeit aufgebrochen.

Plötzlich spürte sie eine Hand auf ihrem Rücken und zuckte zusammen. Es war Toni. Er hatte sich vom schillernden Schmetterling der Nacht wieder zu einem gewöhnlichen Mann zurückverwandelt. Die Reste von Tony lugten aus einer Reisetasche, die neben ihm am Boden stand. Er sah gerädert aus.

»Ich hasse diesen Scheiß so sehr«, raunte er und erfasste mit einer Kopfbewegung alles ringsum. »All diese Großkopferten, die nicht wissen, wohin mit ihrem Geld. Die zahlen ein Vermögen dafür, um sich im Verborgenen auszuleben. Dann puderns vom Lustknaben bis zum Playboy-Häschen alles, was ihnen zwischen die Finger kommt.«

Er zuckte die Achseln und beantwortete die unausgesprochene Frage, die Marina durch den Kopf geisterte.

»Die Revue und das Tanzstudio werfen längst nicht so viel ab, damit ich mir meinen ausschweifenden Lebensstil leisten könnt«, erklärte er pragmatisch. »Ich steh eben auf Luxus. Dafür muss man halt ab und an den Trottel für die Dummen mimen.«

Mit einem wissenden Lächeln beobachtete er Oliver und Johann, die gerade ihre Visitenkarten austauschten.

»Na, was hab' ich dir gesagt?«

Kapitel 22

Marina findet ein Würstchen

Francesca setzte ihre Designer-Sonnenbrille von Dolce & Gabbana auf, klappte die Sonnenblende am Beifahrersitz herunter und musterte sich im Spiegel. Sie hatte schlechte Laune, auch wenn sie nicht so recht dahinterkam, wieso. An der Brille lag es nicht, die war brandneu. Edi hatte sie ihr bei ihrem letzten Ausflug ins Designer-Outlet Parndorf gekauft.

Mein Luxusweibchen, hatte er sie spöttisch genannt, wegen ihres Faibles für schöne Dinge. Bei der Brille war es dann auch geblieben, weil der Edi zu füllig war, für all die edlen Stöffchen, in denen Francesca ihn gern gesehen hätte. Dabei wäre das Poloshirt von Ralf Lauren wirklich schön gewesen, doch was half es, wenn unterhalb des Saums die Wampe zum Vorschein kam?

Francesca ächzte und sah, dass sie rosafarbenen Lippenstift auf den Schneidezähnen hatte. War sie grantig, weil Fleischermeister Eduard Birnbaum kein Richard Gere war? Nein, wenn sie ehrlich war, mochte sie seinen Kugelbauch sogar ganz gern.

Aus dem Augenwinkel sah sie, wie ihre Tochter an der Zapfsäule herumnestelte. Der Automat konnte ihre Karte nicht lesen und spuckte sie immer wieder aus. Weil Francesca keinerlei technisches Verständnis hatte, tat sie so, als würde sie das alles nichts angehen. Marina sah gut aus in ihren weißen Jeansshorts und der champagnerfarbenen Seidenbluse. Es würde nicht lange dauern, bis ihr irgendein Mann zu Hilfe eilen würde.

Francesca behielt recht. Der Fahrer eines Audis trat zu Marina, gemeinsam hantierten sie am Automaten, lachten, dann ging jeder seines Weges.

Nachdem der Tank des Land Rovers voll war, verschwand Marina im Inneren der Tankstelle, um Kleinigkeiten zu besorgen. Francescas Augen wanderten durch das Auto, auf der Suche nach etwas, das als Übeltäter für ihre Laune herhalten konnte, doch sie fand nichts. Es war pieksauber und roch dezent nach Leder und Vanille.

»Nonna. Noooonnaaaa!« Gabriel zappelte aufgeregt auf der Rückbank herum. Er bombardierte seine Großmutter mit Fragen, die diese bisher einsilbig beantwortet hatte. »Was ist Tesoro?«

Durch den Spiegel betrachtete sie ihren Enkel. Ein bildhübsches Kind, mit großen braunen Augen und dunklen Haaren, ganz wie seine Mutter. Er hatte – Gott sei Dank! – die italienischen Gene geerbt. Zwar liebte und schätzte Francesca ihren Schwiegersohn Oliver, dennoch war sie heilfroh, dass Gabriel Halbglatze und schütteres Haar wohl erspart blieben. Ihre beiden anderen Enkelkinder, Michi und Daniel, hatten weniger Glück, Pietro war Ewalds Ebenbild und hatte dessen Gene an seine Kinder weitergegeben. Da konnte man nichts machen.

»Glaubst du, ich kann am Schießstand einen Teddy gewinnen?«, fragte Gabriel und riss Francesca ein weiteres Mal aus ihren Gedanken.

Er freute sich so sehr auf den Wiener Prater, dass er seit sechs Uhr wach war und seine Umgebung mit Fragen löcherte.

»Bestimmt«, erwiderte Francesca und setzte ihre Sondierung fort. In der Zwischenzeit hielt Marina auf sie zu; mit dabei zwei Kaffeebecher und ein Fanta für Gabriel. Das war ungewöhnlich. Nicht der Coffee to go, sondern der gelbe

Zuckersaft, den Marina sonst mied wie der Teufel das Weihwasser. Instinktiv kniff Francesca die Augenbrauen zusammen. »Grazie«, brummte sie und nahm ihrer Tochter die Pappbecher ab, damit diese einsteigen konnte.

»Los gehts! Auf zum Wurstelprater«, rief Marina und zwinkerte ihrem Sohn auf der Rückbank zu.

Marina setzte den Blinker und reihte sich in den Verkehr ein. Im Gegensatz zu Francesca wirkte sie gut gelaunt, dabei war ihre Tochter gewöhnlich diejenige, die Familienausflüge in laute und volle Vergnügungsparks verabscheute.

»Das Wetter ist ja fast zu schön, um wahr zu sein«, sagte Marina und betrachtete den azurblauen Himmel. »Heute soll das Thermometer zum ersten Mal die dreißig Grad knacken.«

Francesca antwortete nicht. Ihr Blick war auf die vorbeirauschende Landschaft gerichtet. Marina nestelte am Autoradio und drehte den Song lauter. Sie summte und klopfte am Lenkrad den Takt mit. Prince. *I just want your extra time and your ... kiss.*

Francesca konnte kein Englisch, dafür war sie eine Meisterin der Körpersprache. Sie fuhr ihre feinen Antennen aus und beobachtete ihre Tochter. Sogar Marinas Hüften kreisten im Takt, wann immer der Verkehr es zuließ. Nun dämmerte Francesca, warum sie so grantig war, es war das Gehabe ihrer Tochter.

So bewegte sich eine befriedigte Frau. Das wusste Francesca aus eigener Erfahrung. Deshalb würde sie Edi vorerst behalten, denn auch wenn sein Äußeres nicht unbedingt eine Zehn war, so verstand er es dennoch, ihr Blut in Wallung zu bringen. Nicht nur hinter der Wurst-Budel lebte Stummelfinger Edi nach seinem Credo: »Darfs a bissal mehr sein?« Dieses Angebot hielt er auch im Bett und servierte

Francesca so manche Extrawurst. Im Gegensatz dazu war ihr Schwiegersohn eindeutig nicht der Typ Mann, der eine Frau zum Singen oder gar zum Schwingen brachte.

Francesca betrachtete ihre Tochter von der Seite. Obwohl sie ihren Vierziger bereits hinter sich hatte, wirkte sie seltsam erblüht und vor Lebenslust sprühend.

»Wollte Oliver heute nicht mitkommen?«

Sofort zogen sich Marinas Mundwinkel nach unten. Sie zuckte die Achseln. »Geh, Mama, du weißt doch selbst, wie viel er um die Ohren hat. Aber uns hält nichts zu Hause, gell, Gabriel?«

Ein geschickter Schachzug, dachte Francesca, denn nun plapperte Gabriel und würde wohl so schnell nicht wieder damit aufhören.

Sie lächelte unschuldig, doch tief im Inneren arbeitete ihr Verstand auf Hochtouren. Nun, da sie es genau betrachtete, stank die Sache gewaltig, und zwar nach Liebhaber.

Kein burgenländischer Winzer mit Bauchansatz konnte Marina einen solchen Hüftschwung entlocken. So etwas konnten prinzipiell nur Italiener – den Edi ausgenommen. Südländer, korrigierte sich Francesca, denn sie wollte politisch korrekt bleiben. Sie musste nicht weit in die Ferne schweifen, denn dummerweise hatte Oliver in seiner grenzenlosen Naivität genauso so ein Exemplar Mann auf das Weingut geholt. Zwar hatte Francesca geglaubt, dass Renate das Problem vorerst gelöst hatte, doch offensichtlich war es der Kindergartenpädagogin nicht gelungen, Luca länger zu beschäftigen. Wie ärgerlich! Darum würde sie sich kümmern müssen, sobald sie wieder zu Hause waren. Sie dachte an ihr Gespräch mit Giulia, wo sie großspurig verkündet hatte, alle Schwierigkeiten beseitigt zu haben. Vielleicht war das ein wenig zu dick aufgetragen gewesen.

Zwei Stunden später plagten Francesca ganz andere Sorgen. Laut Marina war sie immer noch bleich um die Nasenspitze, und dass, obwohl sich der Wiener Prater heute von seiner schönsten Seite zeigte. Dabei kamen weder die noble Blässe noch der flaue Magen von ungefähr.

Zuvor waren Marina, Gabriel und sie eine Runde mit der Liliputbahn gefahren, hatten auf der Kaiserwiese das Riesenrad bestaunt, Geisterbahn und Piratenbucht begutachtet und mehrere Runden mit dem Autodrom gedreht. Der Abschluss war eine Fahrt in der Wilden Maus. Die Achterbahn war in Begleitung eines Erwachsenen auch für einen Dreikäsehoch wie Gabriel erlaubt gewesen. Der Knirps hatte hellauf gequietscht. Doch der Spaß hatte ein vorzeitiges Ende gehabt, weil Francesca übel geworden war.

Nun spazierten sie die Hauptallee entlang, wo erfreulich wenig Radau herrschte, nichts tingelte und blinkte. Zwar langweilte sich Gabriel zu Tode, doch sogar er sah ein, dass die kreidebleiche Nonna eine kurze Auszeit benötigte.

Nun standen sie vor dem Schweizerhaus und überlegten, einen Happen zu essen. Nicht, dass Francesca etwas dagegen gehabt hätte, allerdings würde eine halbe Stelze mit Kraut ihre gesamten Weight-Watchers-Punkte auffressen. Wobei, die Woche war es ohnehin schon wurscht, Francesca hatte längst den Überblick verloren. Sie seufzte und kapitulierte innerlich. Wer war sie schon, den himmlischen Verlockungen zu entsagen, besonders, wenn sie als gesottene Schweinshaxe daherkamen?

»Von mir aus«, sagte sie und ließ sich von Gabriel zum Eingang des Schweizerhauses ziehen.

»Hama reserviert, die Damen?«

Marina und Francesca schüttelten bedauernd die Köpfe.

»Scusi. Die Idee ist uns spontan gekommen, weil mein Bambino Lust auf eine ordentliche Stelze hat«, erklärte Marina und klimperte mit ihren dichten Wimpern. Das funktionierte meistens.

»In Favoriten ist noch ein Platzerl frei«, sagte der Kellner und warf einen Blick über die Schulter. Die Bereiche waren nach den Wiener Gemeindebezirken benannt.

»Gibts im Ersten nix?«, mischte sich Francesca ins Gespräch. »Oder wenigstens in Hietzing oder Döbling?« Sie hatte sich nicht bemüht, den 10. Bezirk hinter sich zu lassen, um dann ausgerechnet wieder in diese Ecke gesetzt zu werden.

»Geh, Mama, siehst doch eh, dass nix frei ist«, schalt sie Marina.

»Andiamo, Gabriel! Lauf hin und reservier den Tisch«, rief Francesca und schob ihren Enkel vorwärts, da ein deutsches Paar ebenfalls mit dem Platz liebäugelte. Das Schweizerhaus war eine Wiener Institution und lockte Touristen wie Einheimische gleichermaßen an. Man saß sprichwörtlich im Grünen, mitten im Prater, im Schatten riesiger Kastanienbäume. Hier war das Bier süffig, die Stelzen knusprig und die Stimmung zünftig. Es war laut und die Luft erfüllt von Gesprächsfetzen, Gelächter und dem Klirren von Bierkrügen.

Nachdem sie gegessen und Gabriel noch ein Eis verdrückt hatte, linste Marina immer wieder verstohlen zu ihrem Smartphone. Sie schien auf eine Nachricht zu warten. Als es tatsächlich vibrierte, ließ sie sich mit dem Lesen der SMS Zeit und gab sich desinteressiert. Francesca beobachtete sie mit wachsendem Misstrauen.

»Alles in Ordnung?«

Marina winkte dem Kellner, um die Rechnung zu bezahlen. »Das war Carmen«, erklärte sie und kramte in den

Untiefen ihrer Handtasche. »Ich muss leider kurz weg, die Samples für den Pink Ribbon Haasi Wein absegnen. Ihr könnt in der Zwischenzeit noch eine Runde mit dem Riesenrad fahren, bis dahin bin ich wieder da.«

Gabriel und Francesca verzogen synchron das Gesicht.

Gabriel fand das Riesenrad langweilig und Francesca hatte ihr Erlebnis mit der wilden Maus noch nicht verdaut.

»Geh nur, wir finden uns schon eine Beschäftigung«, brummte Francesca düster.

Sie verließen das Schweizerhaus und gingen in unterschiedliche Richtungen davon, doch schon nach wenigen Metern machte Francesca kehrt.

»Komm, wir schauen, was es in dieser Richtung Tolles zu entdecken gibt«, raunte sie. Francesca war nicht so dumm zu glauben, dass Marina sich tatsächlich mit Carmen traf. Schon gar nicht am Gelände des Wurstelpraters.

Zwar protestierte Gabriel lautstark, als Francesca ihn am Pony-Karussell vorüber zerrte, doch nur so gelang es ihr, Marina im Auge zu behalten. Hier stank es gewaltig, und das nicht nur wegen des Pferdemists.

Jemanden zu verfolgen, funktionierte im Fernsehen prima, war im echten Leben aber ein Ding der Unmöglichkeit. Zu dieser Erkenntnis gelangte auch Francesca, als sie Marina zwischen den Menschenmengen aus den Augen verlor. Enttäuscht stapfte sie neben Gabriel her, sein klebriges Patschhändchen fest in der ihren.

Dieser verdammte Sommer! Offensichtlich war der Polyester-Anteil ihrer Bluse zu hoch, denn Francesca konnte bereits eine zarte Schweißnote wahrnehmen. Dennoch würde sie nicht auf naturbelassene Textilien umsteigen, denn die musste man bügeln und sie hatte in ihrem Leben wahrlich schon genug gebügelt. Ewald hatte nur Hemden getragen, dabei war er ein richtiger Schwitzer gewesen. Deshalb hatte sie dem Birnbaum Edi auch zum Poloshirt geraten, das musste man nur glattstreichen. Als er im Designer-Outlet ein schneidiges Hemd von Roberto Cavalli entdeckt hatte, hatte Francesca nur die Hände gerungen und »Sul mio cadavere« gerufen. *Nur über meine Leiche.* Weil ihr kein Mann mitsamt seiner Bügelwäsche mehr ins Haus kam.

Francesca blinzelte genervt.

Die Geräuschkulisse des Wiener Praters war gewaltig. Überall dudelte und trötete es, Durchsagen schallten durch das Areal, dazwischen die wummernde Musik der einzelnen Fahrgeschäfte.

Sie hatte den Prater noch nie gemocht, dabei behaupteten immer alle, dass er ein Stück Wiener Geschichte sei. Wenn sie dann dagegenhielt, dass hier alles in die Jahre gekommen und irgendwie grauslich war, schauten alle ganz pikiert und sagten, dass sie das nicht verstehen könne, weil sie eben keine echte Wienerin sei.

Das machte wiederum Francesca wütend. Immerhin lebte sie bereits seit fünfundvierzig Jahren in Österreich, war mit einem Wiener verheiratet gewesen und hatte zwei Wiener Kinder geboren, trotzdem blieb sie die Ausländerin.

»Come stai? Nonna?«, fragte Gabriel und zog an ihrer Hand. Sie blickte in sein kleines Gesicht und schmolz bei seinem Anblick, wie sie es immer tat.

»Il mio Angelo«, sagte sie und küsste ihn auf die Stirn. Er war ihr Augenstern, ein Geschenk des Himmels. Dann verzog Francesca das Gesicht, denn der Augenstern bestand auf Autodrom fahren. Während sie noch überlegte, entdeckte Gabriel bereits etwas Neues. »Nonna, schau, da ist ein riiiiiießiger Clown. Gehen wir dorthin?« Er deutete auf den Spectacolo Clown, ein gruselig aussehendes Gebilde. Francesca rümpfte die Nase. Da war er wieder, dieser morbide Charme vergangener Zeiten, der in Wien nie weit entfernt war.

Der Spectacolo Clown war ein typisches Fahrgeschäft des Wiener Praters, das sich hinter einem schmutzig weißen Gesicht verbarg. Der Horrorclown besaß ein grotesk übertriebenes Lächeln, eine rote Knubbelnase und rotes Kraushaar, das sich wie ein Kranz um seinen kahlen Schädel rankte.

Blinkende Lichter und eine Melodie, die an die Eiswagenverkäufer in amerikanischen Horrorfilmen erinnerte, schallte zu ihnen herüber und lockte die Besucher an. Auf Francesca hatte sie den gegenteiligen Effekt. Sie fand den Anblick verstörend und gruselig zugleich.

»Certamente no! Schau mal, der frisst Menschen«, rief Francesca, weil gerade der rote, fleischige Mund aufging und eine Wagengarnitur mitsamt dem kreischenden Inhalt verschluckte. »Außerdem bist du da bestimmt noch zu jung für.«

Gabriel schob die Unterlippe vor, weil er es hasste, zu jung zu sein. Besonders Francesca mit ihrem bambino piccolo, ging ihm schwer auf die Nerven. Er hatte mit seinen fünf Jahren das piccolo längst hinter sich gelassen.

Der Geruch von gebrannten Mandeln und frischem Popcorn stieg ihnen in die Nase und Francesca witterte ihre Chance, den beleidigten Zwerg abzulenken. Es war die Aussicht auf Zuckerwatte, die ihm wieder ein Lächeln ins Gesicht zauberte. Gabriel bekam große Augen und Francesca ein schlechtes Gewissen, weil er bestimmt auf der Heimfahrt ins Auto kotzte. Aber dieses Risiko musste sie eingehen, denn sie konnte es nicht ertragen, ihren Nipote unglücklich zu sehen.

Augenblicke später stand Francesca in der Schlange vor dem Zuckerwattestand. Gabriel ein paar Schritte daneben. Die metallenen Behälter, in denen bunte Fäden rotierten und zu klebrigen Gebilden anwuchsen, faszinierten ihn so wie eine Handvoll anderer Kinder, die sich die Nasen an der Scheibe plattdrückten.

Weil der Kleine beschäftigt war, zog Francesca ihr Smartphone aus der Tasche. Sie hatte eine neue Nachricht von Edi bekommen.

Nachdem sie sich überzeugt hatte, dass auch niemand auf ihr Display schielte, öffnete sie die Textnachricht.

Seine Mitteilungen waren oft ganz schön pikant. Sogleich breitete sich ein Lächeln auf Francescas Lippen aus.

»So ein Schlawiner«, murmelte sie und schüttelte den Kopf, um die ungehörigen Gedanken zu vertreiben.

»Gabriel, welche Sorte magst du?« Francesca blickte sich nach dem braunhaarigen Schopf ihres Enkels um, doch er war nicht mehr dort, wo sie ihn einen Herzschlag zuvor gesehen hatte.

Eine Schrecksekunde später begriff sie das Furchtbare: Er war weg.

Francesca fuhr herum. Sie rang die aufkeimende Panik nieder und scannte das Areal. Überall waren Menschen; ein Wirrwarr aus Farben und Bewegungen, doch nirgendwo eine Spur von Gabriel. Ihr Atem beschleunigte sich und ihr Herz raste. Ihre natürliche Reaktion als Oma war, vor Angst, auf der Stelle tot umzufallen, doch das musste warten, bis sie den Burschen gefunden hatte. Stattdessen zwang sie sich, tief durchzuatmen, um halbwegs klar denken zu können.

Dann sah sie ihn, den Spectacolo Clown, jenes Fahrgeschäft, das Gabriel zuvor begeistert hatte. Francesca rannte in diese Richtung und ignorierte das Stechen in ihren Knien.

Herr im Himmel, lass ihn dort sein, flehte sie, dann erblickte sie Gabriel. Er stand auf Zehenspitzen, bemüht, sich möglichst langzumachen, damit er die Hand des Clowns erreichte, die die Mindestgröße markierte. Er scheiterte kläglich.

Nun eruptierte Francescas angestaute Angst. Sie schimpfte lautstark auf Italienisch, während sie den Burschen an sich drückte. Dieser Halunke hatte ihr wenigstens fünf Jahre ihres verbleibenden Lebens gekostet und ihren Meniskus beleidigt. Doch das waren Kinkerlitzchen. Francesca war einfach nur selig, dass sie Gabriel wiederhatte. Es waren die schrecklichsten fünf Minuten ihres Lebens gewesen.

»Scusa, Nonna!«, rief Gabriel und weinte nun ebenfalls. Francesca schnäuzte sich geräuschvoll und sah sich um. Dabei sprang ihr eine gelbe Fassade ins Auge.

Lachhaus stand darauf.

»Da gehen wir jetzt hinein«, murmelte sie und griff nach Gabriels Hand. Lachen würde ihnen nun beiden guttun.

Kapitel 23

Das Lachhaus

Den ganzen Tag hatte Marina auf eine Nachricht von Johann gewartet, Als ihr Handy endlich vibrierte, hatte sie sich zusammenreißen müssen, um den Anschein der Nonchalance zu wahren.

»15:00 Uhr, im Lachhaus«, hatte Johann geschrieben.

Um 14:57 Uhr stand Marina vor einer quietschgelben Bude mit neongrünen Einfassungen. Schrilles Gelächter schallte aus den Boxen über ihr. Eine vollbusige Plastik-Dirne lehnte sich dekorativ aus einem Fenster im Obergeschoss. Daneben ein Schwein im Hundertwasser-Stil. Marina ächzte. Was für ein schrecklicher Treffpunkt, doch letzten Endes konnte es ihr egal sein. Viel wichtiger war ohnehin, dass Johann sich der Herausforderung stellte. Er hatte sich Bedenkzeit erbeten, um festzustellen, ob er und Oliver auf einer Wellenlänge waren. Die beiden hatten Nummern ausgetauscht und eifrig gesimst.

Marina trat zum Schalter, wo ihr hinter einem Glasfenster eine mürrische Frau entgegen stierte.

»Einmal, bitte«, sagte Marina.

»Drei Euro, bitte«, antwortete sie, nahm das Kleingeld und reichte Marina im Gegenzug einen Chip. Damit ging Marina zum Eingang um die Ecke, steckte die neonpinke Münze in einen Schlitz und die Absperrung schwang auf.

Drei Schritte, dann befand sie sich im Eingang eines Spiegelkabinetts. Soweit sie es beurteilen konnte, war sie allein hier. Psychedelische Musik klang aus den Boxen und vermischte sich mit den vertrauten Geräuschen des Praters. Laser, blinkende Lichter und Dunkelheit wurden gezielt eingesetzt, um Verwirrung zu stiften. Ein Irrgarten, so arrangiert, dass der Besucher binnen kürzester Zeit die Orientierung verlor. Marina war davon überzeugt, dass ihr Scharfsinn sie problemlos durch dieses Labyrinth lotsten würde, bis sie zum ersten Mal gegen eine Glasscheibe knallte.

Was für ein Scherzkeks zieht durchsichtige Hindernisse ein, dachte sie grimmig. Die Antwort lag auf der Hand. Jemand, der dachte, dass es komisch war, sich einen Weg durch Spiegelwände zu bahnen, die das eigene Antlitz auf groteske Weise verzerrten. Mal sah Marina sich riesig, mal winzig. Sie fuhr herum, um zu ihrem Ausgangspunkt zurückzukehren, nur dass dieser plötzlich hinter einer weiteren Glaswand lag, von der sie schwören konnte, dass sie zuvor noch nicht da gewesen war. Marina wurde zornig. Was für eine Zeitverschwendung! Sie hatte keine Lust auf diesen Unfug, dennoch musste sie gute Miene zum bösen Spiel machen.

Mit jedem Schritt verirrte sie sich mehr.

Ihre Anspannung stieg. Manche Spiegel verzerrten sie besonders bizarr. Lange Beine, verformte Körper – alles wirkte albtraumhaft und verstörend. Die blendenden Lichtreflexe verstärkten ihre Desorientierung. Marina war hier drinnen alles andere als zum Lachen zumute. Sie schaute lustlos in einen Spiegel, der ihr einen Busen verpasste wie Pamela Anderson in ihren besten Tagen. Wenn sie sich nur ein klein wenig bewegte, schwappte die Auswölbung tiefer und sie sah schwanger aus. Marina verspürte einen winzigen Stich, so würde sie nie wieder aussehen.

Wie aus dem Nichts tauchte eine zweite Person neben ihr auf. Es war Johann, nun ohne Maske, doch seine langweilige, nichtssagende Erscheinung war die beste Maskierung.

Marinas Blick wanderte an ihm hinunter. Er trug einen

abgenutzten Blaumann und hatte einen Werkzeuggürtel um die Hüften gelegt.

»Ich dachte, du bist Steuerberater?«, fragte sie irritiert.

»Bin ich auch«, antwortete Johann achselzuckend. »Das Lachhaus gehört meiner Schwester. Meine Eltern und Großeltern waren davor die Besitzer. Ich hab' das Schaustellerleben also quasi mit der Muttermilch aufgesogen. In meiner Freizeit helfe ich mit, denn sonst kannst dir die Erhaltung von sowas nicht leisten.« Er deutete um sich und seine Miene verriet Stolz. Marina nickte. Zwar interessierte sie Johanns Familiengeschichte nicht sonderlich, doch sie musste zugeben, dass der Treffpunkt doch nicht so schlecht gewählt war. Niemand würde vermuten, dass sie sich hier absichtlich begegneten; das wäre zu absurd. Aufhalten wollte sich Marina hier dennoch nicht länger als notwendig. Sie kam gleich zum Thema. »Also, wie lautet deine Antwort? Hast du das Zeug dazu, um meinen Mann zu verführen?«

Johann nickte. »Freilich«, antwortete er mit seiner scharfen, einschneidenden Stimme. »Aber alles im Leben hat seinen Preis.«

»Ich verstehe. Und woran hast du gedacht?«

Johann schluckte, dabei hüpfte sein Adamsapfel auffällig auf und ab. »Zehntausend Euro.«

Marina riss überrascht die Augen auf; eine Mimik, die ihr Spiegelbild auf groteske Weise überzeichnete. Sie hatte geahnt, dass er ihr nicht aus reiner Nächstenliebe helfen würde, doch diese Summe überraschte sie nun doch.

»Zehntausend? Um eine Affäre zu beginnen?«, murrte Marina. »Das ist Wucher!«

Johann zuckte die Achseln. »Da sind die Spesen und mein Schweigen schon inkludiert«, sagte er und tat, als wäre dies ein vollkommen adäquater Preis. Seine Miene wirkte abgebrüht, doch seine Finger nestelten am Werkzeuggürtel.

»Er braucht das Geld«, schoss es Marina durch den Kopf. Das war gut, denn es erhöhte auch für Johann den Einsatz. Marina nickte. »Einverstanden. Aber ich bezahle dich erst, wenn der Job erledigt ist.«

Johann kniff die Lippen aufeinander. Es missfiel ihm sichtlich, dass Marina die Regeln diktierte. »Ich will einen Vorschuss«, brummte er. »Sonst ...« Weiter kam er nicht, da ein lautes »Scandalo!« durch das Lachhaus schallte. Marina und Johann fuhren herum und blickten in Francescas rotfleckiges Gesicht, das ihnen empört entgegen stierte. Francesca hinkte auf sie zu, im nächsten Moment folgte ein lauter Knall, weil sie gegen eine der Glasscheiben krachte. Überrascht taumelte sie rückwärts, blinzelte einige Momente verdattert, ehe sie wieder Herrin der Situation wurde. Gabriel grinste und winkte Marina zu, während Francesca sich fluchend ihren Weg durch das Labyrinth bahnte. Eine Minute später baute sie sich vor ihnen auf. »Du betrügst Oliver mit dieser halben Portion da?«, zischte sie, damit Gabriel sie nicht hörte, allerdings war er ohnehin mit Grimassenschneiden beschäftigt.

»Gnädigste, Sie missverstehen da etwas«, sagte Johann spröde. »Ich bin der Bruder der Inhaberin und warte hier gerade die Lichtanlage.« Francesca musterte ihn von Kopf bis Fuß. Man sah ihr an, dass es in ihrem Kopf ratterte. Da Johann Arbeitskleidung trug, nahm sie seine Erklärung schmallippig zur Kenntnis. Marina wusste, wie sehr es sie ärgerte, wenn sie einen Irrtum eingestehen musste.

»Und was machst du hier? Ich dachte, du triffst Carmen?«, blaffte Francesca.

Marina reckte angriffslustig das Kinn, um zu vertuschen, dass ihr das Herz bis zum Hals schlug. »Ich war auf der Suche nach einer besonderen Location für Gabriels Geburtstagsparty«, log sie. »Aber das können wir jetzt dank deines denkwürdigen Auftritts vergessen.«

Das hatte gesessen. Voller Genugtuung sah Marina, wie ihre Mutter sich verwirrt an die Stirn fasste, nicht nur, weil dort eine pochende Beule erschienen war.

»Kommt, fahren wir nach Hause«, sagte sie und nutzte das Überraschungsmoment. Sie griff nach der Hand ihres Sohnes. »Komm Tesoro, ich hab' für heute genug vom Wurstelprater.«

Niemand erhob Einwände. Auf dem Weg nach draußen warf Marina einen fragenden Blick über ihre Schulter. Johann bedachte sie mit einem winzigen Nicken. Ihre Vereinbarung war besiegelt.

Kapitel 24

Himmel und Hölle

Juli

Die Trauben färbten sich langsam dunkel und Erntehelfer entblätterten die Weinreben, damit die Früchte besser in der Sonne reifen konnten. Luca verbrachte die meiste Zeit draußen, plante mit Oliver die Lese und überwachte das Rebstutzen. Er war in seinem Element und bewies einmal mehr seinen unschätzbaren Wert für die Kellerei Haas. Seine Haut war mittlerweile bronzefarben getönt und die Härchen an seinen Unterarmen ausgebleicht, ebenso wie die Spitzen seiner dunkelbraunen Haare. Seine Erscheinung wirkte sonnengeküsst, er schmeckte salzig und roch immer ein wenig erdig, nach Natur und Wein. Die Faszination, die Luca auf Marina ausübte, flaute nicht ab, wie sie es insgeheim gehofft hatte, sondern intensivierte sich mit jedem ihrer heimlichen Treffen.

Ebenso wie der Kontakt zwischen Oliver und Johann.

Letzterer hatte sich aus einem unverfänglichen Grund bei Oliver gemeldet. Die beiden hatten gemeinsam in Rust am See zu Mittag gegessen. Networking hatte Oliver das genannt, weil er sich von seinem Gegenüber hilfreiche Tipps und Tricks erhoffte. Daraus war recht bald eine Freundschaft geworden und nun sahen oder hörten die beiden einander häufig. Das war gut für Oliver, allerdings weniger gut für Marina, die sich eindeutig größere Fortschritte erhoffte.

Marina lag auf ihrem Ehebett, das schon lange kein Schauplatz mehr für partnerschaftliche Vergnügungen war. Sie fühlte sich müde und ausgelaugt. Aus dem Handy, das sie sich ans Ohr presste, sprudelte unentwegt Johanns Stimme. Er schilderte ihr mit der Akribie eines Steuerberaters jede einzelne Situation, in der es zwischen ihm und Oliver vermeintlich geknistert hatte. Doch was er ihr offerierte, waren winzige Gesten, flüchtige Blicke und zarte Berührungen, die allesamt auch dem Zufall geschuldet sein konnten; harmlos und unbefriedigend.

Schnaubend rollte sich Marina von der Matratze und zündete eine weitere Duftkerze an, in der Hoffnung, dass deren süßer, schwerer Duft ihre eigene Gereiztheit vertrieb. Sie griff nach ihrem Glückstee, nippte daran und wünschte sich einen Schuss von etwas Stärkerem darin. Ihre Hand strich über den samtigen Bezug ihrer Tagesdecke, ihre Füße steckten in weißen Hermes Sandalen und auf ihrem Gesicht leistete eine Gesichtsmaske von La Mer ihren Beitrag zur Tiefenentspannung. Nichts davon zeigte Wirkung.

Vor dem Fenster versank ein goldener Sonnenball zwischen den Weinreben, doch die letzten Strahlen schafften es nicht mehr ins Innere ihres Schlafzimmers. Hier hatte das Zwielicht die Herrschaft übernommen und der Schein der Kerzen warf tanzende Schatten auf die Wände. Ihr Plan kam ihr mittlerweile wie eine Farce vor, eine Satire, in der sie selbst die Hauptrolle spielte. Marina warf einen knappen Blick auf die Uhr.

»Seid ihr nicht in zwanzig Minuten verabredet«, fragte sie Johann. Auf der anderen Seite der Leitung herrschte kurzes Schweigen. »Oliver hat abgesagt«, antwortete Johann kleinlaut, das war wohl der Grund für seine Redefreudigkeit. Marina unterbrach das Geplapper ihres Gesprächspartners unwirsch und sagte: »Johann, ich brauche Ergebnisse. Etwas

Handfestes. Das reicht nicht!«

Das wiederum beleidigte Johann, der sich in seinen Bemühungen nicht wertgeschätzt sah und leitete das Ende ihres Telefonats ein.

Sowie Marina den roten Knopf gedrückt hatte, wählte sie bereits eine andere Nummer. Es klingelte ein paar Mal, dann meldete sich Tonis sonore Stimme.

»Warum ausgerechnet Johann?«, fragte Marina ohne Umschweife. Ihr Gesprächspartner schwieg kurz und antwortete: »Weil er selbst Mizzis Knechtschaft unterworfen ist.«

Was? Marina schüttelte den Kopf, doch sie hatte sich nicht verhört, Toni hatte genau das gesagt.

»Mizzi ist seine Frau und Johann steht unter ihrer Fuchtel«, fügte Toni schelmisch hinzu. »Das ist gut! Glaub mir, du willst keinen, der sich Hals über Kopf in den guten Oliver verliebt und alles hinschmeißt, um mit ihm durchzubrennen. Aber Johann ist gerade recht, um deinem Angetrauten eine kleine feine Kostprobe zu verabreichen.« Einen Augenblick lang überdachte Toni seine Worte, nur um sie zu korrigieren. »… Und so klein ist die Kostprobe gar nicht. Wenn man den Kerl so sieht, zieht man gerne falsche Schlüsse.«

Marina rollte mit den Augen und wechselte das Thema, ehe Toni noch mehr intime Details ausplaudern konnte, an denen sie so gar kein Interesse hatte.

»Aber offensichtlich hat Oliver keine Lust auf diese Kostprobe«, brummte sie und sprach aus, was ihr wirklich auf der Seele brannte. »Mein Plan entpuppt sich als Rohrkrepierer. Vielleicht ist er ja gar nicht schwul?«

Schallendes Gelächter quittierte Marinas These.

»Nein, Chérie, kein Zweifel, dein Fischlein schwimmt in warmen Gewässern. Sein Zögern hat weniger mit seiner sexuellen Neigung zu tun als mit dem falschen Köder.«

»Ich fürchte, ich kann dir nicht folgen.«

»Du solltest Oliver ein wenig aus der Reserve locken. Wann habt ihr eigentlich das letzte Mal …?«

Es folgte ein unglaublich vulgäres Geräusch, das eindeutiger nicht hätte sein können.

»Ich soll Oliver verführen, damit er sich im Umkehrschluss auf Johann einlässt? Das ist ja absurd!«

Schwul oder nicht, aber sie war eine Vollblutfrau, die man nicht einfach so links liegen lassen konnte.

»Zieh dir was Schönes an und signalisier ihm, dass du Sex willst, dann ist er schneller fort, als du schnackseln sagen kannst«, orakelte Toni schadenfroh.

»Ich muss jedenfalls Schluss machen. Es ist an der Zeit, mich in Tony zu verwandeln.«

Das Gespräch lag gut eine halbe Stunde in der Vergangenheit. In der Zwischenzeit hatte sich Marina unter die Dusche gequält. Außerdem hatte sie sich in die feinste Panier geworfen, nämlich in einen Hauch von Nichts, der zuletzt bei Luca nicht nur für große Augen gesorgt hatte. Wenn Marina ehrlich war, dann war das Letzte, das sie tun wollte, mit Oliver zu schlafen, aber wenn man Tonis Weissagung Glauben schenken durfte, dann würde es ohnehin nicht so weit kommen.

Während Marina noch in ihrem begehbaren Kleiderschrank stand und nach den passenden Schuhen suchte, ging die Tür auf und ihr Angetrauter betrat das Schlafzimmer. Lediglich in Boxershorts, Shirt und Socken gekleidet. Oliver vollführte einen Hechtsprung und landete mit einem genüsslichen Seufzer auf seiner Seite des Bettes. Weil er das Talent besaß, innerhalb von Sekunden einzuschlafen, ergriff Marina ihre Chance und schwang sich mit einer Drehung aus ihrem Kleiderschrank, die sogar Dita Von Teese vor Neid hätte erblassen lassen.

»Hallo, Olibär«, schnurrte sie und drapierte sich möglichst einladend unter dem Türstock.

Olivers vormals müdes Antlitz zerfloss zu etwas, das an ein Reh im Scheinwerferlicht erinnerte. Ähnlich panisch war auch seine Reaktion. Er schnellte von seinem Lager hoch und rollte sich aus dem Bett, als ob es galt, einer Kugel auszuweichen.

»Tut mir leid, Schatzi«, rief er. »Mir fällt gerade ein, dass ich einen Termin vergessen hab. Ich muss leider noch mal weg.«

Er schnappte sich seine Hose, die über der Stuhllehne hing, und streifte sie im Lauf über. Dabei hauchte er Marina einen Kuss auf die Wange, machte ihr ein halbherziges Kompliment und war ein Wölkchen.

»Brauchst nicht auf mich zu warten«, rief er noch, dann fiel die Eingangstür ins Schloss.

Marina klappte der Mund auf. Toni hatte recht gehabt, allerdings hatte sie nicht erwartet, dass sie Oliver innerhalb von Sekunden vergrätzte. Ein Teil von ihr empfand es als Kränkung, ein anderer Teil jedoch als einmalige Chance. Gabriel übernachtete bei Francesca, das Haus war leer und Marina geschniegelt wie ein Rennpferd. Sie zückte ein weiteres Mal ihr Handy und wählte eine Nummer.

***

In dieser Nacht würden im Burgenland einige Menschen auf ihre Kosten kommen. Allen voran Oliver, der mit seinem Wagen durch die Dunkelheit brauste. Nach gut einer Stunde Fahrzeit kam er in der Hölle an. So hieß ein kleiner Flecken Land am anderen Ufer des Neusiedlersees. An der hiesigen Aussichtswarte waren er und Johann ursprünglich miteinander verabredet gewesen.

Letzterer befand sich ein paar Tage auf einem Steuerberater Seminar in Podersdorf und somit weit außerhalb von Mizzis Zugriff.

Eine einmalige Chance, für zwei verheiratete Männer, die das Abenteuer suchten.

Zuerst wollte Oliver kneifen, denn die Sache war ihm zu heiß geworden, doch letztlich hatte ihm niemand Geringere als seine eigene Gattin die Entscheidung abgenommen. Sie war halb nackt vor ihm gestanden, in der Hoffnung, dass er seinen Mann stand, doch er hatte den Schwanz eingezogen und war getürmt. Nun wurde das Sprichwort schlagend: Wer A sagt, muss auch B sagen. Oliver setzte den Blinker zu dem nichtssagenden Parkplatz, mitten im Nirgendwo. Er war nicht allein, ein zweites Auto erwartete ihn bereits.

Oliver schwang sich aus dem Wagen, begrüßte Johann mit einem nervösen Lächeln und kramte alles hervor, was sie für ein improvisiertes Mondscheinpicknick benötigten. Eine Decke und eine Flasche Wein. Schirm brauchten sie nicht, dennoch hatten beide einen Ständer mitgebracht; sicher war schließlich sicher. Ebenfalls mit im Gepäck war die Erinnerung an Marina. Beim Gedanken an seine Frau verspürte Oliver zwei Dinge, erstens Schuldgefühle, zweitens eine unglaubliche Lust auf das Unbekannte, das hier am anderen Ufer des Sees auf ihn wartete.

Ironie des Schicksals, dass Marina und Johann im selben Augenblick auf die Knie sanken, um ihren Affären ein paar Minuten im Himmel zu schenken.

Kapitel 25

Midlife-Crisis

Ein Fluch schlüpfte über Marinas Lippen, der so gar nicht zu ihrer Erscheinung passen wollte. Sie drehte bereits die dritte Runde um den Block, weil in dieser Ecke Wiens wie immer keine freien Parkplätze verfügbar waren. Und wenn, dann nur diese verflixt kleinen Lücken, in die ihr Range Rover nie und nimmer passte.

»Depperte Dauerparker«, schnaubte Marina.

In Wien war eben doch nicht alles besser. Im Mattersburg fand man immer einen Parkplatz, so sehr konnte die Rushhour gar nicht toben.

»Hat der den Führerschein in der Lotterie gewonnen?«, schimpfte sie, als sie zu ihrer vierten Runde ansetzte. Dabei lagen ihr noch viel schlimmere Kraftausdrücke auf den Lippen. Wie immer, wenn Marina in der Hauptstadt hinter dem Steuer saß, verwandelte sie sich in den Mundl höchstpersönlich. Vermutlich das Erbe ihres Vaters, der immer geflucht hatte, wenn er mit seinem Jetta durch den Zehnten gedüst war. Marina konnte sich noch gut erinnern, wie es gewesen war, mit ihrem Papa ins Wiener Umland zu fahren, weil dort der Diesel billiger war. Tanktourismus par excellence.

Da die Autos damals noch keine Klimaanlage gehabt hatten, waren die Scheiben heruntergekurbelt und genügend Mitmenschen in den Genuss dieser Kakofonie gekommen. Selbst dreißig Jahre später poppten in Marinas Geist noch einzelne Gustostückerl seiner Darbietungen auf: Gschissener, Fetznschädel, Saubrunzer oder Beidlpracker waren nur ein paar verbale Höhepunkte.

Da Oliver sie immer ganz pikiert ansah, hatte sich Marina die Kraftworte abgewöhnt. Passten sie doch auch gar nicht zu ihrem Image, das sie sich stattdessen zugelegt hatte. Doch allein im Auto zu schimpfen, das konnte ihr keiner verbieten.

»Halleluja!« Genau vor Carmens Haus gab ein SUV seine Poleposition auf und Marina rutschte nach. Am Beifahrersitz saß eine Frau mit Strohhut und Strandtasche. Nun, da die ersten Hundstage anbrachen, rückten die Wiener aus, um ihre Zweitwohnsitze am Neusiedlersee zu besuchen.

Marina klappte die Sonnenblende herunter und warf einen prüfenden Blick in den Spiegel. Sie sah gut aus. Das lag nicht zuletzt an der riesigen Sonnenbrille, die die Hälfte ihres Gesichts verbarg. Vor allem die Augenfältchen, von denen Dokter Worsek gesagt hatte, dass man da nicht viel machen könne. Marina seufzte, griff sich ihre dichten Haare und drehte sie hoch. Dann schlang sie eine riesige Klammer darüber, um die Frisur zu fixieren.

Am Beifahrersitz stand ihre Louis Vuitton Neverfull. Sie langte hinüber und zog einen Lippenstift hervor. Pfirsichfarbtöne ließen sie augenblicklich frischer wirken.

Seit Marina einen jungen Liebhaber hatte, fragte sie sich immer öfter, ob ihm diese kleinen Vorboten des Alters ins Auge sprangen?

Sie klappte die Blende hoch und verbannte die nagenden Gedanken der Unzulänglichkeit. Stattdessen zog sie einen Parkschein aus ihrer Handtasche und drapierte ihn sorgsam unter der Windschutzscheibe, denn der nächste Parkwächter lag bestimmt bereits auf der Lauer. Dann schwang sie sich aus dem Wagen.

Das Sommerkleid flatterte ihr um die nackten Beine. Die Hitze hatte Wien erreicht.

Marina hielt auf ein altes Wohnhaus zu, das im 19. Jahrhundert erbaut worden war und über eine stilvolle klassizistische Fassade verfügte. In dem vor wenigen Jahren sanierten Dachboden war längst die Neuzeit eingezogen, in Form einer loftartigen Wohnung, mit viel Glas und Beton. Hier lebte Carmen. Doch ehe man den atemberaubenden Ausblick über die Stadt genießen durfte, musste man im antiquierten Fahrstuhl seine Tapferkeit beweisen. Das Ding war in etwa so modern wie ein Paternoster, wurde allerdings weit weniger akribisch gewartet.

Die Kabine war hübsch anzusehen, mit ihrem messingfarbenen Gitter, im Inneren war es mit der Romantik aber vorbei. Marina empfand sie als Sarg in Übergröße, der von einem dünnen Drahtseil in die Höhe gewuchtet wurde.

Jedes Mal, wenn sie wohlbehalten den sechsten Stock erreicht hatte, schwor sie sich, in Zukunft zu Fuß zu gehen. Gleichzeitig wusste sie, dass sie es nicht tun würde. Sechs Stockwerke in einem alten Gebäude waren zwölf Halbstöcke und gefühlt eine Million abgetretener Stufen.

Marina hielt auf die schneeweiße Wohnungstür zu. Hier begann es, das weiße Reich, in das nur Auserwählte Zutritt hatten. Sie blickte prüfend an sich hinunter.

In der einen Hand hielt sie eine Flasche Champagner, in der anderen einen weißen Blumenstrauß, denn Carmen diskriminierte konsequent jede andere Farbe in ihren eigenen vier Wänden. Buntes verursache bei ihr Augenkrebs. Weil sie seit knapp zwanzig Jahren diese Einstellung vertrat, war ihre Vorliebe bis in den äußersten Winkel ihres Bekanntenkreises vorgedrungen. Wer ihr immer noch rote Rosen, farbige Duftkerzen oder bunte Mitbringsel aushändigte, konnte dies nur in böswilliger Absicht tun.

Marina klingelte und die Tür schwang auf.

»Hallo, Schnucki«, rief Carmen und drückte Marina zwei Küsschen auf die Wangen. »Komm rein. Eva ist auch schon da.« Sie nahm Marina die Mitbringsel ab und protestierte halbherzig wegen der teuren Schampusflasche.

Während Carmen die Blumen bewunderte, nutzte Marina den Augenblick, um ihre Freundin zu mustern.

Heute war ihr dreiundvierzigster Geburtstag.

Carmen war immer extrem, doch an ihren Geburtstagen setzte sie dem Ganzen üblicherweise die Krone auf. Opulente Outfits, exquisite Festivitäten und ein extra pralles Gesicht. Doch heute präsentierte sich Carmen überraschend minimalistisch.

Sie trug cognacfarbene Yogahosen und ein Tanktop. Außerdem war sie barfuß, die platinblonden Haare zum Pferdeschwanz gebunden. Das Überraschendste an Carmen war ihr Gesicht. Es war praktisch nackt. Ungeschminkte Haut statt ausgeklügeltem Contouring, nur Wimpern und Augenbrauen. Ein letzter Rest ihres Alter-Egos war trotzdem sichtbar: Die Augenbrauen waren ihr dank Microblading unter die Haut geritzt und die Lash Extensions mit ihren eigenen Wimpern verklebt worden.

Dieser unaufgeregte Look schürte Marinas Unbehagen.

»Ciao, Bellezza«, murmelte sie, als Eva an ihrer Seite auftauchte. Sie sah dankenswerterweise aus wie immer mit ihrem brünetten Haar und den rosigen Wangen.

Gemeinsam beobachteten sie Carmen, die unbeholfen in ihrer Küche herumkramte. Sie packte den Champagner in den Kühlschrank und suchte nach einer passenden Vase.

»Den Sprudel trinken wir später, okay?«, erklärte sie und zog dafür ein paar Schnapsgläser hervor. »Jetzt gibt es erst mal einen Deep Cleanse.«

Ihr Kühlschrank war randvoll mit giftgrün und braun gefüllten Flaschen.

»Ich hab' mir zum Geburtstag einen Entsafter geschenkt«, erklärte Carmen, während sie eine Kostprobe davon in die Gläser füllte. »Ich sag es euch gleich, der Ingwer-Shot ist grauslich. Bitte in einem Hops trinken, sonst speibts euch an.«

Herrliche Aussichten.

Marina griff nach ihrem Stamperl, dessen Inhalt in Farbe und Konsistenz an Baileys erinnerte, allerdings weit weniger einladend roch.

»Aber der Selleriesaft ist gut. Das Rezept hab' ich von Gwyneth Paltrow, von ihrem Blog Goop. Wusstet ihr, dass die schon über fünfzig ist?«

Carmen führte ihre Hände an die Schläfen und tat, als würde diese Tatsache ihr Gehirn sprengen.

Sie füllte drei Gläser voll neongrünem Selleriesaft, um das Grauen hinunterzuspülen. »Prost!«

Das war der ungewöhnlichste Aperitif, den Carmen ihnen jemals kredenzt hatte. Sie hatte nicht zu viel versprochen. Der Ingwershot war furchtbar.

Marina spürte beim Schlucken in etwa den gleichen Widerwillen in der Kehle wie bei Tequila. Oder … Wenn man es genau betrachtete, tat sich bei der Konsistenz noch eine weitere Koinzidenz auf. Etwas, das sie seit ihrer frühen Jugend konsequent verweigerte.

Sie schüttelten sich synchron und langten nach dem Detoxdrink. Wer hätte gedacht, dass Selleriesaft sich wie Balsam für die Speiseröhre anfühlen würde?

»Gut, gell?«

Carmen schnappte sich die Karaffe und schenkte großzügig nach. Sie sah nicht den vieldeutigen Blick, denn Eva und Marina tauschten. Nach jahrzehntelanger Freundschaft konnten sie auch ohne viele Worte kommunizieren. Allerdings gab es hier auch nicht viel zu debattieren. Ein

Entsafter und Detox waren das weibliche Pendant zu einem Ferrari und der Midlife-Crisis.

»Dieses Jahr hast du dir für deinen Geburtstag ja mal was ganz anderes überlegt«, sagte Marina höflich.

»Ja«, antwortete Carmen. »Aber das war erst der Anfang.«

Kapitel 26

Faltenfrei mit Fabienne

»Ich hab' uns noch einen weiteren Gast für unser Detox-Wochenende eingeladen«, sagte Carmen und sonnte sich im Licht dieser Ankündigung. Normalerweise veranstaltete sie an ihrem Geburtstag ausschweifende Partys, doch für ihren dreiundvierzigsten hatte sie etwas Besonderes im Gepäck: ein Detox-Wochenende für sich und ihre Freundinnen. Dazu hatte sie einen ganz besonderen Kurs gebucht. Abgehalten wurde er von »Faltenfrei mit Fabienne«, einer Influencerin, die es dank ihrer glatten Haut auf Instagram zu großem Ansehen gebracht hatte. Die Dame verdiente ihre glutenfreien Brötchen damit, anderen Leuten ein Gesichtsmuskeltraining zu verkaufen. Ihr Credo lautete: Faltenfrei ist keine Hexerei, sondern TTK. Training, Technik und Konsequenz.

Fabienne würde bald zu ihnen stoßen und mit ihren schlaffen Visagen Gesichtsyoga praktizieren. Dieser Besuch würde Carmen zweifelsohne eine ordentliche Stange Geld kosten, doch das hatte der Stripper beim letzten Geburtstagsfest auch. Der gute Mann hatte als lebende Platte herhalten müssen und war von Food-Künstlerinnen mit Sushi und Maki belegt worden.

Marina erinnerte sich immer noch gerne an dieses Event. Es war ein befremdlicher, wenngleich auch herrlich dekadenter Schmaus gewesen. Carmen hatte sich die halbe Nacht durch rohen Fisch gekostet, bis ihr, zu späterer Stunde, der Sinn nach etwas Deftigem gestanden war. So wie es aussah, gab es dieses Jahr weder Würstchen noch Maki, sondern – Gwyneth sei Dank –zähflüssige Shots. Allein beim Gedanken daran musste sich Marina schütteln.

Ehe Carmen sie zu einem weiteren Detox-Drink nötigen konnte, klingelte es und die faltenfreie Fabienne stand vor der Tür. *Einen Sinn fürs perfekte Timing hat die Dame*, dachte Marina und lächelte der Influencerin dankbar zu.

Zwar würde sie es niemals freiwillig zugeben, doch Marina war selbst eine Abonnentin ihres Instagramkanals.

Laut Fabiennes Bio war sie stolze Fünfundvierzig, auch wenn man ihr dieses Alter nie und nimmer ansah. Sie sprach mit einem leicht slawischen Akzent und hatte lange dunkle Haare, die sich, dank Balayage, nach unten hin ins Blonde wandelten.

Sie schlüpfte aus ihren Stulpenboots und huschte unbeschuht, dafür mit Hochglanz-Kompressionsstrumpfhose und hautengem Bodycon Kleid ins Wohnzimmer. Sie war attraktiv, wenn auch auf eine aufdringliche Weise, die wie ein Bulldozer daherkam und einem förmlich von den Beinen riss. »Seid ihr bereit, die Falten in eurem Gesicht loszuwerden? Und das ganz ohne Skalpell und Botox?«, tönte sie vollmundig. Es war die gleiche reißerische Begrüßung, mit der auch alle ihre Videos begannen. »Gesichtsyoga ist der Schlüssel zur ewigen Jugend.«

Fabienne hatte einen knallroten Kosmetikkoffer von Louis Vuitton dabei. Er war aus Lackleder und rundherum mit dem Monogramm der Marke geprägt.

Sie öffnete ihn mit der Akribie eines Arztes, der zu einem Hausbesuch ausgerückt war. Anders als bei einem Doktor fanden sich in ihrem Sortiment allerdings Öle, Tapes, Roller und Spachteln aus Edelsteinen.

Fabienne blickte von einer zur anderen, dann blieb ihr Blick an Marina und Eva hängen. Sie zog eine Packung Feuchttücher hervor und streckte sie den beiden entgegen.

»Einmal abschminken, bitte.«

Eva und Marina standen vor Carmens Spiegel und wischten sich die Farbe aus ihren Gesichtern. Das Badezimmer ihrer Freundin glich einem Wellnesstempel, mit flauschigen Handtüchern, teuren Pflegeprodukten, Carrara-Marmor und Armaturen aus gebürstetem Stahl.

»Findest du Carmen in letzter Zeit auch irgendwie … verkrampft?«, flüsterte Marina. Eva nickte. »Sie hat ja schon immer gegen das Altern gekämpft, aber noch nie so extrem wie in letzter Zeit.«

»Wir müssen mit ihr reden!«

Die Umsetzung musste warten, denn von außen klopfte es an die Tür und Fabienne rief: »Ladys! Wir werden hier draußen nicht jünger.«

Zurück im Wohnzimmer ging es ans Eingemachte.

Unter Anleitung von Fabienne wurde gezupft, geknetet und gerollt. Gesichtsyoga bestand zu einem großen Teil aus Grimassen schneiden und Marina konnte sich das Lachen kaum verkneifen.

Nachdem sie dem Lymphstau und den Wassereinlagerungen den Kampf erklärt hatten, gelangten sie zum dritten Teil ihres Kurses, dem Taping. Dazu zauberte Fabienne die bunten Bänder hervor, die man sich bei Sportverletzungen auf die Knie, Arme oder den Rücken klebte. Nur, dass es hier dem Faltenwurf an den Kragen ging.

Fabienne demonstrierte an Carmen, wie es gemacht wurde und zurrte ihr Gesicht mit Tape zurecht.

»Wenn ihr das regelmäßig macht, ist es, als würde euch eine Fee in der Nacht besuchen und die Falten mit ihrem

Zauberstab glätten.«

Marina biss sich auf die Lippen. Dieser Vergleich war lächerlich und überhaupt sah Carmen aus, als hätte sie sich beim Ärgern die Stirn gezerrt. Just in diesem Augenblick ärgerte Carmen sich wieder, dieses Mal über Marinas hämisches Grinsen, doch das Tape saß bombenfest und die Zornesfalten hatten keine Chance.

Endlich war der Kurs vorüber und Fabienne fort, nun konnte der gemütliche Teil des Abends beginnen.

Carmen orderte chinesisches Essen für alle, etwas, das Marina im Burgenland vermisste. Nicht nur, dass man das Essen bis an die Haustür geliefert bekam, die Menschen, die es überbrachten, konnte sichtlich nichts aus der Ruhe bringen. Nicht einmal drei Frauen mittleren Alters, deren Gesichter mit bunten Klebestreifen in Form gezurrt worden waren. Zumindest ließ sich der Mann, der ihnen die Bestellung aushändigte, mit keiner Regung anmerken, dass er ihren Aufzug verstörend fand. Es stimmte wohl: Es gab nichts, was Ärzte und Lieferanten noch nicht gesehen hatten.

Sie schmissen sich in ihre Pyjamas, um es sich auf der Couch gemütlich zu machen und Schnulzen im Fernsehen zu schauen. Eva stimmte für *Stolz und Vorurteil*, Marina für *Schlaflos in Seattle*. Carmens Wahl würde die Entscheidung bringen.

Draußen war gerade die Sonne untergegangen und das nächtliche Wien entfaltete seinen Zauber.

Eva trug einen Zweiteiler, der aus einem Hängerchen und den dazu passenden Shorts bestand und mit halbierten Avocados bedruckt war. Wenn eine Frau um die vierzig freiwillig ein knisterndes Polyester-Gemisch trug, dann konnte es sich nur um ein Geschenk der eigenen Kinder handeln. So wie es aussah, hatten Evas Töchter bei Primark zugeschlagen und ihre Mutter mit Pyjama, Kimono, Patschen und passender Schlafmaske ausgestattet. Die Menge an Avocados, die Eva zu dieser Pyjamaparty mitbrachte, hätte jedenfalls locker gereicht, um das Superbowl-Finale mit Guacamole zu versorgen.

Allerdings wusste Marina selbst nur zu gut, dass man die Geschenke des eigenen Nachwuchses mit anderen Werten maß. Geschmack spielte dabei nur eine nachrangige Rolle. Glücklicherweise begnügte sich Gabriel noch damit, Bilder zu malen, deshalb trug Marina auch einen cremefarbenen Seidenpyjama von Lillysilk. Den hatte Oliver ihr zu Weihnachten geschenkt, nachdem Marina monatelang Hinweise gestreut hatte.

Doch im Vergleich zu Carmen waren sie alle Mauerblümchen. Sie trug ein rotes Negligé aus Seide und Spitze und darüber einen durchscheinenden Morgenmantel, der mit roten Federn verbrämt war. Das Tüpfelchen auf dem überladenen i waren die dazu passenden Kitten Heels. Wenn Joan Collins zu Denver-Clan-Zeiten eine Pyjamaparty veranstaltet hätte, dann hätte sie wohl genauso ausgesehen.

Da saßen sie also, Guacamole, Lillysilk und Midlife-Crisis, aufgefädelt auf dem Sofa, getapt wie Spitzensportler und kaum weniger gedopt nach den Unmengen an grünem Saft, den sie intus hatten. Sie genossen ihr Essen und tranken nun endlich Moët.

Eva und Marina warteten auf den rechten Moment, um ihrer Freundin auf den Zahn zu fühlen, doch dann kam ihnen ein Zufall zu Hilfe. Nach *Schlaflos in Seattle* und einer Flasche Schampus zerschmolz Carmen beim Abspann des Films zu einem schluchzenden Häufchen Elend. Der Grund hätte nicht willkürlicher sein können: Sie hatte im Abspann das Produktionsdatum des Films gesehen. 1993.

Damals waren nicht nur Meg Ryan und Tom Hanks noch jung gewesen, sondern auch sie.

1995 hatte Carmen den Film in einem Autokino in Groß-Enzersdorf gesehen, allerdings nur die erste Hälfte. In der zweiten Hälfte war sie auf der Rückbank eines Mazda 626 entjungfert worden. Das Auto war weinrot gewesen, mit grauen Stoffbezügen, die auf der Haut gekratzt hatten. Gehört hatte es Geri, den Carmen bei einem Zeltfest kennengelernt hatte. Der Bursche war ein paar Jahre älter gewesen und total scharf auf Autos und Carmen. Ausgesehen hatte er wie der junge Christopher Atkins aus der *Blauen Lagune*, weshalb Carmen ihm nicht minder verfallen war. So war ein Strohfeuer entbrannt, das den Sommer über hell loderte. Carmen hätte alles für ihn getan, sich seinen Namen in Großbuchstaben auf den Arm tätowiert oder ihm eine Niere gespendet. Was sie zu dem Zeitpunkt nicht gewusst hatte, war, dass Geri es nebenbei auch mit ihrer Freundin trieb.

Einen Herzschmerz-Herbst später hatte Carmen eine Freundin weniger, dafür hatte sie zwei wichtige Dinge fürs Leben gelernt. Erstens: Männer logen, um eine Frau ins Bett zu bekommen. Zweitens: Sie wollte zu der Sorte Frau gehören, wegen der die Männer Kriege führten. Danach war Carmens goldene Ära angebrochen. Zwei Jahrzehnte lang war sie Helena von Troja gewesen und die Männer hatten sich ihretwegen die Schädel eingeschlagen.

Heute, zwanzig Jahre später, war sie das Sonderangebot im Supermarkt, gebrandmarkt mit einem fetten roten Sticker, weil das Ablaufdatum beinahe erreicht war. Zu schade, um es wegzuwerfen, aber bereits um die Hälfte reduziert, in der Hoffnung, dass sich eine gute Seele ihrer erbarmte.

Sie war in die Jahre gekommen.

Wenn sie lachte, verzogen sich nur jene Teile in ihrem

Gesicht, die nicht mit Nadeln, Fillern oder Botox behandelt worden waren, alles andere blieb maskenhaft starr. Sie, die einstige Femme fatale, konnte keinen roten Lippenstift mehr tragen, weil er ihr dann in die schmalen Fältchen floss, die sich rings um die Lippen gebildet hatten.

Irgendwann in den vergangenen Jahren hatte sie sich in Luft aufgelöst. Männer flirteten nicht mehr mit ihr, starrten ihr nicht mehr hinterher und gaben ihr keine Getränke mehr aus. Dafür bandelten jetzt alte Säcke mit ihr an, die bereits seit über vierzig Jahren Schnauzer trugen, und Trachtenjanker und Jeans als jugendliches Outfit erachteten.

Marina griff nach Carmens Hand. Dass ihre Freundin etwas quälte, hatte sie gespürt, doch mit welcher Wucht dieses Elend nun aus ihr hervorbrach, damit hatte sie nicht gerechnet.

»Was ist los? Warum weinst du?«

Marina streichelte über ihre Schultern.

»Deswegen!« Carmen deutete enerviert um sich.

Augenblicklich folgte Marina ihrem Blick. Sie sah eine perfekte weiße Wohnung mit einer grandiosen Aussicht, Champagner, einem guten Essen und eine Frau in Gesellschaft ihrer besten Freundinnen.

»Ich glaube, ich verstehe nicht, wo das Problem ist.«

Carmen zog lautstark die Nase hoch. »Ich wollte eine Party«, erklärte sie, als wäre es ein ungeschriebenes Gesetz, dass an jedem ihrer Geburtstage ein rauschendes Fest stattfinden musste. »Aber niemand wollte kommen. Niemand! Ich hab' alle Kerle in meinem Telefonbuch angerufen, nicht einer hat Zeit. Und wisst ihr was? Erwin hat mich verlassen.«

»Vergiss den Idioten. Der hat dich doch gar nicht verdient«, sagte Marina. »Aber was ist mit diesem Jan? Deiner Begleitung bei unserem Season Opening? Der hatte doch alles, was man sich von einem Mann wünschen kann?«

Eva bekam einen knallroten Schädel und Carmen japste nach Luft. »Das war ein Callboy«, rief sie. »Ich hab' ihn dafür bezahlt, um mit mir hinzugehen.«

Nun sah Carmen endgültig rot. Sie sprang auf und riss sich mit einer dramatischen Geste die Tapes von der Stirn.

»All das hier bringt doch sowieso nichts.«

Einen Augenblick später rannte sie in die Küche, öffnete den Kühlschrank und holte die Karaffe mit Selleriesaft hervor, um ihn in den Abfluss zu kippen. Doch das verschmierte Glas entglitt ihr und die Karaffe zerschellte mit einem ohrenbetäubenden Knall am Fliesenboden.

Carmen stand zwischen den Spuren dieser Supergreen-Explosion. Der Anblick ihrer besudelten weißen Küche gab ihr den Rest.

»Ich bin so allein«, schluchzte sie, während sich Marina und Eva einen Weg zu ihr bahnten. »Eva hat Valentín und du Marina, du hast einen unglaublich heißen Lover. Und was hab' ich? Ich hab' nicht einmal mehr eine Karaffe.«

Sie blickte so traurig auf das Massaker in ihrer Küche, dass Marina ein winziges Lächeln entschlüpfte.

»Entschuldige«, flüsterte sie, spürte aber, wie das Lachen in ihrem Bauch anschwoll. Sie begann zu kichern.

»Es tut mir leid«, presste sie hervor, doch sie konnte sich nicht mehr halten. Genauso wie Eva, die sich die Hand vor den Mund presste, doch die Tränen, die über ihre Wangen perlten, verrieten sie.

»Das ist nicht lustig«, echauffierte sich Carmen, doch sie lachte längst selbst.

Zu dritt saßen sie nebeneinander auf dem klebrigen Küchenboden. In ihren Pyjamas, die allesamt mit Sellerie-Flecken überzogen waren, denn zuvor hatten sie die Scherben gemeinsam beseitigt. Die lagen nun im Mülleimer unter der Spüle, zusammen mit den bunten Tapes, die zuvor in ihren Gesichtern geklebt waren.

Sie hielten sich an den Händen und redeten. Über das Leben, über Freundschaft und die Tatsache, dass sie all die Jahrzehnte überdauert hatte. Älter werden war nichts für Feiglinge, dennoch war es ein tröstlicher Gedanke, dass sie auch diesen Weg gemeinsam beschreiten würden.

Kapitel 27

Der Abgang der Urlioma

August

Es war 16:00 Uhr und das Nachmittagstief hatte Marina fest im Griff. Sogar der doppelte Espresso wollte seine Wirkung nicht entfalten. Sie taxierte die Buchstaben ihrer E-Mail, die vor ihren Augen verschwammen. Es war an der Zeit, sich eine Brille zu besorgen, doch dazu war Marina noch nicht bereit.

Sie öffnete den Mund, doch das Gähnen blieb ihr im Hals stecken. Ein Schrei hallte durch das Headquarter und fuhr Marina durch Mark und Bein. Es war Frau Bela, die lautstark ihren Namen rief. Nein, aus voller Inbrunst brüllte!

Marina schnellte von ihrem Stuhl hoch. Gabriel war bei ihrer Mutter, dennoch galt ihre erste Sorge immer ihm. Sie riss die Tür auf und sah Frau Bela um die Ecke biegen.

»Die Urli is weg. Ich nix finden Frau Resl«, stieß sie hervor. Sie war sichtlich aufgeregt und verbuxelte die Worte in ihrem Mund. Zu ihrer eigenen Schande entspannte sich Marina augenblicklich.

»Beruhigen Sie sich, Frau Bela«, sagte sie. »Was genau ist passiert?« Tränen glitzerten in den Augen der Pflegerin. »War ich auf dem Klo und hab die Vogue gelesen«, gestand sie. Zwar war es Marinas Abo, dennoch hatte es sich eingebürgert, dass Frau Bela die Magazine als Inspirationsquelle für ihren Modekanal nutzte. Offensichtlich hatte die Ungarin über den Entwürfen der letzten Cruise Collection die Zeit übersehen. Als sie endlich die Spülung betätigt und die Toilette verlassen hatte, war die Urlioma weg. »Frau Resl schläft doch immer um die Zeit«, klagte sie und rang die Hände.

Marina bemühte sich um einen beruhigenden Klang ihrer Stimme. »Niemand macht Ihnen einen Vorwurf, aber wir müssen die Urli finden, bevor sie stürzt oder zur Straße gelangt.«

Zwar war die Straße nicht sonderlich frequentiert, dennoch gelang es erstaunlich vielen Katzen und Feldhasen, sich darauf überfahren zu lassen. Nicht, dass die Urlioma noch über ein ähnliches Talent verfügte.

Minuten später schallten Rufe durch das Weingut und alle Mitarbeiter halfen bei der Suche nach der Abgängigen. Das beste Mittel gegen das Nachmittagstief und wirkungsvoller als ein dreifacher Espresso.

Zwanzig Minuten später lief Marina ihrem eigenen Aufputschmittel direkt in die Arme. Sie und Luca trafen einander beim Schuppen hinter dem Urlioma-Haus. Ein windschiefer Bretterverschlag, in dem früher Brennholz gelagert worden war.

»Das ist Wahnsinn«, keuchte sie, als Luca sie in eine Ecke drängte, wo wilder Wein wucherte. Seine Hände und Lippen wussten mittlerweile nur allzu gut, was Marina gefiel. Seine Finger drangen in sie, spielten mit ihr auf eine Weise, die Marina nach Luft japsen ließ. Dieser Mann war ihr persönliches Kryptonit, er hatte die Macht sie zu ruinieren und dennoch war sie ihm mit Haut und Haaren verfallen.

Das Licht fing sich in seinen Pupillen, ließ sie glitzern wie an jenem ersten Tag im Stall, als Marina ihm das Weingut gezeigt hatte. In diesem Augenblick hatte sie das erste Mal geahnt, dass sie verloren war, wenn sie nicht augenblicklich das Weite suchte. Stattdessen hatte sie die Hand ausgestreckt und das Risiko in ihr Leben gezogen. Vielleicht war es auch diese bittersüße Gewissheit, die sie zwang, die Lust zu inhalieren.

Ihre Finger berührten seine Wangen, sie spürte die Bartstoppeln und das Prickeln unter ihren Fingerkuppen. Sie wanderte weiter, umkreiste seine Lippen, eine Sekunde später biss er zu. Der abrupte Schmerz ließ sie erschaudern. Sie krallte sich in seinen Nacken und nun war es Luca, der zusammenzuckte.

Ihre Blicke waren ineinander verkeilt. Luca fickte sie; hart und wild, doch es war die Art, wie er sie dabei ansah, die ihr unter die Haut ging. Er ließ sie in sein Innerstes blicken, seine Abgründe erkunden, als würde er kein bisschen die Gefahr fürchten, die diese Freizügigkeit mit sich brachte. Marina spürte die Sonne, die auf ihrer Haut brannte, das raue Holz an ihrem Rücken und das Brennen zwischen ihren Beinen, das sich wie eine Feuerwalze durch ihren ganzen Körper schob. Sie glühte in Lucas Armen und war bereit, dafür die Asche in Kauf zu nehmen, die ein Flächenbrand unweigerlich mit sich brachte. Sie hatte ihre Seele dem Teufel verkauft, der sie nun mit seinem Gift verführte.

Marinas Hände wanderten über seinen Rücken. Sie spürte die Muskelstränge, die sich rhythmisch bewegten. Sie öffnete den Mund, stöhnte auf, doch er verschloss ihre Lippen wieder mit einem innigen Kuss. Marinas Augen wanderten über das Areal, denn gefror ihr das Blut in den Adern.

»Es ist nicht das, was du glaubst«, stieß sie hervor. Das war der Moment, vor dem sie sich immer gefürchtet hatte.

Sie blickte in Resls Gesicht, deren Augen vor Überraschung weit aufgerissen waren. Nun wurde auch Luca auf die alte Frau aufmerksam, die ein Stück entfernt hinter ihm im Liegestuhl lag und einen hervorragenden Blick auf ihre Privatvorstellung hatte.

»Es war meine Schuld«, presste Luca hervor. Er war immer noch außer Atem und riss seine Hose hoch. »Ich habe Marina dazu genötigt. Ich habe sie bedrängt, es hier zu …« Er stoppte und realisierte, dass er das Gespräch in eine falsche Richtung trieb. Die Urlioma gab immer noch keinen Laut von sich, allerdings klappte ihr im Schneckentempo der Mund auf.

Auf ihrem Schoß lag zusammengerollt eine Katze. Sie streckte sich gähnend und sprang zu Boden. Dann kam sie näher und strich Marina und Luca um die Beine.

»Urlioma?« Marina trat einen Schritt näher. Sie hielt sich die Hand vor Augen, damit sie die Sonne nicht so sehr blendete. »Ist alles in Ordnung?« Marina spürte, wie ihre Knie nachgaben.

Sie blickte in das Antlitz einer Toten. Offensichtlich hatte sich die Urlioma hier in den Liegestuhl gelegt, die Sommerstimmung genossen und war von ihrem eigenen Tod überrascht worden.

Wenn sie Glück gehabt hatte, war sie mit einem letzten Blick auf eine blühende Wiese gestorben, wo sich Bienen und Schmetterlinge tummelten. Sollte es das Schicksal mit ihr weniger gut gemeint haben, dann war der letzte Anblick auf Erden Lucas nackter Arsch. Der Arsch eines Itakers, der mit der Frau ihres Enkels *Amore* machte. *Lecko mio!*

Marina weinte. Weniger, weil ihr das Scheiden der Uroma so naheging, sondern wegen ihrer eigenen Schuldgefühle.

»Mio caro«, flüsterte Luca und zog sie an sich. Sie spürte seine Lippen auf ihrer Stirn, während sie ihre Wange fest an seine Brust presste, unfähig, die Augen von der toten Resl abzuwenden.

Danach verlor sich alles in diffusem Nebel.

Marina und Luca teilten ihren makabren Fund mit den

übrigen Suchenden. Zuerst war die Aufregung groß, dann überwog die Fassungslosigkeit. Der Anblick der Toten, die gemütlich in ihrem Liegestuhl lag, war grotesk und Marina war erleichtert, als Resls Hausarzt kam, um hochoffiziell ihren Tod festzustellen.

Resl war an einem Mittwoch gestorben. Am Samstag stand Marina am offenen Grab und blickte in das Loch hinunter, in das die Urlioma gebettet werden sollte. Friedhöfe waren beklemmende Orte, besonders heute. Seit den frühen Morgenstunden ging ein feiner Nieselregen nieder. Die Regenwolken hingen tief und tunkten die Landschaft in ein verwaschenes Grau. Auf Marinas schwarzen Schirm prasselten die Tropfen ein und erzeugten ein konstantes Rauschen. Gemeinsam mit der Familie scharrte sich ein Grüppchen an Trauergästen rund um den jungen indischen Pfarrer, der seine erste Beerdigung absolvierte. In einem Singsang, der wenig an eine Grabrede erinnerte, sondern einem Sprechgesang aus Hindi, Latein und Deutsch ähnelte, spulte der Pfarrer seine Litanei herunter.

Die Erde war feucht, schlammig und bereit, die Leiche der Urlioma aufzunehmen.

Der Pfarrer sprach von Gottes himmlischem Reich und dass Resl Haas nun zu Rechten des Herrgotts saß. *Nun hat der das Gscher*, dachte Marina und bekreuzigte sich. Sie hob ihren Blick und sah Luca, dessen Augen auf sie gerichtet waren. Er war ihr Fels in der Brandung, sein Anblick spendete ihr mehr Trost, als sie wahrhaben wollte. Dass er zur Beerdigung gekommen war, berührte sie. Vermutlich plagte ihn ebenfalls das schlechte Gewissen, immerhin bestand die Möglichkeit, dass ihr Liebesspiel die gute Resl so geschockt hatte, dass … Marina schüttelte unmerklich den Kopf, um den Gedanken zu verscheuchen. Ihr Blick wanderte ein

Stück weiter zu Frau Bela, die sich in ein übergroßes Stofftaschentuch schnäuzte. Dieses Miststück! Wie sehr sich Marina doch in der Pflegerin getäuscht hatte. Sie hatte der Ungarin vertraut. Dass ausgerechnet Frau Bela zu ihrer Erpresserin geworden war, schmerzte sie zutiefst.

Keinen Tag, nachdem die Urlioma verstorben war, hatte sie Marina ihr Handy unter die Nase gehalten und durch etliche Bilder gewischt, die sie und Luca beim Liebesakt zeigten. Offensichtlich war der verwachsene Winkel hinter der Scheune doch nicht so uneinsichtig gewesen, wie Marina gedacht hatte.

»Will ich zehntausend Euro in Cash«, sagte sie. »Und Handtasche da. Oder zeige ich Ehemann.«

Weil die Bank erst wieder am Montag aufsperrte und Marina sich ohnehin überlegen musste, wie sie diese Transaktion begründen sollte, war Frau Bela vorerst nur mit der Louis Vuitton Neverfull abgezogen. »Wenn mir etwas passiert, sind Fotos in Tageszeitung«, hatte sie als Warnung hinzugefügt, als wäre Marina die Mafia. *Wenn es doch nur so wäre*, dachte sie und bedachte die Pflegerin mit einem giftigen Blick.

Dann war das Ende der Trauerfeier gekommen. Der Pfarrer sprach die letzten Worte und der Sarg wurde hinuntergelassen. Nun kamen Marina doch die Tränen. Zwar waren sie und Resl nie miteinander warm geworden, doch im Angesicht des Todes verlor vieles seine Bedeutung. Horst Junior war als Erster an der Reihe, um seine Mutter zu verabschieden. Er machte ein grimmiges Gesicht, langte nach einem Schäuferl voll nasser Erde. Der Klumpen pappte in die Grube und landete mit einem schmatzenden Geräusch am Holzsarg.

Marina und Oliver hielten sich bereit.

Marina fühlte Olivers Hand, die nach der ihren griff. Zwei

Sekunden, dann ließ er sie wieder los, als könnte er der Kälte ihrer Haut nicht ertragen. Marina spürte die Distanz mit jeder Faser ihres Körpers.

Oliver verabschiedete seine Oma, dann war Marina an der Reihe. Sie half ihrem Sohn Gabriel eine Rose in das Loch zu werfen, gefolgt von einem weiteren Lehmklumpen. Dann tat sie es ihm gleich.

Die roten Rosen auf dem braunen Sarg waren ein furchtbarer Anblick. Marina schluckte. Plötzlich versank der Absatz ihrer schwarzen Pumps im feuchten Untergrund und sie verlor den Halt. Sie ruderte mit den Armen, um ihr Gleichgewicht wiederzufinden. Luca war an ihrer Seite und fing sie auf. Sie lag in seinen Armen und fühlte sich geborgen. Vermutlich wäre die Vertrautheit zwischen ihnen aufgefallen, wenn nicht ein dumpfer Knall, gefolgt von hysterischem Geschrei, die Aufmerksamkeit der Trauergemeinschaft auf sich gezogen hätte.

Frau Bela lag zwei Meter unten auf dem Sarg, Nase an Nase mit ihrer ehemaligen Patientin und schrie Zeter und Mordio. Sie versuchte, auf die Beine zu kommen und scharrte mit ihren Schuhen über den glatten Holzsarg, den Regen und Erde in einen schlüpfrigen Untergrund verwandelt hatten. Je weiter sie sich aufrappelte, desto mehr Erdklumpen lösten sich und prasselten auf sie herunter. Das wiederum befeuerte Frau Belas Hysterie.

Geschieht dir recht, dachte Marina, während sie scheinbar betroffen in das offene Grab schaute und den Bergungsarbeiten der Sargträger zusah. Die wenigen Nachbarn, die der Wetterfront trotzten, standen mit gesenkten Köpfen da, krampfhaft darum bemüht, nicht loszuprusten. Denn eines war klar: Die Pflegerin, die ihrer betagten Patientin ins Grab folgte, würde noch lange in Pöttelsdorf und Umgebung die Runde machen.

***

Ein Stückerl abseits stand eine weitere Person, der ganz und gar nicht zum Lachen zumute war. Sie hatte genug gesehen. Die Art, wie Luca dieses Weibsbild hochgehoben hatte, und die Blicke, die sie dabei ausgetauscht hatten, waren eindeutig genug gewesen. So eine Vertrautheit gab es nicht zwischen Chefin und Praktikant.

Mit langen Schritten entfernte sich Renate vom Friedhof.

Nun wusste sie, warum Luca nie zurückgerufen hatte und konsequent all ihre Versuche, Kontakt aufzubauen, ignorierte. All das wegen Marina, dieser Schlange. Sie hatte ihn ihr weggenommen, doch so ließ Renate sich nicht behandeln.

Sie wusste genau, wie man sie hinter ihrem Rücken nannte, doch wer eine Granate mit Füßen trat, durfte sich nicht wundern, wenn sie einem um die Ohren flog. Renate lachte grimmig über ihren eigenen Witz, während sie bereits überlegte, wie sie Marina diesen Verrat heimzahlen würde.

Kapitel 28

Alte Feinde, neue Allianzen

Es war zeitig am Morgen. Oliver und Marina waren bereits aus dem Haus. Beide hatten sie berufliche Verpflichtungen und es war wieder einmal an ihr, Francesca, Gabriel in den Kindergarten zu bringen. Weil sie keinen Führerschein hatte, würde sie in die Pedale treten müssen, dabei hasste sie kaum etwas so sehr wie Rad fahren. Francesca hatte sich lange und hingebungsvoll beklagt, wie schlecht das Strampeln für ihre Knie war, bis es Oliver gereicht hatte und er ihr ein E-Bike spendierte. Seither war die Welt wieder in Ordnung. Sie hatte einfach den besten Schwiegersohn.

Francesca bog um die Ecke des Stalls, wo sie ihren motorisierten Drahtesel gesattelt hatte, als sie eine Bewegung am Parkplatz vor dem Weingut wahrnahm. Das war ungewöhnlich, denn Dienstbeginn war erst in einer Stunde. Gabriel konnte es auch nicht sein, der saß im Pyjama am Küchentisch und trank seinen Kakao. Francesca entdeckte einen Schatten, der in Richtung Villa huschte.

Es war Renate. Die Erkenntnis nahm Francesca zwar die Angst vor einem Einbrecher, schürte aber gleichzeitig ihren Argwohn.

Renate sah aus wie ein gehetztes Reh und blickte sich immer wieder suchend um. Instinktiv duckte sich Francesca hinter dem Rankgitter einer Wildrose.

Renate hielt vor dem Briefkasten, nestelte am Verschluss ihrer Tasche und zog einen Brief hervor. Ein letzter

Schulterblick, dann warf sie das Kuvert in den Schlitz. Als sie sich zum Gehen wandte, trat Francesca aus ihrem Versteck und rief ihr zu.

Renate zuckte auf eine Weise zusammen, die auch den letzten Gutmenschen von ihren schlechten Absichten überzeugt hätte.

Francesca ging auf sie zu, ein unschuldiges Lächeln auf den Lippen. »Wie geht es dir?«, begann sie ihr Gespräch, dessen Tonfall den Grundstein für einen lockeren Plausch legen sollte. »Dass du hier bist, kann ja nur einen Grund haben, gell? Du bist jetzt mit Luca zusammen.«

Renate presste die Lippen so fest aufeinander, dass jede Farbe entwich. »Äh ... ja, sind wir«, stammelte sie. »Liebe auf den ersten Blick.«

Bei dir vielleicht, dachte Francesca grimmig, nickte aber verständnisvoll. »Hab' ich eh gleich geahnt. Ihr zwei habt's euch ja von Anfang an so gut verstanden.«

Francesca wartete geduldig, während Renate sich eine holprige Entschuldigung zusammenschusterte und kehrtmachte. Sie schlenderte betont langsam davon, um nicht den Anschein einer Flucht zu erwecken. Nachdem Renate aus ihrem Sichtfeld verschwunden war, zerfloss das freundliche Lächeln auf Francescas Gesicht. Sie hielt auf den Briefkasten zu, öffnete ihn und zog das Kuvert hervor. Es war leicht auszumachen, immerhin war es das Einzige, dazu noch ohne Absender, adressiert an Oliver.

Ohne mit der Wimper zu zucken, riss Francesca den Brief auf und entfaltete das Schriftstück. Was dort stand, ließ ihr Herz einen Schlag lang aussetzen. Renate informierte Oliver über die Affäre seiner Frau und dem Praktikanten. Francesca überflog das Geschriebene ein paar Mal, dann zerriss sie das Papier in winzige Stücke.

Sie hatte lange zugesehen, zu lange, nun musste sie dringend handeln. Nicht auszudenken, welchen Schaden die Kindergartentante beinahe angerichtet hätte.

Francesca zog die Haustür auf und ging ins Innere. Nachdem sie die Papierschnipsel in ihre Handtasche gepackt hatte, trat sie zu ihrem Enkel.

»Los, mi caro. Zieh dich an, wir radeln heute ein bisschen früher in den Kindergarten. Ich muss ein Wörtchen mit Renate wechseln.«

Nachdem sie Gabriel in seiner Gruppe abgeliefert hatte, insistierte Francesca auf ein Gespräch mit der leitenden Pädagogin. Etwas, das Renate kaum ablehnen konnte, weil Francesca ihren Plausch mit folgenden Worten einleitete: »Ich weiß von dem Brief, den du Oliver Haas geschrieben hast.«

Minuten später standen sie draußen, hinter einer Hecke versteckt. Der Grund waren die weißen Kringel, die Renate in die Luft paffte.

»Mit dieser Scheiße will ich nichts zu tun haben«, sagte Renate und trat von einem Fuß auf den anderen. Sie schlang die Strickweste ein Stück fester um ihren Körper, vermutlich, um darin Schutz zu suchen, denn kalt war es an diesem Tag im August ganz sicher nicht.

Sie war sichtlich nervös, weil Francesca ihr die Konsequenzen ihres Briefs vor Augen geführt hatte. Allesamt Dinge, die sie bei ihrer Lieblingsserie *Vier Frauen und ein Todesfall* gelernt hatte. Freilich stimmte nichts davon. So ein lächerlicher Brief hatte keinerlei Konsequenzen, aber das musste Renate ja nicht wissen.

Dass ihre Worte die Wirkung nicht verfehlt hatten, erkannte Francesca daran, dass Renate plötzlich auffällig blass um die Nasenspitze war.

Francesca lächelte salbungsvoll. »Tja, Schätzchen, wer A

sagt, muss auch B sagen.« Sie liebte es, wenn sie sich weltgewandt präsentieren konnte. »Du hättest diesen saudummen Brief gar nicht erst schreiben sollen.«

»Ich wollte ja niemandem schaden«, jammerte Renate. »Aber wenn ich ihn nicht haben kann, dann soll sie ihn auch nicht kriegen.« *Eifersucht, ein Übel so alt wie die Menschheit*, dachte Francesca, die gerade einen Lauf hatte, was Eloquenz betraf. Genauso schlimm wie Dummheit; und beides hatte sie gerade vor Augen. Francesca zupfte ihrem Gegenüber einen Faden von der Weste und dachte nach. Das musste sich doch zu ihrem Vorteil nutzen lassen.

»Du hast recht. Ich werde Marina eindrücklich ins Gewissen reden, dass sie die Finger von deinem Freund lassen soll«, sagte Francesca.

»Hast du es denn immer noch nicht kapiert? Ich bin nicht mit ihm zusammen«, brummte Renate und genehmigte sich einen letzten tiefen Zug, ehe sie die Zigarette austrat. »Ich hab' das doch nur erfunden, … weil … weil ich gerne hätte, dass es so wär. Er g'fallt mir halt.«

Francesca lächelte durchtrieben. »Das, meine Liebe, wissen du und ich. Aber Marina muss es doch nicht wissen, oder?«

Renate schüttelte verständnislos den Kopf, sodass Francesca ihr den Plan erklärte, als würde sie Gabriel vor sich haben. Renate lauschte schweigend. Als Francesca fertig war, sagte sie: »Aber warum willst du das tun? Du bist doch ihre Mutter?«

»Eben«, erwiderte Francesca. »Und eine Mutter passt immer auf ihre Kinder auf, egal, wie alt sie sind oder welchen Blödsinn sie anzetteln.«

Renate zuckte die Achseln und nestelte in ihrer Handtasche. Sie kramte Mundspray, Kaugummi und ein Deodorant hervor und nebelte sich von Kopf bis Fuß ein. »Riecht man noch was?«, fragte sie und schnupperte prüfend an ihrem

Ärmel. Rauchende Kindergartenpädagoginnen waren nicht gerne gesehen.

Francesca sah ihr zu, wie sie wieder im Kindergarten verschwand, dann zog sie ihr Handy hervor und rief Edi an. Sie würde ihn um einen Gefallen bitten müssen.

***

Zur gleichen Zeit hatte Marina keine Ahnung von den Allianzen, die hinter ihrem Rücken geschmiedet wurden. Sie hatte sich heute Morgen, unter dem Vorwand eines dringenden Termins, aus dem Haus geschlichen und war nach Wien in die Wohnung gefahren. Nun lag sie in Lucas Armen. Der wiederum hatte Oliver, der in Johanns Armen lag, erklärt, dass er heute von zu Hause aus arbeiten würde. Papierkram, der liegengeblieben war. Oliver hatte es zur Kenntnis genommen. Dabei hatte er seltsam abwesend gewirkt, so als wären seine Gedanken ganz woanders gewesen. Das war gut, denn Luca hätte nur schwer erklären können, welche Art von Papierkram ein Praktikant zu erledigen hatte.

***

Der Tod der Urlioma lastete immer noch auf Marinas Seele. Mit der Endgültigkeit des Todes vor Augen war klar gewesen, wohin der Weg der Lebenden sie führen würde; nämlich geradewegs zu ihrem Liebhaber.

Doch wie sollte es mit ihnen weitergehen? Sie hatte der Lust die Tür geöffnet, doch auch die Liebe hatte sich ins Innere geschlichen. Seid sie sich dessen bewusst war, fühlte sich Marina in Lucas Gegenwart seltsam befangen.

»Das war nicht nur Sex«, hauchte sie.

»Das war es noch nie«, antwortete Luca schläfrig.

»Nein?« Marina bekam keine Antwort, denn plötzlich flog die Tür auf und Francesca stürmte ins Schlafzimmer.

»Più scemo non potevi nascere!«

Dümmer hättest du nicht geboren werden können.

Wie ein pummeliger Racheengel stand sie im Türrahmen und stierte ihrer Tochter entgegen. Marina riss die Decke hoch, um sich zu bedecken, und erwiderte ihren Blick. Die Dreistigkeit, mit der Francesca sich in ihr Leben einmischte, ließ sie vor Wut schäumen. Marinas Blick fiel auf die digitale Anzeige des Radioweckers. Es war kurz nach 11.

»Was zur Hölle machst du hier? Und wo ist Gabriel? Du sollst ihn doch vom Kindergarten abholen.«

»Gabriel ist unten im Auto.«

Marina schnappte nach Luft. »Du hast meinen Sohn in ein Auto eingeschlossen? Sag mal, hast du sie noch alle?«

»Ich geh' ja gleich wieder runter«, brummte Francesca und machte eine wegwerfende Handbewegung. »Außerdem ist er nicht allein. Der Birnbaum Edi ist bei ihm.«

»Was in aller Welt macht Stummelfinger Edi bei meinem Kind?«

»Na aufpassen, damit er nicht allein ist, Herrgott, wie begriffsstutzig kann man denn sein? Er hat mich herge-fahren. Aber jetzt lenk nicht vom Thema ab.« Sie musterte Luca mit zusammengekniffenen Augen, so wie man Unge-ziefer betrachtete, das man zufällig entdeckt hatte.

Wie immer, wenn sie aufgeregt war, begann sie Italienisch zu sprechen. Dabei fuchtelte sie mit den Händen und rang die Arme, als würde sie die Jungfrau Maria um Beistand an-rufen. Luca, ebenfalls ein waschechter Italiener, fiel in diesen Singsang mit ein, sodass unzählige *Mamma Mias* ausgestoßen wurden.

»Buona a nulla«, nannte ihn Francesca, einen Nichtsnutz. Dann rief sie alle Schimpfwörter, die ihr einfielen. Das waren erstaunlich viele. Geläufig waren Marina aber nur *Caca cazzo, Sazzone* und *Cane brutto*, also Arschgeige, Trottel und hässlicher Hund.

Luca schwang sich aus dem Bett. Er war nackt und seine Hand bedeckte nur das Nötigste. Er fischte nach seiner Unterhose und streifte sie über. Dieser Anblick brachte sogar Francesca kurz aus dem Konzept, allerdings hatte sie sich gleich wieder unter Kontrolle.

Marina kletterte ebenfalls aus dem Bett, wenngleich etwas weniger elegant. Sie stand vor ihrer Mutter, die Decke um ihren nackten Körper geschlungen und hielt deren vorwurfsvollen Blicken stand.

»Ich glaube, es ist besser, du gehst jetzt«, sagte Marina zu Luca, ohne ihn anzusehen. »Ich muss mit meiner Mutter unter vier Augen sprechen.« Diese Formulierung klang unerhört kühl, doch Marina wollte nicht, dass Francesca bemerkte, wie innig ihre Beziehung eigentlich war. Sie selbst hatte erst begriffen, dass hier Liebe im Spiel war, doch das ging ihre Mutter rein gar nichts an.

Ihr Tonfall missfiel Luca sichtlich, denn er packte wortlos seine Sachen, machte kehrt und stakste aus der Wohnung. Dabei pfefferte er die Eingangstür so heftig ins Schloss, dass Marilyn neuerlich einen Abgang machte.

Nachdem Marina sich angezogen hatte, trat sie zu ihrer Mutter in die hässliche kleine Küche. Die hatte ihnen bereits Kaffee gekocht und in zwei Tassen gegossen.

»Das wird Renate hart treffen, dass du es mit ihrem Freund treibst.« Diese Feststellung brachte Marina aus dem Konzept. »So ein Unfug, die beiden sind nicht zusammen.«

Francesca zog in gespielter Überraschung die Augenbrauen hoch. »Woher willst du das wissen, hm? Weil dir das dieser Casanova gesagt hat? Der lügt doch wie gedruckt. Seit der Faschingsfeier ist die Renate bis über beide Ohren verliebt. Sie hat sogar ein Pärchenbild als Hintergrundbild am Handy. Hab' ich erst heute selbst gesehen.« Marina presste ihre Hand auf den Bauch. Diese Information schlug ihr gehörig auf den Magen. Würde Luca sie wirklich so hintergehen? Ihr Gefühl brüllte ganz laut nein, allerdings war sie es selbst gewesen, die immer wieder beteuert hatte, dass sie nichts Festes von ihm wollte.

Kapitel 29

Kleine Wunder

Marina saß in ihrem Auto und fuhr durch die verschlafene Gegend im Grenzgebiet zwischen Ungarn und Österreich. Ihr Handy piepste. Vielleicht war sie bereits in Ungarn, denn sie hatte eine SMS erhalten, die sie über mögliche Roaminggebühren informierte.

Ein Name leuchtete am Bordcomputer auf. Es war ihre Mutter. Marina drückte sie weg, doch Francesca blieb stur.

Nächster Anruf. Wieder abgelehnt.

Seit der Aufdeckung ihrer Affäre hatten die beiden kein Wort miteinander gesprochen. Wenn es nach Marina ging, würde das auch noch eine ganze Weile so bleiben, doch ihre Mutter war hartnäckig. Entnervt drückte Marina schließlich auf den grünen Kreis.

»Was willst du?«

»Wissen, wo du bist«, antwortete Francesca schnippisch.

Marina blickte sich um. »Ich wüsste nicht, was dich das angeht. Oder möchtest du mir wieder hinterherspionieren?«

Francescas Worte klangen seltsam abgehackt. »Frau Bela sucht nach dir.«

»Scheiße!« Marina schlug mit der flachen Hand auf das Lenkrad. Sie hatte vergessen, dass heute der Termin zur Geldübergabe war. Wenn man es genau nahm, war er seit zehn Minuten verstrichen.

Die ehemalige Pflegerin der Urlioma hatte Marina übel mitgespielt. Grund genug, die falsche Schlange davonzujagen, ihre Dienste wurden nicht mehr benötigt. Oliver plante,

Resls Häuschen abzureißen und stattdessen einen kleinen Ferienbungalow zu errichten. Airbnb war mittlerweile auch im Burgenland angekommen.

Mit dem morgigen Tag wäre Marina ihre Erpresserin los gewesen, doch Francesca hatte ihre Pläne durchkreuzt. Sie hatte Frau Bela angeboten, die alte Wiener Stadtwohnung zu beziehen. Die Miete hatte sie so günstig angesetzt, dass Frau Bela gar nicht anders konnte, als dieses Angebot anzunehmen.

Auf diese Weise war beiden Damen geholfen.

Frau Bela hatte wieder ein Dach über dem Kopf und Francesca suhlte sich in der Gewissheit, dass sie das Liebesnest ihrer Tochter zerschlagen hatte.

»Die Verbindung ist schlecht, bist du noch dran?«, fragte Francesca.

»Ja. Hör zu, du musst zwei Dinge für mich erledigen. Gib Francesca einstweilen deinen Schlüssel«, sagte Marina. Ihrer baumelte am Schlüsselbund, irgendwo zwischen Österreich und Ungarn.

»Geht nicht«, antwortete Francesca. »Der liegt noch in der Wohnung. Hab' ihn letztens dort liegenlassen. Euer Anblick hat mich verstört.«

Marina fletschte die Zähne. Es gab noch einen dritten Abzug, aber den hatte Luca. Den würde Francesca ihm nun abnehmen müssen, denn der Deal mit Frau Bela durfte nicht scheitern. Das Letzte, das Marina im Moment brauchte, war, dass die Fotos ihres Seitensprungs an die Öffentlichkeit gelangten.

»Ich schaffe es nicht rechtzeitig zurück. Hol dir von Luca bitte den Schlüssel. Diskret! Dann gibst du ihn Frau Bela, zusammen mit dem orangenen Kuvert, das sich in meinem Büro, in der obersten Schublade meines Schreibtisches befindet. Verstanden?«

Wie immer, wenn Ruhe und Konzentration angebracht waren, entschied sich Francesca für das Gegenteil. Sie plapperte laut vor sich hin und strapazierte Marinas Nerven.

»Nein, es hat dich nicht zu interessieren«, knurrte sie. »In dem Kuvert befindet sich lediglich eine kleine Starthilfe.«

Die Worte verwandelten sich in ihrem Mund in eine ätzende Flüssigkeit. Was sie hier als lapidare Aufwendung herunterspielte, waren in Wirklichkeit zehntausend Euro, die Marina ihrer Erpresserin in den Rachen kippte.

»Nein, Mutter, du sollst die Scheine nicht nachzählen. Du machst das Kuvert gar nicht erst auf.«

Marina verspürte das Verlangen, sich die Haare zu raufen und laut zu schreien. Stattdessen zwang sie sich zur Ruhe und sagte: »Ich muss jetzt Schluss machen, ich habe noch etwas Dringendes zu erledigen. Das kann nicht warten.«

Diese Erledigung war der Grund, warum sie sich in diesem Niemandsland befand und sogar das Treffen mit Frau Bela vergessen hatte.

Marina stieg aus dem Wagen und blickte sich in dem verschlafenen Nest um. Sie befand sich in einem Vorort von Sopron. Keine Menschenseele war zu sehen. Genau deshalb war sie hergefahren.

Sie betrat einen altmodischen Drogeriemarkt und lauschte dem Glöckchen, das über der Tür hing und leise bimmelte.

»Szia«, sagte Marina zu der Verkäuferin, die ihr freundlich entgegenlächelte. Es war eines der wenigen ungarischen Wörter, das sie kannte. Das war nicht weiter schlimm, weil viele Menschen in dieser Gegend Deutsch sprachen.

Marina ging durch die schmalen Gänge und blickte sich um, als es abermals in ihrer Tasche vibrierte. Sie zog ihr Handy hervor und las Lucas Name. Verärgert drückte Marina ihn fort. Waren heute alle verrückt geworden? Sie hatte ihm oft genug eingeschärft, dass er sie nicht auf diese Weise kontaktieren sollte. Wie hätte sie auch Oliver erklären sollen, dass sich der Praktikant des Weinguts bei ihr meldete?

Ähnlich wie ihre Mutter zuvor, ließ sich auch Luca nicht abwimmeln, weshalb Marina sich ihrem Schicksal ergab.

»Ciao Luca. Come stai?«

Luca redete leise und schnell, so als ob er fürchtete, jeden Moment entdeckt zu werden. Immer wieder fiel das Wort Schlüssel. Offensichtlich hatte Francesca ihn bereits aufgesucht. Es krachte und rauschte in der Leitung, dann hörte Marina: »... Bist du sicher?«

Nein, sie war im Moment alles andere als sicher, doch das war eine andere Geschichte. Entnervt kämpfte sie gegen das Funkloch. Marina schaute auf ihr Handy und sah sich nach einem Winkel um, wo sie besseren Empfang hatte, allerdings vergeblich.

»Luca, ich muss Schluss machen«, sagte sie nach einer Weile. Stille herrschte am anderen Ende der Leitung.

Marinas Blick fiel auf die Packung vor ihr und erinnerte sie daran, weswegen sie das Land verlassen hatte.

»Reden wir später, okay?« Es knackte abermals in der Leitung, dann erklang das Freizeichen. Entweder war die Verbindung abgerissen oder Luca hatte aufgelegt.

Marina legte ihren Einkauf auf die Theke und sah zu, wie die Verkäuferin die Packung einscannte. Die Kassiererin strahlte sie verzückt an. Sie sagte etwas, das Marina nicht verstand. Als sie die ratlose Miene ihrer Kundschaft sah, versuchte sie es mit Deutsch.

»Du guter Hoffnung?« Marina zuckte die Achseln.

»Dürfte ich vielleicht Ihr WC benutzen?«

Minuten später hockte Marina auf der türkisfarbenen Klobrille und wartete. Über ihr prangte eine Deckenlampe, die wie eine herabhängende Brust aussah. Booblamp nannte man sie im Englischen. Zu Recht, wie Marina fand. Mit tränenverschleiertem Blick stierte sie auf das Ergebnis. Vielleicht hatte sie sich doch geirrt? Immerhin hatte sie diesen Test nur gemacht, um sich zu beruhigen. Ihre Periode war schon länger überfällig, doch Doktor Moser bezeichnete Zyklusschwankungen als vollkommen normale Begleiterscheinung der Perimenopause.

Nein, die zwei Striche wurden sogar noch intensiver. Zwei fette blaue Balken prangten auf dem Teststreifen.

Ironie des Schicksals. Monatelang hatte sie auf den Hauch einer zweiten Linie gehofft und war jedes Mal aufs Neue enttäuscht worden. Ausgerechnet jetzt, nachdem sie ihren Kinderwunsch zu Grabe getragen hatte, erdreistete sich das Schicksal, ihn ihr zu erfüllen. Sie war schwanger, vom falschen Mann, denn Oliver schied als Vater aus. Seit der niederschmetternden Diagnose hatten sie keinen Sex mehr gehabt.

In wenigen Monaten würde sie zum zweiten Mal Mutter werden. Ein Baby, ihr Baby würde es sein. Das Kind, auf das sie sich so lange gefreut hatte, das sie bereits aufgegeben hatte. Es war ein Geschenk, dessen war sich Marina bewusst, wohl aber auch über die Konsequenzen, die es mit sich bringen würde.

Eine gute Stunde später stand sie vor dem Kirchenwirt in Zemendorf. Am Weingut hatte sie Luca nicht angetroffen, also konnte er nur hier sein. Am helllichten Tag hier aufzukreuzen, würde zweifelsohne die Gerüchteküche befeuern, doch in ein paar Monaten würde ihre Babykugel dasselbe tun.

Wie würde Luca auf die Nachricht seiner Vaterschaft reagieren? Marina hoffte auf das Beste, doch ihr mulmiges

Bauchgefühl ließ sich nicht abschütteln.

Just als Marina auf die Tür zu den Gästezimmern zuhielt, schwang sie auf und Renate trat ins Freie. Aufgemaschert und in ihrer Ausgehuniform: hautenge Acid Wash Röhrenjeans und ein wild gemusterter Blazer von Desigual.

Marina und Renate starrten einander aus weit aufgerissenen Augen an und riefen synchron: »Was machst du hier?«

Da Marina ohnehin nicht gewusst hätte, was sie auf diese Frage antworten sollte, ließ sie ihrer Kontrahentin den Vortritt.

»Seit deiner Faschingsfeier sind Luca und ich ein Paar«, flötete Renate. »Ich könnte nicht glücklicher sein!«

Mit einem Schlag wurde die Welt dunkel. Marina sah rot und schubste Renate grob beiseite. Die rief ihr hinterher, aber Marina hörte nicht hin. Sie lief nach oben in den 1. Stock und hämmerte gegen Lucas Zimmertür.

Luca riss die Tür auf. »Hast du noch etwas vergessen? Oh! Mit dir habe ich nicht gerechnet.«

Sein Gesicht drückte Überraschung und Unbehagen aus. Dieses indirekte Geständnis schlug dem Fass den Boden aus und Marina verlor endgültig ihre Fassung.

»Du betrügst mich mit Renate? Streite es bloß nicht ab, ich hab' sie gesehen.«

»Spionierst du mir hinterher?«

»Natürlich nicht! Das muss ich auch gar nicht, du machst es mir ja einfach, über deine dunklen Geheimnisse zu stolpern.«

Luca kniff die Augenbrauen zusammen. »Du wolltest doch keine Beziehung.«

»Und du schon?«, fragte Marina und fixierte seine Augen. »Wünschst du dir eine Familie? Eine Frau ... ein Kind?«

Bitte sag Ja! Marinas Stimme klang brüchig. Es war ein Kopf-an-Kopf-Rennen, Furcht und Hoffnung lagen in ihrem Inneren gleich auf und Lucas Reaktion würde alles entscheiden.

»Mamma mia, ich will beides nicht«, fuhr Luca auf.

»Ich bin zufrieden, so wie es ist.«

Die Furcht hatte gewonnen, die Hoffnung war gescheitert und musste nun Spott und Häme ertragen. Luca machte einen Schritt auf sie zu, aber Marina schnellte zurück.

Ihre Probleme lagen auf der Hand:

1. Luca wollte nichts Festes. 2. Er traf sich auch mit anderen Frauen, weil er Punkt 1 verdammt ernst meinte. Es war ein teuflischer Kreislauf, der nur Verletzung und Leid zur Folge haben konnte.

Renate mochte blind genug vor Liebe sein, doch sie, Marina, würde sich nicht auf dieses perfide Spiel einlassen.

»Ich verstehe«, sagte sie gedehnt, »und ich hoffe, du verstehst, dass wir das Ganze hier und jetzt beenden müssen.«

Marina drehte sich auf dem Absatz um und ging.

Mit jedem Schritt wurde die Kluft zwischen dem, was war, und dem, was hätte sein können, größer.

***

In derselben Nacht kündigte Luca sein Zimmer und hinterließ Oliver eine Nachricht, dass er aus persönlichen Gründen nach Italien zurückkehren würde. Am nächsten Morgen wählte Oliver Lucas Nummer, doch nur noch der Anrufbeantworter sprang an.

Wie ein Phantom war Luca aus Marinas Leben verschwunden und hatte nur verbrannte Erde zurückgelassen.

Kapitel 30

Wenn der Blitz zweimal einschlägt

Ende August

Francesca saß im Gartensessel der Eisdiele und sog am Strohhalm ihres Eiskaffees. Zum wiederholten Male ordnete sie die weißen Plastikfransen, die die gelbe Plastiktischdecke säumten. Sie befand sich im Stadtkern von Mörbisch, unweit des Neusiedlersees. Hier gab es eine köstliche Malakofftorte, aber das jüngst Erlebte schlug Francesca immer noch schwer auf den Magen. Sie hatte keinen Hunger und das wollte schon etwas heißen.

Obwohl man den See nicht direkt sehen konnte, trug der Wind den Geruch des stehenden Gewässers mit sich. Der Sommer befand sich auf seinem Höhepunkt, doch die Störche sammelten sich bereits für ihren Flug gen Süden.

Die meisten Touristen brutzelten bereits im Strandbad des Neusiedlersees. Nur ein paar Senioren schlenderten mit ihren Digitalkameras durch den Ort. Sie steckten zumeist in beigen Leinenhosen und Klettsandalen und knipsten wahllos die Weingärten, die Heurigen, das Schilfufer und die Störche.

Francesca war mit dem Taxi hergefahren, um das Sommerhäuschen von Edis Familie zu putzen. So hatten sie und Edi sich kennengelernt. Er hatte nach einer Putzfrau gesucht, die gelegentlich im Bungalow seiner verstorbenen Eltern nach dem Rechten sah. Ohne Rechnung, dafür mit Handschlagqualität. Ein Angebot, das Francesca mehr als gelegen gekommen war. Sie hatte mehrere solcher Arrangements mit Personen, die ihr nach getaner Arbeit einen Umschlag mit ein paar Zehnern zusteckten. Nur der Edi war einen Zacken großzügiger gewesen und hatte sie mit Hundertern bezahlt, aber er hatte auch bei ihr landen wollen.

Jetzt bezahlte er sie freilich nicht mehr, das wäre auch unschicklich gewesen, denn dann wäre sich Francesca irgendwie billig vorgekommen. Sie hatte lange überlegt, ob sie auf Edis Avancen einsteigen sollte, der Einkommensverlust wog schwer. Francesca bezog nur eine niedrige Pension und da war jeder Cent, der sich dazuverdienen ließ, Gold wert. Deshalb war sie auch doppelt froh, dass Frau Bela eingewilligt hatte, die Wiener Wohnung zu beziehen. Das hatte nämlich viel guten Zuredens bedurft. Warum die Ungarin sich so geziert hatte, konnte Francesca nicht verstehen. Immerhin war es ja nicht so, als würden sich ihre erwachsenen Töchter darum reißen, die Mama wieder bei sich aufzunehmen, bis sie einen neuen Job gefunden hatte.

Mattersburg und Mörbisch trennte zwar nur eine gute halbe Stunde Fahrzeit, dennoch kam Edi so gut wie nie hierher. Stattdessen hatte er angefangen, das Häuschen zu vermieten.

Edi hatte etwas von einer Plattform und privater Zimmervermittlung gefaselt, aber wirklich schlau war Francesca nicht daraus geworden. Sie wusste nur, dass das alte Häuschen eine Goldgrube war. Vielleicht sollte sie ihre Wiener Stadtwohnung auch in ein Ärbi-und-Bi verwandeln, sobald Frau Bela wieder ausgezogen war, überlegte Francesca. Sie hatte nämlich betont, dass sie nur kurz bleiben wolle.

Vom aufflammenden Geschäftssinn getrieben, vergaß Francesca kurz, warum sie eigentlich hier saß, nämlich, um ihre schreckliche Entdeckung zu verkraften. Doch nun fiel es ihr wieder ein und sogleich begann ihre Hand zu zittern.

Sie griff nach dem Eiskaffee, der herrlich nach Vanilleeis schmeckte, um ihre aufgewühlten Nerven zu beruhigen.

Jemand hatte kurzfristig eine Übernachtung in Edis Ferienhäuschen gebucht. Deshalb war Francesca mit dem Taxi hergefahren, um nach dem Rechten zu sehen. Manche Mieter hinterließen nämlich einen regelrechten Saustall. Wegen eines Lkw-Unfalls auf der B52 und einer großräumigen Umfahrung war Francesca aber beinahe zu spät gekommen. Wie ein Wirbelwind war sie durch den Bungalow gefegt, hatte gesaugt und abgestaubt und den Schlüssel für die Gäste unter die Türmatte gelegt, als auch schon ein Auto mit Wiener Kennzeichen vorgefahren war. Normalerweise hätte Francesca die Gäste begrüßt und sich im Anschluss ein Taxi gerufen, doch beim Anblick der beiden hatte Francesca eine andere Vorgehensweise gewählt. Sie war im Vorzimmer gestanden, dann aber zur Terrasse hinausgestürmt, die sich auf der Rückseite befand und in einen verwachsenen Garten führte.

Dort verharrte sie einige Momente und zweifelte ernstlich an ihrem Verstand. Denn das, was sie zu sehen geglaubt hatte, war schlicht unmöglich! Es konnte nur eine Verwechslung sein. Um sich selbst Lügen zu strafen, harrte Francesca auf der Terrasse aus, um sich mit eigenen Augen von ihrem Irrtum zu überzeugen. Vorsichtig lugte sie durch eines der Fenster ins Innere des Wohnzimmers, das gerade von einem schmächtigen, unscheinbaren Mann betreten wurde. Dieser Kerl interessierte sie nicht. Dafür der Mann, der hinter ihm den Raum betrat, umso mehr. Es war Oliver, ihr eigener Schwiegersohn, der seine Reisetasche abstellte und sich zu dem anderen umwandte.

Dann geschah das Unglück. Oliver stolperte und stürzte so unglücklich, dass seine Lippen genau auf dem Mund des anderen landeten. Das oder die beiden küssten sich.

Francesca klappte ebenfalls der Mund auf, allerdings nicht aus Wollust, sondern aus schierer Fassungslosigkeit, denn die beiden fielen regelrecht übereinander her. Bald waren sie splitterfasernackt, sichtlich erregt und bereit, den nächsten Schritt zu tun.

Francesca hatte genug gesehen. Sie zog den Kopf ein und robbte unterhalb des Fensters davon, ehe sie sich durch den Garten davonstahl.

Ein Seitensprung war eine Sache, aber eine Affäre mit einem Mann? Wie in Trance war Francesca durch Mörbisch gewandert, auf der Suche nach etwas Zuckrigem, um diesen Schock zu verarbeiten. Sie hatte sich einen Eiskaffee bestellt, um sich in geschmolzenem Vanilleeis, Schlagobers und Selbstmitleid zu suhlen.

Francescas Leben war so schön, da beschlossen ihre Tochter und deren Ehemann ihr aller Glück zu torpedieren. Was stimmte nur nicht mit den Menschen? Dass die Welt scheinheilig war, hatte Francesca gewusst, doch wie schlimm es tatsächlich um sie stand, das hätte sie sich selbst in ihren kühnsten Träumen nicht ausmalen können.

Während Francesca überlegte, was sie nun tun sollte, manifestierte sich zunehmend ein Gedanke in ihrem Kopf. Dem Schuft in den Hintern treten, das würde sie tun. Immerhin war es ihr gelungen, Luca zu vertreiben, dann würde sie es auch mit diesem Würstchen von einem Mann aufnehmen können. Francesca konnte sich keinen Reim darauf machen, was Oliver an ihm fand. Immerhin war ihre Tochter eine Vollblutfrau und dieser Kerl bestenfalls ein Fähnlein. Und Geschlecht hin oder her, es kränkte Francesca, dass Oliver sich anmaßte, ihre Tochter mit solch einer halben

Portion zu betrügen.

Nun, da sie sich zu einer Handlungsweise durchgerungen hatte, fühlte sie sich gleich ein bisschen besser. Sie winkte dem Kellner und orderte doch ein Stück Malakofftorte. Einerseits, weil sie ohnehin warten musste, bis Oliver sein Dessert vernascht hatte, und andererseits, weil ein kleiner Seelentröster nie schadete. Denn das, was sie vorhatte, würde sie genug Nerven und Zivilcourage kosten.

Eine Dreiviertelstunde später klingelte Francesca bei Edis Elternhaus. Zwar stand die Eingangstür ein Stück offen, doch ohne Voranmeldung einzutreten, geziemte sich nicht. Außerdem hatte Francesca keine Ahnung, wie viel Zeit man für gleichgeschlechtliche Zärtlichkeiten einplanen musste. Sie wusste nur, dass sie für heute bereits genug nackte Männerhintern gesehen hatte. Aus dem Inneren schallte eine bekannte Stimme:

»Geld liegt draußen. Passt schon so. Stellen's die Pizzen einfach ab.« So sehr war Oliver also daran gelegen, von niemandem gesehen zu werden. Da Francesca nichts auf diese Vorsichtsmaßnahme gab, klingelt sie ein weiteres Mal. Diesmal eine Spur resoluter.

Im Inneren erklangen Schritte, dann erschien ein gelöst wirkender Oliver im Türrahmen. Er trug lediglich einen Bademantel mit nichts als seiner nackten Haut darunter. Das sah Francesca, weil Oliver ihn äußerst schlampig zugebunden hatte.

Als Oliver seine Schwiegermutter sah, verschwand das Lächeln aus seinem Gesicht. »Was machst du hier? Solltest du nicht auf Gabriel aufpassen?« Francesca schüttelte den Kopf.

Wie ähnlich waren sich Marina und ihr Ehemann eigentlich? Sie hatten zur gleichen Zeit Affären und stellten dieselben dämlichen Fragen.

»Kindergarten«, murmelte sie lakonisch. »Und falls du wissen willst, was ich *hier* mache: Ich habe das Haus vom Birnbaum Edi auf Vordermann gebracht, damit du in einem sauberen Umfeld mit deinem Lover vögeln kannst.«

Oliver kullerten beinahe die Augen aus dem Kopf.

»Das stimmt nicht!« Er zog das Band seines Bademantels strammer und eilte zu Francesca. Er schnappte ihren Arm und zerrte sie in einen Teil des Gartens, der zwischen den wild wuchernden Stauden kaum einsehbar war.

»Das sind haltlose Anschuldigungen. Ich bin doch nicht schwul!«

»Tja, die Bilder auf meinem Handy beweisen das Gegenteil«, log Francesca und stierte ihm forsch ins Gesicht. Sie konnte zusehen, wie Olivers rosige Gesichtsfarbe immer mehr ins Gräuliche kippte. »Und was hast du jetzt mit diesen Bildern vor?«, fragte er scharf.

»Na was wohl, ich zeig sie Marina, wenn du deine Affäre nicht sofort beendest.«

»Gib mir noch zwei Wochen, in Ordnung? Weil das hier wird sowieso nichts Ernstes.«

Nun war es Francesca, die verblüfft die Augen aufriss. Wo, in drei Teufels Namen, waren heutzutage die reumütigen Sünder geblieben? Weder Marina noch ihr Ehemann zeigten sich sonderlich geknickt darüber, dass sie ihr Ehegelöbnis mit Füßen traten.

»Eine Woche«, knurrte Francesca. Immerhin hatte Oliver ihr ein schweineteures E-Bike gekauft, da musste sie wohl oder übel auch ein wenig Kompromissbereitschaft zeigen. Oliver kniff zwar die Lippen aufeinander, nickte jedoch. Dann reichten sie einander die Hände und besiegelten ihre Abmachung.

***

Eine Woche, das war nicht viel Zeit. Oliver überlegte. Nun, da er von der verbotenen Frucht genascht hatte, spürte er, dass er nie wieder darauf verzichten wollte. Zwar war Johann nicht ganz nach seinem persönlichen Gusto, aber er lebte bereits sehr lange ein heimliches Doppelleben, ohne dass seine Ehefrau davon Wind bekommen hatte. Vielleicht konnte er sich von ihm ein paar Tipps holen, bevor er ihm den Laufpass gab? Vielleicht hatte er ja sogar besonders viel Glück und die Tipps ließen sich auch auf naseweise Schwiegermütter ummünzen?

Eine Ironie des Schicksals war, dass Oliver just in diesem Augenblick über Glück nachdachte, ohne zu begreifen, dass er gerade ein riesiger Pechvogel war. Denn neben dem geöffneten Badezimmerfenster, aus dem immer noch das Rauschen der Dusche drang, stand Johann und belauschte jedes Wort.

***

Johann fletschte die Zähne, während er seine Schlüsse aus dem Gehörten zog. Wenn Oliver ihn abservierte, bevor er die zehntausend Euro von seiner Gattin eingesackt hatte, dann war möglicherweise alles umsonst gewesen. Wer wusste schon, ob Marina ihn danach noch bezahlte? Doch Johann hatte plötzlich eine Idee, denn so wie es aussah, war bei den Haas' noch viel mehr zu holen. Ihm blieb eine Woche, um Oliver mit der Anonymität und der Schamlosigkeit der Großstadt bekannt zu machen. Es war höchste Zeit, härtere Geschütze aufzufahren.

Dinner for two

Zwei Tage später

Marina verließ das Babymodengeschäft am Stephansplatz. Vor acht Monaten hatte sie einen Strampler gekauft und gehofft, dass sie schwanger war. Heute hatte sie nichts gefunden.

Die eisige Winterkälte von damals war der Sommerhitze gewichen. Aber nicht nur das Wetter, auch ihr Leben hatte sich seither grundlegend verändert.

Ein junges Paar ging an Marina vorbei und steuerte die Eisdiele an. Sie hielten sich an den Händen, tauschten verliebte Blicke und lächelten sich zu. Sehnsüchtig sah Marina ihnen hinterher. Seit gut einer Woche war Luca verschwunden. Was auch immer sie gehabt hatten, es war vorbei.

Reiß dich zusammen, ermahnte sich Marina. Schnell schob sie die Sonnenbrille vor ihre Augen, weil sie verdächtig brannten.

Ihre Situation war beschissen und sie hatte keine Ahnung, wie es weitergehen sollte. Das Schlimmste daran war, dass sie sich diese Misere selbst eingebrockt hatte.

Die letzten Tage hatte sie funktioniert, ihren Alltag bewältigt und so getan, als ob die Welt in Ordnung wäre. Dabei hatte sie sich einfach nur zusammenrollen und weinen wollen. Sie war müde und jeglicher Kraft beraubt. Ihr Herz fühlte sich schwer und gleichzeitig leer an. Wo sie zuvor Liebe gespürt hatte, klaffte nun ein Loch, als wäre sie ihr gewaltsam herausgerissen worden. An ihre Stelle war ein dumpfer

Schmerz getreten.

Marina würgte den Kloß in ihrem Hals hinunter. Sie musste dringend mit jemandem sprechen. Ihr Geheimnis lastete schwer auf ihren Schultern und Marina sehnte sich nach dem Beistand ihrer Freundinnen.

Sie waren, wie vor acht Monaten, im Cantinetta Antinori verabredet.

Marina betrachtete sich in der Reflexion eines Schaufensters. Noch zeichnete sich unter dem weißen Sommerkleid kein Bauch ab, doch das würde sich bald ändern. Sie holte tief Luft und zwang die nagende Panik zurück. Dann straffte sie die Schultern und ging auf den kleinen Gastgarten zu, der sich vor dem Restaurant befand. Unter großen, blassgelben Schirmen verteilten sich die Gäste und genossen die herrliche Abendstimmung. Unter ihnen Carmen und Eva. Sie begrüßten sich mit Küsschen und Umarmungen, wie sie es immer taten.

Der Kellner kam und nahm ihre Bestellung auf. Marina orderte die Trüffelpasta und aromatisiertes Wasser. Ein Verbrechen in einem Lokal, das für seine exquisiten Weine bekannt war. Für eine Winzergattin sowieso, dennoch hinterfragte niemand ihre Entscheidung.

»Carmen hat gerade von ihrem letzten Date erzählt«, sagte Eva schmunzelnd und griff ihren Gesprächsfaden wieder auf. »Ein Banker mit Fußfetisch.«

Carmen schnitt eine Grimasse und Marina seufzte leise. Unter anderen Umständen hätte sie danach gegiert, die zweifelsohne witzige Geschichte zu hören. Heute zwang sie sich förmlich zur Aufmerksamkeit. Belanglose Plaudereien waren schwer zu ertragen, wenn das eigene Leben auf der Kippe stand.

Irgendwann hielt es Marina nicht mehr aus.

»Ich bin schwanger.«

Es folgte eine kurze Pause, dann sprang Eva auf und kreischte: »Ist nicht wahr?« Dabei kippte sie ihr Weißweinglas um und besudelte das Tischtuch. Sie beachtete es gar nicht, sondern warf sich Marina in die Arme. »Das ist ja fantastisch!«

Carmen, die für Kinder herzlich wenig übrig hatte, beobachtete sie abschätzend. Als Eva endlich von Marina abließ, sagte sie: »Ich brauche mehr Kontext. Sind das gute Nachrichten?«

Marina horchte in sich hinein und spürte ein Glücksgefühl auflodern. »Ja«, antwortete sie lächelnd, während sie mit ihrer Serviette auf dem nassen Fleck herumtupfte. »Es sind großartige Neuigkeiten.«

»Und wer ist der Vater?«, fragte Carmen weiter. »Oliver oder Luca?«

Evas Kopf schnellte herum. Offensichtlich um Carmen in die Schranken zu weisen, allerdings war es eine berechtigte Frage. Mit gespannter Miene wandte sie sich wieder Marina zu.

»Ihr kennt die Antwort«, sagte Marina. Mit einem Schlag war die Bitterkeit zurück.

»Das ist doch gut, oder?«, fragte Eva. »Oder etwa nicht?«

Marina prustete humorlos. »Luca weiß nichts von dem Baby. Dafür hat er eindeutig klargestellt, dass er weder an Frau noch Kindern interessiert ist.« Die Worte waren wie Gift und Marina hatte das Gefühl, als würden sie ihre Mundhöhle verätzen. Ausgerechnet jetzt kam der Kellner und servierte ihre Bestellungen.

»Danke, das sieht köstlich aus«, sagte Marina, dabei war ihr der Appetit vergangen. Der Kellner entfernte sich, um Eva ein neues Glas Wein zu bringen, und sie griffen nach dem Besteck. Lustlos stocherte Marina in ihrer Pasta. »Luca hatte neben mir auch noch was mit Renate am Laufen.

Deshalb hab' ich die Affäre beendet und er ist abgehauen.«
Sie bemühte sich um einen beiläufigen Klang ihrer Stimme,
um ihren Worten die Schärfe zu nehmen. Dummerweise
kullerten ihr dabei Tränen über die Wangen.

Eva schluckte den Bissen hinunter, dann rutschte sie näher und legte den Arm um Marina.

»Es geht schon wieder. Wirklich!«, log Marina und fächerte
sich Luft zu, um ihre erhitzten Wangen zu kühlen. »Bitte,
Eva, iss, bevor es kalt wird.«

Eindeutig schlechtes Timing, genauso wie ihre Schwangerschaft.

»Hast du nicht verhütet, Schnucki?«, fragte Carmen,
während sie die Gabel in ihre Spaghetti drehte.

Marina zog die Nase hoch und schüttelte beschämt den
Kopf. »Wieso auch? Mein Arzt meint, ein Kind wäre unter
diesen Umständen ein Wunder.«

»Und genau das ist es auch«, rief Eva. Sie sprang in die
Presche, vermutlich, um Carmen daran zu hindern, ihnen
einen Vortrag über Geschlechtskrankheiten zu halten. »Du
wirst ein weiteres Baby bekommen. Das hast du dir immer
gewünscht.«

Marina schob ihren Teller von sich und schlug die Hände vor dem Gesicht zusammen. »Und was soll ich Oliver
sagen?«

»Am besten die Wahrheit«, riet Eva. »Er wird zwar
ausrasten, aber ich bin sicher, dass er dich nicht im Stich
lassen wird.«

Carmen legte ihre Gabel beiseite, griff nach der Serviette und tupfte sich die Lippen ab. Dann nippte sie an ihrem
Wein und legte nachdenklich den Kopf schief. »Ich würde
mit der Beichte noch ein wenig abwarten und Johann seinen Auftrag erfüllen lassen. Du weißt schon, dann hattet ihr
beide euren Spaß. Wer im Glashaus sitzt, kann dem anderen

schließlich keine Vorwürfe machen, oder?«

Marina schniefte und nickte. Carmen hatte recht, aber die Vorstellung, zu ihrem alten Leben zurückzukehren, als hätte es Luca nie gegeben, brachte die Tränen nur noch mehr zum Fließen.

Kapitel 31

Doula Doris

Anfang September

Das Essen mit Eva und Carmen lag ein paar Tage zurück. Es hatte damit geendet, dass ihre Freundinnen Marina ein Versprechen abgenommen hatten: Nämlich, sich ehestmöglich untersuchen zu lassen. Marina wiederum hatte darauf bestanden, dass das unmöglich im Burgenland geschehen durfte. Zu groß war die Gefahr, dass man der Tante der Schwester einer Bekannten begegnete. Zwar würde sie ihre Umstände nicht ewig vertuschen können, aber hoffentlich lange genug, bis sie mit Oliver reinen Tisch gemacht hatte.

Deshalb hatte Carmen die Sache in die Hand genommen, Wiener Privatkliniken sondiert und Marina allerhand Bilder per WhatsApp geschickt. Darauf zu sehen waren Einzelzimmer mit Hotelcharakter und Innenhöfe voll üppig blühender Hortensien. Die Wände in solchen Kliniken waren nicht weiß oder grau, sie waren ecru oder puderrosa. Den Kaffee trank man wahlweise mit Hafer-, Mandel- oder Sojamilch und der Speiseplan berücksichtigte alle Unverträglichkeiten oder Ernährungsformen.

All diese Dinge waren Carmen wichtig. Für Marina spielte – vor allem – die Anonymität der Großstadt eine Rolle, deshalb hatte sie sich zu diesem Klinikbesuch überreden lassen.

Nun, da sie vor der verspiegelten Eingangstür stand, schwand ihr der Mut und sie hätte am liebsten wieder kehrtgemacht. Das hier war verdammt konkret für ein Geheimnis, das still und leise in ihrem Bauch heranwuchs.

Marina verspürte das dringende Verlangen zu kneifen und genau deswegen war Carmen mitgekommen. Sie legte Marina den Arm über die Schultern und zerrte sie förmlich ins Innere.

Carmen hatte früher Schluss gemacht und trug ein Etuikleid in Knallviolett mit den dazu passenden Pumps. Als Kontrast zu diesem schreienden Outfit hatte sie eine klassische Kellybag gewählt, die vermutlich so viel kostete wie der gesamte Aufenthalt in der Privatklinik.

Marinas eigener Aufzug war zurückhaltender. Nicht aufzufallen war ihre Intention bei der Kleiderwahl gewesen; ein Vorhaben, das von Anfang an zum Scheitern verurteilt war, weil sie neben einer lebensgroßen Milka Schokolade spazieren ging.

Die Dame am Empfangsschalter lächelte ihnen freundlich entgegen. »Guten Tag! Was kann ich für Sie tun?«

»Wir wären hier wegen eines Termins zur Erstuntersuchung«, sagte Carmen, weil Marina beharrlich schwieg.

»Ist denn eine von Ihnen schwanger?«

»Nein!«, sagte Marina, um den Schein zu wahren.

»Vielleicht«, sagte Carmen im selben Augenblick. Dann blickten sie einander erschrocken an, sichtlich entsetzt darüber, dass sie ihre Antworten zuvor nicht abgesprochen hatten.

»Vielleicht«, korrigierte sich Marina.

Die Dame hinter dem Schalter hob ihre Augenbrauen. »Also ja oder nein? A bisserl schwanger geht schlecht.« Sie lachte gackernd über ihren eigenen Witz.

»Nein«, sagte Carmen und Marina zuckte mit den Achseln. »Möglicherweise.«

Nun hatten sie den Spieß umgedreht. Marina wollte unter keinen Umständen, dass ihre Schwangerschaft in der elektronischen Krankenakte vermerkt wurde, bevor Oliver über das Kuckuckskind in ihrem Bauch Bescheid wusste. Das hatte für sie etwas mit Respekt zu tun, auch wenn sie ahnte, dass es dafür ohnehin bereits zu spät war.

Marina seufzte. Es war ein Fehler gewesen, herzukommen. Carmen hatte darauf bestanden, weil selbst eine kinderlose Singlefrau wusste, dass man sich in Wien, am besten noch vor der Empfängnis, um eine standesgemäße Niederkunft bemühen musste.

Weil das hier eine Privatklinik war und den Patientinnen eine ordentliche Stange Geld verrechnet wurde, verbarg die Dame am Empfang ihre Enervation und fragte unverändert freundlich: »Also sind Sie sich nicht sicher, ob Sie schwanger sind?«

»Ähm, ja. So in der Art.«

Marina warf einen Blick über ihre Schulter, ob auch kein neugieriges Ohr ihr Gespräch belauschte oder sie gar ein bekanntes Gesicht entdeckte.

»Gibt es hier die Möglichkeit einer anonymen Geburt?«

Die Frau hinter dem Schalter riss überrascht die Augen auf und musterte die beiden Frauen mit neu erwachtem Interesse.

Die Möglichkeit zur anonymen Geburt bestand, war allerdings in einer Privatklinik eher theoretischer Natur. Dieses Angebot richtete sich an Frauen in Notsituationen, nur gingen die eher selten in eine Privatklinik. Die Empfangsdame musste sie für eine Idiotin halten. »Meinen Sie vielleicht eine anonyme Untersuchung, in der festgestellt wird, ob Sie schwanger sind?«

»Nein, ich weiß, dass ich schwanger bin. Ich will nur nicht, dass es an die große Glocke gehängt wird.«

»Ich verstehe«, antwortete die Dame langgezogen und man sah ihr an, dass sie es nicht tat. Plötzlich schwang hinter ihr eine Tür auf und ein wuscheliger Lockenkopf steckte ihren Kopf aus dem Mitarbeiter-Aufenthaltstraum. *So viel zur Privatsphäre*, dachte Marina schnaubend.

»Geh Ursi, stell dich nicht blöder, als du bist«, sagte die Unbekannte. »Ihr Liebhaber hat einen Treffer versenkt und der werte Gatte weiß nix von seinem Glück, hab' ich recht?«

Schuss, Treffer, Tor. Carmen kicherte, Marina gaffte fassungslos, ob dieser punktgenauen Analyse ihrer Situation. Doch halt, das Gesicht der Frau kam Marina nun doch ein wenig bekannt vor. Und auch die auffälligen Hennatattoos an ihren Händen hatte Marina definitiv schon einmal gesehen.

»Gestatten, Doris mein Name«, sagte die Menschenkennerin. »Ich bin die Doula hier im Haus.«

Außerdem war sie das, was man sich gemeinhin unter einer körnerpickenden Öko-Susi vorstellte. Ihre nackten Zehen steckten in Birkenstock-Schlappen und ihre Beine in wallenden Hosen. Darüber trug sie eine hellblaue Weste, die sie als Krankenhausmitarbeiterin auswies. Ärzte waren bekanntlich die Götter in Weiß, die Schwestern trugen blassrosa, die Hebammen türkis, Putzfrauen violett und die Doula hellblau. In etwa so war auch das hierarchische Ordnungsgefüge in der Privatklinik, denn Schwester Ursi verzog das Gesicht und sagte: »Doulas sind der neueste Spleen aus Amerika. Falls Ihnen eine Hebamme nicht genug ist.«

Die Angesprochene grinste den Seitenhieb einfach fort. Doris war jung, zäh und vor allem nicht deppert. Sie wusste genau, wo sie ihre Kundinnen fand und was diese wollten, deshalb flötete sie: »Anders als Hebammen greifen Doulas nicht in den Geburtsprozess ein, sondern kümmern sich voll und ganz um die Bedürfnisse der werdenden Mütter.«

In diesem Moment hatte Marina sich entschieden. Da sie keinen Kindsvater hatte, dafür einen gehörnten Ehemann, der noch nichts von seinem Glück wusste, brauchte sie dringend jemanden, der sich ihrer Bedürfnisse annahm. So kam es, dass Marina noch vor ihrem Mutter-Kind-Pass eine Doula besaß. Das war zwar ein teurer Spaß, doch gemessen an den Unsummen, die sie für ihre Erpressung hatte berappen müssen, immer noch erstaunlich günstig.

»Na dann verlasse ich euch mal«, sagte Carmen und winkte zum Abschied, als Marina im Büro von Doris verschwand. »Wir sehen uns dann später, nach deiner Untersuchung.«

Doula Doris entpuppte sich als Glücksgriff. Sie informierte Marina über passende Hebammen, Ärzte und alles Wissenswerte rund um das Thema Geburt. Außerdem vollzog sie sogleich ihre erste Amtshandlung und begleitete ihre neue Kundin durch die Untersuchung.

Ein Ultraschallbildchen später wusste Marina, dass sie in der zwölften Schwangerschaftswoche war. Nun konnte Doula Doris ihren eigentlichen Wert beweisen, denn Marina war geschockt darüber, dass sie bereits drei Monate schwanger gewesen war und nichts davon gewusst hatte. Zwar hatte sie das Ausbleiben ihrer Regel bemerkt, es aber als Abnutzungserscheinung ihrer greisen Eierstöcke abgetan.

»Sei doch froh!«, resümierte Doris pragmatisch. »Du hast die kritische Phase hinter dich gebracht, ohne dich ein einziges Mal zu sorgen.« Marina nickte.

Von diesem Gesichtspunkt aus betrachtet, war das tatsächlich ein Grund zur Freude. Vermutlich konnte sie deshalb auch nicht aufhören zu weinen.

Marina blickte sich um, in der Hoffnung, irgendwo in Doris' winzigem Büro ihre Fassung wiederzufinden.

In den Regalen stapelten sich Bücher, Ordner und andere Dokumente. An den Wänden klebten anatomische Plakate weiblicher Geschlechtsorgane und botanische Zeichnungen von Heilkräutern. Weil Doris an die ganzheitliche Medizin glaubte, fanden sich auch noch kleine Hinweise auf ihre eigene, alternative Persönlichkeit: Traumfänger, schamanische Amulette und ein Bild von Che Guevara.

Doris goss Marina ein Glas Saft ein und schob es ihr hin.

»Hier, selbstgemachte Apfel-Giersch-Limonade. Das beruhigt die Nerven.« Es passte zu Doris und ihrer Lebensphilosophie, dass sie ausgerechnet dem verhassten Unkraut einen so prominenten Platz in ihrer Limonade einräumte.

Sofort nippte Marina an dem süßlich bitteren Getränk, denn etwas Beruhigung war jetzt tatsächlich nicht verkehrt.

»Also? Warum weinst du wirklich?«

Marina schluckte. »Der Kindsvater ist weg. Ich hab' Mist gebaut und bin allein«, presste sie hervor, ehe der Rest in unverständlichem Geheul unterging.

»Ist das der Typ mit den eloquenten Spermien?«

Heilige Scheiße! Marina klappte der Mund auf, nun wusste sie, wo sie Doris bereits begegnet war; auf der Donauinsel, als sie, ohne es zu wissen, magische Schokolade gegessen hatte.

»Du warst das«, fuhr Marina auf. »Hast du sie noch alle? Du hast mir und Luca Drogen verabreicht.«

»Keine Drogen! Es waren Pilze und Trüffel mit psychedelischen Wirkstoffen«, sagte Doris kleinlaut. »Und das tut mir auch wahnsinnig leid!«

»Eigentlich sollte ich mich sofort von dir trennen«, schimpfte Marina und linste misstrauisch in ihr Saftglas.

Dieser Doula traute sie plötzlich kein bisschen mehr über den Weg. Als Nächstes stellte sich heraus, dass in ihrer Limonade ein berauschender Giersch schwamm, der eigentlich in den Tiefen des Regenwalds wuchs und von den Einheimischen zu wilden Orgien genutzt wurde?

»Bitte tu das nicht«, hauchte Doris ängstlich.

Von der frechen Klappe des Lockenschopfs war nur noch wenig übrig. »Ich brauch diesen Job dringend!«

»Wieso?«, knurrte Marina. »Du könntest genauso gut eine Schwammerlzucht eröffnen.« Zwar hatte sie gar nicht vor, die Freizeitgestaltung der Doula an die große Glocke zu hängen, aber Doris hatte eine Abreibung verdient.

»Bitte Frau Haas!«, flehte sie nun und plötzlich waren sie wieder beim förmlichen Sie angelangt. »Wenn die Leitung davon Wind kriegt, fliege ich hochkant aus dem Krankenhaus.«

Marina wollte böse sein, doch in Anbetracht ihrer aktuellen Probleme verlor die Intoxikation von vor drei Monaten ein wenig ihre Gewichtung. Außerdem schien Doris tatsächlich eine qualifizierte Doula zu sein. »Machst du das öfter?«, brummte sie deshalb. »Ich mein, Fremde zu vergiften?«

»Nein! Das schwöre ich dir«, flüsterte Doris und Marina sah in ihren Augen, dass sie die Wahrheit sagte. »Zu diesem Zeitpunkt war ich schon so breit, da sind nur noch Glücksgefühle reingekickt.«

Doris legte ihre junge Stirn in Falten.

Marina sah ihr an, dass sie nicht ganz sicher war, ob sie den nächsten Satz aussprechen oder doch besser für sich zu behalten sollte.

»Also los, spuck es aus«, brummte Marina. »Schlimmer werden kann es nun wirklich nicht mehr.«

»Überleg mal«, sagte Doris, die nun wieder zum Du gewechselt war. »Vielleicht bist du ja auch nur wegen der Wirkung der Pilze schwanger geworden«, orakelte sie. »Der Zeugungstermin kommt jedenfalls hin. Und wie wir alle hören konnten, führten du und die Spermien ein recht interessantes Gespräch über die bevorstehende Befruchtung. Du hast sie ja regelrecht in die Gebärmutter hinauf gepeitscht.«

Marina spürte, wie ihr eine heiße Röte in die Wangen fuhr. Möglicherweise würde sie es doch noch bereuen, sich auf eine so unkonventionelle Doula eingelassen zu haben.

»Was ist danach passiert? Ihr habt euch doch so gut verstanden? Und ich meine den Kerl, nicht seinen Samen.«

Marina griff nach dem dargebotenen Taschentuch und schnäuzte sich geräuschvoll. Danach erzählte sie Doula Doris von dem Schaden, den sie angerichtet hatte. Weil es eh schon wurscht war.

»Luca ist mehr als nur eine Affäre«, schloss sie. »Das war er immer schon. Ich habe mich von Anfang an in ihn verliebt, doch anstatt Klartext zu reden, habe ich uns beiden etwas vorgemacht. Und jetzt ist er weg!«

Doris saß mit angewinkelten Beinen auf ihrem Drehstuhl und wackelte mit ihren Zehen, die aus den Birkenstock-Schlapfen hervorlugten. Das war die einzige Regung, der Rest von ihr lauschte schweigend.

»Okay, das ist blöd«, sagte sie nach einer Weile. »Also lass uns überlegen, wie wir den Schaden beheben könnten.«

Marina blickte hoffnungsvoll auf. Nicht, weil sie glaubte, dass man in dieser Angelegenheit noch viel reparieren konnte, doch dass Doris von *wir* sprach, tröstete sie tatsächlich ein wenig.

»Klingt, als hättest du ihm einiges mitzuteilen.«

»Nein. Seine Nummer existiert nicht mehr und ich kenne seine E-Mail-Adresse nicht.«

Doris schüttelte den Kopf, sodass ihre Locken nur so hüpften. Gleichzeitig riss sie ein Blatt Papier von ihrem Block und schob es Marina auffordernd hin.

»Die Leute schreiben sich heutzutage viel zu wenig Briefe, dabei gibt es kaum etwas Schöneres als einen klassischen Liebesbrief.«

Mit einer schwungvollen Drehung wandte sie sich ihrem Laptop zu und klappte ihn auf.

»Er heißt Luca Kofler, sagst du? Und kommt von einem kleinen Weingut in Bozen? Eine Kontaktadresse zu finden, sollte nicht allzu schwer sein.«

»Aber …«

»Nein, kein Aber! Du schreibst, ich google.«

Kapitel 32

Von Bienen und Blümchen

Später an diesem Nachmittag flanierte Marina die Kärntnerstraße entlang. Sie würde zu Carmen und Eva stoßen, die bereits auf der Dachterrasse der Skybar warteten. Zuvor hatte Marina im Beisein ihrer Doula ihre Seele zu Papier gebracht. Nun, da sie den Brief unwiederbringlich in den Schlitz eines Postbriefkastens gesteckt hatte, fühlte sie sich besser.

Sie hatte Luca ihre Gefühle geschildert, das Baby hatte sie nicht erwähnt, weil sie nicht wollte, dass er aus Schuldgefühlen zu ihr zurückkehrte. Marina war nicht auf der Suche nach einem Versorger, diese Aufgabe konnte sie gut und gerne allein bewerkstelligen. Wonach sie sich sehnte, war ein Partner, jemand, mit dem sie sich gemeinsam auf dieses kleine Wunder in ihrem Bauch freuen konnte.

Sie warf einen weiteren Blick in ihre Tasche, um sich davon zu überzeugen, dass dieses kleine gelbe Büchlein, das den Beweis ihrer Schwangerschaft enthielt, tatsächlich da war. Wie oft hatte sie von einem weiteren Kind geträumt, doch diesmal besaß sie den Beweis, ein Ultraschallbild und ein schlagendes kleines Herz in ihrem Leib. Sie würde noch ein Baby bekommen, war das denn zu fassen?

Nach diesem kurzen Glücksmoment wandte sich Marina wieder den profaneren Alltagsdingen zu. Sie schwitzte; so wie jeder Mensch, der ihr auf der Kärntnerstraße begegnete. Marina wischte sich über die Stirn, wo sich winzige Perlen gebildet hatten. Vom Kinn abwärts war der Schweiß weniger diskret und floss in Bächen über ihren Körper. Es war Anfang September und Wien ächzte unter der Spätsommerhitze. Wer konnte, entfloh diesem Backofen. Auch Marina freute sich darauf, ins Burgenland zurückzukehren. Zwar war dort das Thermometer ebenfalls in den roten Bereich gestiegen, doch wenigstens boten die Nächte ein wenig Abkühlung; anders als in der Großstadt, wo der Beton die Hitze speicherte und noch Wochen später an seine Bewohner abgab.

Marinas Blick wanderte die Fußgängerzone entlang. Sie konnte die Luft über dem Asphalt förmlich flirren sehen. Wenige Menschen waren unterwegs, dafür drängten sich etliche unter den Schirmen der Kaffeehäuser und nippten an erfrischenden Getränken. Lediglich eine Reisegruppe schob sich träge an ihr vorüber, die meisten von ihnen unter weißen Sonnenschirmen verborgen. Die Touristenführerin ermutigte ihre Gefolgschaft auf Englisch, wacker auszuschreiten, weil sie dann schneller in die Kühle der Katakomben gelangen würden. Kühle! Dieses Wort klang verlockend, die Gebeine von Pesttoten eher weniger, weshalb Marina es vorzog, lieber weiter an ihrem Eis zu lecken, anstatt der Wiener Unterwelt einen Besuch abzustatten.

Nicht, dass sie Zeit gehabt hätte. Sie war bereits spät dran und ihre Freundinnen warteten.

»Das darf doch wohl nicht wahr sein!«, hauchte Marina und hielt so abrupt an, dass eine kleine Asiatin mitsamt ihrem Sonnenschirm gegen sie prallte. Nach einigen Verbeugungen und Entschuldigungen wandte sich Marina wieder ihrem eigentlichen Aufreger zu, nämlich Frau Bela, die in einer Seitengasse saß und frohlockte. Anders konnte man das, was die ehemalige Pflegerin, Teilzeit-Influencerin und mittlerweile Vollzeit-Erpresserin da tat, nicht benennen.

Sie hockte im Schatten der Loos Bar, genehmigte sich einen Aperol Spritz und filmte sich dabei. Dazu hatte sie ein kleines Stativ auf den Tisch geparkt und ihre Requisiten ringsum drapiert. Im Mittelpunkt stand die ergaunerte Louis-Vuitton-Tasche, aus der, wie konnte es auch anders sein, ein frisches Blumenbouquet ragte. Das gehörte zur Grundausstattung einer waschechten Influencerin.

Wie ungerecht war diese Welt?

Schnell hastete Marina weiter, ehe Frau Bela sie entdeckte, denn das letzte, das sie wollte, war, ihrer Erpresserin über den Weg zu laufen. Nicht, dass Frau Bela noch einfiel, mehr Geld zu fordern.

Marina stieg in den Aufzug eines Kaufhauses und fuhr bis zum Dachgeschoss empor. Hier befand sich die Sky-bar, die ihrem Namen mehr als gerecht wurde. Ein Lokal über den Dächern Wiens, mit weißen Loungemöbeln und gediegenem Flair.

»Einen Prosecco, bitte«, sagte Carmen gerade, als Marina den Tisch ansteuerte, an dem ihre Freundinnen saßen. Mit einem Ächzen ließ sie sich auf den freien Stuhl fallen. Der Kellner blickte sie erwartungsvoll an.

»Ich hätte gerne etwas ohne Alkohol, das sich nicht allzu sehr nach Verzicht anfühlt.«

»Das wurde noch nicht erfunden«, warf Carmen spöttisch ein. Der Kellner gab dennoch sein Bestes und ratterte die alkoholfreie Getränkekarte herunter.

Jeder einzelne Wein auf der Karte war Marina bekannt, doch ironischerweise kein einziges alkoholfreies Getränk, das nicht nach Kindergeburtstag klang. Sie entschied sich für einen frisch gepressten Saft mit dem klingenden Namen *Pick me up*. Genau diese Art von Aufmunterung erhoffte sich

Marina, weil sie ihren Freundinnen beim Proseccotrinken zusehen musste.

Von hier oben genoss man einen atemberaubenden Ausblick auf den Stephansdom. Neben ihnen blühte der Lavendel umschwärmt von den städtischen Bienen, die ebenfalls wussten, wo es ein gutes Tröpfchen zu holen gab.

Marina beobachtete schadenfroh, wie Carmen eine Biene aus ihrem Proseccoglas fischte. Das Gute hatte man eben nie ganz für sich allein.

»Du, das mit der anonymen Geburt hast du doch hoffentlich nicht erst gemeint?«, fragte Carmen, nachdem sie die Biene gerettet und beschwipst wieder zurück ins Leben geschickt hatte.

»Natürlich hat sie das nicht«, antwortete Eva an ihrer Stelle. »Liebes, du solltest wirklich mit Oliver reden.«

Sie griff nach Marinas Hand und drückte sie aufmunternd. Ihre Nägel waren in Peach Fuzz lackiert, dem Pantone Farbton des Jahres. Eva hatte ja momentan auch keine anderen Sorgen.

Ihre Freundinnen blickten sie erwartungsvoll an, während Marina ihre Nase tief ins Glas tunkte, um einer Antwort zu entgehen. In diesem Moment vibrierte ihr Handy auf der Glasplatte und erregte Aufmerksamkeit. Es war eine Nachricht von Johann.

Der Adler ist gelandet, stand da. Eine Anspielung auf die Mondmission und die Erreichung ihres Hauptziels. Offensichtlich waren er und Oliver sich endlich nähergekommen.

Marina hatte geglaubt, dass dieser Moment sie glücklich machen würde, tatsächlich aber war das Gegenteil der Fall. Nun hatte sie auch den zweiten Mann in ihrem Leben verloren. Sie hatte Oliver erfolgreich verjagt; ihn zum Äußersten getrieben, nämlich ans andere Ufer, während sich auf ihrer Flussseite die Reihen zusehends lichteten.

»Mein ungeborenes Kind hat keinen Vater«, brach nun das Ungemach aus Marina hervor. »Und den Vater meines Erstgeborenen hab' ich erfolgreich vergrault. Wegen meines Wunsches nach Liebe hab' ich mein Leben in Trümmer geschlagen.«

Carmen legte die Eiskarte über ihr Glas, um die beschwipste Biene daran zu hindern, sich Nachschub zu besorgen.

»Na ja, deine klügste Idee war es ja auch wirklich nicht.« Das war harsch, doch Carmen hatte für die Liebe noch nie viel übrig gehabt. Hätte Marina das Wort Liebe durch Lust ersetzt, dann hätte sie auf den Zuspruch ihrer Freundin wetten können.

Marina riss die Augen auf, ob dieser brüsken Worte und Eva ihren Mund. »Unfug!«, schimpfte sie und pfiff Carmen zurück. »Man sollte niemals den Glauben an die Liebe verlieren. Oder sich mit einer freudlosen Ehe zufriedengeben. Ich weiß in beiden Fällen, wovon ich spreche.« Das stimmte. Dennoch hatte Eva leicht reden, denn ihr argentinischer Traummann wartete zu Hause auf sie, während Marinas italienisches Exemplar sich auf und davon gemacht hatte; ja sogar das *dolce vita* hatte er mitgenommen.

Giulia

Eingebettet in die beeindruckende Berglandschaft Südtirols lag das Weingut der Familie Kofler. Ein romantisches Fleckchen Erde, wo die Uhren langsamer tickten und man dem Zeitgeist immer ein wenig hinterherhinkte.

Giulia stand im Türrahmen ihres Hauses und blickte dem Postauto hinterher, das die schmale Bergstraße nach Bozen hinabbrauste. Geradewegs zwischen den Reihen der Rebstöcke hindurch, die links und rechts von der Trasse wuchsen und deren Reben sich unter der Last sonnengereifter Trauben bogen.

Die goldene Stunde war angebrochen, der schönste Moment des Tages, ehe die Sonne hinter dem zerfurchten Bergkamm verschwand und die Dunkelheit ihren Eimer über der Landschaft auskippte.

Giulia schloss die Augen und atmete den Duft des Lavendels ein. Neben ihr, auf einem der Steine des Steingartens, lag eine Eidechse und gönnte sich ein Sonnenbad. Giulia genoss diesen Moment absoluten Glücks, dann verfinsterte sich ihr Blick, als sie sich an den Brief in ihrer Hand erinnerte.

Aus dem Inneren des Hauses drang laute, aggressive Musik.

Seit Luca überraschend in sein Elternhaus zurückgekehrt war, vergrub er sich in seinem Zimmer, wollte niemanden sehen und gab sich wortkarg.

Giulia war nicht dumm, sie wusste genau, dass ihr Sohn an einem gebrochenen Herzen litt. Wer an seinem Schmerz die Schuld trug, war nicht schwer zu erraten; nämlich jenes Weibsbild, deren Brief Giulia gerade in der Hand hielt.

Auch wenn es Giulia unglaublich schwerfiel, bemühte sie sich, die Privatsphäre ihres Sohnes zu respektieren und ihn nicht mit Fragen zu löchern. Dazu gehörte auch, heimlich seine Post zu lesen.

Alles war perfekt, seitdem Luca wieder zu Hause war.

Giulia hatte sich die Zukunft bereits in den schönsten Farben ausgemalt. Wenn Luca sich eingelebt hatte, würde sie Elise, die Nachbarstochter, auf ein Gläschen Wein zu sich bitten. Das Mädel hatte sich in den Jahren von Lucas Abwesenheit zu einer stattlichen jungen Dame gemausert. Die Zahnspange war endlich draußen und dank jahrelanger Termine bei der Sprachpädagogin, lispelte Elise kaum noch.

Ein junges Ding würde Luca die Erinnerung an dieses mannstolle Weib bestimmt bald austreiben, daran hatte Giulia keinen Zweifel.

Sie holte ein letztes Mal tief Luft, dann riss sie den ungelesenen Brief entzwei. Zwar brannte es ihr unter den Fingernägeln, einen flüchtigen Blick auf den Inhalt zu werfen, doch das verbat sie sich. So konnte sie guten Gewissens behaupten, weder von dem Brief noch von seinem Inhalt gewusst zu haben. Sie ahnte auch so, was darin stand, und das gefiel ihr ganz und gar nicht.

Kapitel 33

Der längste Tag I.

Ende September

»Na, da bist du ja endlich. Hab' schon geglaubt, du kommst gar nicht mehr«, brummte Gerti und kniff ihre Lippen aufeinander. Sogar ihre betongrauen Dauerwellenkringel hüpften vorwurfsvoll auf und ab.

Francesca machte eine wegwerfende Handbewegung und murmelte, dass sie bisher noch immer aufgetaucht wäre.

»Hätte ja auch sein können, dass'd tot bist«, brummte Gerti, »weil dann würd' ich bis zum Sankt-Nimmerleins-Tag allein dasitzen.«

Die beiden saßen im vorderen Bereich des Chattanooga, einem Traditionslokal am Wiener Graben, einer der besten Adressen der Stadt. Das sah man dem Lokal nicht unbedingt an, es war eng, dunkel und erdrückend. Gäste mussten durch eine schwere Drehtür gehen, um ins Innere zu gelangen. Dort empfingen einem dunkle Holzmöbel, Samtbezüge, abgeteilte Separees und Spiegelwände, die dem Raum Tiefe verliehen. Altmodische Emaille- und Blechtafeln schmückten die Wände und deftiges Essen die Tische. Die beiden Frauen passten genauso wenig hierher, wie das Chattanooga zwischen all die Nobeladressen, von denen es umringt war.

»Ich hab' dir schon einen Spritzer bestellt«, sagte Gerti, die ihr Getränk bereits zur Hälfte getrunken hatte. »Kann sein, dass die Kohlensäure ausgeraucht ist, so spät, wie du kommst.«

Francesca zog ihre zu schmal gezupften Augenbrauen zusammen. »Mamma Mia, was du immer hast«, brummte sie, griff nach dem Glas und kippte sich den Inhalt mit einem beherzten Schluck hinter die Binde. »Eigentlich trink ich ja nur Vino, aber ich mach eine Ausnahme.«

Das war eine Lüge. Francesca hatte nicht nur keine Ahnung von Wein, am liebsten trank sie gezuckerte Sangria, aber das passte nicht zu ihrem Image.

»Benimm dich nicht wie a G'stopfte, wir wissen beide, dass du bis zur Pension beim Billa geputzt hast«, konterte Gerti unbeeindruckt. Sie trug eine Farbpalette von Beigetönen, die sie wie eine überlebensgroße Haferflocke erscheinen ließ.

In den 1960er Jahren öffnete das Chattanooga und war eine unglaublich hippe Adresse gewesen, im Keller waren sogar Udo Jürgens und Roy Black aufgetreten. In den 1980er Jahren hatten Gerti und Francesca sich um eine Stelle als Kellnerin beworben. Beide hatten sie den Job nicht bekommen, sich allerdings im Anschluss eine Portion Spareribs geteilt.

Eine Tradition, die sie nun schon seit vierzig Jahren wiederholten. Einmal jährlich trafen sie sich und erzählten von den vergangenen zwölf Monaten. Als ihre Ehemänner im selben Jahr das Zeitliche segneten, gewannen ihre oberflächlichen Treffen an Tiefe.

Zwei Jahre plauderten sie über ihren Verlust, danach war das Thema ausgelutscht. Da hatte Francesca ihren ersten Liebhaber und Gertis Sohn Toni sich geoutet.

***

Gerti musterte Francesca geringschätzig.

Dass die sich immer so betont jugendlich anziehen muss, dachte sie und seufzte. Der Ledermini, in den Francesca sich gezwängt hatte, spannte gefährlich um ihre Leibesmitte, mit dem Resultat, dass sich eine Wulst oberhalb des Bundes gebildet hatte.

Nach unten hin wurde es auch nicht besser. Hochglanzstrumpfhosen mit Stützeffekt und Weitschaftstiefel, die dennoch von den strammen Waden ausgefüllt wurden. Gefiel Gerti überhaupt nicht. Dieser Aufzug sah in ihren Augen billig aus.

Das tat Francesca zwar schon ihr ganzes Leben, doch mit zunehmendem Alter wurde sie von Jahr zu Jahr vulgärer.

Am schlimmsten waren diese Krallen aus Acryl, die sie sich in Ungarn ankleben und in grellen Farben anstreichen ließ. Die standen denen von Toni um nichts nach, aber der war ja auch eine Travestiekünstlerin.

***

Francesca spürte die musternden Blicke und zog instinktiv den Bauch ein. Es machte sie wütend, dass die alte Schachtel in Seniorengelb glaubte, sie abfällig mustern zu dürfen, wo sie doch selbst aussah, wie frisch aus der Müslipackung gekullert. Da Francesca nicht gleich nach fünf Minuten mit Gerti streiten wollte, flötete sie: »Gerti, erzähl, wie geht es dir?«

Sofort begann Gerti von ihrem vergangenen Jahr zu berichten: von der Zahnprothese, deren Kosten die Krankenkasse nicht übernommen hatte – Unmenschen! –, von dem Ausflug in eine slowakische Zahnklinik und dem Resultat. Sie präsentierte ihre neuen Beißer, die aussahen wie eine leuchtend weiße Photoshop-Panne. Dann erzählte sie von ihrem Hund Fifi, der mit zunehmendem Alter die Kontrolle über seine Blase verlor und bereits zwei Teppiche auf dem Gewissen hatte. Francesca zwang sich, aufmerksam zuzuhören, auch wenn diese Auflistung sie zusehends lang-weilte. Warum gab sie sich diesen Irrsinn alle Jahre wieder?

Eine weitere Tradition war, dass Francesca sich schwor, dass dieses Jahr das letzte sein würde, nur um im nächsten wieder anzureisen.

Der Kellner kam und servierte ihre Spareribs. Sofort wässer-te Francesca der Mund beim Anblick der klebrig glänzenden Soße, die sich auf den Rippchen verteilte. Der herzhafte Ge-ruch trug das seine dazu bei, ihren Appetit anzuregen.

Sie griff sich die Serviette und stopfte sie in den Aus-schnitt ihres Oberteils, weil sie keine Fettflecken auf ihrem ausladenden Busen riskieren wollte.

Normalerweise widerstrebte es Francesca, ihr Essen zu teilen, aber weil Gerti ein Hungerhaken war, der nur an ein paar Knochen herum nagte, blieb ihr fast die gesamte Por-tion, allerdings zum halben Preis. Sie wär' schön blöd, zu so einem Schnäppchen nein zu sagen.

»Du hörst mir ja gar nicht mehr zu«, beschwerte sich Gerti nach einer Weile. Francesca hob abwehrend die Hände.

»Scusa, ich bin im Kopf ganz woanders.«

Francesca blickte auf die Knochenreste, die sich abgenagt und ungustiös auf dem Teller stapelten.

Mit einem Handzeig bestellte sie einen weiteren Spritzer. Die Dinger waren ohnehin schwach wie Wasser, von denen konnte man getrost mehr trinken. Vielleicht wollte sie aber auch nur das schlechte Gewissen betäuben, das auf ihr laste-te. Immerhin hatte sie Renate genötigt, sich als feste Freun-din aufzuspielen und Marina zu täuschen. Seit Luca auf und davon war, war Marina ungewohnt niedergeschlagen.

Jede Mutter hätte das Gleiche getan, dachte Francesca, wäh-rend sie nach einem Zahnstocher griff und die Fleischfasern zwischen ihren Backenzähnen hervor pulte. Diese Begründung wiederholte sie gebetsmühlenartig, doch leider gelang es ihr partout nicht, diese Worte auch zu glauben.

Gerti legte den Kopf schief und betrachtete sie nachdenklich. »Also gut. Erzähl! Von Anfang an, dann sag ich dir, wie schlimm der Schaden ist, den du fabriziert hast.«

»Sei pazzo?«, echauffierte sich Francesca. »Ich habe gar nichts getan.«

Weil das aber doch nicht ganz stimmte, schilderte sie Gerti, wie sie ihre Tochter in den Armen eines jungen Liebhabers gefunden hatte. Und von den Intrigen, die sie daraufhin eingefädelt hatte.

»Sie ist verheiratet und hat einen kleinen Sohn. Sie kann doch nicht unser aller Glück so einfach aufs Spiel setzen. Ich meine natürlich ihr Glück. Und das meines piccolo nipote.«

Francesca wollte einen weiteren Schluck trinken, aber das verdammte Glas war schon wieder leer. Der Spritzer verdunstete im Glas, ihr Gewissen sabotierte sie und machte ihr Schuldgefühle, obwohl sie gar nichts getan hatte, und nun stiegen ihr auch noch die Tränen in die Augen. Was für ein Schlamassel, fürs Heulen trug sie eindeutig zu viel Mascara.

Plötzlich stach es in ihrer Brust; ein jäher Schmerz, der aufflammte und wieder verklang. Francesca dachte an Brustkrebs, allerdings hatte sie gerade erst eine Mammografie machen lassen. Dann dämmerte ihr, dass es wohl Phantomschmerzen waren, weil sie ihrer Tochter sprichwörtlich das Herz gebrochen hatte.

Nun war ihr die Wimperntusche wurscht. Francesca schlug die Hände vor dem Kopf zusammen und begann zu schluchzen.

Gerti kramte in ihrer Omatasche und reichte Francesca ein kariertes Stofftaschentuch, um ihr die Tränen abzutupfen. Stattdessen schnäuzte sich Francesca geräuschvoll hinein. Als sie es Gerti zurückgeben wollte, winkte sie ab.

»Können wir über etwas anderes reden? Etwas, das mich weniger mitnimmt?«

Da hellte sich Gertis Miene plötzlich auf. »Ich kenne tatsächlich eine Geschichte, die dich aufheitern wird«, rief sie und rieb sich freudig die Hände. »Du weißt ja, dass mein Sohn im Showbiz ist«, sagte sie stolz. »Jedenfalls verkehren ein Haufen schräger Leute in dieser Szene. Mein Toni ist freilich nicht so ein Schlawiner, aber was willst du machen? Die Freunde deines Kindes kannst du dir nicht aussuchen. Wobei, hin und wieder macht einem das bravste Kind Scherereien, nicht wahr? Da ist der Toni keine Ausnahme. Letztens haben sie ihm doch tatsächlich den Führerschein zupft, weil der Esel b'soffen gefahren ist. Na ja, jedenfalls, seither darf ich ihn in der Gegend herumkutschieren, aber das hat auch Vorteile, weil so bekomm ich allerhand mit und …«

Francesca wedelte ungeduldig mit der Hand.

»Jetzt wart halt«, brummte Gerti beleidigt. »Ich komm schon dazu: Jedenfalls hilft der Toni einer Bekannten dabei, ihren eigenen Ehemann umzupolen. Hast du so was schon mal gehört?«

Gerti wieherte los und es dauerte eine Weile, bis sie mit ihrer Geschichte fortfahren konnte. »Ihr Ehemann soll schwul werden, damit sie mit ihrem Liebhaber zusammenkommen kann. Der ist übrigens auch ein Italiener. Die haben's wohl in der Hüfte«, raunte sie und bewegte ihr Becken in einer Art, die erstaunlich anstößig war für eine Frau ihres Alters.

»Der Ang'schmierte ist ein burgenländischer Winzer.« Sie zuckte achtlos die Achseln, während Francesca vor ihr immer bleicher um die Nase wurde.

»Du meinst den Hillinger, oder?«

»Na, nicht der«, winkte Gerti enttäuscht ab. »Einer, der weniger berühmt ist. Aber das tut jetzt nichts zur Sache, weil es kommt noch dicker.« Sie zeichnete mit der Hand einen gewölbten Bauch.

»Die Frau ist schwanger?«

Gerti nickte. »Eva, eine gemeinsame Freundin, hat es Toni verraten. Und jetzt halt dich fest: Es ist vom Liebhaber. Der jetzt weg ist. Und der Ehemann wohl auch, weil der ist jetzt tatsächlich schwul.«

»Was für eine Katastrophe!«, hauchte Francesca. Ohne es zu merken, verfiel sie ins Italienische und machte ihren Gedanken Luft.

»Heast, du musst schon Deutsch reden, sonst versteh ich dich nicht«, beschwerte sich Gerti, doch Francesca hörte nicht hin.

Sie hatte den Kindsvater ihrer Tochter verjagt und Marina würde das Gleiche mit ihr tun, wenn ihr Intrigenspiel ans Licht kam, dessen war sich Francesca plötzlich sicher.

»Zahlen, bitte!« Francesca winkte dem Kellner und kramte in ihrer gefälschten Handtasche. »Gerti, du bist doch mit dem Auto da, oder?«

Die Angesprochene nickte.

»Gut, wir haben nämlich eine lange Fahrt vor uns.«

Gerti zog ihre Augenbraue hoch. »Spinnst? I fahr dich sicher nicht z'rück ins Burgenländische.«

Francesca lächelte liebenswürdig. »Na freilich nicht. Du fährst mich jetzt nach Südtirol.«

Kapitel 34

Der längste Tag II.

In den frühen Morgenstunden desselben Tages stand Oliver am Waldrand. Man konnte die Boten des Herbsts bereits erahnen. Tau überzog die Gräser und fing sich in den Spinnennetzen, wo sie glitzernde Kunstwerke schufen. Die Luft war kühl und Oliver vergrub die Hände tiefer in den Taschen seiner Jacke. Der Friede täuschte. Die Hirschbrunft lockte die Waidmänner in die Wälder, um jenes Wild zu erlegen, das man seit Monaten beobachtete.

Oliver scherte sich kein bisschen um die Viecher, in seinem Kopf tummelten sich ganz andere Gedanken.

Vor gut zwei Wochen hatte er Johann abserviert.

Das war unschön, aber notwendig gewesen.

Oliver schüttelte sich beim Gedanken daran, denn Johann hatte ihm eine waschechte Szene gemacht. Er hätte ihm geholfen, seine eigene Sexualität zu entdecken, und dafür hatte er den Laufpass erhalten; zumindest hatte er Oliver das vorgeworfen. Vielleicht stimmte das sogar. Oliver hatte sich an den Deal mit Francesca gehalten und die Affäre beendet, allerdings gab es noch einen Grund, warum er sich nicht weiter mit Johann treffen wollte. Weil ihm nämlich jemand anderes im Kopf herumgeisterte.

Oliver gähnte herzhaft. Er hatte auswärts genächtigt, in einer schicken Wiener Altbauwohnung, und hatte nur wenige Stunden Schlaf intus. Seine Begleitung war nicht Marina gewesen und weiblich schon gar nicht. Bis Oliver sicher war, wie es mit seinem Leben weitergehen sollte, genoss er die Gesellschaft eines Callboys, aber das musste seine Schwiegermutter ja nicht wissen. Denn noch einmal würde er sich bestimmt nicht von ihr erwischen lassen.

Oliver grinste beim Gedanken an den gestrigen Abend.

Maxims Haut war glatt und fest gewesen, ganz anders als die von Marina, die ihn immer an einen samtenen Stressball erinnert hatte. Enthaart, weich und biegsam.

Schön anzusehen, fügte er im Geiste hinzu, weil sich das schlechte Gewissen regte, aber nichts, das ihn anturnte.

Ja, er hatte Angst vor dem Unbekannten gehabt, aber im selben Augenblick festgestellt, dass es für ihn kein Zurück mehr gab. Ein wenig wie Heroin. Nicht, dass Oliver jemals Drogen konsumiert hatte, aber er hatte plötzlich so eine Idee von Abhängigkeit und Entzugserscheinungen.

Er schüttelte den Kopf, um seine Gedanken zu vertreiben, denn allein die Erinnerung an die vergangenen Stunden verpasste ihm ein vertrautes Ziehen in der Leiste.

Hinter ihm knirschten die Reifen eines Wagens.

Oliver fuhr herum und sah Horst, der sich voller Elan aus seinem Jeep wuchtete. Der Anblick seines Vaters genügte, um die Blutverteilung in seinem Körper zu regeln und eine gewisse Ungleichverteilung zu korrigieren.

»Waidmanns Heil, Sohnemann«, grüßte Horst und schulterte sein Gewehr. Die Aussicht, heute vielleicht den Einserhirsch zu schießen, ließ sein Testosteron förmlich überkochen, das wusste Oliver. Sein Vater und der Hirsch, Aug in Aug, wissend, dass nur einer siegreich sein konnte.

Horst war der Inbegriff eines Jägers. Schmal und drahtig. Er steckte in einer waldgrünen Lodenjacke, in deren Taschen er das Jäger-Equipment mit sich herumschleppte. Eine Etage tiefer trug er seine Glückshose, eine unverwüstliche Knickerbocker aus olivgrünem Lodenstoff, die an den Knien bereits arg durchgescheuert war, weil Horst sich nicht davor scheute, auf dem Boden zu kriechen, wenn es die Pirsch verlangte. Dazu Stiefel. Eingehakt in seinem Gürtel, hing ein Jagdmesser und an seiner Brust baumelte ein Fernglas.

***

Horst streckte die Hand aus, um seinen Sohn zu begrüßen. Als er dessen lasche Finger spürte, drückte er so fest zu, wie er konnte. Es bereitete ihm einen Heidenspaß, zuzusehen, wie Oliver mit seiner Fassung rang. Dieses Weichei! Horst hatte es längst aufgegeben, ihn zu formen, sondern akzeptiert, dass er eben aus einem besonders weichen Holz geschnitzt war. Oliver war eine Kiefer, während er selbst sich als eine unverwüstliche Eiche betrachtete.

Da konnte man nichts machen, obwohl es diese eine Sache gab, die Horst immer noch bitter aufstieß.

Früher hatte er sich manchmal gefragt, ob Gisela ihm vielleicht ein Kuckuckskind untergeschoben hatte, doch sie hatte es immer bestritten. Selbst in der Zeit ihres Rosenkriegs, wo sie ihm alle möglichen Dinge an den Kopf geworfen hatte, nur um ihn zu verletzen, hatte sie ständig beteuert, dass Oliver sein Sohn war.

Tief in seinem Inneren wusste Horst das auch. Er liebte Oliver, auch wenn das nicht immer einfach war. Sagen würde er es ihm dennoch nicht, denn diese Gefühlsduselei überließ er lieber den Weibern und Homos.

Ja, Horst war ein Mann vom alten Schlag und glücklicherweise ein aussterbendes Exemplar eines Patriarchen.

***

Auch Oliver liebte seinen Vater, auch wenn er ihn nicht sonderlich sympathisch fand. Als Kind hatte er ihn bewundert, in ihm eine Art burgenländischen MacGyver gesehen; einer, der mit einem Kaugummi und einem Stück Draht eine Bombe entschärfen könnte. Horst Haas war einer, der gern auf alle Eventualitäten vorbereitet war. Wobei ihn die Bombe, die ihm in nächster Zukunft um die Ohren fliegen sollte, eiskalt erwischen würde; doch davon wussten zu diesem Zeitpunkt weder er noch sein Sohn.

***

Die Pirsch begann. Horst bahnte sich einen Weg durch das Unterholz und Oliver trottete hinterher. Sein Vater war nur eine Armlänge entfernt, dennoch spürte Oliver die Distanz zwischen ihnen.

Sie schlichen über eine Lichtung, die erst kürzlich durch Schlägerarbeiten entstanden war. Neben ihnen stapelten sich die entästeten Baumstämme und boten ihnen Sichtschutz.

Am Boden lagen verstreut die getrockneten Äste. Es raschelte unter ihren Füßen und gelegentlich knackte es unter Olivers unbedachten Tritten. Horst fuhr herum und strafte ihn mit einem grimmigen Blick.

Oliver hob beschwichtigend die Hände, fragte sich aber einmal mehr, ob ihm die Anerkennung seines Vaters dieses Opfer wirklich wert war. Er war kein Jäger, er aß noch nicht einmal sonderlich gern Wild, dennoch sah er alljährlich seinem Vater dabei zu, wie er einen Hirsch erlegte, und beteiligte sich sogar noch an dem horrenden Abschusspreis. Und wofür? Dafür, dass Horst ihm ein ums andere Mal zu verstehen gab, dass er ihn für einen Softie oder, wie er es nannte, einen Warmbrunzer hielt. Oliver spürte, wie der Groll in ihm zu brodeln begann.

Wie immer bemerkte sein Vater nichts von seiner inneren Zerrissenheit. Das Jagdfieber hatte ihn längst erfasst und er gierte auf einen Abschuss. Er adjustierte den ganzen Krempel, den er hierhergeschleppt hatte.

»Da«, hauchte er und nickte hinüber zum Waldrand.

Mit freiem Auge war nichts zu erkennen, doch Horst war ein geschulter Jäger. Er hatte seine Lippen fest aufeinandergepresst, sodass sie einem schmalen farblosen Strich glichen. Sein Blick war konzentriert, während er sein Gewehr lud. Das leise, tödliche Klicken des Stahls war zu hören. Gut hundert Meter entfernt tanzte ein Hirsch auf Messers Schneide, ohne es überhaupt zu wissen.

Oliver griff nach seinem Feldstecher.

Tatsächlich, dort tummelten sich etliche Hirschkühe und dazwischen ein stattlicher Hirsch. Er hatte ein beeindruckendes Geweih, eindeutig ein Einser-Exemplar, das wenigstens zehn Jahre auf dem Buckel hatte. Oliver seufzte innerlich, denn das würde teuer werden.

Es war Brunftzeit und der Hirsch stolzierte hormongeladen durch seinen Harem. *Hoffentlich hat er es in der letzten Nacht krachen lassen*, dachte Oliver, denn noch eine Nacht war ihm nicht vergönnt; Horst war ein ausnehmend guter Schütze.

Oliver fühlte sich nicht nur hier fehl am Platz. Er hatte Neuland betreten und gelernt, was es bedeutete, die eigenen Begierden auszuleben. Nun stand er am Scheideweg zwischen der Welt, die er kannte, und jener, die sein Innerstes ersehnte. Er musste eine Entscheidung treffen – für sich und sein eigenes Glück.

Ein Röhren schallte aus dem Wald.

Oliver traute seinen Augen kaum, als ein zweiter Hirsch die Lichtung betrat. Mit erhobenem Haupt und wildem Blick war er gekommen, um den ersten Hirsch herauszufordern.

Ein Jungtier, längst noch nicht so groß und mächtig wie sein Kontrahent, aber trotzig und dumm genug, es dennoch zu versuchen. Die beiden Tiere prallten aufeinander und ihre Geweihe verkeilten sich. Auf absurde Weise erinnerten sie an Vater und Sohn, wobei der Sohn vom Vater gerade eine ordentliche Abreibung kassierte.

Oliver spürte eine seltsame Verbundenheit mit dem Herausforderer, der seinen Mut bewies, aber nicht den Hauch einer Chance hatte. Dann war der Kampf entschieden. Vaterhirsch schleuderte den Hirschsohn von den Füßen, der daraufhin wie ein geprügelter Hund im Wald verschwand. Gedemütigt und mit dem Gefühl der Unzulänglichkeit im Gepäck.

Sogar im Tierreich gibt es kein Happy End, dachte Oliver und spähte zu seinem Vater hinüber. Er spürte wohl seinen Blick und drehte ebenfalls den Kopf. Es war dieses joviale Lächeln, das Olivers Wut zum Überkochen brachte.

»Ich hab' es so satt, um deine Anerkennung zu betteln«, entfuhr es Oliver. Horst, dessen Augen sich wieder dem Hirsch zugewandt hatten, antwortete, ohne ihn eines Blickes zu würdigen. »Dann lass es. Nur Schwuchteln betteln.«

Olivers Herz hämmerte. Die Gewissheit, die er all die Jahre in sich verschlossen hatte, quoll an die Oberfläche.

»Ich bin schwul, Papa.«

Es folgte ein Moment absoluter Stille, in der Oliver meinte, das Blut in seinen Ohren rauschen zu hören. Horst riss die Augen auf, sein wettergegerbtes Gesicht war bleich. Seine Finger spannten sich um das Gewehr. Er krallte sich regelrecht daran, sodass seine Knöchel weiß wurden.

Horst öffnete den Mund, doch statt Worten folgte ein Schuss, der die Anspannung zerriss. Ein ohrenbetäubendes Dröhnen. Weitere Sekunden verstrichen, in denen das Echo des Schusses zwischen den Bäumen verklang, ehe die Welt in eine tödliche Stille versank. Aus der Mündung des Gewehrs stieg Rauch auf. Der Geruch von Schießpulver vermischte sich mit dem erdigen Geruch des Waldes und etwas anderem. Der metallischen Note von Blut.

Oliver stand da, unfähig sich zu regen, während sein Vater das Gewehr senkte und auf den Hirsch zurannte, der leblos am Boden lag.

Die Hirschkühe waren in Panik geflohen und Oliver hätte alles dafür gegeben, wenn er ihnen hätte folgen können. Beide hatten sie getroffen, Horst den Hirsch und Oliver Horst.

Er folgte seinem Vater, nachdem er überprüft hatte, dass er seine Schrotflinte gesichert hatte. Der Hirsch lag regungslos am Waldrand, dort, wo er zuvor sein Duell gewonnen und sich im Kreis seines Harems als Sieger gewähnt hatte.

So schnell konnte es gehen. Nun glotzten ihnen die blanken, schwarzen Augen leer entgegen.

»Waidmannsheil«, brummte Horst, ohne Oliver anzusehen. Vermutlich sagte er das nur aus Gewohnheit, denn heil war hier im Moment gar nichts, weder für Oliver noch für den Hirsch. Vermutlich auch nicht für Horst, der sich mit dem Ächzen eines Mannes, der die Last der Welt auf den Schultern spürte, in die Knie sinken ließ. Er steckte seiner Beute einen Zweig ins Nasenloch.

Ein Bruchzeichen, um das Tier zu ehren.

Trotz dieses Bekenntnisses blieben die Vorwürfe in den toten Augen des Hirsches erhalten.

Nun folgte der grausliche Teil, das Aufbrechen des Kadavers. Horst zückte sein Messer und Oliver wandte sich ab.

Aus dem Augenwinkel sah er den zackigen Schnitt, gefolgt von unschönen Geräuschen und einem noch unschöneren Geruch.

Wie all die Jahre davor, kämpfte Oliver mit der Übelkeit. Manchmal siegte er, manchmal der Brechreiz, ein Duell, bei dem sich zwei gleichwertige Gegner gegenüberstanden.

Doch dies würde sein letzter Jagdausflug sein, dachte Oliver und bemerkte Erleichterung in seinem Inneren. Wenn er seinem Vater sagen konnte, dass er eigentlich auf Männer stand, dann war die Tatsache, dass er nicht mehr Beihilfe zum Mord begehen wollte, kein echtes Hindernis mehr.

Wobei Oliver sich alles andere als sicher war, ob sein Vater überhaupt begriffen hatte, was er ihm zuvor gestanden hatte. Vielleicht litt Horst unter einer Art Jagdamnesie und hatte schlicht alles vor dem großen Knall vergessen?

Ziemlich viel sprach dafür, dachte Oliver, während er den Hirsch an den Hinterbeinen packte und ihn zusammen mit Horst zu dessen Jeep schleppte.

Nachdem sie den König des Waldes auf der Ladefläche des Geländewagens mit Ratschgurten festgezurrt hatten, nahm Oliver noch einmal seinen ganzen Mut zusammen.

»Papa? Hast du überhaupt gehört, was ich gesagt hab?«

Horst hielt inne, die Augen stur auf das tote Tier zwischen ihnen gerichtet.

»Sicher. Dafür werd' ich beim Sportschützenverein einiges an Spott einstecken müssen.«

Oliver seufzte. Das war nicht, was er hatte hören wollen, allerdings war das ja genau das Problem an Horst. Er sagte nie, was Menschen hören wollten.

»Papa, bitte!«

Horst riss sich los und wandte sich Oliver zu. Sie hatten die gleichen hellblauen Augen, doch dann war es mit der Ähnlichkeit auch schon wieder vorbei.

»Ist ja nicht so, als könnt' ich was dagegen unternehmen, oder?«, brummte er und zuckte mit den Achseln. »Außerdem hab' ich es eh irgendwie vermutet«, fügte er hinzu und überraschte Oliver nun doch. »Deshalb hab' ich dich auch immer provoziert, damit du mal mit der Sprache rausrückst. Weil, lass dir eines gesagt sein, auch ein Homo sollt sich verhalten wie a g'standenes Mannsbild.«

»Danke, Papa.«

Weil Oliver ein g'standener Mann sein wollte, verbarg er, wie sehr ihn die Zustimmung seines Vaters berührte.

Er hatte nicht geplant gehabt, sich zu outen, schon gar nicht bei seinem Vater. Dass ausgerechnet Horst kein großes Drama daraus machte, beflügelte Oliver ungemein.

Vielleicht konnte doch alles gut werden?

Dann sagte Horst etwas, das Olivers kurzen Höhenflug sogleich wieder beendete und ihn auf den Boden der Tatsachen zurückholte. »Weiß Marina davon?«

»Nein«, gestand Oliver. »Ich muss es ihr noch sagen. Allerdings gibt es da jemanden, mit dem ich vorher noch dringend reden muss.«

Kapitel 35

Der längste Tag III.

Am selben Tag trat Marina vom dunklen Parkhaus unter der Oper hinaus ins Freie. Die Sonne blendete und sie brauchte einige Sekunden, um sich an das Licht zu gewöhnen. Die Wiener Innenstadt begrüßte sie mit allen Klischees: imposante Architektur und Souvenirstände, die sich unter der Last etlicher Mozarts und Sissis bogen.

Hinter ihr wurde ein Sightseeingbus mit einer Ladung Touristen befüllt, ehe der rote Doppeldecker die Ringstraße hinunter tuckerte. Vor dem Hotel Sacher wartete man bereits auf Einlass, um Einspänner und Sachertorte zum Frühstück zu ordern.

Sollten jetzt noch die Fiakerpferde antraben, wären Wiens Aushängeschilder komplett versammelt. *Nein, das Riesenrad fehlt*, korrigierte sich Marina, doch das konnte ja schlecht anrollen.

Trotz der illustren Kulisse war ihre Laune unterirdisch.

Marina hatte alle ihre Termine umplanen müssen, weil Johann darauf bestand, sie heute hier zu treffen. Dabei war es ein Unding, an einem Montagmorgen ohne Nervenzusammenbruch in die Wiener Innenstadt zu gelangen. So wie viele andere auf der A23 war Marina an diesem Vorhaben gescheitert.

Eine weitere Komplikation, neben einem Fulltime-Job, einer heimlichen Schwangerschaft – die sich kaum noch verbergen ließ – und einem Ehemann, dem sie diese endlich beichten musste.

Sie blickte sich nach ihrem Treffpunkt um, einem Würstelstand vor der Albertina. Dieser reihte sich nahtlos in die Liste Wiener Eigenheiten ein. Wer die österreichische Hauptstadt besuchte, musste wenigstens einmal *eine Eitrige mit einem 16er-Blech* genießen, das stand mittlerweile in jedem Reiseführer. Deshalb hatte sich der Imbiss in bester Lage zu einer Goldgrube gemausert. Wahrscheinlich war es auch die einzige Würstelbude, die zur *Haßn* auf Wunsch auch Champagner servierte.

Der Duft von Käsekrainern stieg Marina in die Nase und befeuerte ihren Ekel. Seit sie schwanger war, kam sie nur schwer mit gewissen Gerüchen klar.

Noch war es ruhig und der Würstelstandbetreiber arrangierte Senf, Semmeln und Essiggurkerl, wissend, dass der Ansturm bald kommen würde. Er sah Marina fragend an, aber sie schüttelte den Kopf. Beim Anblick der Käseeinschlüsse, die zischend aus der Wursthaut perlten, hatte sie Mühe, ihr Frühstück bei sich zu behalten.

Wo blieb Johann nur?

Sie blickte sich suchend um.

Letzte Nacht hatte Marina alles andere als gut geschlafen. Düstere Vorahnungen waren durch ihren Kopf gewabert und hatten sie keine Ruhe finden lassen. Was konnte Johann noch von ihr wollen? Sie hatte ihm das Geld überwiesen, also gab es keinen Grund mehr, sie zu kontaktieren, oder doch?

Sie würde es gleich erfahren, denn der Gesuchte bog aus dem gegenüberliegenden Hauseingang und kam mit federnden Schritten auf sie zu. Johann trug seine übliche Steuerberaterkluft: graues Sakko, Hemd und beige Stoffhosen. Über seinem Arm hing ein Übergangsmantel im Farbton Eierschale und in der anderen Hand trug er eine altmodische

Aktentasche. Er war offensichtlich auf dem Weg zur Arbeit, dennoch konnte sich Marina nicht vorstellen, dass er hier, mitten im Zentrum Wiens, wohnte.

Er hielt vor Marina und nickte knapp. Dabei runzelte er seine hohe Stirn und Marina bemerkte den nach hinten gerutschten Haaransatz. Johann war die Sorte Mann, die man leicht vergessen konnte, dennoch ahnte Marina, dass sich das für sie ändern könnte.

Weil sie ihm nicht die Zeit geben wollte, sein zweifelsohne einstudiertes Anliegen vorzutragen, begann Marina das Gespräch ohne jeden Small Talk. »Was willst du von mir? Ich glaube nicht, dass wir noch einen Grund für ein Treffen haben.«

Ohne auf ihre Frage einzugehen, nestelte Johann am Futteral seines Mantels. »Ich möchte dir etwas zeigen.«

Er zog sein Handy hervor und entsperrte es.

»Danke, ich brauche keine Beweisfotos«, murmelte Marina und winkte ab, aber Johann hielt sie ihr trotzdem unter die Nase. Widerwillig riskierte Marina einen Blick, dann riss sie entsetzt die Augen auf.

»Was zur Hölle?«

Sie entriss Johann das Handy und wischte durch die unzähligen Bilder, die mit jedem Wischer schlimmer wurden. Das war eine Katastrophe! Diese Bilder hatten das Potenzial, Oliver und ihr ernsthaft zu schaden. Wie hatte Oliver sich nur dazu bereit erklären können? Dann fiel es Marina wie Schuppen von den Augen; Oliver hatte eindeutig nicht gewusst, dass er fotografiert worden war.

***

Während Marina die Bilder sondierte, warf Johann einen schnellen Blick über seine Schulter zu dem Haus hinter ihm.

So wie er es erwartet hatte, stand Maxim an einem der Fenster und blickte zu ihnen herunter. Der Callboy hatte es nicht für nötig befunden, sich anzukleiden und präsentierte seinen trainierten Oberkörper. *Maxim ist schlimmer als die eitelste Hure*, dachte Johann, weil er sich darüber ärgerte, wie materialistisch sein heimlicher Liebhaber war. Sie trafen einander meistens zeitig am Morgen, bevor Johann zur Arbeit ging. Er hatte Gleitzeit, was in diesem Zusammenhang ein amüsantes Wortspiel darstellte. Deshalb fiel es im Büro nicht auf, dass er manchmal ein wenig später kam.

Weil Johann sowieso immer als einer der letzten das Büro verließ, musste er sich keine Sorgen machen wegen der fehlenden Stunden. Eher sorgen musste er sich um das horrende Honorar, das Maxim ihm abknöpfte. Der Callboy begründete die Preissteigerung mit der Teuerung und den exorbitanten Heizkosten seiner Altbau-Dienstwohnung, dabei hätte Maxim seinem treuesten Kunden ein wenig entgegenkommen sollen. Immerhin sahen sie einander seit Jahren regelmäßig. Johann war sicher, dass ihre Beziehung längst über Kunde und Callboy hinausging, dennoch schüttelte Maxim ihn immer noch aus wie einen Klingelbeutel.

Jeden Monat, wenn Johann sein Gehalt bekam, beschloss er, Maxim nicht mehr zu besuchen, doch dann nannte Maxim ihn Krümel, küsste ihn auf den Mund und kuschelte mit ihm, nachdem sie ihr Programm abgespult hatten. Er müsse halt auch leben, betonte Maxim immer wieder, dabei wusste Johann, dass der Callboy auch ohne ihn ein recht gutes Auskommen hatte.

Manchmal stand Johann nämlich nach der Arbeit noch beim Würstelstand und aß eine Bosner, obwohl er wusste, dass die Mizzi ihn dafür stutzen würde. So konnte er die Kerle beobachten, die bei Maxim ein und aus gingen. Gut betuchte Kerle im Anzug.

Er schüttelte leicht den Kopf, einerseits, um Maxim zu vertreiben und andererseits, um sich wieder zur Konzentration zu ermahnen.

Er brauchte einen kühlen Kopf.

»Ich hab' dich bereits bezahlt«, stieß Marina hervor und blickte von den Bildern auf. »und zwar fürstlich, wie ich meinen möchte.«

Das Handy lag in ihrer Hand. Sie sah aus, als wollte sie am liebsten die Bilder löschen, doch Johann hatte sie ohnehin archiviert.

Er lächelte humorlos.

»Ich will aber mehr. Dein Oliver ist ein ganz schöner Perversling, und so was kostet extra. Denn glaub mir, die schlimmsten Bilder hab' ich dir gar nicht gezeigt.«

Das war gelogen, aber Johann genoss es, Marinas Verfall zu beobachten. Es war die stellvertretende Rache an Oliver, der es gewagt hatte, ihn nach nur einer Woche abzuservieren. Zwar hatte ihn seine Schwiegermutter dazu gedrängt, doch Johann hatte es an Olivers Tonfall gehört. Er war nicht traurig darüber gewesen, dass sich ihre gemeinsame Zeit dem Ende neigte.

»Was stellst du dir vor?«, fragte Marina und riss Johann aus seiner Erinnerung. Er nahm ihr das Handy aus der Hand und sagte: »Ich will fünfzigtausend.«

»Bist du verrückt? So viel Geld habe ich nicht.«

»Du vielleicht nicht. Das Haasi Weingut aber schon. Ich hab' mir eure Gewinne angeschaut. Das ist meine kleine Zuwendung durchaus drin.«

»So eine Transaktion kann ich nicht allein tätigen«, stammelte Marina. »Das ist unmöglich!«

Johann zuckte die Achseln. »Dann solltest du wohl dringend mit deinem Mann sprechen. Er will bestimmt nicht, dass diese Bilder ihren Weg ins Internet finden. Das wär' sicher nicht gut für das Image eurer Marke.«

Johann griff nach seinem Aktenkoffer, den er am Boden zwischen seinen Beinen abgestellt hatte, und warf einen letzten Blick zum Fenster hoch. Maxim war verschwunden. Das war wieder typisch, dass Maxim diesen grandiosen Moment verpasst hatte, wo er, Johann souverän seinen Mann gestanden hatte.

Er schnaubte.

»Ich geb' dir bis heute Abend Zeit, Oliver die Dringlichkeit dieser Angelegenheit zu erklären. Sonst rede ich morgen mit ihm und verrate Oliver, welche Rolle seine Frau in diesem Komplott gespielt hat und warum er überhaupt in der Scheiße steckt.«

***

Das Gespräch lag bereits Stunden zurück und Marina war wieder zuhause im Burgenland. Es war Mittag und sie hatte Gabriel aus dem Kindergarten abgeholt.

Nun wählte sie zum wiederholten Male Olivers Nummer. Er war mit seinem Vater auf einem Jagdausflug gewesen, das hatte sie gewusst, doch der musste längst zu Ende sein. Horst und der tote Hirsch waren seit Stunden zu Hause angekommen, doch von Oliver fehlte seither jede Spur.

»Schau, Marina, ich verstehe, dass du dringend mit Oliver reden magst«, hatte ihr Schwiegervater Horst am Telefon gesagt, als sie nach seinem Verbleib gefragt hatte. »aber du musst ihm halt Zeit geben. Er wird schon auf dich zukommen, wenn es für ihn passt.«

Diese Worte hatten Marina überrascht.

In all den Jahren, in denen sie Horst kannte, war das der erste Satz gewesen, der nicht darauf abzielte, sein Gegenüber zu beleidigen, zu brüskieren oder bloßzustellen.

»Aber wo ist er?«, hatte sie gefragt.

»Jo, schau i aus wie die Auskunft?«, hatte Horst – verschnupft wie eh und je – geantwortet. »Bei mir is er nicht. Und das ist gut so! Dem Sauhund ist wieder schlecht geworden und er hätt’ mir fast auf meinen Einserhirsch gespieben.«

Marina fragte im Büro nach, aber auch dort wusste niemand Bescheid. Oliver hatte lediglich verkündet, wegen eines wichtigen Termins außer Haus zu sein.

Das war eine verdammte Katastrophe und Marina wurde immer nervöser.

»Mama?«

»Ja, Gabriel?«

»Du rührst gerade Zucker in die Soße.«

Marina hielt in ihrer Bewegung inne, doch der Schaden war bereits angerichtet. Sie hatte Zucker ins Kochwasser für die Nudeln gekippt. Dabei war dies bereits der zweite Anlauf. Beim ersten Mal war sie so unkonzentriert gewesen, dass sie die Penne, anstatt al dente, breiweich gekocht hatte.

»Santo cielo«, rief sie, was sich in etwa mit »Heiliger Bimbam« übersetzen ließ und Gabriel zum Lachen brachte.

Weil Marina über dem drohenden Desaster brütete, unterliefen ihr heute Fehler am laufenden Band.

Sie kippte das Zuckerwasser in die Spüle, schaltete den Herd aus und drehte sich zu ihrem Sohn um.

»Ich mach dir ein Tramezzini.«

Zwar waren gefüllte Weißbrotscheiben kein ausgewogenes Mittagessen, doch etwas anderes würde ihr Kind heute nicht zwischen die Zähne bekommen. Während sie aus Mozzarella, Basilikum, frischen Tomaten und Olivenöl eine schnelle Füllung zauberte, beobachtete sie Gabriel. Der Knirps schien zu spüren, dass etwas nicht stimmte.

»Wo ist Nonna?«

»Weiß ich nicht.«

»Wo ist Papa?«

»Weiß ich auch nicht.«

Marinas Augen füllten sich mit Tränen.

»Macht es dich traurig, dass du gar nichts weißt?«

Marina prustete. Dieser neunmalkluge Dreikäsehoch brachte sie einfach immer zum Lachen. Sie hielt inne und wandte sich ihrem Sohn zu.

»Komm her, Tesoro«, murmelte sie und umarmte ihn. Sie spürte sein weiches Haar an ihrer Wange. Sie hatte nach den Sternen gegriffen und ihre Welt in Schutt und Asche gelegt. So konnte es gehen. Sie hatte alles haben wollen und alles verloren. *Nein, nicht alles*, korrigierte sie sich. Das größte Geschenk hielt sie in ihren Armen und das konnte ihr niemand wegnehmen. Als sie Gabriel an sich presste, spürte sie ein leises Flattern in ihrem Bauch. Kaum wahrnehmbar, aber doch vorhanden. Sie japste nach Luft, weil sie es wiedererkannte. Der kleine Schmetterling in ihrem Bauch war ein Zeichen, dass es in ihrem Leben mehr gab, wofür sie dankbar sein konnte.

Der restliche Tag verstrich in nervösem Bangen. Oliver blieb verschollen und sein Handy ausgeschaltet. Es war zum aus der Haut fahren!

Am Abend brachte Marina Gabriel ins Bett. Müde von den Strapazen schmiegte sie sich an ihn und schlief in seinem Zimmer ein. Sie verbrachte die Nacht in einem Zustand wohliger Zufriedenheit, die abrupt endete, als sie die Augen öffnete und auf Gabriels Paw-Patrol-Wanduhr die Zeit ablas.

Es war sieben Uhr morgens.

Marina fuhr hoch und hastete nach nebenan in ihr Schlafzimmer. Das Bett war unberührt.

Marina schaute auf ihr Handy. Immer noch keine Nachricht von Oliver.

Sie wählte ein weiteres Mal seine Nummer. Diesmal klingelte es, dann brach es ab. Oliver hatte sie weggedrückt.

Einen Augenblick später trudelte eine automatische Nachricht ein.

Ich rufe zurück.

Weil Marina nicht wusste, was sie sonst tun sollte, schrieb sie Johann eine SMS.

Hatte noch keine Gelegenheit, mit Oliver zu reden, schrieb sie. *Erledige ich jedoch so schnell wie möglich.*

Am Bildschirm erschienen drei tanzende Punkte.

Johann antwortete:

Passt schon. Oliver ist hier. Ich erledige das für dich.

Marinas Herzschlag setzte aus.

Nun wusste sie, wo Oliver war. Vermutlich stand er gerade in Wien am Würstelstand vor der Albertina, weil Johann ihn zu einem dringenden Gespräch zitiert hatte. Oliver erfuhr, dass sie einen Umpoler auf ihn angesetzt hatte, der sie nun alle erpresste und es gab nichts, das sie dagegen tun konnte. Game over!

Wie eine Marionette ging Marina ins Kinderzimmer und weckte Gabriel. Sie machte ihm Frühstück und brachte ihn in den Kindergarten, denn es war besser, wenn er nicht zu Hause war, sollte Oliver wutentbrannt hier auftauchen.

Kapitel 36

Die Wahrheit kommt ans Licht

Marina kam gerade vom Kindergarten nach Hause. Sie trug noch ihren Burberry Trenchcoat, die teuren Stiefel und die Handtasche über der Schulter. Trotzdem bog sie in den Stall, um sich irgendwie abzulenken.

Das Heu knisterte unter ihren Schuhen und der Schmetterling in ihrem Bauch flatterte aufgeregt, allerdings gelang es Marina heute nicht, sich daran zu erfreuen. Sie betrachtete Diva, die gemächlich eine Karotte zwischen ihren Zähnen zermalmte. Es war still, nur das rhythmische Kauen war zu hören. Das störrische Pony war die einzige Gesellschaft, die Marina im Augenblick ertragen konnte.

Mittlerweile musste Oliver die Wahrheit kennen und vermutlich war er gerade auf dem Weg hierher.

Obwohl ihr die Nervosität die Kehle zuschnürte, war Marina froh, dass dieses Katz-und-Maus-Spiel bald sein Ende finden würde. Sie war in der sechzehnten Schwangerschaftswoche, die Wahrheit ließ sich ohnehin nicht mehr länger verschleiern.

Als sie den Gedanken zu Ende gedacht hatte, bog ein Auto in die Einfahrt. Marina fuhr herum. Sie stand im Eingang der Scheune und wartete. Einen Augenblick später flog die Wagentür auf. Oliver schnellte nach draußen, hastete über den knarzenden Kies.

Drei Meter von ihr entfernt, blieb Oliver stehen. Rage und Kränkung hatten sein Gesicht purpurfarben gefärbt.

»Oliver«, hauchte Marina.

Ihr Puls hämmerte wild gegen die Schläfen. Das hier war schlimmer, als sie es sich je hätte ausmalen können.

Oliver machte einen Schritt auf sie zu.

»Wieso hast du mir das angetan?«

»Es tut mir leid«, stammelte Marina und wusste, wie unzureichend diese Entschuldigung war. »Ich wollte nie …« Weiter kam sie nicht, da Oliver das Wort wieder an sich riss.

»Du hast …« Er zögerte, so als gelänge es ihm nicht, Johanns Namen in den Mund zu nehmen. »Du hast diesen Kerl verdammt noch mal darauf angesetzt, um mich zu verführen? Was stimmt nicht mit dir? So etwas tut doch kein normaler Mensch.«

Oliver hob die Hände, als wollte er Marina packen und kräftig schütteln. Weil er aber keiner Fliege etwas zuleide tun konnte, schüttelte er nur demonstrativ die Luft.

»Umpolen nannte er es«, sagte er und lachte humorlos. »Und du hast ihn dafür bezahlt, mir etwas vorzuspielen. Und wofür? Damit dieser Kerl mich mit all den kompromittierenden Bildern, die er von mir gemacht hat, erpressen kann. Er möchte hundert-tausend-Euro von mir, sonst veröffentlicht er die Fotos und spielt sie der Presse zu. Und das alles nur deinetwegen. Wegen meiner eigenen Frau!«

Seine Vorwürfe endeten in einem wilden Geschrei.

»Hasst du mich denn wirklich so sehr?«

»Nein! Ich hasse dich nicht«, stieß Marina hervor. Mittlerweile kullerten Tränen über ihre Wangen. »Das Gegenteil ist der Fall.«

Oliver scheuchte ihre Erklärungsversuche fort wie eine lästige Fliege. »Ja, ich weiß, unsere Ehe ist zur Farce verkommen, aber ist das deine Lösung? Das hätte ich dir niemals zugetraut.« Spucke sprühte ihm aus dem Mund, so sehr schäumte er vor Wut.

Marina holte tief Luft: »Oliver, ich bin schwanger.«

Augenblicklich stoppte sein Ausbruch, als hätte man den Stecker gezogen. Olivers Gesichtsfarbe wechselte in Sekundenschnelle von Rot zu blass fahlem Weiß. »Was?«

Sie sah ein winziges Aufflackern von Freude in seinen Augen, doch dann kam die Realität wie ein scharfes Schwert und zerstückelte dieses Gefühl. Er wusste, dass er unmöglich der Vater sein konnte.

»Schwanger?«, wiederholte er tonlos. »Von wem?«

In diesem Moment bog ein weiteres Auto mit quietschenden Reifen auf den Parkplatz. Ein roter Alfa Romeo. Luca sprang aus dem Wagen und hielt mit langen Schritten auf Marina zu.

»Amore! Vergib mir, es war alles ein Missverständnis. Ich hätte niemals gehen dürfen.«

Marina stand der Mund offen. Das kam unerwartet und vor allem äußerst unpassend. Erst jetzt fiel Lucas Blick auf Oliver und sein Lächeln gefror.

Oliver benötigte keine Erklärung mehr, die Wahrheit entblätterte sich direkt vor seinen Augen. Einen Wimpernschlag später war die Röte in seinem Gesicht zurück.

»Du treibst es mit meiner Frau, in meinem Haus?«, stieß er hervor und stürzte sich auf Luca, der in letzter Sekunde einen Satz zur Seite machte. Oliver stürmte ins Leere wie ein tobender Bulle bei einem Stierkampf.

Er nahm abermals Anlauf und warf sich in Ringermanier in Lucas Arme, dabei hieb er ihm mit den Fäusten in die Seiten.

»Oliver, beruhig dich! Lass uns wie zwei vernünftige Menschen miteinander reden.«

Luca schob seinen Angreifer von sich, bemüht, die Schläge

abzuwehren. Es war ohnehin ein unfairer Kampf, Luca war ein junger Mann. Oliver keuchte und schnaufte, Schweiß perlte ihm über das Gesicht, doch er war nicht bereit, aufzugeben. »Wie zur Hölle soll ich mich beruhigen, wenn du meine Frau schwängerst?«, schrie er.

Marina schnappte nach Luft.

Lucas Augen weiteten sich, suchten die ihren. Es war absurd, dass ausgerechnet Oliver zum Überbringer ihres Geheimnisses wurde.

»Amore, ist das wahr? Du bist …« Unzählige Emotionen fluteten sein Gesicht. »Diventerò padre?« Ich werde Vater?

Marina lächelte durch einen Tränenschleier hindurch und nickte. Dieser Augenblick hätte schön sein können, wenn sich nicht zeitgleich ihr Ehemann und ihre Affäre die Köpfe eingeschlagen hätten.

Luca ließ Oliver stehen und machte einen Schritt auf Marina zu. Hinter ihm rang Oliver schwerfällig nach Atem, stützte sich mit den Händen auf den Oberschenkeln ab. Sein Atem klang wie ein Blasebalg. Marina sah seine Hand, die er an die Brust presste. Etwas war ganz und gar nicht Ordnung!

Seine Augen weiteten sich und Angst flackerte auf.

Dann sackte er in sich zusammen und lag wie ein lebloses Bündel auf dem Boden. Marina stieß einen Schrei aus und stürzte zu ihm.

»Er hat einen Herzinfarkt«, sagte Luca. Er drehte Oliver auf den Rücken. Gemeinsam stierten sie in sein Gesicht, es war bleich und leer. Oliver atmete nicht.

Luca öffnete ihm die Jacke und riss die Knöpfe von seinem Hemd auf. Darunter kam seine blasse Brust zum Vorschein, die sich weder hob noch senkte.

»Marina, schnell, ruf einen Krankenwagen!«, rief Luca, während er mit der Herzdruckmassage begann. »Sie sollen einen Notarzt schicken.«

Marinas Finger bebten, als sie die Notrufnummer in ihr Smartphone tippte. Am anderen Ende der Leitung meldete sich eine Frauenstimme. Sie verlangte Auskünfte und Marina beantwortete alle ihre Fragen, obwohl sie innerlich immer mehr verzweifelte. Vor ihr lag ihr Ehemann, regungslos, das Gesicht aschfahl, die Augen geschlossen. Luca beugte sich über ihn und bearbeitete seinen Brustkorb.

Der Moment zog sich wie Kaugummi und mit jeder Sekunde entglitt ihnen Olivers Leben ein bisschen mehr.

Wenn er stirbt, dann ist es einzig und allein meine Schuld, dachte Marina und weinte heftig.

Endlich erklang das Sirenengeheul, dann konnten sie das Aufblitzen des Blaulichts sehen. Der Rettungswagen bog um die Ecke. Die Türen schwangen auf und zwei Sanitäter sprangen aus dem Inneren. Sofort waren sie bei Luca und übernahmen das Ruder.

Er trat an Marinas Seite, gemeinsam beobachteten sie die Reanimationsversuche der Rettungskräfte. Das blinkende Licht des Rettungsautos ließ sie alle wie bleiche, hohläugige Wesen aussehen.

»Es wird alles gut, Amore«, sagte Luca und drückte ihre eiskalte Hand. Er sagte es immer wieder, so als wäre es sein Mantra, an das er sich klammerte.

Am Himmel erklang das Wummern des Rettungshubschraubers. Als der gelbe Helikopter am Parkplatz landete, stoben winzige Steinchen in alle Richtungen davon. Marina dachte an Gabriel und war froh, dass ihm dieser Anblick erspart blieb.

Ausgerechnet als Oliver auf die Trage gebettet wurde, trudelten die ersten Mitarbeiter des Weinguts ein. Gerade rechtzeitig, um den Abtransport ihres Chefs zu erleben. Sofort sprangen sie aus ihren Autos, rissen die Münder auf und gafften.

314

Marina hörte den Funkspruch des Sanitäters.

»Wir haben einen Patienten mit Verdacht auf akuten Myokardinfarkt«, sagte er in sein Mikro.

Marina stand regungslos da, unfähig, ihre Augen abzuwenden. Sie war wie in Watte gepackt und der Schock hielt sie fest umklammert. Einer der Rettungssanitäter trat zu ihr, redete beruhigend auf sie ein und fragte sie nach Vorerkrankungen. Marina schüttelte den Kopf. Oliver war kerngesund gewesen und nun wurde er verladen. Es ging um Leben und Tod, denn man flog ihn nicht in eines der umliegenden Krankenhäuser, sondern ins Wiener AKH.

Als sie Oliver auf der Trage liegen sah, erfasste Marina die Wucht ihrer Taten, ihrer Entscheidungen und der Konsequenzen. All das hier hatte sie verschuldet.

Luca stand neben ihr, als sich der Hubschrauber in die Lüfte erhob.

Weil Marina schwieg, schilderte er den Unfallhergang. Unauffällig drängten auch die Mitarbeiter näher, in der Hoffnung weitere Informationen zu erhaschen.

Gerade als Marina dachte, dass es nicht mehr schlimmer kommen konnte, bog ein Taxi in die Zufahrt des Weinguts und Francesca wuchtete sich aus dem Inneren. Sie hatte den Rettungshubschrauber wegfliegen sehen und war dementsprechend aufgeregt. Das Letzte, das Marina nun brauchte, war eine hysterische Italienerin.

Marina ging zu ihr, erklärte ihrer Mutter in wenigen Sätzen die Sachlage, dann schwang sie sich kurzerhand auf die Rückbank des Taxis. »Bringen Sie mich bitte nach Wien ins AKH«, sagte sie zu dem erstaunten Fahrer, der an diesem Morgen das Geschäft seines Lebens witterte. Dann braustem sie los.

Marina warf einen Blick über die Schulter.

Vielleicht war Francescas Auftauchen doch nicht so

schlecht gewesen, dachte sie. Ihre Mutter bestürmte Luca und die Sanitäter, um jedes Fitzelchen an Information zu ergattern. Bis sich ihr Redeschwall wieder gelegt hatte, war Marina längst über alle Berge und niemand konnte sie aufhalten.

Kapitel 37

Leben und Tod

Marina fühlte sich mit dem Stuhl verwachsen, so lange saß sie schon regungslos auf der Intensivstation. Die ersten Stunden waren die schlimmsten gewesen. Marina war in den Gängen der Notaufnahme auf und ab gepilgert, während Oliver hinter verschlossenen Türen um sein Leben gekämpft hatte. Sie war machtlos davor gestanden, eingehüllt in einen Kokon aus Angst und Ungewissheit.

Dann war die Welt kurz stehen geblieben. Der Arzt war aus dem Raum getreten und hatte sie mit ausdrucksloser Miene angesehen. Es war eine halbe Ewigkeit verstrichen, ehe er die erlösenden Worte gesagt hatte. »Ihr Mann lebt und es geht ihm den Umständen entsprechend gut.«

Danach gingen die Schleusen endgültig auf und Marina weinte vor Freude und Erleichterung.

Später erfuhr sie, dass Oliver klinisch tot gewesen war. Dank Lucas sofortiger Reanimation, dem raschen Eintreffen des Hubschraubers und einer Notoperation lebte er wieder. Würde er es Luca danken? Wohl eher nicht.

Weil Marina seine Frau war – und niemand wusste, wieso Olivers Herz den Geist aufgegeben hatte –, hatte sie ihn kurz besuchen dürfen. Er befand sich im künstlichen Tiefschlaf, würde jedoch bald aufgeweckt werden.

Marina war beinahe zu seiner Mörderin geworden; ein Gedanke, der sie nicht mehr losließ. Es hatte nicht viel gefehlt und sie hätte Gabriels Vater auf dem Gewissen gehabt, dabei hatte sie immer nur das Beste für sie beide gewollt.

Marina betrat den Raum nur auf Anweisung, weil es genaue Regeln für die Besuchszeiten gab. Dazwischen saß sie im Wartebereich und harrte aus, bis sie wieder zu Oliver vorgelassen wurde.

Sie telefonierte gerade mit Francesca, bei der Gabriel die nächsten Tage verbringen würde.

»Es bricht mir das Herz, ihn so zu sehen«, flüsterte sie ins Handy. »Zumindest bist du dafür am rechten Ort«, antwortete Francesca.

»Ich melde mich wieder«, antwortete Marina knapp und legte auf. Sie musste sich vor Gott und der Welt verantworten, ein schrecklicher Mensch zu sein, doch sicher nicht vor Francesca.

Marina kannte ihre Mutter gut genug, um zu ahnen, dass Lucas plötzliches Auftauchen mit Francescas Abwesenheit zu tun gehabt hatte. Das bedeutete im Umkehrschluss, dass auch Lucas Verschwinden bereits auf ihrem Mist gewachsen war.

Das Smartphone vibrierte und eine Nachricht poppte auf: *Sie haben 23 Sprachnachrichten.*

Marina schnaubte und schaltete ihr Handy aus. Sie wollte im Augenblick keine einzige davon abhören.

Beinahe erleichtert zog sie die Tür zur Intensivstation auf und trat wieder ein in die sterile Blase, abgeschottet von der Außenwelt, in der es nur Piepen, Summen und Zischen zu geben schien.

Piep, piep, zisch, pling, zisch. Immer wieder. Eine monotone Kakofonie. Es roch nach Desinfektionsmittel und Krankenhaus.

Neben ihr befand sich die Maschine, die dafür sorgte, dass Oliver lebte. Ein schlaues Ding, das seinen Puls, seine Sauerstoffsättigung und andere lebenswichtige Maßnahmen überwachte.

Marina griff nach Olivers Hand und streichelte sie vorsichtig. Sie war kalt, da man seine Körpertemperatur herabgekühlt hatte.

»Stimmt es, dass sie Papa eingefroren haben wie ein Fischstäbchen?« Gabriels Stimmchen hatte diese Frage zuvor ins Telefon gewispert. »Nonna hat das gesagt. Und dass sie ihn bald wieder auftauen.«

Marina hatte all ihre Kraft zusammengenommen, Zuversicht in ihre Stimme gepackt und ihrem Jungen Trost zugesprochen. Dann hatte sie nach Francesca verlangt und ihr die Leviten gelesen, doch das hatte nichts gebracht, denn weder politische Korrektheit noch Empathie zählten zu den Talenten ihrer Mutter. Eine feine Klinge schon gar nicht. In Francescas Welt starb man nicht, man krepierte.

Hinter ihr öffnete sich die Tür und eine Krankenschwester betrat den Raum. Schwester Susi. Sie lächelte Marina aufmunternd zu und überprüfte die Monitore. Dann fühlte Marina eine Hand auf ihrer Schulter. »Keine Sorge. Er wird wieder. Der Arzt sagt, er hat unglaubliches Glück gehabt.«

Plötzlich vibrierte es in Marinas Tasche.

Die Krankenschwester zog vorwurfsvoll die Hand fort und die Augenbrauen hoch, denn auf der Intensivstation waren Telefone strikt verboten. Marina hatte sich an dieses Gebot gehalten, das Smartphone gehörte Oliver. Er hatte es in seiner Hose eingesteckt gehabt und es war ihr ausgehändigt worden. »Seines«, murmelte Marina. Es verstummte und die Krankenschwester beruhigte sich wieder.

»Bleiben Sie in der Nähe, er wird bald aufwachen«, sagte sie, ehe sie ging. »Es tut ihm bestimmt gut, ein vertrautes Gesicht zu sehen.« Instinktiv verzog Marina das ihre. Würde Olivers Herz, dieses verräterische Organ, bei ihrem Anblick gleich wieder in die Knie gehen?

»Ich weiß, ich hab' kein Recht, mich hier herauszureden«, sagte Marina und blickte in Olivers regungsloses Gesicht. Er war noch sediert und das war vermutlich der einzige Grund, warum er Marina seine Hand noch nicht entrissen hatte. »Aber ich will, dass du weißt, dass ich es nicht getan habe, um dir zu schaden. Im Gegenteil. Ich liebe dich und will nur dein Bestes. Haben wir nicht beide verdient, wieder glücklich zu sein?«

Marina beobachtete die Linie seines Herzschlags auf dem Monitor. Beruhigend regelmäßig. Sie begriff, dass sie gerade Abschied nahm von ihrem alten Leben, doch dann wurde dieses Loslassen von Vibrationen durchbrochen.

Olivers Handy.

Marina ignorierte es. Dann vibrierte es erneut und Marina fischte es enerviert aus ihrer Tasche. Nicht einmal loslassen konnte man ungestört.

»Tantra Silvia« stand auf dem Bildschirm.

Das verwunderte Marina nun doch, allerdings wusste sie schon lange nicht mehr, wo sich Oliver vergnügte.

Sie drückte auf den grünen Knopf und flüsterte: »Hallo Silvia, hier ist Marina. Du rufst bestimmt an, weil Oliver einen Termin bei dir hat?« Sie wartete gar nicht auf eine Antwort, sondern fuhr sogleich fort: »Oliver hatte einen Herzinfarkt. Es geht ihm den Umständen entsprechend, aber er liegt noch im AKH im Aufwachzimmer. Er wird also nicht kommen, falls ihr euch etwas ausgemacht habt.«

Schweigen.

Am anderen Ende der Leitung schnaufte jemand.

»Hallo? Silvia? Bist du noch da?«

Das Freizeichen erklang. Silvia hatte aufgelegt.

Marina zuckte die Achseln und schaltete das Handy aus.

Gerade noch rechtzeitig ließ sie es wieder in ihrer Tasche verschwinden, denn am Gang näherte sich Schwester Susi.

Mittlerweile kannte Marina die Geräusche ihrer Gesundheitsschuhe. Flapp, flapp machten sie. Anders als die von Schwester Olga, die klangen mehr nach klong, klong. Seltsam, dachte Marina, welche Details ihr plötzlich auffielen.

»Er kommt langsam zu sich«, sagte Schwester Susi mit einem feierlichen Lächeln. Augenblicklich bekam es Marina mit der Panik zu tun.

»Scheiße, ja, Sie haben recht.«

Flapp-flapp Susi zuckte zusammen. Das war eindeutig nicht die Reaktion, mit der sie gerechnet hatte.

Marina blickte auf Oliver, als sei er eine tickende Zeitbombe, die jeden Moment hochgehen könnte. Als seine Lider zu flattern begannen, hielt Marina es nicht mehr aus.

»Ich besorge ihm schnell ein paar Sachen aus dem Supermarkt. Bin gleich wieder da.«

»Aber er ...«

»Sie sind doch hier«, sagte Marina. »Sagen Sie ihm einfach, dass ich gleich wieder da bin.« Ein wenig leiser fügte sie hinzu: »Falls er das überhaupt möchte.«

Schwester Susi rief Marina etwas hinterher, aber sie war schon zur Tür hinaus. Marina rannte, als wäre der Teufel höchstpersönlich hinter ihr her. Kein Flapp-flapp dieser Welt hätte sie einholen können, als sie durch den Gang preschte.

Marina brachte es nicht über sich, an seiner Seite zu sein. Was, wenn er bei ihrem Anblick gleich wieder einen Herzinfarkt bekam? Oder zur Abwechslung einen Schlaganfall. Oder einen Tobsuchtsanfall, der wiederum in einem von beiden resultierte? Dann wäre sie die erste Frau, die ihren Ehemann zweimal innerhalb weniger Tage umgebracht hätte.

Was würde Oliver sagen, wenn Flapp-flapp Susi ihm von

ihrer Anwesenheit erzählte? Vermutlich, dass er seine Frau nie mehr wiedersehen wollte. Marina spürte einen Stich in der Brust. Sie hatte Abschied nehmen wollen von ihrem alten Leben, aber nicht durch Flucht, sondern ein wenig würdevoller. Gescheitert, auf ganzer Linie.

Als sie beim Fahrstuhl ankam, hämmerte sie auf die Liftknöpfe ein. Sechs Aufzüge befanden sich hier auf jeder Seite des Ganges. Darüber springende Lichtpunkte, die anzeigten, in welchem der Stockwerke sie sich gerade befanden.

Eine Tür schwang auf und ein wuchtiges Bett, inklusive eines betagten Patienten, wurden vom Pfleger ins Freie geschoben.

Marina trat respektvoll beiseite, da schloss sich die Tür und der Lift fuhr allein weiter. Ein anderer Fahrstuhl öffnete sich, voll beladen mit Menschen. »Wir fahren nach oben«, flötete einer der Insassen. Marina schnaubte.

Aufzüge in Krankenhäusern waren die Pest. Entweder fuhren sie in die falsche Richtung oder sie hielten in jedem gottverdammten Stockwerk. Dann begann das große Umschichten, das ein wenig an Tetris erinnerte, weil der hinterste aussteigen und eine neue Ladung Menschen einsteigen und Knöpfchen drücken musste.

Endlich war Marina im Erdgeschoss angelangt, dem Herzstück dieses geschäftigen Ameisenbaus. Das AKH war selbst ein Kandidat für einen drohenden Herzinfarkt, denn die Arterien waren heillos verstopft. Patienten, Besucher und medizinisches Personal wuselten durcheinander. Man sah Angehörige mit besorgten oder hoffnungsvollen Mienen und Patienten, die auf Rollstühlen durch die Gänge geschoben wurden. Ein Gewirr aus Wegweisern, Plänen und bunten Linien sorgte für noch mehr Verwirrung, dazwischen

Durchsagen, Aufrufe und allgemeine Informationen.

Man konnte hier Blumen, Zeitschriften und andere Mitbringsel erwerben, die bei einem Krankenhausbesuch allgemein erwartet wurden.

Marina hielt auf einen kleinen Supermarkt zu.

»Deodorant und Kaugummi«, murmelte sie, während sie sich ein Körbchen schnappte. Nicht für Oliver, sondern sich selbst.

Seit dem Unfall hatte sie Olivers Lager nicht mehr verlassen. Sie ging die Regale entlang und sondierte die Produkte akribisch, um das Unangenehme noch einen Augenblick länger hinauszuschieben.

Marina sah Rahm, Obers und Topfen. Der Magertopfen war aus, vermutlich, weil viele hier ihren Weg zu einer gesünderen Lebensweise antraten.

Marinas Blick wanderte weiter zum Käsesortiment. Sie erblickte Olivers Lieblingssorte und es juckte sie in den Fingern, die Hand auszustrecken.

Oliver und sie würden nicht mehr zu Alltag und Normalität zurückkehren, denn Marina hatte alle Mauern eingerissen.

Sie hatte alles haben wollen, Liebe und Leidenschaft mit Luca. Freundschaft und Elternschaft mit Oliver. Jetzt hatte sie gar nichts, ihr Leben war so leer wie das rote Plastikkörbchen an ihrem Arm. Die Leere in ihrem Inneren konnte sie nicht füllen, das Körbchen schon. Beinahe trotzig griff Marina sich einen Smoothie, zwei Muffins und einen fixfertigen Caesarsalat und bemerkte dabei, wie hungrig sie war.

Sie reihte sich in die Schlange vor der Kasse.

»Gehen Sie ruhig vor, Sie sind ja schwanger«, sagte eine in Rot und Weiß gekleidete Sanitäterin vor ihr und trat höflich beiseite. Marina durchzuckte es siedend heiß, denn dies war das erste Mal, dass ein Fremder ihren Babybauch erkannte.

Erstaunt blickte sie an sich hinunter. Wirklich, er ragte weiter nach vorne denn je, so als ob mit dem Ende des Verwirrspiels auch das imaginäre Baucheinziehen ein plötzliches Ende gefunden hätte.

Marina lächelte, das erste Mal seit Tagen.

»Vielen Dank«, murmelte sie, packte ihren Einkauf auf das Förderband und bezahlte.

Kapitel 38

Jeder nach seinem Gusto

Mit ihrem Einkauf verließ Marina das AKH und überquerte die Fußgängerbrücke, die über die Gleise der U6 führte. Ihr Ziel war ein Spielplatz auf der anderen Straßenseite. Es war später Nachmittag, die Sonne stand bereits tief. Marina setzte sich auf eine freie Parkbank neben einer Sandkiste und aß ihren Salat. Ein Dreijähriger mit Rotzglocke beobachtete sie neugierig. Dann streckte er die Zunge heraus, nahm eine Schaufel Sand und warf sie nach Marina, die gerade noch rechtzeitig ihren Caesarsalat in Sicherheit bringen konnte.

Reizendes Balg, dachte Marina, als eine schrille Frauenstimme quer über den Spielplatz plärrte. »Kevin!«

Der Knirps zog den Kopf ein und machte kehrt. Marina sah eine junge Frau, die versuchte, einen anderen, etwa fünfjährigen Jungen vom Kletterturm zu zerren. Sie bekam aber nur sein Bein zu fassen, ehe der Turnschuh nachgab und der Rest vom Burschen oben im Turmloch verschwand.

»Ist mir eh wurscht«, brüllte sie ihm hinterher. »Dann iss halt den Tschickstummel. Wirst schon sehen, wennst nachher die Scheißerei kriegst.«

Die Jungmutter machte kehrt und hielt zielstrebig auf Marinas Parkbank zu. Dabei zog sie sich ihre Skinny Jeans über den knochigen Hintern und den Reißverschluss ihrer Sweatjacke bis zum Schlüsselbein hoch. Aus ihrem Ausschnitt ragten die Reste eines Tattoos, dessen Ausläufer wie Dornenranken ihren Nacken emporkrochen.

»Tut mir leid«, sagte die Frau und musterte ihren Jüngsten

mit zusammengekniffenen Augen.

Sie schien kurz zu überlegen, ob sie Marina den Sand vom Mantel klopfen sollte, entschied sich dann aber dagegen.

Mit einem Seufzer ließ sie sich neben Marina auf die Bank fallen, zog einen Energydrink aus ihrer Umhängetasche und gönnte sich einen genüsslichen Schluck.

»Kinder sind ein Segen«, sinnierte sie. »Aber manchmal sinds auch einfach nur Oarsch!«

Marina nickte, weil sie keine Ahnung hatte, was sie auf diese Gemeindebau-Poesie erwidern sollte.

»Kevin, schleich di«, rief die Jungmutter nun, da der Kleine sich mit einem weiteren Schauferl Sand näherte. Ertappt ließ er sich auf den Hintern plumpsen und steckte sich stattdessen eine Faust voll Sand in den Mund.

»Pfui! Ausspucken«, schimpfte seine Mutter. »Da scheißen die Katzen drauf.« Sofort war sie wieder auf den Beinen. Sie drückte Marina ihre Dose in die Hand und schnappte sich das Kleinkind, um ihm beim Trinkwasserspender den Mund auszuwaschen. Als sie mit Kevin am Arm zurückkehrte, musterte sie Marina neugierig.

»Sie sind schwanger?«

Marina nickte selig und streichelte über ihren Bauch.

»Na, da gratuliere ich ganz herzlich«, murmelte die andere. »Dass Sie in ihrem Alter noch ein Kind bekommen, damit hat ihr Mann fix nicht gerechnet, oder?«

Sie sagte es mit einem jovialen Lächeln auf den Lippen. Eindeutig nicht das hellste Licht auf der Torte, dennoch empfand Marina ihre Worte als Provokation.

»Nein, hat er nicht«, antwortete sie kühl. »Als ich es ihm gesagt habe, ist er vor Schreck umgefallen. Herzinfarkt. Das passiert bei Menschen in unserem Alter.«

Der Jungmutter klappte der Mund auf, doch Marina ersparte ihr die Antwort, in dem sie sich erhob, ihre Sachen packte und auf den Ausgang des Spielplatzes zusteuerte.

Sie spazierte durch die Straßen, trank ihren Smoothie und verputzte den letzten Muffin. Marina hatte es nicht eilig zurückzugehen und Oliver unter die Augen zu treten. Vergessen konnte sie es allerdings auch nicht, da die zwei dunklen Betontürme des AKHs wie Mahnmale aufragten.

Erst als sich ihre Blase meldete, machte sie kehrt und steuerte wieder auf den Gebäudekomplex zu. Nicht einmal zwei Stunden konnte sie ohne Toilettenbesuch durchstehen.

Genau hundertdreiundzwanzig Minuten nach ihrer überhasteten Flucht ging Marina den Gang zum Aufwachzimmer entlang. Sie bog um die Ecke, bereit für eine weitere Runde Piep, piep, zisch, pling, zisch, als sie beinahe selbst der Schlag traf, denn das Zimmer war leer. Wie von einer unsichtbaren Hand gestoßen, taumelte Marina rückwärts. Sie machte kehrt und eilte zu dem Glaskubus, der als Infoschalter fungierte, als ihr auf halber Strecke Schwester Olga entgegenkam.

»Wo ist mein Mann?«, stammelte sie. »Wo ist Oliver Haas? Er ist nicht mehr in seinem Zimmer.«

Marina biss sich entsetzt auf die Lippen. Die Ärzte hatten gesagt, dass es ihm erstaunlich gut ging, er konnte doch unmöglich in den vergangenen zwei Stunden ...

»Keine Sorge, Frau Haas«, sagte Schwester Olga schnell.

»Wir haben ihn auf ein Klassezimmer gebracht, Sie haben ja eine Zusatzversicherung.«

Sie erklärte Marina den Weg, dann bog sie selbst in einen anderen Gang ab und war verschwunden. Das AKH war ein Konglomerat aus Korridoren, Wegen und Verbindungstüren und Marina verlor innerhalb kurzer Zeit den Überblick.

Endlich stand sie vor der richtigen Zimmertür. Sie legte die Hand an die Türschnalle, als hinter ihr Flap-Geräusche zu hören waren. Schwester Susi schoss auf sie zu und rief: »Halt, warten Sie, Frau Haas. Ich denke nicht, dass Sie das sehen sollten.«

Das klang seltsam.

Bestürzung spiegelte sich auf ihrer Miene und Marina beschloss, dass sie unbedingt sehen sollte, was diese hervorgerufen hatte. Ohne anzuklopfen, öffnete sie die Tür und trat ein.

Oliver lag in seinem Bett. Seine Wangen waren erstaunlich rosig für jemanden, der kurz zuvor tot gewesen war. Am Bettrand saß ein Mann und hielt Olivers Hand. Immer wieder führte er sie an seine Lippen, küsste jeden einzelnen Fingerknöchel und liebkoste ihn.

Es war Günther, der Tantra-Masseur, der eindeutig nicht nur gebend agierte, sondern sich nachhaltig bediente.

Günther beugte sich vor, vermutlich, um Oliver zu küssen, als Marina ein leises Hüsteln ausstieß. Zwei Köpfe drehten sich in ihre Richtung. Günther zuckte ertappt zusammen. Oliver kniff die Lippen aufeinander und wandte sich demonstrativ von ihr ab. Mit dieser Reaktion hatte sie gerechnet, dennoch schmerzte es Marina zutiefst.

Günther erhob sich und schob Marina zur Tür hinaus, während Oliver sie keines Blickes würdigte.

Schwester Susi folgte ihnen.

»Er hat uns beim Bettenlift abgepasst und Herr Haas meinte, es wäre in Ordnung, wenn er ...«

Schwester Susi blickte irritiert zwischen Marina und Günther hin und hier.

Wie absurd musste dieses Bild auf sie wirken? Ein Herzpatient erwachte nach seiner Operation. Seine Ehefrau nahm plötzlich Reißaus und ihr Mann stürzte sich in die Arme eines anderen Mannes. Alles andere als alltäglich.

»Oliver will dich nicht mehr sehen«, sagte Günther gerade-heraus, so als wollte er die Hiobsbotschaft schleunigst über die Lippen bekommen. »Er möchte nichts mehr von dir, nur sein Handy. Das hast du ja scheinbar noch.«

Schwester Susi bekam Augen groß wie Untertassen. Diese Geschichte würde die nächsten Tage im Schwesternzimmer für heitere Pausenunterhaltung sorgen.

»Ich versteh nicht«, hauchte Marina, während sie in ihrer Tasche kramte und das Smartphone hervorzog. Sie schüttel-te den Kopf.

»Du und Oliver? Wirklich?«

»Wieso nicht? Glaubst du, ein Mann wie Oliver braucht deine Hilfe, um jemanden kennenzulernen?«

Marina hörte den schneidenden Vorwurf.

Oliver hatte ihn also bereits eingeweiht.

»Ich ... es war nicht so, wie du denkst. Ich wollte nie ...«

Weiter kam Marina nicht, da plötzlich Gezeter hinter ih-nen erklang.

»Schwul?«, schrie jemand vom anderen Ende des Gangs, dass es an den Wänden widerhallte. Es war Silvia. »Dass du dich traust, mir das einfach so beim Nachmittagskaffee zu sagen und zu gehen. Glaubst du wirklich, dass ich dich so leicht davonkommen lasse?«

Nun sah Günther in etwa so kümmerlich aus wie der drei-jährige Kevin im Sandkasten. Er zog den Kopf ein und mur-melte: »Ich hab' doch gesagt, dass wir das später bereden, Hasi, aber im Moment braucht mich der Oliver.«

»Und ich nicht?«, antwortete Silvia kein bisschen entspann-ter. »Ich hätt' schon misstrauisch werden sollen, als der Haas plötzlich alle zwei Wochen zu einem Termin gekommen ist.«

Im Augenwinkel glaubte Marina zu erkennen, dass sich Susi auf die Lippen biss. Vibrierten da etwa ihre Schultern?

Sie kam nicht mehr dazu, die vermeintliche Schadenfreude genauer unter die Lupe zu nehmen, denn nun bog der Sicherheitsdienst um die Ecke, um Silvia und sie hinauszubegleiten.

»Hören Sie, es ist mir wurscht, wer Sie sind oder warum Sie hier sind«, sagte der Mann vom Sicherheitsdienst zu Silvia, als diese lautstark protestierte. »So benimmt man sich nicht in einem Krankenhaus. Und Sie ...«

Er wandte sich an Marina. »Ihr Mann hat verfügen lassen, dass Sie sich ihm nicht mehr nähern dürfen, also halten Sie sich bitte an diese Weisung.«

Marina stand mit Silvia vor der Pforte des AKH, dort, wo eine ganze Reihe an Taxlern auf Kundschaft wartete. Von einem von ihnen schnorrte sich Silvia eine Zigarette. Sie inhalierte gierig.

»So ein Arschloch«, resümierte sie. »Schwul! Was zum Teufel heißt das bitte? Man kann doch nicht von heute auf morgen schwul werden, oder?«

Sie zeichnete Gänsefüßchen in die Luft und begann, Günthers sanfte Tonlage nachzuäffen. »Weißt Schatzi, das ist, als ob man jahrelang Äpfel isst, obwohl es einen schon lang auf etwas anderes gustert.«

»Bananen wahrscheinlich«, warf Marina trocken ein und erntete einen giftigen Blick.

Seit dieser unerwarteten Wendung fühlte sich Marina auf unerklärliche Weise befreit. Vielleicht, weil sie wusste, dass sich nun jemand um Oliver kümmerte. Sie gönnte ihm einen liebevollen Partner und Günther schien das zweifelsfrei zu sein.

Marina wedelte die Rauchschwaden fort und machte einen Schritt rückwärts. Von Silvias entspannter Hippie-Aura war nichts mehr übrig. Nun war sie nur noch eine gehörnte Ehefrau, der die Holzperlen vom zerrupften Schädel abstanden wie bei Medusa höchstpersönlich.

»Und was machen wir jetzt?«, fragte Silvia. »Wir können das doch nicht einfach so hinnehmen?«

Marina zuckte die Achseln.

»Vielleicht kannst du Günther mit einem selbstgebackenen Apfelstrudel doch noch von deinen Qualitäten überzeugen?«

Sie wartete Silvias Antwort gar nicht mehr ab, sondern machte kehrt und steuerte auf das erstbeste Taxi zu.

Sie war müde und wollte nach Hause.

Zwar war sie nicht mehr todunglücklich, aber erschöpft und ausgelaugt. Die letzten Stunden forderten nun eindeutig ihren Tribut.

Kapitel 39

Rache ist scharf!

Der Wiener Stadtrand war eine Welt für sich. Hier prallten ländliche und städtische Einflüsse aufeinander wie tektonische Platten. Zwischen den Wohnbauten drängte sich das grüne Umland. Man befand sich noch im Einzugsgebiet der Wiener Linien, nur dass die Busse zwischen Schrebergärten, Feldern und Einfamilienhäusern ihre Runden drehten. Hin und wieder erhoben sich Bürokomplexe, die aussahen wie Bauklötze, die aus der Innenstadt gekullert waren.

Die Jugendlichen versuchten, mit Graffitis den Parkbänken und Hauswänden ein wenig urbanes Flair zu verleihen, doch gegen das biedere Lebensgefühl in der Vorstadt kamen sie nicht an.

Ein rostiger Volvo hielt am Straßenrand. Die Beifahrertür schwang auf und ein roter Lackpump glitt nach draußen. Eine Waffe mit zehn Zentimeter Bleistiftabsatz Größe 43, gefolgt von strammen Waden, die in grobmaschigen Fischnetz-Strumpfhosen steckten. Dann schwang sich Star höchstpersönlich ins Freie. Sie trug ihr schillerndes Bühnenoutfit.

Star klappte ihren Autositz nach vorne, damit Toni und Shiny von der Rückbank aussteigen konnten. Die beiden zwängten sich unter Ächzen und Fluchen aus dem winzigen Auto. »Wir hätten doch ein Taxi nehmen sollen«, raunte Shiny zum wiederholten Male. Es war Toni gewesen, der von dieser Idee nichts wissen wollte.

»Taxler erinnern sich immer an alles, wenn die Polypen sie ausquetschen«, brummte er. Er war im Gegensatz zu Shiny und Star in seiner Straßenkleidung unterwegs. »Die Mama nicht, die hält dicht.«

Wie zum Beweis legte Gerti hinter dem Fahrersitz ihre Hände auf die Augen, auf die Ohren und dann auf den Mund.

»Vielleicht sollten wir auch nichts machen, was die Bullen auf den Plan ruft?«, maulte Shiny und schob sich demonstrativ den Umschnallbusen zurecht. »Ich mein ja nur.«

Niemand kommentierte ihren Einwand, denn eigentlich waren sie sich ohnehin einig. Johann hatte eine Grenze überschritten und so etwas durfte niemand ungestraft tun.

Einen anderen mit seiner sexuellen Gesinnung zu erpressen, war die unterste Schublade. Überhaupt empfand Toni es als Ehrensache, Marina unter die Arme zu greifen, immerhin hatte er ihr Johann vorgestellt.

Vor ein paar Tagen hatte sie ihn angerufen, verzweifelt, weil sie ihren Ehemann nirgendwo erreichen konnte. Dann hatte sie ihm von der Erpressung erzählt.

Seither tüftelte Toni an seinem Plan.

»Hoppla«, raunte Star, als sie strauchelte und sich gerade noch rechtzeitig an einer Straßenlaterne fing.

Die drei hatten sich Mut angetrunken und eindeutig zu viele Aperol intus.

Toni beugte sich hinunter und schaute ins Innere des Wagens.

»Keine Panik. I fahr schon nicht ohne euch«, brummte seine Mutter und schnallte sich ab. »Lassts euch Zeit. Ich geh eine Runde mit der Fifi. Die muss noch einmal.«

Gerti war eindeutig die Abgebrühteste von ihnen. Sie stieg aus und schnappte Fifi, das Handtaschenhündchen mit dem

Zopfgummi im Haar, um eine abendliche Gassirunde zu drehen.

»Mama, es ist schon finster. Bleib lieber im Auto«, riet Toni, doch wie immer wollte seine Mutter davon nichts wissen.

»I hab alles dabei, was i brauch«, sagte sie und streckte demonstrativ die Hände in ihre Taschen. Was sie hervorzog, konnte sich durchaus sehen lassen. Pfefferspray, Notfallpfeife und Gagisackerl; alles, was man für einen Spaziergang auf unbekanntem Terrain benötigte.

»Da drinnen wohnt der Sack also?«

Toni, Shiny und Star blickten an dem spießbürgerlichen Wohnhaus empor, das die Mittelständigkeit förmlich ausdünstete. Pelargonien in Blumenkästen, angegraute Hausfassade, Windspiele, Gartenzwerge und klebende Fliegenfänger in Blumenform, die an den Scheiben pappten. Und Nachbarn, die hinter den Spitzenvorhängen hervorlugten.

»Los, bringen wir es hinter uns«, sagte Toni und zückte sein Handy, »bevor noch eine von den Spitzendeckerl-Hexen die Polizei ruft!«

Er schrieb eine Nachricht an Johann.

Komm runter. Marina und Oliver erfüllen deine Forderung.

Dann wandte er sich an seine Komplizen.

»Ihr kennt ja den Plan.«

Shiny und Star nickten und machten sich vom Acker, denn Johann sollte glauben, dass Toni allein gekommen war.

Die beiden bogen um die Hausecke und hielten auf einen kleinen Schrebergarten zu, der Johanns Frau gehörte. Das hatte die Sondierung ihres Facebook-Profils ergeben, denn Mizzi postete gerne Bilder von ihren Gladiolen.

Welche der Parzellen ihr gehörte, war nicht schwer zu erkennen, da über einem der Gartenhäuser ein Schild hing, auf dem »Mizzis Reich« stand. Es wurde links und rechts von zwei Kätzchen flankiert und war eine Brechreiz verursachende Scheußlichkeit.

So wie der Rest des Gartens, der gespickt war mit Gartenzwergen: Gartenzwerge beim Gießen, Gartenzwerge beim Tiere streicheln, Gartenzwerge, die Feierabend machten und an einem Bierchen nippten.

Toni wippte auf den Fußballen. Es juckte ihn in den Fingern, sich eine Zigarette anzuzünden, und dass, obwohl er schon vor Jahren zu rauchen aufgehört hatte.

Hinter einem Fenster im vierten Stock wurde ein Vorhang beiseite gezogen. Toni schwenkte demonstrativ die braune Ledertasche in seiner Hand. Er hatte sie zuvor mit allen Nylonstrümpfen ausgestopft, die er besaß, um die Illusion einer prall gefüllten Tasche zu erzeugen.

Ein paar Minuten später kam Johann zur Tür heraus. In Hausschuhen und mit zwei halb vollen Müllsäcken. Er stopfte sie in die Tonne, blickte sich um und hielt dann auf Toni zu.

»Etwas dezenter wär' es nicht gegangen?«, knurrte er und betrachtete Toni, der noch einen Hauch von Lippenstift trug.

»Das hat dich doch sonst auch nicht gestört, Schatzi«, antwortete Toni spöttisch.

»Los, bringen wir es hinter uns«, sagte Johann und trieb ihn zur Eile.

Toni zog bei seinem Anblick die Augenbrauen zusammen. Es ärgerte ihn, dass er sich in Johann so getäuscht hatte.

»Nicht hier auf der Straße«, antwortete Toni, als Johanns Hand nach dem Henkel der Tasche griff. Er deutete in Richtung der Gartenhäuschen, die sich um die Ecke befanden.

»Gehen wir dorthin. Muss ja nicht jeder zuschauen.«

Johann wirkte sichtlich befangen. Zwar trug Toni längst

wieder normale Kleidung, doch selbst der zarte Hauch von Rot in seinem Gesicht war ein No-Go in der Vorstadt.

Johann wollte protestieren, allerdings hatte er die Rechnung ohne Toni gemacht. Er packte den schmächtigen Steuerberater nämlich am Krawadl und bugsierte ihn ins Gartenzwergparadies.

»Jetzt lass mich los, ich komm ja eh mit«, murrte Johann, der seinen Worten zum Trotz aussah, als würde er am liebsten Reißaus nehmen.

Im Schrebergarten angekommen, machte er einen entsetzten Schnaufer, denn jemand hatte Mizzis Lieblingszwerg verunglimpft. Es handelte sich um einen dickbäuchigen Gesellen, der eine Laterne in der Hand hielt und aus dessen Hose nun ein erstaunlich plastischer Penis hervorlugte. Ein Akt schamloser Vandalen, ausgeführt mit einem Permanentmarker.

Diese Provokation lenkte Johann eine Sekunde zu lange ab, sodass er den Angriff nicht kommen sah. Ehe er aufschreien oder sich zur Wehr setzen konnte, befand er sich bereits im Inneren des Gartenhäuschens. Etwas Seidiges wurde ihm in den Mund gestopft. Nylonstrumpfhosen.

Johann sog scharf die Luft ein, als Star ihm die Hose herunterzog. Kalte Luft umspielte sein bestes Stück, dann waren da Hände, die genau wussten, was sie taten.

Shiny schlang von hinten die Arme um Johann und beobachtete das Ganze von oben.

»Jetzt hat er überall Lippenstift.«

»Weiß ich«, stimmte Star ihm zu. »Volle Absicht!«

Toni grinste und drückte mehrmals auf den Auslöser seiner Handykamera.

»Ich glaub nicht, dass sich die Mizzi noch um den Gartenzwergpimmel schert«, kommentierte er trocken. »Ich mein, nachdem sie gesehen hat, wo der deine schon überall war.«

Johann spuckte die Strumpfhose aus und versuchte sich aus der Umklammerung zu winden. »Warum tut ihr mir das an?«

»Du kennst mich, Johann«, sagte Toni salbungsvoll. »Ich bin ein gutmütiger Mensch. Aber bei Erpressung, da geht mir einfach das G'impfte auf.« Er offenbarte Johann, was mit den Bildern passieren würde, sollte er sich erdreisten, die von Oliver zu veröffentlichen. Danach ließ er ihn laufen.

Nachdem die Shining Stars Mizzis Reich wieder verlassen hatten, warteten sie vor dem Volvo. Gerti und Fifi waren noch nicht von ihrer Gassirunde zurück. Das war nicht ganz der Abgang, den Toni sich vorgestellt hatte. Er zückte sein Handy und schrieb eine Nachricht an Marina.

Keine Sorge, Johann wird bestimmt nichts mehr ausplaudern.

Toni kam sich ungemein verwegen vor, als Augenblicke später sein Handy schepperte.

»Was hast du getan?«, hauchte Marina entsetzt.

»Nix«, gab Toni klein bei und ruderte zurück in den sicheren Hafen der Gesetzeskonformität. »Wir haben ihn nur daran erinnert, dass auch wir pikante Bilder von ihm haben.«

»Welche Bilder?«

»Der Johann hat doch glatt ein Pantscherl mit zwei Transen. Dabei ist er ein ganz braver Hetero, dessen Ehefrau nichts von seinem geheimen Doppelleben weiß.«

Sie plauderten noch kurz, dann beendete Toni das Gespräch, weil die Haustür aufschwang und ein Paar aus dem Wohnhaus trat. Johann und Mizzi, eine hagere Frau um die Fünfzig im altrosa Parker.

Schlagartig wurde Johann kreidebleich. Vermutlich glaubte er, dass sie vorhatten, ein Wörtchen mit Mizzi zu sprechen und sie über die Vorlieben ihres Mannes aufzuklären.

»Pfui, Johann, schau dir das an«, brummte seine Ehefrau, während sie ihre Hand durch die Armbeuge ihres Mannes schob. »Jetzt trauen die sich schon in die Vorstadt. Also wirklich! Das hat man davon, wenn man die Grünen mitregieren lässt.«

Johann nickte kaum merklich und blickte stur zu Boden.

»Vielleicht sollten wir wirklich nach Groß Enzersdorf ziehen?«

Shiny und Star tauschten belustigte Blicke.

»Gute Idee. Dort gibts sicher keine Schwuchteln«, raunte Toni, gerade laut genug, damit Johann seine Worte hören konnte. »Noch nicht.«

Kapitel 40

Rot wie Blut

Marina saß auf der Rückbank des Taxis, den Kopf an die Fensterscheibe gelehnt. Sie hatte gerade ein interessantes Gespräch mit Toni geführt. Er hatte ihr versichert, dass Johanns Erpressung Geschichte war. Wie er das geschafft hatte, wollte Toni nicht verraten. Über die genauen Hintergründe würden sie noch sprechen müssen, doch für den Moment genügte Marina, dass wenigstens dieses Problem gelöst war.

Vor dem Fenster zog die Landschaft vorüber.

Nieselregen benetzte die Scheibe. Es war bereits dunkel, die Lichter der Stadt brachen sich in den Tropfen und färbten die Schlieren golden und rot. Wien wurde immer weniger und das niederösterreichische Umland mehr, bis sie die burgenländische Grenze überquerten. Heimkommen.

Ein schales Gefühl begleitete dieses Wort.

Marina hatte zigmal versucht, Luca zu erreichen, allerdings ohne Erfolg. Ihre Anrufe landeten auf der Mobilbox.

Sie blinzelte, um ihren Blick zu schärfen.

Die monotone Geräuschkulisse im Wageninneren wirkte einschläfernd. Das Trommeln des Regens, der Scheibenwischer und die leise Operettenmusik, die auf Ö1 gespielt wurde, schufen eine Melasse, dickflüssig wie Honig, die Marina unweigerlich mit Müdigkeit überzog.

Sie kämpfte dagegen an und zückte ihr Handy, um sich mit Francesca in Verbindung zu setzen.

Marina verzog das Gesicht und atmete einmal tief durch, ehe sie auf den grünen Knopf drückte. Zwar hatte sie nur eine vage Vorstellung von dem Intrigenspiel ihrer Mutter, doch diese Ahnung genügte, um ihre Wut zu befeuern. Weil sie aber in Zukunft als alleinerziehende Mutter mehr denn je auf deren Unterstützung angewiesen sein würde, schluckte sie ihren Groll für den Moment hinunter.

»Ciao Marina. Come stai?«

»Ciao Mamma. Ich komme Gabriel abholen. Das Taxi ist in circa dreißig Minuten da.«

Am anderen Ende der Leitung herrschte Schweigen und Marina glaubte bereits, dass die Verbindung unterbrochen worden war.

»No. Heute nicht mehr. Questo non va bene. Gabriel schläft schon. Ich bringe ihn morgen zu dir.«

Marina protestierte halbherzig. Sie vermisste Gabriel, die bunten Pflaster auf seinen Knien, den Geruch seiner Karamellbonbons und die Wärme seines kleinen Körpers, wenn sie ihn im Arm hielt.

Allerdings konnte sie kaum noch die Augen offenhalten.

Die Aussicht auf eine heiße Dusche und ein wenig Entspannung rangen mit ihrem Verantwortungsbewusstsein.

»Also gut.«

Abermals Schweigen in der Leitung.

Es schien, als würde Francesca auf all die Fragen warten, die Marina nicht bereit war, zu stellen. Wo ist Luca? Hat er etwas zu dir gesagt? War er wirklich da oder habe ich ihn mir nur eingebildet?

Marina schwieg trotzig. Francesca war der letzte Mensch, mit dem sie über Luca sprechen würde.

Endlich bog das Taxi in die Zufahrt zum Weingut. Marina bezahlte und stieg aus. Sie sah zu, wie der Taxifahrer, ein reizender älterer Mann, aus der Einfahrt bog.

Marina durchwühlte ihre Handtasche auf der Suche nach

dem Schlüssel, während sie sich die wenigen Stufen zur Haustür empor schleppte. Sie hielt verdutzt inne. Die Türmatte war verrutscht und ringsum lagen Erdklumpen verstreut. Hatte jemand nachgesehen, ob ein Ersatzschlüssel darunter versteckt war? Augenblicklich schnellte Marina herum. Niemand war zu sehen. Die Lichtkegel der Straßenlaternen schufen gelbe Inseln im Nachtschwarz, reichten aber nicht aus, um das Areal zu erhellen.

Das Weingut war leer, die Mitarbeiter längst in ihrem wohlverdienten Feierabend und die Alarmanlage deaktiviert, weil man sie von innen steuern oder eine Zeitschaltung aktivieren musste. Beides hatte Marina in der Hektik nach Olivers Herzinfarkt nicht getan.

Die verschobene Fußmatte konnte ein Zufall sein, es war die verstreute Erde, die sie beunruhigte.

Marina bückte sich. Neben der Haustür standen mehrere Steinguttöpfe. Bauchige Vasen in unterschiedlichen Größen, die mit allerhand Grünzeug bepflanzt worden waren. In der kleinsten Vase, die nur faustgroß war, steckte ein Ersatzschlüssel, bloß, dass er es jetzt nicht mehr tat. Scheiße!

Marinas Hand bewegte sich wie in Zeitlupe auf die Klinke zu. Sie spürte das gebürstete Metall, dann erhöhte sie den Druck und der Griff wanderte nach unten. Mit einem leisen Knarzen schwang die Tür einen Spalt auf. Marinas Herz klopfte wie verrückt.

Ihre Müdigkeit war wie fortgeblasen.

Sie hatte gehofft, dass abgeschlossen war, denn dann hätte sich ihre Sorge, dass Einbrecher im Haus waren, zerschlagen. Nun blähte sich die Sorge auf und wurde zu beißender Angst, die sich ihr in den Magen grub.

Im Inneren flackerte ein Lichtkegel auf und bewegte sich. Der Schein einer Taschenlampe? Es konnte nur so sein.

Jemand durchsuchte ihr Wohnzimmer.

Marina zog die Tür wieder zu, damit der milchige Streifen Licht, der das Vorzimmer zerteilte, verschwand. Mit einem metallischen Klicken rastete das Schloss ein und Marina hielt die Luft an. Hatten die Einbrecher das Geräusch gehört?

Ihre Finger zitterten so stark, dass sie mehrere Versuche benötigte, um die Tastensperre des Smartphones zu entriegeln. Sie musste die Polizei rufen. Wie lautete noch einmal diese verdammte Nummer? Tausendmal hatte sie Gabriel eingebläut, dass er sich diese Zahlen merken müsse, dabei war es nun ihr Kopf, der wie leer gefegt war. Es dauerte einige Sekunden, bis sie die erlösenden Ziffern eintippte.

Versteck dich, mahnte sie der letzte Teil ihres Gehirns, der noch über ein Fünkchen logischen Denkens verfügte. Sie ließ ihren Finger, der über der grünen Taste geschwebt war, sinken. Vor der Tür stehen zu bleiben bedeutete, dass man Gefahr lief, den Einbrechern direkt in die Arme zu laufen.

Als sie ihren Gedanken zu Ende gedacht hatte, tauchte ein Lichtkegel im Vorraum auf. Sie sah es durch die Milchglaseinsätze der Haustür.

Marina unterdrückte den Ruf der Flucht. Es war unmöglich, schnell genug zu türmen und sich zu verstecken. Eher wahrscheinlich war, rücklings gepackt und niedergerissen zu werden. Deshalb entschied sie sich notgedrungen zum Angriff. Im Augenblick war das Überraschungsmoment auf ihrer Seite; zumindest hoffte sie das.

Marina schleuderte das Handy in ihre Tasche und griff nach dem Erstbesten, das sich als Waffe anbot. Es war die bauchige kleine Vase.

Die Klinke wurde nach unten gedrückt. Marina hob die Hand über den Kopf und hielt die Luft an. Dann ging alles ganz schnell. Die Tür schwang auf und Marina schlug zu. Sie spürte einen Widerstand, hörte ein Stöhnen, gefolgt von einem lauteren Rumpeln. Ein Mann lag am Boden.

Sofort war Marina über ihm, bereit, ein weiteres Mal zuzuschlagen, als sie das dichte schwarze Haar erblickte.

»Mi arrendo«, sagte eine vertraute Stimme. *Ich ergebe mich.*

»Luca?«

Augenblicklich ließ Marina die Steinvase fallen, die am Boden mit einem Knacken zerbrach.

Marina sank auf die Knie und begutachtete die Verletzung, die sie verursacht hatte. Eine Platzwunde an seiner Schläfe, aus der das Blut quoll. Luca versuchte sich an einem Lächeln, das ihm nicht so recht gelingen wollte.

»Oh Gott, es tut mir so leid«, stammelte Marina. »Wir brauchen einen Krankenwagen.«

Sie wollte die Rettung rufen, so wie schon zwei Tage zuvor, als sie Lucas Hand auf der ihren spürte.

»Ein Handtuch reicht für den Anfang.«

Sie half Luca sich aufzurichten, dann eilte sie ins Innere zum Gästebad.

Auf halber Strecke hielt Marina an, da sie ein Flackern hinter der Wohnzimmertür bemerkte. Was sie für den Schein einer Taschenlampe gehalten hatte, waren Teelichter, die Luca entzündet hatte. Er hatte sich um ein romantisches Setting bemüht. Vermutlich hatte ihm Francesca verraten, dass sie sich am Heimweg befand und wo der Notfallschlüssel versteckt war.

Und was hatte Marina getan? Sie hatte die Romantik bewusstlos geschlagen. Sie hätte sich selbst ohrfeigen können.

Fünfzehn Minuten später, nachdem Marinas Knie aufgehört hatten zu zittern und Luca das erste Handtuch in Rot getränkt hatte, saßen sie im Land Rover auf dem Weg ins

Krankenhaus.

Nicht ins Wiener AKH, sondern nach Eisenstadt. So wie es aussah, lebten die Männer in ihrer Gesellschaft gefährlich.

Das Krankenhaus in Eisenstadt war nicht mit dem wuselnden Ameisenbau des AKHs zu vergleichen, wo zu jeder Tages- und Nachtzeit Menschen eingeliefert wurden. In der Notaufnahme war es still. Keine Sirenen und Sanitäter, die im Laufschritt einen Patienten herankarrten, sondern nur gelegentliches Piepen, wenn jemand nach der Nachtschwester rief. Marina saß vor dem Behandlungsraum, in dem Luca verschwunden war, und schämte sich. Ihretwegen musste Luca nun zusammengeflickt werden.

Der behandelnde Arzt trat aus dem Zimmer und winkte sie zu sich. Zögerlich folgte Marina seinem Winken.

»Keine Sorge, es waren nur ein paar Stiche«, sagte der Arzt, als er ihre besorgte Miene sah. »Sie können jetzt zu ihm. Er soll noch ein paar Minuten sitzen bleiben, bis die Betäubung nachlässt, dann darf er nach Hause.«

Mit klopfendem Herz trat Marina ein.

Luca saß auf der Liege und grinste ihr entgegen. Ein dicker Verband schlang sich um seine Stirn und an seiner Wange sah man die getrockneten Spuren des Rinnsals. Noch schlimmer hatte es sein weißes Hemd erwischt, das voller Blutflecken war. Im grellen Licht wirkte er bleich und hohlwangig.

Marina trat zu ihm.

»Es tut mir so leid!«, stammelte sie. »Wie konnte ich dich nur für einen Einbrecher halten?«

Luca schüttelte den Kopf. Er wirkte sichtlich verlegen.

»Es war meine Schuld. Ich wollte dich überraschen, aber es war eine saudumme Idee.« Er errötete und ein Hauch von Leben kehrte in sein bleiches Antlitz zurück.

»Du musst dich ausruhen. Soll ich dich nach Hause fahren?« Marina ließ bewusst offen, wo dieses Zuhause sein sollte. Luca nickte und deutete auf einen Stuhl, wo seine Lederjacke hing. »Holst du sie mir bitte?«

Seine Stimme bebte leicht.

Sekunden später kehrte Marina mit der Jacke zurück. Sie streckte sie Luca entgegen, doch er nahm sie nicht.

»Greif in die Jackentasche.«

Marina zog einen klobigen Gegenstand hervor. Sie spürte die samtigen Konturen einer Schatulle in ihrer Hand.

»Öffne sie.«

Marina tat wie geheißen und blickte auf einen goldenen Ring, in dessen Mitte ein Diamant prangte. Offensichtlich ein Familienerbstück.

Luca stand auf, nahm den Ring aus der Schachtel und ließ sich in die Knie sinken. Seine wunderschönen blauen Augen ruhten unentwegt auf ihr. »Marina, willst du mich heiraten?«

Eine Sekunde später fügte er hinzu: »Ich meine natürlich, sobald du geschieden bist.«

Ihr Herz tat einen Satz. Marina horchte in ihr Innerstes, dann öffnete sie den Mund und sagte: »Nein!«

Kapitel 41

Wo alles begann

Zwölf Minuten betrug die Fahrzeit vom Krankenhaus Eisenstadt nach Pöttelsdorf. Weitere zwanzig Minuten brausten sie nun schon ziellos durch die Nacht. Marina klammerte sich am Lenkrad ihres Autos fest. Seitdem sie den Antrag abgelehnt und sie gemeinsam die Notaufnahme verlassen hatten, sprachen sie nur das Nötigste.

Sie setzte den Blinker und bog in eine geschotterte Nebenstraße. Der Weg endete bei einer kleinen Aussichtsplattform. Hier hatten Marina und Luca zu Beginn ihrer Bekanntschaft gesessen. Damals hatte sich Marina die Augen aus dem Kopf geweint, wegen ihrer vermeintlichen Unfruchtbarkeit.

Marina drehte den Zündschlüssel zu sich und der Motor verstummte. Sie zog die Handbremse, löste ihren Gurt und öffnete die Autotür.

Marina stand vor dem Range Rover, lehnte sich gegen die Motorhaube und spürte die Wärme an ihren Oberschenkeln. Sie atmete tief in ihren Bauch und sog die Kühle der Nacht in sich auf, um ihr erhitztes Inneres zu kühlen.

Was hatte sie nur getan? Und – *Mamma Mia!* – warum?

Ohne den Kopf zu wenden, hörte sie, dass Luca ihr gefolgt war und neben ihr stand. Er berührte sie nicht, dennoch spürte sie das Magnetfeld, das sich zwischen ihnen auftat. Anziehung, Knistern und Spannung hatte es schon immer zwischen ihnen gegeben.

Marina dachte an das Zitat von Michael Verhoeven, das den Küchenkalender in diesem Monat mit seiner Sinnspende bereichert hatte.

Das Leben ist eine ständige Spannung zwischen dem, was man tun soll und tun möchte, und dem, was man tun kann und tun darf.

Marina riskierte einen Seitenblick. Nun, da sie ihr Leben zerschlagen hatte, war sie frei ein Neues aufzubauen, doch etwas hinderte sie daran. Sie öffnete den Mund, um es Luca zu erklären, aber er war schneller.

»Ich bin froh, dass du mich noch mitgenommen hast.«

Seine Worte klangen bitter, aber wer konnte es ihm verübeln?

»Ich kann dich schlecht k. o. schlagen und im Krankenhaus in der Notaufnahme zurücklassen, oder?«, antwortete Marina. Es hätte ein Witz sein sollen, nur dass es leider ganz und gar nicht so geklungen hatte. Luca prustete humorlos.

Das milchige Mondlicht schmeichelte seinen kantigen Zügen. Seine tief liegenden Augen wirkten dunkler als gewöhnlich. Die Augenbrauen waren leicht gerunzelt. Er war nicht rasiert, die Bartstoppeln ein wenig länger als gewöhnlich. Offensichtlich hatte auch er ein paar harte Tage hinter sich.

»Warum stehen wir hier?«

»Ich kann dich schlecht in das Haus meines Mannes mitnehmen, in dem wir beide nichts mehr verloren haben, oder?« Das war die Wahrheit, aber nicht das, was Luca gemeint hatte.

»Wieso hier?«

Marina blickte sich um. Unter ihnen erstreckten sich die Weinreben, die nun bald geerntet werden würden. Der Regen war abgeklungen, die Wolken hatten sich verzogen und der Himmel war sternenklar. Anders als in Wien, funkelten die Sterne hier ein Ticken heller. Der Mond hing wie eine bleiche Scheibe über ihnen. Es roch erdig und feucht. Der Sommer war nur noch eine Erinnerung und die Luft trug die kühle Frische des Herbsts in sich.

»Als du mich das letzte Mal hierhergebracht hast, war ich todtraurig, aber du hast einen Funken Hoffnung in mir entzündet.«

Marina lächelte verlegen. »Das wusste ich zu diesem Zeitpunkt freilich noch nicht, aber danach wurde alles … anders.«

»Warum hast du Nein gesagt?«

Luca wechselte seine Position. Er stand nun vor ihr, blickte Marina fest in die Augen.

»Weil ich bereits verheiratet bin.« Es war eine billige Ausrede und Luca verscheuchte sie mit einer knappen Handbewegung.

»Wieso hast du Nein gesagt?«

»Weil ich nicht aus Mitleid oder aus Schuldgefühlen geheiratet werden will«, brach es aus Marina hervor. Das Gift, das diese Vermutung gespeist hatte, eruptierte in ihr wie ein Vulkan, sowie sie ihre Angst in Worte kleidete. Sie hob trotzig den Kopf, reckte das Kinn vor und erwiderte Lucas Blick. »Du kannst dem Baby ein Vater sein, wenn du es möchtest, doch ich zwinge dich nicht. Es steht dir frei, zu gehen, ich stelle keinerlei Forderungen an dich. Ich schaffe das auch allein.«

Nun war es gesagt. Die Lava, die sich selbstzerstörerisch durch ihre Adern geschoben hatte, stockte.

Luca lächelte. »Sei stupido.« *Dummerchen.*

Eine Bezeichnung, die Marina ganz und gar nicht gefiel.

Er öffnete den Zipper ihrer Jacke, dann glitten seine Finger in das warme Innere und strichen über ihren Bauch, der sich darunter wölbte. »Bereits bei unserer ersten Begegnung hast du mir das Herz gestohlen, aber was hätte ich tun sollen? Du warst die Frau meines Chefs. Und ich sein Praktikant, was hätte ich dir bieten sollen? Aber gegen Gefühle ist man machtlos. Also wollte ich mich ablenken, doch keine andere konnte neben dir bestehen.«

»Vom ersten Moment an?«

Luca nickte. »Wusstest du, dass Giulia und Francesca am Abend der Weinverkostung eine Allianz geschlossen haben? Die beiden erkannten ebenfalls die Anziehung zwischen uns. Vermutlich sogar viel früher als wir selbst.«

Marina kniff die Lippen aufeinander. »Du hast immer wieder betont, dass du weder an Kindern noch an einer Ehefrau interessiert bist.«

Luca lächelte verlegen. »Weil ich dachte, dass du dann schneller weg bist, als ich das Wort Affäre sagen kann. Also nahm ich das Wenige, das du bereit warst, mir zu geben.«

Er zog seine Hand wieder zurück und schloss den Zipper. Dann griff er nach Marinas Hand und strich über ihren Ehering.

»Amore, es ist mir egal, ob du mich heiratest oder nicht, aber das ist mein Kind und du bist meine Frau, ob mit Ring oder ohne.«

»Es ist dir egal?«

Marina zog die Augenbrauen hoch. Nun, da Luca es als unwichtig abgetan hatte, empfand sie das Bedürfnis, zu widersprechen.

Luca lächelte milde. »Ich hab' einen Fehler gemacht«, murmelte er. »Du bist eine halbe Italienerin und ich Idiota hab' die Wienerin gefragt.«

Ein winziger Blick, eine Rückversicherung, dann sank Luca abermals in die Knie. Marina stockte der Atem, als er in seine Jackentasche griff und die Schatulle hervorzog. Er klappte sie auf und zog den Ring hervor, der im Sternenlicht verheißungsvoll funkelte.

»Mi vuoi sposare?«

»Sì!«

Die verbleibende Nacht verbrachten sie auf der Rückbank des Range Rovers. Aneinander gekuschelt, eingehüllt in die Aura des anderen, schwelgten sie in Träumen und Hoffnungen und bauten an etwas, das einmal ihre Zukunft werden sollte.

Als Marina dachte, dass es nicht mehr besser werden könnte, zog ein Geschwader aus Sternschnuppen über den Nachthimmel, um irgendwo in der Atmosphäre zu verglühen.

Sie hatten keine Bleibe, Marina standen eine Scheidung und vermutlich einige unangenehme Sorgerechtsstreitigkeiten bevor, aber dennoch war sie in diesem Augenblick so glücklich wie schon sehr lange nicht mehr.

Sie fühlte die Müdigkeit, die ihr seit Tagen in den Knochen steckte. Die Schwere des Schlafs umfing sie bereits, dennoch wehrte sie sich, unwillig, das samtige Gefühl von Geborgenheit und Zweisamkeit zu verschwenden.

Wie schön wäre es, die Süße dieses Augenblicks zu konservieren, um dann ein Leben lang davon zu zehren? Wie bei einem sündhaft teuren Parfüm, das man sich gelegentlich hinter die Ohren tupfte, um wieder ein wenig vom großen Glück zu erahnen.

Ein paar Wimpernschläge später sank Marinas Kopf an Lucas Brust. Er hatte die Arme um sie geschlungen. Sie spürte seinen warmen Atem in ihrem Nacken und den festen Griff seiner Finger, die sie an ihn pressten. Auch wenn sich ihr Geist morgen nicht mehr daran würde erinnern können, so war es ihre Seele, die in dieses Gemenge aus Emotionen eintauchte und in Liebe badete.

Kapitel 42

Kaffee und Kuchen

November

Es war Sonntagnachmittag und Marina stand in der alten Küche, wo sie zum wiederholten Mal das Porzellan verrückte, in der Hoffnung, einen Hauch von Ästhetik zu schaffen. Auf dem dunkelbraun gebeizten Holztisch lag ein weißes Tischtuch, das die Hedwig-Oma zu Lebzeiten mit bunten Früchten bestickt hatte. Darauf stand bunt zusammengewürfeltes Geschirr, das von Rissen und ausgeschlagenen Ecken verunziert war. Es glich vergeblicher Liebesmüh, aus Hedwigs Gmundner Porzellan, dem ungarischen Folkloreprint von Frau Bela und dem rosa-glitzerndem Kitsch von Francesca etwas zu arrangieren, das wenigstens einen Hauch von Stil verströmte.

Ein wohlwollender Betrachter hätte dieses Setting als Bohemien Flair bezeichnet, doch wenn man den Rest der Siebzigerjahre-Küche in dieses Bild miteinbezog, musste auch der wohlgesonnensten Seele einfach nur das Grausen kommen. Marina sehnte sich nach ihrem Geschirr von Villeroy & Boch, doch für den Augenblick musste sie sich mit dem, was in der Gemeindewohnung in Margareten vorhanden war, arrangieren.

Zwar war diese Lösung für alle Beteiligten eine Zumutung, passte aber perfekt zu ihrer verfahrenen Situation, wobei die Werktage eindeutig am schlimmsten waren.

Von Montag bis Freitag holte Marina ihren Sohn zeitig

aus dem Bett. Da der Kleine dabei im Halbschlaf war, zog Marina ihn an und putzte ihm die Zähne. Dann verfrachtete Luca ihn ins Auto, wo er auf der Rückbank noch eine Mütze Schlaf genoss, während die Erwachsenen sich in den Morgenverkehr einreihten.

Eine Stunde und einen Tankstellen-Cappuccino später erreichten sie Pöttelsdorf, wo sie Gabriel im Kindergarten ablieferten.

Gleich hinter der Ortstafel begann der Spießrutenlauf, denn jeder Pöttelsdorfer hatte vom Zerwürfnis des Ehepaars Haas gehört und eine Meinung dazu.

»Der arme Mann«, raunten die einen, die sich auf Olivers Seite geschlagen hatten. »Seit seinem Herzinfarkt ist er ständig auf Kur.«

»Wundert es dich«, hieß es dann im Brustton der Überzeugung, »wenn der Neue am Weingut mitwurschtelt? «

Dabei sprach niemand davon, wie unentbehrlich Luca seit Olivers Ausfall für das Weingut geworden war.

Doch auch auf der Gegenseite gab es genug Getratsche:

»Hast gehört, der Haas ist schwul und hat jetzt einen Lebenspartner«, frohlockten die Schandmäuler, die in Marinas Team spielten. »Kein Wunder, dass die sich einen anderen gesucht hat.«

Was die zwei Lager einte, waren die scheelen Blicke, mit denen man die Beteiligten bedachte und die Gerüchte, die man sich hinter vorgehaltener Hand zuraunte.

Das war unangenehm, allerdings wusste Marina aus Erfahrung, dass es meist nur ein Feuerwehrfest brauchte, bis ein neuer Skandal hohe Wellen schlug. Lange würde es nicht mehr dauern und der Fokus der Öffentlichkeit wandte sich einem neuen Thema zu. Die Buschtrommeln verkündeten bereits, dass der Bürgermeister der Nachbargemeinde ein Pantscherl mit seiner Putzfrau hätte. Skandalös!

Nach verrichteter Arbeit holten Marina und Luca Gabriel wieder vom Kindergarten ab und tingelten zurück nach Wien. Montag bis Freitag waren unangenehm, der Samstag das Wochen-Highlight und Sonntag die Galgenfrist, ehe der Wahnsinn von vorne losging. Als wäre dieser Ausblick auf eine neue Woche nicht schon bitter genug, hatte sich heute auch noch Besuch zum Nachmittagskaffee angesagt. Der Gedanke, wer in Kürze am Tisch der Hedwig-Oma sitzen würde, bereitete Marina Magenschmerzen.

Sogleich strich sie beruhigend über ihren Kugelbauch, damit das Baby sich nicht allzu sehr von diesem Unbehagen beeinflussen ließ.

Marina seufzte und gab es auf, das Gedeck zu arrangieren. Stattdessen warf sie einen Blick auf die Anrichte, wo der Gugelhupf auskühlte. Vor ihrem geistigen Auge sah sie Hedwig – in ihrem fliederfarbenen Hauskleid, das mit unzähligen kleinen Streublüten bedruckt war – vor sich stehen.

Sie hatten sich nie sonderlich gemocht, weil Marina mehr nach ihrer Mutter geriet und somit der Wurzel allen Übels viel zu ähnlich war. Vielleicht hatte Hedwig von Anfang an recht gehabt mit ihrer Einschätzung; immerhin stand Marina nun da, schwanger von ihrem jungen Liebhaber, während sich der Gatte mit seinem Masseur vergnügte. Sie zuckte die Achseln, denn um in das fliederfarbene Hauskleid zu wechseln, war es nun ohnehin zu spät.

***

Gabriel saß im Wohnzimmer vor dem Fernseher. Er durfte Paw Patrol sehen, weil seine Mama nicht wollte, dass er später das Gespräch der Erwachsenen belauschte.

Gabriel war ziemlich ausgefuchst für seine mittlerweile

sechs Jahre und mit dem Talent gesegnet, sich alles auswendig zu merken. Besonders, wenn es pikanter Natur war.

Erst vor ein paar Tagen hatte er im Kindergarten für Aufsehen gesorgt, als er vollmundig verkündet hatte: »Meine Mama bekommt ein Baby vom Praktikanten und Papa bumst jetzt mit einem Mann.«

Der vulgäre Ausdruck war ein Relikt des Schmuddel-Heftchens im Büro seines Vaters. Gabriel gierte nach Gelegenheiten, das Wort in Gespräche einzuflechten. Er liebte die Reaktion der Erwachsenen.

Was es bedeutete, hatte er bisher nicht herausgefunden, doch es musste etwas Schlimmes sein.

Gabriel hatte seiner Kindergartentante Renate erzählt, dass Luca seine Mama bumste. Daraufhin hatte diese ganz feuchte Augen bekommen und geantwortet: »Wie schön für deine Mama und diesen Mistkerl.«

Gabriel hatte diese Wortspende sogleich in sein Repertoire aufgenommen und wiederholt. Renate war daraufhin ganz bleich geworden und hatte ihm ein Zuckerl in Aussicht gestellt, wenn er versprach, dieses Wort nicht mehr zu verwenden. Das hatte Gabriel natürlich getan, er war ja nicht blöd, doch insgeheim wartete er nur auf eine weitere Gelegenheit, um es zu verwenden.

Vielleicht sogar schon heute, wenn sein Papa und Günther zu Besuch kamen? Papa bumst einen Mistkerl klang jedenfalls vielversprechend.

***

Von den Überlegungen ihres Sohnes wusste Marina nichts.

Sie war ohnehin viel zu sehr mit dem Niederringen ihrer eigenen Nervosität beschäftigt.

Sie seufzte. Besser würde es nicht mehr werden.

Wenigstens roch die Küche gut nach frischem Gugelhupf. Eine typische Wiener Mehlspeise und bloß nichts Italienisches, da Marina jede Provokation vermeiden wollte. Wobei es ohnehin zu spät war, da der italienische Braten schon in der Röhre ...

Marina schüttelte den Kopf und verdrängte den Gedanken, als Luca seinen Kopf zur Tür hereinsteckte und sie belustigt betrachtete.

»Stai bene, amore mio?«

Marina lächelte. Das tat sie immer, wenn Luca sie so ansprach. Dass dieser Mann nun im Begriff war, der ihre zu werden, erschien ihr immer noch unbegreiflich. Allerdings nur, wenn sich ihr aktueller Ehemann und sie irgendwie einig würden.

Die Türklingel zerriss ihre Gedanken. Es war so weit, Oliver und Günther standen vor der Tür.

Seit September gingen Marina und Oliver einander aus dem Weg. Wenn er nicht gerade auf Reha war, dann holte er Gabriel bei Francesca ab und lieferte ihn auch wieder dort ab. Alles nur, um Marina nicht zu begegnen.

Warum sie heute zu Besuch kamen, war Marina ein Rätsel, immerhin hatte Oliver sie komplett aus seinem Privatleben gestrichen. Auch beruflich hatten sie kaum Überschneidungspunkte, weil Oliver sich vorrangig auf seine Genesung konzentrierte.

Seit Wochen hatte sie nicht mehr mit ihm gesprochen, dafür aber jeder andere in Olivers Umfeld. Luca, Francesca, aber auch Toni, Eva und Carmen hatten sich bei Oliver für Marina verbürgt und ihre eigenen Verstrickungen nicht unerwähnt gelassen. Wenn er nicht mit dem Großteil seines Bekanntenkreises brechen wollte, musste Oliver ihr wohl oder übel irgendwann vergeben. Zumindest hoffte sie das.

Luca trat dicht hinter Marina und strich ihr beruhigend über die Schultern. Sie holte ein letztes Mal tief Luft, nickte und öffnete die Tür. Da standen sie, in ihren offenen Winterjacken, für die es trotz der Jahreszeit immer noch ein wenig zu warm war. Günther trug ein blütenweißes Hemd, Oliver ein hellrosa Polo – ob gewollt oder verwaschen, wer konnte das schon sagen? – mit aufgeklapptem Kragen und lässig geöffnetem Knopf. Marina war beeindruckt. Nicht unbedingt von dem fragwürdigen Oberteil per se, sondern von der Tatsache, wie schnell der Hetero in Oliver verkümmert war.

Die Begrüßung bestand aus einem feuchten Händedrücken und verstohlenen Blicken. Sie alle fühlten die Befangenheit, die mit diesem Kaffeekränzchen einhergehen würde.

»Hier für dich«, sagte Günther und reichte Marina einen Blumenstrauß, der aus gelben und roten Schnittblumen bestand. Er war scheußlich und würde sich hervorragend am gedeckten Küchentisch machen.

»Danke! Wie lieb von euch«, raunte Marina und nahm das Mitbringsel in Empfang. Sie sah, wie sich Olivers Lippen zu einem dünnen Strich zusammenkniffen. Er hatte sichtlich ein Problem damit, dass Günther versuchte, die unangenehme Situation zu entspannen.

»Bitte kommt herein«, murmelte Marina und deutete die Richtung an, als hätte es eine Möglichkeit gegeben, sich in der 40-Quadratmeter-Wohnung zu verlaufen. Durch die erste Tür rechts gelangte man vom Vorraum in die Küche, wo Marina für Kaffee und Kuchen gedeckt hatte.

Nachdem Oliver seinen Sohn begrüßt hatte, saßen sie rings um den Tisch verteilt. Zwei Pärchen, beide frisch verliebt, wobei fünfzig Prozent der Anwesenden immer noch ehelich miteinander verbunden waren. Leider die falschen fünfzig Prozent.

Marina schnitt den Gugelhupf auf und verteilte ihn auf die Teller. Ein Zimmer weiter saß Gabriel immer noch vor dem Fernseher. Niemand rief ihn, denn im Augenblick bewegte man sich auch ohne Gabriels Wortspenden auf dünnem Eis.

Löffelklirren vermengte sich mit verlegenem Hüsteln. Peinliche Stille erfüllte den Raum, dann fasste sich Günther ein Herz.

»Wo ist denn diese ungarische Pflegerin, die vor euch hier gewohnt hat, jetzt?«

Marina zuckte zusammen, so wie immer, wenn die Sprache auf Frau Bela kam. Nachdem Oliver und Marina sich getrennt hatten, hatte sich auch die Erpressung in Luft aufgelöst und Frau Bela war reumütig angekrochen gekommen.

Marina hatte sie dennoch aus der Wohnung geworfen, weil sie nun selbst auf diese Bleibe angewiesen war. Dennoch hatten die beiden sich ausgesprochen. Frau Bela hatte das Geld zurückbezahlt, zumindest jenen Teil, der übrig geblieben war, abzüglich einer Gucci Sonnenbrille und einer Clutch von Yves Saint Laurent.

Mit wässrigen Augen hatte sie Marina sogar die abgeluchste Neverfull entgegengestreckt und dabei so bedauerlich ausgesehen, dass Marina nur den Kopf geschüttelt hatte.

»Frau Bela wohnt jetzt in Mörbisch. Im Haus vom Edi Birnbaum. Das ist eigentlich ein AirBnB, aber um diese Jahreszeit kommen keine Touristen mehr.« Nun zuckte Oliver zusammen.

Der Nachmittag tröpfelte dahin. Günther bemühte sich um Deeskalation, Oliver schlug sichtlich einen anderen Weg ein, nämlich den der Abrissbirne. Kein spitzfindiger Kommentar blieb ungesagt.

Marina pickte mit stoischer Miene die Krümel vom Tischtuch. Oliver war im Recht, das wusste sie, immerhin hatte sie es verbockt. Himmel, sie hatte ihn beinahe auf dem Gewissen. Dennoch fiel es ihr immer schwerer, die Fassung zu bewahren, obwohl sie ihrem Noch-Ehemann am liebsten den Kuchenteller übergezogen hätte.

Jeder von Olivers Seitenhieben säbelte an Marinas Geduld, dennoch explodierte ein anderer zuerst.

»Jetzt ist es genug!«, ereiferte sich Luca. »So sprichst du nicht mit meiner Frau.«

In Olivers Augen funkelte etwas auf, das ein wenig an Eifersucht erinnerte. »Sie ist immer noch meine Frau.«

Er kniff seine Augen zusammen wie ein Stier, kurz bevor er rot sah. Olivers Besitzansprüche wiederum wurden Günther zu bunt. »Und was zum Teufel bin ich?«

»Vieles, aber nicht seine Frau«, konterte Luca.

Oliver schnaubte wie ein Blasebalg und für einen Moment fürchtete Marina, dass er einen weiteren Herzinfarkt bekam.

»Wie sehr hasst du mich eigentlich«, fragte er und wandte sich direkt an Marina, »dass du mir das hier antust?«

»Ich habe dich nie gehasst, du Idiot!«, verteidigte sich Marina. »Ich habe dich nur nicht mehr so geliebt, wie ich es hätte sollen.«

Oliver entschlüpfte ein winziges Prusten.

Marina blinzelte verdattert, dann kicherte sie. Sie blickte sich in der Küche der Hedwig-Oma um, wo sie und Oliver sich mit ihren Liebschaften eingefunden hatten und fühlte das absurde Verlangen, laut zu lachen. Auch Olivers Schultern bebten verdächtig. Er öffnete den Mund und stieß ein glucksendes Geräusch aus. Nun war es auch mit Marinas Fassung vorbei und sie fiel mit hysterischem Gelächter ein.

Sie saßen wiehernd um den Küchentisch, die Hände in die Seiten gestemmt, während ihnen die Tränen über die Wangen kullerten. Humor, das war schon immer das verbindende

Element zwischen ihnen gewesen, sie hatten es nur vergessen gehabt. Günther und Luca tauschten einen verdatterten Blick. Einen Moment lang schienen sie am Geisteszustand ihrer Partner zu zweifeln, dann fielen sie verhalten in das Lachen mit ein. Sie lachten, nicht weil es lustig war, sondern weil es in dieser verfahrenen Situation ohnehin nichts anderes zu tun gab.

Irgendwann waren die Endorphinspeicher aufgebraucht und Marina und Oliver blickten sich ermattet in der Runde um. Auch wenn es niemand aussprach, wussten sie, dass sie es geschafft hatten. Sie waren über den Berg. Zwar waren noch eine Menge Hindernisse, Vorurteile und Verletzungen, die es zu beseitigen galt, doch der erste Schritt war getan.

Sie tranken eine weitere Tasse Kaffee und aßen Kuchen. Marina fühlte Lucas Hand unter dem Tisch, die nach ihrer griff. Sie spürte, dass ihre Beziehung wirklich eine Chance hatte. Er war immer noch der schöne Gigolo, doch Marina war es gelungen, ihn zu zügeln.

Oliver blickte zu Günther, der stumm nickte.

»Ich hab' mir da was überlegt«, brummte Oliver. »Ich will, dass du im Burgenland in unserem Haus bleibst, das wär' auch das Beste für Gabriel.« Er griff nach der Gabel und schob sich ein Stück Gugelhupf in den Mund, ehe er fortfuhr. »Außerdem möcht' ich, dass du weiterhin in der Firma bleibst. Ohne deine PR-Kenntnisse sehe es düster aus für uns.«

Marina tauschte einen überraschten Blick mit Luca. Oliver sah es und fügte zähneknirschend hinzu: »Das Angebot gilt natürlich auch für Luca, immerhin ist er ja der Kindsvater.« Es musste ihn wahnsinnig viel Überwindung gekostet haben, diese Worte auszusprechen.

»Aber wo wollt ihr wohnen?«, fragte Marina, als Günthers Gesicht zu strahlen begann. Er hatte sich bisher zurückgehalten und nur schweigend zugehört. Nun sprach Günther.

»Oli hat – wie ich meine – eine Spitzenidee. Er will das Urlioma-Haus abreißen und dort eine Finca bauen, ein Landhaus, wo wir wohnen werden.«

Alle Augenpaare wanderten zu Oliver, dem diese Aufmerksamkeit sichtlich unangenehm war. Er nickte knapp und knetete das bestickte Tischtuch zwischen seinen Fingern. Es hinterließ schweißnasse Flecken. Offensichtlich lag Oliver immer noch etwas auf der Seele und das, was er im Begriff war zu sagen, bereitete ihm einiges an Unbehagen.

»Allerdings will ich, nein …« Er blickte ein weiteres Mal Günther an, um sich rückzuversichern. »… wir wollen eine aktive Rolle im Leben eures Kindes spielen. Als Onkel, versteht sich.«

Es folgte überraschtes Schweigen.

Weil Oliver immer noch konsequent die Lider gesenkt hielt und das Tischtuch bearbeitete, übernahm Günther nun das Ruder.

»Was haltet ihr von der Idee? Ich meine, ich weiß, dass das seltsam klingt, aber im Prinzip ist die ganze Situation ja irgendwie verrückt und …«

»Ich liebe es!«, rief Marina aus.

Das war genau die Lösung, die sie sich immer ersehnt hatte, aber niemals gewagt hätte, in Worte zu kleiden, weil sie einfach zu perfekt war.

Kapitel 43

Baby Shower

Februar

Francesca stand ein wenig abseits und beobachtete Eva und Carmen, wie sie Luftballons arrangierten und an einem monströsen Bogen befestigten. Sie spürte, dass sie schon wieder mit den Backenzähnen knirschte und lockerte ihre Kiefermuskeln ein wenig. Francesca war immer noch eingeschnappt, weil ihre Wünsche übergangen worden waren. Sie wollte Hellblau und Rosa als Farbschema für die Babyparty. *Classico e tradizionale*, hatte sie gesagt, als sie mit Marinas besten Freundinnen die Feier besprochen hatte. Wie viel ihre Meinung wert war, sah Francesca nun in Form von zartlila und mintgrünen Dekoelementen, die sich in Carmens geräumigem Wohnzimmer verteilten.

Das Geschlecht des Babys war ein großes Geheimnis. Marina hatte niemandem verraten, ob sie ein Mädchen oder einen Jungen unter dem Herzen trug und ihrer Mutter schon gar nicht. Scandalo!

Francesca ächzte und presste die Hand auf ihren ausladenden Busen, überzeugt, jeden Moment am Schmerz zu sterben, weil ihr eigenes Kind sie mit dieser Kälte strafte.

»Etwas höher«, rief Eva nun ihrem Freund zu, der auf einer Leiter balancierte, um die Spitze des Ballonbogens an der Wand zu fixieren. Francesca verschob das Sterben auf später und beobachtete den Argentinier, dessen Vorzüge sich unter dem weißen T-Shirt und den Bluejeans nicht verbergen ließen. Eva und Valentín wirkten sehr glücklich miteinander. Überhaupt hatte sich Eva gemausert, fand Francesca und erinnerte sich an das pummelige Mädchen, das früher täglich an ihrer Tür geklingelt und nach Marina gefragt hatte. Heute trug Eva ein rostfarbenes Strickkleid, das gut zu ihren brünetten Haaren und dem brombeerfarbenen Lippenstift passte. Sie war eine kurvige Frau, die viel zu bieten hatte. Wann immer Valentín sie betrachtete, begannen seine dunklen Augen zu funkeln.

Nach etlichen Regieanweisungen war der Ballonbogen endlich montiert und rahmte ein üppiges Buffet ein, das auf einem Tisch darunter vorbereitet war.

»Bellissimo!«, lobte Francesca, weil sie beschlossen hatte, gute Miene zum bösen Spiel zu machen. Insgeheim war sie froh, dass Carmen und Eva sie überhaupt eingeladen hatten, wo sie doch zweifellos von dem Zerwürfnis zwischen Mutter und Tochter wussten.

»Vielleicht wären gemusterte Bänder schöner als diese schlichten?«, fragte Francesca, dann biss sie sich auf die Zunge. Ihr Auge für Details war hier sichtlich nicht gewünscht. Weil sie aber nicht gänzlich aus ihrer Haut konnte, rückte sie ein paar Muffins auf der Etagere zurecht und drapierte ihr favorisiertes Band zwischen die Kanapees.

»Danke, Francesca«, antwortete Carmen gepresst. Obwohl sie sich an einem Lächeln versuchte, wirkte es ein klein wenig verkrampft. *Armes Ding*, dachte Francesca mitleidig. Über vierzig, keinen Partner und keine Kinder, da würde ihr auch das Lachen vergehen. Deshalb erwiderte sie auch nichts, obwohl Carmen das gemusterte Band entfernte und sie stattdessen zum Türdienst degradierte, weil die ersten Gäste eintrudelten.

Francesca öffnete die Tür und wartete, während sich der Fahrstuhl in Bewegung setzte. Nachdem der Lift das Dachgeschoss erreicht hatte, quetschten sich Toni und seine Kollegen von der Travestie Revue aus der beengten Kabine. Heute waren sie als Männer in Zivil unterwegs.

»Holla die Waldfee, wenn man da drin keine Platzangst kriegt, dann weiß ich auch nicht«, raunte Star, der im echten Leben Herbert hieß, pikiert und streckte Francesca die Hand entgegen. In der anderen hielt er eine Flasche alkoholfreien Schampus. Ehe Francesca etwas erwidern konnte, übernahm Toni die Führung und stellte die Anwesenden einander vor. »Das ist Marinas Mutter. Außerdem eine alte Freundin von meiner Mutter«, erklärte er, wobei Francesca bei »Freundin« und »alt« am liebsten protestiert hätte. Nur weil sie Gerti schon seit Jahrzehnten kannte, waren sie noch lange nicht befreundet. Noch weniger, seitdem sie stundenlang in Gertis rostigem Volvo durch die Gegend getuckert waren, mit einer keifenden Töle in Miniaturgröße auf der Rückbank. Nun kannte Francesca jedes von Gertis Leiden, von der kaputten Hüfte bis zur vaginalen Trockenheit. Beim Gedanken daran erschauderte sie.

»Meine Frau Mama hat mir übrigens von eurem Ausflug nach Südtirol erzählt«, sagte Toni und grinste bis über beide Ohren.

»Hat sie das? Fantastico!«, schnaubte Francesca und drängte die drei auf die Wohnung zu. Sie bemühte sich redlich, die Erinnerung an diesen unglücklichen Zwischenfall zu verdrängen. Allerdings hatte sie die Rechnung ohne Toni gemacht.

»Nein, nein«, protestierte er und wand sich aus ihrem Griff. »Die Geschichte ist zu köstlich, um sie nicht sofort zu erzählen. Ihr müsst euch vorstellen: Francesca und Giulia – das ist Lucas Mutter – treffen aufeinander. Die eine will das Intrigenspiel aufklären, die andere ist felsenfest entschlossen, es weiterhin geheim zu halten. Der Streiterei folgt ein Handgemenge, das kurz davor steht, in eine Schlägerei auszuarten, bis Luca auftaucht und die Streithähne trennt.« Francesca lächelte eisig. Sie wusste noch ganz genau, wie passiv-aggressiv Giulia ihr zunächst einen Fussel von der Schulter geschnippt hatte. Francesca hatte Gleiches mit Gleichem vergolten. Aus dem Schnipser war ein Tapper geworden und aus dem wiederum ein Schups. Der Rest war Geschichte.

Francesca fühlte die Hitze, die ihr vom Dekolleté über den Nacken nach oben kroch. Wie die Wahrheit ans Licht gekommen war, mochte für die drei Männer lustig klingen, doch das war es bei Gott nicht gewesen. Luca hatte getobt und sie angebrüllt, wie sie es wagen konnten, sich einzumischen und ihr aller Leben zu zerstören. Dann hatte er sie beide zum Teufel gewünscht und war in sein Auto gesprungen. Gerti und Francesca waren ebenfalls aufgebrochen. Das Schicksal hatte sie alle zurück ins Burgenland gebracht, ehe es Oliver in einem letzten großen Showdown niedergestreckt hatte. Dass es dann ausgerechnet Luca gewesen war, der ihrem Schwiegersohn das Leben gerettet hatte – das hatte dem Ganzen die Krone aufgesetzt! Nachdem der Rettungshubschrauber Oliver abgeholt hatte, Marina ihm im Taxi hinterher raste, hatte sie sich unter Tränen bei Luca entschuldigt und ihn um Verzeihung gebeten. Letztlich hatte er ihr vergeben, während er mit seiner eigenen Mutter immer noch kein Wort sprach. Der Versuch, ihren Fehler wieder gut zu machen, hatte den Ausschlag gegeben, wohingegen Giulia alles daran gesetzt hatte, Luca mit dem Nachbarmädchen zu verkuppeln. Dennoch würde es noch lange dauern, bis die Gräben zwischen ihnen beseitigt waren. Francesca ächzte. Falls … Nein!

Sie wollte sich gar nicht erst ausmalen, was passieren würde, wenn Marina ihr nicht vergeben konnte. Der Schmerz in ihrer Brust war zurück. Diesmal war er gekommen, um zu bleiben. Vielleicht bekam sie ja auch einen Herzinfarkt? Wenn sie genau darüber nachdachte, fühlte sie sich durchaus ein wenig schwach auf den Beinen. Vielleicht war sie aber auch einfach nur unterzuckert? Seit dem Zwist mit Marina war ihr der Hals wie zugeschnürt.

In diesem Moment erschien eine unbekannte Frau im Treppenhaus und schleppte eine Windeltorte nach oben. Pistaziengrüne Bänder hielten das Konstrukt in Form. Francesca unterdrückte ein Augenrollen. Offensichtlich war die halbe Welt von dieser Geschmacksverirrung betroffen, dachte sie und zwang sich zu einem Lächeln. »Buon giorno!«

»Grüß Gott! Doris mein Name. Ich bin die Doula«, flötete die andere.

»Aha«, brummte Francesca, genauso schlau wie zuvor. Da sie keine Lust verspürte, mit der Frau in ihrer bunten Walle-Kleidung zu plaudern, öffnete sie die Tür und winkte sie kommentarlos ins Innere.

Die nächsten Gäste waren Pietro und seine Frau Tina. Francesca seufzte erleichtert, als sie die zwei erblickte. Pietro kam im gestreiften Hemd, den braunen Parker unter den Arm geklemmt. Wie schon sein Vater Ewald, neigte er zum Schwitzen und war immer luftiger gekleidet als der Rest. Daneben stand Tina, eine hagere Endvierzigerin, mit Salz- und Pfeffer-Haaren. Sie ging mit ausgestreckten Armen auf Francesca zu und küsste sie auf beide Wangen. Ein Zeremoniell, das sie bereits seit zwei Jahrzehnten abspulten. Sie drückten einander die Hände und lächelten, während sie sich gegenseitig oberservierten.

Du hast auch schon besser ausgesehen, dachte Francesca, weil sie aber ihre Schwiegertochter nicht kränken wollte, sagte sie:

»Wenn ich das nächste Mal nach Ungarn fahre, kommst du mit. Dann machen wir einen Beauty-Tag. Einverstanden?« Offensichtlich hatte sie einen Nerv getroffen, denn Tina nickte schmallippig. »Man gönnt sich ja sonst nichts«, schoss Francesca hinterher, ehe sie sich ihrem Sohn zuwandte.

Pietro trug einen Riesenteddy – in Mintgrün! Dio mio –, der beinahe so groß war wie er selbst. Deshalb begnügte er sich mit einem angedeuteten Luftküsschen.

»Ich bin froh, dass ihr es einrichten konntet«, sagte Francesca erleichtert und schaute auf das flauschige Ungetüm in seinen Armen. »Ich kann ein bisschen Unterstützung gut gebrauchen.«

»Hab' schon gehört, dass du ordentlich was ausgefressen hast«, erwiderte Pietro und betrachtete sie kopfschüttelnd. Empört zog Francesca die Augenbrauen hoch.

»Pssst«, raunte Tina und puffte ihren Mann in die Seite. Der Blick, den sie ihm zuwarf, sprach Bände. *Misch dich bloß nicht ein*, warnte er, *du weißt, wie das endet.*

»Geht schon mal hinein«, sagte sie betont unschuldig und schob die beiden ins Innere der Wohnung. »Eva und ihr neuer Freund sind auch schon da. Ihr kennt sie ja noch von früher.« Tinas verkniffene Lippen verwandelten sich in einen farblosen Strich.

Es klingelte erneut. Francesca öffnete, wartete und sah zu, wie die Liftkabine ein schwules Pärchen ausspuckte. Günther und Oliver, in farblich aufeinander abgestimmten Outfits. Beide trugen silbergrüne Schals, die dazu passenden Mützen und Pärchen-Handschuhe. Ein linker und ein rechter Fäustling und ein Schlauch mit zwei Eingängen, damit sie unentwegt Händchenhalten konnten. Zum wiederholten Male an diesem Tag stieß Francesca ein Ächzen aus. Was war das nur für eine Welt geworden? Ehepaare trennten sich, weil einer das andere Geschlecht für sich entdeckte und die andere ein Kind von ihrer Affäre bekam. Doulas und Männer in Frauenkleidung wollten sie gar nicht erst erwähnen. Das Rad der Zeit drehte sich weiter und so wie es aussah, kam sie nicht mehr hinterher.

»Ciao, Oliver«, sagte Francesca und lächelte zögerlich. »Come stai?« Die Reha hatte ihm gut getan, seine Wangen waren wieder rosig und er strotzte vor Gesundheit.

»Hallo, Francesca«, antwortete Oliver und nickte neben sich. »Das ist Günther, mein Lebenspartner.«

Sie waren einander noch nie vorgestellt worden. Günther schlüpfte aus den Fäustlingen, schnellte vor und schüttelte ihr die Hand. Er wirkte freundlich und lebensbejahend.

Seit Francescas versuchter Erpressung, wo sie Oliver in flagranti erwischt hatte und ihn zwingen wollte, bei Marina zu bleiben, war es still zwischen ihnen gewesen. Vielleicht, weil Oliver sich einige Monate Auszeit gegönnt hatte, um wieder zu Kräften zu kommen, oder aber, weil er sie bewusst gemieden hatte. »Du siehst gut aus«, fügte Francesca hinzu.

So viel Unausgesprochenes hing zwischen ihnen in der Luft. Günther, der die Anspannung bemerkte, zog den Kopf ein und benutzte die mitgebrachten Geschenke als Vorwand, um abzutauchen.

»Du hast dich nicht gemeldet, Genero«, sagte Francesca und bezeichnete ihn ganz selbstverständlich als Schwiegersohn.

»Wundert dich das?«, blaffte Oliver. »Du und deine Tochter, ihr habt mich beinahe umgebracht.« Sofort war Günther zurück, steckte den Kopf ins Treppenhaus und ermahnte Oliver, sein Herz zu schonen. Der nickte und zwang sich zur Ruhe. »War es das wert?« Mit seinem Arm zeichnete Oliver einen Kreis, der ihre verfahrene Situation einfing. Francesca spürte einen Kloß in ihrem Hals.

»No! Wenn ich könnte, ich würde alles rückgängig machen!« Sie streckte die Hand aus, ergriff die von Oliver. Kurz spürte sie Widerstand, dann ließ er sie gewähren. »Perdono! Bitte verzeih mir!« Ihre Augen wurden feucht, auch wenn sie dagegen anblinzelte. »Ich bin froh, dass du Günther gefunden hast. Ich wünsche euch alles Gute!« Auch Olivers Augen schimmerten verdächtig. Er nickte, drückte kurz ihre Hand, dann löste er sich von ihr.

Ohne ein weiteres Wort verschwand er in Carmens Wohnung und ließ Francesca in ihrem emotionalen Chaos zurück. Marina hatte ihr nicht vergeben. Die letzten Wochen waren eine Qual gewesen, da Marina ihr aus dem Weg ging. Francesca spürte, dass sie im Moment das schwarze Schaf der Familie war. Dieser Gedanke machte sie schwach, dabei brauchte sie all ihre Kraft für die nächste Begegnung, die noch ausstand. Während sie darüber nachdachte, klingelte es ein letztes Mal.

Francescas Herz klopfte heftig in ihrer Brust.

Der Aufzug rumpelte unerträglich lange ins sechste Stockwerk empor, dann öffnete sich die Tür und Gabriel stürmte heraus. Er warf sich Francesca in die Arme und strahlte sie an.

Luca trat aus dem Lift und reichte Marina galant den Arm. Sie griff danach und ließ sich von ihm über die Schwelle führen. Marina trug einen beigen Daunenmantel. Der Reißverschluss war offen, zeigte ihren ausladenden Bauch, der von einem cremefarbenen plissierten Kleid umschmeichelt wurde. Sie strahlte von innen heraus, ihr Haar glänzte und fiel ihr in weichen Wellen über die Schultern. Francesca fragte sich, ob ihre Tochter jemals so schön ausgesehen hatte wie in diesem Augenblick.

Sie schluckte, spürte einen Frosch im Hals, die Angst schnürte ihr förmlich die Kehle zu. »Cuore mio«, sagte sie mit brüchiger Stimme. *Mein Herz.*

»Mutter«, antwortete Marina kühl. »Ich wusste gar nicht, dass du auch eingeladen wurdest.«

»Ich kann gehen, wenn ich nicht erwünscht bin«, murmelte Francesca gekränkt. Sie wusste, dass sie es verdient hatte, auch wenn ihr italienisches Temperament diese Zurückhaltung kaum ertragen konnte.

»No. Bleib«, sagte Marina. »Von zu viel Zuckerguss wird mir schlecht.« Mit diesen Worten rauschte sie an Francesca vorbei. Luca folgte ihr, nur Gabriel blieb an ihrer Seite.

»Komm Nonna, lass uns reingehen«, rief er und zog an ihrem Arm. Mit Marinas Erscheinen war der Startschuss zur Baby Shower gefallen.

Carmen und Eva hatten alles gegeben. Das geräumige Wohnzimmer strahlte mit Marina um die Wette. Gelächter und Heiterkeit erfüllten das Dachgeschoss. Die Schwangere wurde geherzt und mit Aufmerksamkeit überschüttet. Man trank alkoholfreien Sekt und kostete sich durch das Buffet.

Francesca hielt sich abseits und beobachtete das fröhliche Treiben. Sie beaufsichtigte Gabriel, den wiederum die Luftballons und schillernden Dekorationen magisch anzogen.

»Nonna, wann kommt das neue Baby?«, fragte er plötzlich und zog an ihrem Ärmel.

»Bald, Tesoro! In zwei, drei Wochen ist es so weit«, antwortete Francesca und tätschelte Gabriels Kopf. »Dann wirst du ein großer Bruder sein.«

Ihre Augen wanderten zu Marina und Luca, die Arm in Arm dastanden und einander zulächelten, während Carmen versuchte, sie zum Windelraten zu überreden. Warum hatte sie nicht von Anfang an sehen können, wie perfekt die beiden zueinander passten?

Kapitel 44

Showtime

Marina blickte auf den Cupcake in ihrer Hand. Die Papier-
förmchen waren mintgrün, das Buttercreme-Häubchen der
Muffins helllila. Silbergrüne und violette Zuckerperlen ver-
edelten das Topping. Es war perfekt, genauso wie der Rest
der Party. Carmen hatte darauf bestanden, für sie eine Baby
Shower zu organisieren, und hier stand sie nun. Hoch-
schwanger und glücklich, wenngleich längst nicht alles eit-
le Wonne war. Ihr Rücken schmerzte, sie schwitzte und das
Atmen fiel ihr zusehends schwer. Marina schaute auf den
Verlobungsring an ihrem Finger. Der zierliche Reif teilte die
geschwollene Haut in zwei Wülste. Die letzten Schwanger-
schaftswochen quälten Marina mit Wassereinlagerungen.
Ihre Knöchel waren verschwunden und ihre Beine zu form-
losen Elefantensäulen verkommen. An High Heels war nicht
zu denken, die einzigen Schuhe, die ihr noch passten, waren
Crocs. Deshalb trug Marina ein bodenlanges Kleid, auch
wenn die plissierten Falten ihren Bauch nicht unbedingt besonders vorteilhaft in Szene setzten. Sie war froh gewesen,
dass sie überhaupt etwas zum Anziehen gefunden hatte.

Es waren die Bewegungen ihres Babys, die Marina er-
mahnten, die Beschwerlichkeiten auf der Zielgeraden zu
ertragen. Nur, dass sich das Ungeborene kaum noch bewegte, weil es in ihrem Bauch schlicht an Platz fehlte. Die letzte Untersuchung hatte diesen Eindruck bestätigt, das Baby
war fertig gebacken und bereit, ins Leben hinaus zu starten.
Abermals schaute Marina auf den Cupcake in ihrer Hand.

Ihr war der Appetit vergangen.

»Komm schon, Schnucki«, rief Carmen und zog sie mit sich. »Es wird Zeit, deine Geschenke auszupacken.«

Marina zwang sich zu einem Lächeln und folgte ihr zur Couch. Auf dem Tisch türmten sich Pakete und Tüten. Nur den Riesen-Teddy hatte Gabriel längst in Beschlag genommen und balgte sich mit ihm am Boden.

Mit einem Ächzen ließ Marina sich auf den weichen Schaumstoff fallen, wissend, dass sie aus eigener Kraft nicht mehr auf die Beine kommen würde. Luca reichte ihr ein Glas lilafarbener Bowle – alkoholfrei natürlich –, die mit Lavendelsirup und geeisten Früchten gemacht worden war und herrlich schmeckte. Nur, dass Marina nicht das Gefühl hatte, dass es ihren Magen erreichte. Sie fühlte sich seltsam unbehaglich, schob dieses Gefühl jedoch beiseite, weil Carmen ihr nun das erste Paket übergab. »Das ist von mir«, rief sie und legte Marina ein kunstvoll verpacktes Geschenk in den Schoß. Darin befand sich ein Babyhörnchen aus Bio-Musselin im Farbton Vanille, eine Rassel aus zertifiziertem Ahornholz, eine Schnullerkette aus lebensmittelechtem Silikon und ein weißer Body aus PIMA Baumwolle. »Grazie!«, rief Marina und sah Carmens Gesicht aufleuchten.

»Das ist von Valentín und mir«, sagte Eva und fischte eine cremefarbene Tüte vom Stapel. Darin befand sich ein neutrales Mobile aus Walen, Delfinen und Fischen, die unter weißen und blaugrauen Wolken baumelten. Hochwertige Handarbeit, nicht ein winziges Plastik-Teilchen verirrte sich darin. Von Toni stammte ein regenbogenfarbener Beißring, Star hatte eine quietschbunte Krabbeldecke besorgt und Shiny winzige Absatzschuhe. Günther und Oliver einen Stubenwagen, den sie ob seiner Größe direkt zu Marina und Luca hatten liefern lassen.

Nach etlichen »Ohhs« und »Ahhs« verblieb nur noch ein

Geschenk am Tisch. Ein kleines Päckchen, das sich nicht an den Dresscode gehalten hatte und in Hellblau und Rosa verpackt war.

Widerwillig griff Marina danach und öffnete es. Darin lagen ein winziger Strampler, offensichtlich alt, und ein gehäkeltes Jäckchen. Darunter ein vergilbtes Foto – ein Bild von Marina als Baby, im Arm der jungen Francesca, die ihr Kind selig anstrahlte. Auf der Rückseite stand *Amore Mio*.

Marina betrachtete das Bild, fühlte, wie eine Woge an Emotionen sie durchflutete. Ihre Augen füllten sich langsam mit Tränen. Sie wandte den Kopf, blickte zu Francesca, die den Kampf um ihre Fassung längst verloren hatte und zu einem Häufchen Elend verkommen war. Der Anblick ihrer aufgelösten Mutter gab Marina endgültig den Rest. Sie reichte Luca die Hand, damit er ihr auf die Beine half, dann ging sie auf ihre Mutter zu. »Mamma«, flüsterte sie, dann fielen sie einander in die Arme.

»Amore Mio«, murmelte Francesca ihr ins Haar.

Das Geschehene war nicht vergessen, aber Marina hatte den ersten Schritt zur Versöhnung getan. Ein eigenwilliges Gefühl. Marina horchte in sich hinein, wunderte sich über den winzigen Riss, den sie zu spüren glaubte. Es folgte ein Platsch, dann rann ihr Fruchtwasser die Beine hinunter und sammelte sich in einer Pfütze am Boden. Ein plötzlicher Stich fuhr ihr die Wirbelsäule hinab. Marina stöhnte auf.

Das Baby hatte einen Sinn fürs perfekte Timing, es wollte geboren werden und so wie es sich anfühlte, war es ziemlich ungeduldig. Die übrigen Anwesenden waren nicht weniger geschockt als Marina. Nur Doris schob sie mit einem wissenden Lächeln auf die Tür zu. »Showtime«, sagte sie und zückte ihr Handy, um in der Klinik Bescheid zu sagen.

Zwölf Stunden später hielt Marina ihr kleines Wunder in ihren Händen.

Christiano Kofler-Haas geboren am 23. Februar, um ´3:45 Uhr. Marina streichelte sein kleines Köpfchen, spürte den dunklen Flaum unter ihren Fingern und sog seinen Duft in sich auf. Was vor einem Jahr noch undenkbar erschienen war, war eingetreten. Sie hatte die Liebe wiederentdeckt, großartiger und überraschender, als sie es jemals für möglich gehalten hätte.